CURSED
A Lenda do Lago

Text copyright © 2019 by Thomas Wheeler.
Illustrations copyright © 2019 Frank Miller.
All rights reserved.
Título original: *Cursed*

Todos os direitos desta publicação são reservados à Casa dos Livros Editora LTDA. Nenhuma parte desta obra pode ser apropriada e estocada em sistema de banco de dados ou processo similar, em qualquer forma ou ameio, seja eletrônico, de fotocópia, gravação etc., sem a permissão do detentor do copyright.

Diretora editorial: *Raquel Cozer*
Gerente editorial: *Alice Mello*
Editor: *Ulisses Teixeira*
Preparação: *Marcela Isensee*
Revisão: *Rayssa Galvão*
Capa: *Guilherme Peres*
Diagramação: *Abreu's System*

CIP-Brasil. Catalogação na Publicação
Sindicato Nacional dos Editores de Livros, RJ

W572m
    Wheeler, Thomas
        Cursed — A lenda do lago / Thomas Wheeler; ilustração Frank Miller; tradução André Gordirro. – 1. ed. – Rio de Janeiro: Harper Collins, 2019.
        416 p.

        Tradução de: Cursed
        ISBN 9788595085725

        1. Ficção americana. I. Miller, Frank. II. Gordirro, André. III. Título.

19-60200   CDD: 813
                                                  CDU: 82-3(73)

Meri Gleice Rodrigues de Souza – Bibliotecária CRB-7/6439

Os pontos de vista desta obra são de responsabilidade de seu autor, não refletindo necessariamente a posição da HarperCollins Brasil, da HarperCollins Publishers ou de sua equipe editorial.

HarperCollins Brasil é uma marca licenciada à Casa dos Livros Editora LTDA.
Todos os direitos reservados à Casa dos Livros Editora LTDA.
Rua da Quitanda, 86, sala 218 — Centro
Rio de Janeiro, RJ — CEP 20091-005
Tel.: (21) 3175-1030
www.harpercollins.com.br

ILUSTRADO POR
FRANK MILLER

ESCRITO POR
THOMAS WHEELER

CURSED
A LENDA DO LAGO

Colorizado por
Tula Latoy

Tradução
André Gordirro

RIO DE JANEIRO, 2019

Para Marjorie Brigham Miller
- F.M.

Para Luca e Amelia,
As duas maiores aventuras da minha vida.
Que vocês tomem a espada nas próprias histórias.
- T.W.

Mas ouviu-se entre os hinos sagrados
Vma voz como a das águas, pois ela habita
Nas profundezas: calma, não importam as tempestades
Que agitem o mundo, e quando a superfície se encrespar,
Terá o poder de andar sobre as águas como o nosso Senhor.
— ALFRED LORD TENNYSON,
Idílios do rei

Bem, disse Merlin,
Eu sei quem tu procuras,
porque tu procuras Merlin
portanto não procure mais,
porque eu sou ele.
— THOMAS MALORY,
A morte de Arthur

"A água se agitou e Nimue saiu devagar do lago, com a Espada do Poder firme nas mãos..."

UM

Do seu esconderijo atrás do monte de palha e através dos olhos cheios de lágrimas, Nimue achou que o padre Carden parecia um espírito de luz. Era por causa da pose em que ele estava, de costas para o sol esbranquiçado, e pelo modo como as nuvens se derramavam sob as mangas drapeadas e as palmas das mãos erguidas, como um homem de pé no céu. A voz trêmula se elevou acima dos berros das cabras, dos estalos da madeira, dos gritos das crianças e dos lamentos das mães.

— Deus é amor. Um amor que purifica, que santifica, que nos une.

Os olhos azul-claros de Carden passaram pela multidão miserável que gemia, prostrada na lama, barricada por monges com vestes vermelhas.

— E Deus vê — falou o padre —, e hoje Ele sorri. Porque fizemos o trabalho Dele. Nós nos lavamos com o amor de Deus. Queimamos a carne podre.

As nuvens de fumaça que ondulavam ao redor dos braços e das pernas de Carden rodopiaram com flocos de cinzas abraseadas. Saliva salpicava os seus lábios.

— Arrancamos de vez a corrupção do demonismo. Expulsamos os temperamentos enegrecidos desta terra. Deus sorri hoje!

Quando Carden baixou os braços, as mangas desceram como cortinas e revelaram um inferno de trinta cruzes em chamas no campo atrás dele. Era difícil enxergar os crucificados dentro da fumaça espessa.

Biette, uma mulher robusta e mãe de quatro filhos, levantou-se como um urso ferido e se arrastou de joelhos na direção do padre, até que um dos monges tonsurados de vermelho deu um passo à frente e meteu a bota entre suas omoplatas, chutando-a tão forte que ela caiu de cara na lama. E lá ficou, gemendo na terra molhada.

As orelhas de Nimue estavam zumbindo desde que ela e Pym entraram na vila montados em Dama do Crepúsculo e viram o primeiro cadáver. Pensaram que talvez fosse Mikkel, o filho do curtidor, que cultivava orquídeas para os rituais de maio, mas a cabeça havia sido esmagada por algo pesado. Ela e Pym nem puderam parar e verificar, pois a aldeia inteira estava pegando fogo, e um enxame de Paladinos Vermelhos circulava por lá, as vestes ondulantes dançando com as chamas. No morro, meia dúzia de anciões da aldeia já queimavam até a morte em cruzes erguidas às pressas. A mente de Nimue foi tomada por um branco, fazendo os gritos de Pym parecerem distantes. Em todos os lugares para que olhava, via sua gente sendo sufocada na lama ou arrancada das casas. Dois paladinos puxavam a velha Betsy pelos cabelos, e ela sacudia os braços enquanto era arrastada pelo viveiro de gansos. As aves grasnavam e esvoaçavam, aumentando o caos surreal. Pouco depois, Pym e Nimue se separaram, e Nimue se abrigou atrás da palha, onde prendeu a respiração enquanto os monges passavam batendo os pés e carregando trouxas de mercadorias confiscadas. Eles desdobraram os cobertores no piso da carroça aberta onde Carden estava e derramaram o conteúdo junto aos pés do padre, que olhou para baixo e assentiu, já esperando ver as raízes de teixo e amieiro, imagens de deuses antigos feitas de madeira, os totens e os ossos de animais. Suspirou com paciência.

— Deus vê, meus amigos. Ele vê esses instrumentos de conjuração demoníaca. É impossível se esconder de Deus. Ele arrancará esse veneno. E proteger outros como vocês apenas prolongará o sofrimento. — O padre Carden afastou cinzas da túnica cinzenta. — Meus Paladinos Vermelhos estão ansiosos para ouvir suas confissões. Pelo bem de vocês, confessem à vontade, pois meus irmãos são habilidosos com as ferramentas da inquisição.

Os Paladinos Vermelhos invadiram a multidão para escolher alvos de tortura. Nimue viu famílias e amigos se agarrarem uns aos outros para evitar serem pegos. Houve mais gritos quando crianças foram arrancadas das mães.

Indiferente, o padre Carden desceu da carroça e atravessou a estrada lamacenta até um monge alto e de ombros largos em vestes cinzentas. Suas bochechas eram magras sob o capuz, e havia estranhas marcas de nascença pretas que formavam manchas em volta dos seus olhos e escorriam pelo rosto como lágrimas de tinta. Nimue não conseguiu ouvir a conversa por causa da gritaria ao redor, mas Carden pousou a mão no ombro do monge, como um pai, e puxou-o para um sussurro. De cabeça baixa, o monge assentiu várias vezes em resposta às palavras do padre. Carden apontou para o bosque do Pau-Ferro, e o monge concordou com a cabeça uma última vez, depois montou no corcel branco.

Nimue se virou para o bosque do Pau-Ferro e viu Esquilo, um menino de 10 anos, parado no caminho do monge, perplexo, com sangue escorrendo pelo rosto enquanto arrastava uma espada atrás de si. Diante disso, irrompeu de trás da palha e foi com tudo para cima de Esquilo. Nimue ouviu o som dos cascos do Monge Choroso cada vez mais alto atrás dela.

— Nimue! — Esquilo estendeu a mão, e a garota o puxou contra a parede de um casebre enquanto o monge passava trovejando. — Não consigo encontrar o papai! — gritou o menino.

— Esquilo, me escute. Vá até o buraco no freixo e fique lá até anoitecer. Entendeu?

Esquilo tentou se afastar dela.

— Pai!

Nimue sacudiu o menino.

— Esquilo! Corre agora. Tão rápido quanto puder. Está ouvindo? — Nimue gritava junto ao rosto do menino, que enfim concordou com a cabeça. — Seja corajoso. Corra como nas nossas corridas de raposa. Ninguém consegue pegar você.

— Ninguém — sussurrou ele, tomando coragem.

— Você é o mais rápido de todos. — Nimue engoliu as lágrimas, pois não queria soltar Esquilo.

— Você vem?

— Vou — prometeu Nimue —, mas primeiro tenho que encontrar Pym, minha mãe e o seu pai.

— Eu vi a sua mãe perto do templo. — Esquilo hesitou. — Estavam perseguindo ela.

Aquela informação encheu suas veias de gelo. Ela deu uma olhada rápida para o templo no topo da colina, depois se voltou para Esquilo.

— Rápido como uma raposa — ordenou Nimue.

— Rápido como uma raposa — repetiu o menino, tenso, lançando olhares furtivos para a esquerda e para a direita.

Os paladinos mais próximos estavam ocupados demais com o espancamento de um fazendeiro para notá-los. Então, sem olhar para trás, Esquilo disparou através do pasto para o bosque do Pau-ferro.

Nimue se lançou na estrada e correu para o templo. Ela escorregou e caiu na lama pisoteada pelos cavalos e suja de sangue. Quando se levantou, um cavaleiro surgiu de repente, saindo de um dos casebres em chamas, e deu-lhe um golpe. Nimue mal viu a bola de ferro girar em torno da corrente. Tentou se afastar, mas a arma atingiu a base do crânio com tanta força que quase a lançou no ar, fazendo-a cair sobre uma pilha de lenha. Estrelas explodiram atrás dos seus olhos, e o mundo perdeu a coesão, enquanto ela sentia um líquido quente escorrer pelo pescoço e pelas costas. Caída no chão, com lenha ao redor, a garota viu um arco longo partido em dois pedaços ao lado. O arco quebrado. O gamo. O conselho. A Ponte do Gavião.

Arthur.

Parecia impossível que apenas um dia tivesse se passado. E, ao perder a consciência, um pensamento deixou Nimue sufocando de medo: era tudo culpa dela.

DOIS

— Mas por que você tem que ir embora? — perguntou Esquilo, ao subir no braço coberto de musgo de uma estátua quebrada.

— Eu não vou ainda — respondeu Nimue, inspecionando um ramo de flores roxas que despontava entre as raízes expostas de um freixo antigo.

Tentou pensar em uma maneira de mudar de assunto, mas Esquilo não abria mão da resposta.

— Mas por que você quer ir embora?

Nimue hesitou. Como poderia contar a verdade para ele? Isso apenas magoaria e confundiria o menino e geraria mais perguntas. Queria ir embora porque não era bem-vinda na própria aldeia. Era temida. Julgada. Motivo de sussurros. Alvo de dedos apontados. As crianças da vila tinham sido orientadas a não brincar com Nimue por causa das cicatrizes nas suas costas. Por causa das histórias sombrias sobre a sua infância. Por causa do pai, que a deixara. Por causa da crença de que Nimue era *amaldiçoada*. E talvez fosse mesmo. Sua "conexão" — a palavra tinha vindo da mãe; Nimue chamaria aquilo de "possessão" — com os Ocultos era forte, sombria e diferente de qualquer outro Povo do Céu que ela conhecia. E essa conexão a tomava de maneiras estranhas, às vezes, violentas e inesperadas, através de visões ou manifestações.

Podia acontecer de o chão rachar e tremer, ou de objetos de madeira perto entortarem até assumirem formas grotescas. A sensação era parecida com vomitar. E acabava da mesma forma: com ela suada, envergonhada, vazia. Foi apenas a posição de destaque da mãe como arquidruidesa que impediu Nimue de ser expulsa da vila. Por que sobrecarregar Esquilo com tudo aquilo? A mãe do menino, Nella, era como uma irmã para sua mãe e uma tia para ela. Dessa forma, poupava Esquilo de toda fofoca sinistra. Para ele, Nimue era normal, até mesmo enfadonha (sobretudo em passeios pela natureza), e era assim que ela gostava. Mas Nimue sabia que não duraria.

Sentiu uma pontada de culpa enquanto olhava as encostas verdes primitivas do bosque do Pau-ferro, cheias de vida, zumbidos, chilreios e gorjeios, com os rostos misteriosos de Deuses Antigos, que atravessavam as videiras e a terra negra, faces que Nimue tinha batizado com o passar dos anos: Narigão, Moça Triste, Cicatriz Careca. Eram remanescentes de uma civilização morta havia muito. Ir embora dali seria como deixar velhos amigos para trás.

Em vez de confundir Esquilo, Nimue manteve a mentira.

— Eu não sei, Esquilo. Você nunca quis ver coisas que ainda não viu?

— Como um Asa de Lua?

Nimue sorriu. Os olhos de Esquilo estavam sempre vasculhando o dossel da floresta em busca de um Asa de Lua.

— Isso. Ou o oceano? As Cidades Perdidas dos Deuses do Sol? Os Templos Flutuantes?

— Eles não existem — disse Esquilo.

— Como você sabe? Já procurou?

Esquilo pôs as mãos nos quadris.

— Você vai embora e nunca mais vai voltar, que nem o Gawain?

Nimue sentiu um calor agradável à menção do nome. Ela se lembrou dos seus 7 anos, de estar agarrada ao pescoço de Gawain enquanto ele a carregava nas costas por aquele mesmíssimo bosque. Aos 14 anos, Gawain conhecia os dons especiais de cada flor, folha e casca de árvore do bosque do Pau-ferro: remédios, venenos, quais folhas de chá conferiam visões e quais capturavam corações, quais cascas de árvores deviam ser mastigadas para induzir o trabalho de parto e que ninhos de pássaros previam o clima. Nimue se lembrou de estar sentada entre os joelhos dele, envolta nos seus longos braços como na proteção de um irmão mais velho, enquanto os filhotes de milhafre piavam no colo deles, e Gawain a ensinava a interpretar os desenhos dentro dos ovos quebrados, em busca de pistas sobre a saúde da floresta.

Ele nunca julgara Nimue pelas cicatrizes. Seu sorriso era sempre reconfortante e gentil.

— Ele pode voltar um dia — disse Nimue, com mais esperança do que convicção.

— É ele quem você quer procurar? — Esquilo sorriu.

— O quê? Não, não fale besteira. — Nimue deu um beliscão no braço do menino.

— Ai!

— Agora, preste atenção — falou, lançando um olhar furioso exagerado para ele —, porque estou cansada de salvar o seu pescoço durante as aulas.

Nimue apontou para um arbusto envolto por urtigas.

Esquilo revirou os olhos.

— Raiz de alcaçuz. Protege a gente da magia do mal.

— E?

O menino franziu o nariz, pensando.

— Bom para garganta inflamada?

— Belo chute — brincou Nimue, erguendo uma pedra e expondo pequenas flores brancas.

Esquilo tirou uma meleca do nariz, imerso em pensamentos.

— Sanguinária, contra maldições — falou — e ótima para ressaca.

— O que você sabe sobre ressacas?

Nimue deu um empurrãozinho nele, que riu, dando uma cambalhota para trás e caindo no musgo macio. Ela foi atrás, mesmo sabendo que não tinha chance de capturá-lo. Esquilo passou voando sob o queixo caído da Moça Triste e saltou para um galho de onde se via claramente os pastos e as cabanas de Dewdenn.

Nimue se juntou a ele, um pouco sem fôlego, curtindo a brisa nos cabelos.

— Eu vou sentir a sua falta — disse Esquilo, pegando a mão dela.

— Vai? — Nimue bateu de leve com o quadril nele e puxou a cabeça suada do menino para si. — Vou sentir falta de você também.

— Sua mãe sabe que você vai embora?

Nimue estava pensando em como responder quando sentiu o zumbido dos Ocultos no estômago. Ela enrijeceu. Era uma sensação ruim, como perceber um ladrão subindo pela janela. A garganta ficou seca. Pigarreou um pouco e cutucou Esquilo, dizendo:

— Volte correndo. A aula acabou.

Isso foi música para os ouvidos do menino.

— Eba! Chega de aula!

Ele disparou entre os pedregulhos e foi embora, deixando Nimue sozinha com o estômago revirado.

O Povo do Céu conhecia os Ocultos, os espíritos invisíveis da natureza, dos quais se acreditava que o clã de Nimue descendia. De fato, os rituais do Povo do Céu invocavam os Ocultos para todo tipo de problema, fosse pequeno ou grande. Enquanto o arquidruida presidia as cerimônias cruciais do ano e julgava disputas entre anciões e famílias, esperava-se que o Conjurador invocasse os Ocultos para abençoar a colheita ou trazer a chuva, facilitar um parto ou guiar os espíritos de volta ao sol. No entanto, como Nimue havia aprendido desde cedo, essas invocações, essas chamadas aos Ocultos, eram, em grande parte, cerimoniais. A resposta quase nunca vinha. Até mesmo o Conjurador, escolhido pela conexão que se acreditava que tivesse com os Ocultos, em geral intuía as mensagens dos espíritos, interpretando as nuvens ou provando o gosto da terra. Para a maior parte do Povo do Céu, a conexão com o Oculto era como uma goteira no orvalho. Para Nimue, porém, era um rio caudaloso.

Contudo, aquela sensação estava diferente. O zumbido latejava na barriga, mas uma calma, uma quietude, se instalou sobre o bosque do Pau-ferro. O coração de Nimue saltou no peito, não apenas por medo, mas por pressentimento. Era como se algo estivesse chegando. Ouvia a presença anunciada no barulho das folhas, no zumbido das cigarras, no assobio da brisa. Dentro desses sons, Nimue escutou palavras, como o murmúrio de vozes empolgadas dentro de um salão lotado. Aquilo lhe deu esperanças por uma comunhão que fizesse sentido. Que lhe desse respostas. Que informasse por que ela era diferente.

Nimue sentiu um movimento e se virou para um pequeno cervo ali perto. O zumbido na barriga ficou mais alto. O animal a encarou com grandes olhos pretos, mais velhos do que o toco de madeira morta e apodrecida embaixo dela, mais velhos que a luz do sol banhando suas bochechas.

Não tenha medo. Nimue ouviu a voz, e não foi um pensamento dela. Foi o cervo. *A morte não é o fim.*

Não conseguia respirar. Tinha medo de se mexer. O silêncio rugiu nos seus ouvidos. Um assombro esmagador, como a vastidão de um sonho, preenchia o espaço atrás dos olhos. Nimue lutou contra o desejo de correr ou fechar as pálpebras, como costumava fazer até a sensação passar. Não, precisava estar desperta para aquele momento. Enfim, depois de tantos anos, os Ocultos queriam lhe dizer algo.

Uma nuvem passou pelo sol, e a floresta ficou escura e fria. Nimue sustentou o olhar do animal, apesar do medo que sentia. Era filha da arquidruidesa, não recuaria da mente secreta dos Ocultos.

Nimue se ouviu perguntando:

— Quem vai morrer?

Escutou o zumbido de uma corda, seguido por um silvo, e viu uma flecha se cravar no pescoço do cervo. Uma nuvem de melros irrompeu das árvores quando a conexão foi interrompida. Nimue se virou, furiosa. Lá estava Josse, um dos gêmeos do pastor, comemorando o tiro certeiro. Ela se voltou para o animal caído na terra, com os olhos vidrados e vazios.

— O que você fez? — gritou Nimue quando Josse avançou pelos galhos para pegar a presa abatida.

— O que acha que eu fiz? Providenciei o jantar. — Josse agarrou o bicho pelas patas traseiras e levou-o aos ombros.

Vinhas prateadas subiram pelo pescoço e pela bochecha de Nimue enquanto ela se irritava, e o arco de Josse se contorceu de maneira impossível, depois quebrou nas mãos dele, ferindo-o. Chocado, o rapaz largou o cervo e o arco no chão. A arma se contorceu como uma cobra moribunda.

Ele ergueu o olhar para Nimue. Ao contrário de Esquilo, Josse conhecia as fofocas da vila.

— Sua bruxa doida!

Ele empurrou Nimue com força contra o toco ao pegar o arco arruinado. A jovem se preparou para dar um soco no rosto de Josse quando a mãe dela apareceu, como um espectro, na beira do bosque.

— Nimue. — A voz de Lenore saiu gelada o suficiente para esfriar o mau gênio da filha.

Bufando, Josse catou o animal, os pedaços do arco e foi embora.

— Você vai pagar por isso, bruxa maldita! Eles estão certos sobre você!

— Ótimo — retrucou Nimue. — Fique com medo! E me deixe em paz!

Josse saiu, furioso, e Nimue ficou definhando sob o olhar de desaprovação de Lenore.

Momentos depois, foi atrás da mãe, que percorreu as pedras lisas do Caminho Sagrado do Sol em direção à entrada escondida do Templo Submerso. Embora nunca parecesse se apressar, Lenore estava sempre dez passos à frente.

— Você vai encontrar uma boa madeira, vai esculpi-la e vai colocar uma corda no arco — mandou Lenore.

— O Josse é um idiota.

— E vai pedir desculpas ao pai dele.

— O Anis? Outro idiota. Seria bom se a senhora ficasse do meu lado pelo menos uma vez.

— Aquele cervo vai alimentar muitas bocas famintas — argumentou Lenore.

— Era mais do que um cervo — retrucou Nimue.

— Os rituais apropriados serão feitos.

Ela balançou a cabeça.

— A senhora nem está ouvindo.

Lenore se virou, com uma expressão feroz.

— O quê, Nimue, o quê? O que eu não estou ouvindo? — Ela baixou a voz. — Você sabe o que eles dizem. Sabe como eles se sentem. Esse tipo de acesso de raiva só alimenta o medo.

— Não é culpa minha — falou Nimue, odiando a vergonha que sentia.

— Mas a raiva é sua. E *isso* é culpa sua. Você não tem disciplina. Não parece ter cuidado. No mês passado, foi a cerca de Hawlon.

— Ele cospe no chão quando eu passo!

— Ou o incêndio no celeiro do Gifford...

— Até quando a senhora vai falar disso?

— Até você me dar motivos para parar! — Lenore pegou Nimue pelos ombros. — Esse é o seu clã. Sua gente. Eles não são seus inimigos.

— Não é como se eu não tivesse tentado. Eu tentei! Mas eles não me aceitam. Eles me odeiam.

— Então, ensine a eles. Ajude-os a compreender. Porque um dia você vai ter que ajudar a liderá-los. Quando eu me for...

— Liderá-los? — Nimue riu.

— Você tem um dom — argumentou Lenore. — Você os vê, você os vivencia de maneiras que nunca vou entender. Mas um dom como esse é um privilégio, não um direito, e deve ser recebido com graça e humildade.

— Não é um dom.

Um sino distante tocou. Lenore levantou a bainha rasgada e enlameada de Nimue.

— Você não poderia abrir uma exceção? Só hoje?

A jovem deu de ombros, um pouco envergonhada.

Lenore suspirou.

— Venha.

Passou com cuidado por um véu de videiras e desceu um lance de degraus velhos, escorregadios de lama e musgo. Nimue passava as mãos ao longo das paredes esculpidas com os mitos dos Deuses Antigos, amparando-se nelas durante a descida no enorme Templo Submerso. Os raios de sol chegavam até ali, a dezenas de metros de profundidade, através de uma abertura natural no dossel, banhando a pedra do altar.

— Por que tenho que participar disso? — perguntou Nimue, seguindo pelo caminho inclinado que descia em espiral até o fundo.

— Estamos escolhendo o Conjurador. Este indivíduo, no futuro, será o arquidruida. Hoje é um dia importante, e você, como minha filha, deve estar ao meu lado.

Nimue revirou os olhos quando as duas chegaram ao piso do templo, onde os anciões da aldeia já estavam reunidos. Alguns fecharam a cara diante da presença da menina, que fez questão de evitar o círculo e se apoiar de maneira desleixada em uma das paredes distantes.

Ajoelhado e meditando diante do altar estava o filho do Curandeiro Gustave, Clovis, um jovem druida que tinha sido um acólito leal a Lenore e era respeitado pelo vasto conhecimento sobre magias de cura.

Os anciões se sentaram de pernas cruzadas no círculo enquanto Lenore dava a mão a Clovis para ajudá-lo a ficar de pé. Gustave, o Curandeiro, também estava presente, vestido com as suas melhores roupas, radiante de orgulho. Ele se sentou com os anciões no momento em que Lenore se virou para se dirigir aos presentes.

— Como o Povo do Céu, damos graças à luz que fornece vida. Nós nascemos no amanhecer...

— Para morrer no crepúsculo — responderam os anciões, em uníssono.

Lenore fez uma pausa e fechou os olhos. A cabeça se inclinou como se estivesse ouvindo alguma coisa. Depois de um momento, marcas brilhantes, parecidas com vinhas prateadas, subiram pelo lado direito de seu pescoço, enchendo a bochecha e passando ao redor da orelha.

Os Dedos de Airimid apareceram nas bochechas de Nimue e nas dos anciões do círculo.

Lenore abriu os olhos, anunciando:

— Os Ocultos estão aqui agora. Desde que a nossa querida Agatha fez a passagem, não temos mais um Conjurador. Isso nos deixou sem um sucessor, sem um Guardião das Relíquias e sem um Padre da Colheita. Agatha também tinha uma profunda comunhão com os Ocultos. Ela era uma amiga estimada e dedicada. Jamais será substituída. Mas as nove luas já passaram, e é hora de nomear um novo Conjurador. Embora existam muitos atributos que um Conjurador deva possuir, nenhum é mais importante que um relacionamento permanente com os Ocultos. E, apesar de todos amarmos o nosso Clovis — Lenore ofereceu um sorriso tranquilizador ao jovem druida ao lado do altar —, ainda precisamos dos Ocultos para ungir a escolha do Conjurador.

Lenore sussurrou palavras antigas e levantou os braços. A luz que transbordava do alto assumiu um ardor, como os fogos da forja, e fagulhas minúsculas se afastaram da luz para dançar no ar. A mesma luz parecia se desprender do musgo que cobria os obeliscos e as pedras antigas e se misturava às fagulhas em uma nuvem luminosa e fluida.

Clovis fechou os olhos e abriu os braços para receber a bênção dos Ocultos. As faíscas se aproximaram dele em uma massa amorfa, depois se enroscaram e se retorceram para longe do rapaz e do altar, se alongando e se estendendo em direção a Nimue, que observava, com olhos cada vez mais arregalados, a nuvem que se derramava sobre ela. A garota ergueu um braço para se proteger, embora as faíscas não causassem dor.

Mas o que estava acontecendo causou agitação entre o círculo de anciões.

Lenore permaneceu confiante, o rosto cheio de admiração, enquanto os murmúrios de protesto se transformavam em vozes elevadas. Gustave se levantou.

— Esse ritual é impuro!

— Era para ser Clovis! — disse um ancião.

— Nimue é uma distração! — falou outro.

— Clovis é talentoso e gentil, e valorizo muito os seus conselhos. Mas a decisão de nomear o Conjurador pertence aos Ocultos — respondeu Lenore.

— O quê? — indagou Nimue em voz alta.

Ela se sentiu encurralada pelos olhares acusadores. As bochechas ardiam, e Nimue lançou um olhar furioso para a mãe enquanto endireitava a postura e saía andando, tentando escapar da nuvem, mas as partículas de luz estavam determinadas a segui-la e iluminá-la no exato momento em que desejava ficar invisível.

Florentin, o moleiro, apelou para a lógica.

— Mas, Lenore, você não pode estar sugerindo... Quer dizer, a Nimue é jovem demais para essas responsabilidades.

— É verdade que, aos 16 anos, ela seria jovem para se tornar uma Conjuradora — reconheceu a mãe, falando como se não estivesse surpresa com a reviravolta dos acontecimentos —, mas a sua conexão com os Ocultos deve superar tais considerações. Acima de tudo, espera-se que o Conjurador conheça a mente dos Ocultos e guie o Povo do Céu até o equilíbrio e a harmonia em ambos os planos da existência. Os Ocultos têm sido atraídos por Nimue desde que ela era bem jovem.

Lucien, um druida venerável, que sustentava o corpo curvado com um forte ramo de teixo, perguntou:

— Mas não são apenas os Ocultos que a procuram, não é?

As cicatrizes nas costas dela formigaram. Nimue sabia a que ponto aquilo ia chegar. Os lábios de Lenore franziram um pouco, o único sinal da fúria que sentia.

Lucien coçou a barba branca e irregular, fingindo inocência.

— Afinal, ela é marcada pela magia maléfica.

— Não somos crianças, Lucien. Podemos ser conhecidos como Dançarinos do Sol, mas isso não significa que ignoramos as sombras. Sim, quando era jovem, Nimue foi atraída para o bosque do Pau-ferro por um espírito sombrio e provavelmente teria sido morta ou coisa pior, não fosse pela intervenção dos Ocultos. É possível dizer que esse evento já faz dela uma valiosa Conjuradora.

— Essa é a história que nos foi contada — retrucou Lucien, zombando.

Nimue queria se encolher e se enfiar em um buraco. As partículas de luz não a abandonavam. Sacudiu os braços, irritada, tentando afastá-las, mas elas apenas se dispersavam e retornavam como um halo.

— O que exatamente está insinuando sobre a minha filha, Lucien?

Gustave tentou colocar panos quentes na situação e preservar as chances de o filho virar Conjurador.

— Vamos tentar o ritual outra vez, mas sem a presença de Nimue.

— Então agora questionamos a sabedoria dos Ocultos quando não gostamos das escolhas deles? — perguntou Lenore.

— Ela é uma corruptora! — gritou Lucien.

— Retire o que disse — alertou Lenore.

— Não estamos sozinhos nas nossas suspeitas — falou Lucien. — O próprio *pai* a rejeitou, preferindo abandonar o clã a viver sob o mesmo teto que ela.

Nimue entrou no círculo dos anciões.

— Eu não quero ser a maldita Conjuradora! Estão felizes? Não quero!

Antes que Lenore pudesse detê-la, Nimue deu meia-volta e subiu correndo pelo caminho sinuoso, os gritos abaixo ecoando nas antigas paredes de pedra.

TRÊS

NIMUE SÓ CONSEGUIU RESPIRAR DE NOVO quando irrompeu no ar fresco do bosque do Pau-ferro, sufocando as lágrimas, furiosa demais para se deixar chorar. Queria afogar Lucien, aquele velho idiota, e arrancar o cabelo da mãe por fazê-la participar daquela cerimônia de araque.

Pym, sua melhor amiga, era alta e desajeitada. A jovem carregava com dificuldade um feixe de trigo pelo campo quando viu Nimue marchando morro abaixo, se afastando do bosque.

— Nimue! — Pym largou o feixe e alcançou a garota, que passou por ela. — O que foi?

— Sou uma Conjuradora.

Nimue continuou andando.

Pym deu uma olhada para o carrinho de mão e depois se voltou para a amiga.

— Você é o quê? Espere, foi Lenore que disse isso?

— E daí se foi? — falou Nimue. — É tudo uma piada.

— Vá com calma. — Pym correu atrás dela, cansada de carregar o trigo.

— Eu odeio isso aqui. Estou indo embora. Vou pegar o barco hoje.

— O que aconteceu? — Pym puxou Nimue para perto.

A expressão de Nimue era feroz, mas havia lágrimas nos seus olhos. Ela as secou com a manga.

Pym abrandou o tom.

— Nimue?

— Eles não me querem aqui. E eu não os quero por perto. — A voz saiu trêmula com a resposta.

— Você não está falando coisa com coisa.

Nimue se abaixou e entrou na pequena cabana de madeira e barro que compartilhava com a mãe. Ela tirou um saco de debaixo da cama, enquanto Pym bufava na porta. Dentro do saco havia uma capa pesada de lã, luvas, meias, sabão de cinzas, uma pederneira, um odre vazio, nozes e maçãs secas. Pegou alguns bolos de mel da mesa e saiu pela porta tão rápido quanto tinha entrado.

Pym foi atrás, perguntando:

— Para onde você vai?

— Para a Ponte do Gavião.

— Agora? Está louca?

Antes que Nimue pudesse responder, foi interrompida por gritos. Ela e Pym olharam para a estrada e viram um menino sendo ajudado a sair de cima de um cavalo. Mesmo de longe, Nimue conseguiu ver que o pelo branco do animal estava manchado de sangue. Um dos homens do vilarejo carregou o menino nos braços. A pele dele era azul-clara, os braços anormalmente longos e finos, os dedos esguios, ideais para escalada.

— É um Asa de Lua — sussurrou Pym.

Os aldeões levaram o menino Asa de Lua ferido para o interior da cabana do Curandeiro, e batedores dispararam para o bosque do Pau-ferro em busca dos anciões. Liderados por Lenore, todos surgiram da floresta com expressões sérias. Passaram por Pym e Nimue sem sequer um olhar, exceto Lucien, que deu um sorriso torto para a segunda enquanto se dirigia até a cabana do Curandeiro.

Nimue e Pym se ajoelharam perto da janela, assistindo a Lenore e os anciões se reunirem dentro da cabana. Os Asas de Lua eram uma visão rara em qualquer lugar, uma raça tímida e de modos noturnos, adaptada à vida nas árvores do interior das florestas. Seus pés quase nunca tocavam o chão, e a pele podia assumir a cor e a textura da casca de qualquer árvore em que estivessem. Além disso, a antiga animosidade entre o Povo do Céu e os Asas de Lua tornava a aparição daquele garoto em Dewdenn ainda mais estranha e perturbadora.

O peito do menino tremeu enquanto ele falava, e a voz saiu fraca.

— Eles vieram de dia, enquanto estávamos dormindo. Usavam roupas vermelhas. — Ele soltou uma tosse seca, e a tremedeira no peito piorou. — Atearam fogo à floresta, e ficamos presos nos galhos. Muitos morreram durante o sono por causa da fumaça. Outros saltaram para a morte. O Monge Choroso estava esperando. Ele nos abateu. Penduraram os outros nas cruzes.

Outro acesso de tosse deixou o menino sem fôlego e com os lábios úmidos de sangue. Lenore acalmou o Asa de Lua enquanto Gustave preparava um cataplasma às pressas.

— Isso não é mais um problema do sul. Os Paladinos Vermelhos estão avançando para o norte. Estamos no caminho deles — alertou Felix, um fazendeiro parrudo que fazia parte dos anciões.

— Ninguém deve viajar até sabermos mais sobre os deslocamentos e a quantidade de Paladinos Vermelhos — anunciou Lenore.

— Como vamos vender os nossos produtos sem o dia de feira? — perguntou Florentin.

— Vamos despachar alguns batedores hoje. Com sorte, esta restrição só vai durar um ciclo lunar. Enquanto isso, vamos ter que nos virar. Dividam os produtos agrícolas entre si. Compartilhem. E devemos nos aproximar dos outros clãs.

Enquanto os anciões debatiam, Nimue puxou Pym para longe da janela e foi na direção dos estábulos.

— Como assim? Você ainda vai embora?

— Claro — respondeu Nimue. — Esperar só ia piorar as coisas. Tem que ser agora.

— Sua mãe acabou de dizer que não podemos ir à Ponte do Gavião.

Nimue entrou nos estábulos, retirou a sela de um gancho e preparou a palafrém, Dama do Crepúsculo, para cavalgar.

— Não vou deixar você entrar em nenhum barco. Não vou me despedir.

Nimue tentou soar severa.

— Pym...

— Não vou. — Pym cruzou os braços.

* * *

Até a Ponte do Gavião era uma viagem de quinze quilômetros passando por colinas suaves e florestas densas. A cidade era grande o suficiente a ponto de atrair artistas e mercenários para as tavernas e promover uma feira razoável a cada duas semanas, sempre às quintas. Assim, para o Povo da Lua, como Nimue e Pym, Ponte do Gavião era Roma, era o mundo. Um forte de madeira dava para a cidade, que repousava sobre uma elevação ao norte. Mais de uma dúzia de homens enforcados serviam de alimento para corvos no muro mais alto do forte, um aviso sinistro para forasteiros e ladrões.

Pym estremeceu ao ver aquilo. Ela puxou o capuz da capa e apertou mais em volta do rosto.

— Essas capas são uma porcaria de disfarce. E eu trabalhei o dia todo. Estou fedendo.

— Eu mandei você não vir — retrucou Nimue. — E você não está fedendo. Não muito.

— Eu te odeio — disse Pym.

— Você é linda e tem cheiro de violetas — falou Nimue, mas mesmo assim escondeu o cabelo sob o capuz, por segurança.

O povo feérico usava o cabelo solto, ao contrário das mulheres da cidade, que o mantinham preso sob uma touca ou véu.

— Isso é loucura — disse Pym.

— É por isso que você me ama.

— Eu não te amo. Vim aqui impedir você de ir embora e estou com raiva de que esteja mesmo indo.

— Eu trago aventura para a sua vida.

— Você traz preocupação e castigo.

Os guardas do portão leste permitiram a entrada de Pym e Nimue sem muito alarde. As garotas colocaram Dama do Crepúsculo em um estábulo próximo e caminharam até o porto da baía de Scarcroft, um pequeno cais para pescadores locais e marinheiros mercantes. Gaivotas barulhentas pairavam sobre os cascos de pequenos barcos de pesca, depois mergulhavam nas dezenas de armadilhas cheias de pescado que revestiam as docas, brigando pelo conteúdo.

Ao se aproximarem da doca lotada e barulhenta, Nimue sentiu Pym tremendo de nervoso.

— Como você sabe que vai ser aceita? — perguntou Pym.

— O *Escudo de Latão* leva algumas dezenas de peregrinos a cada jornada. Ouvi dizer que foi esse navio que Gawain tomou. É a única embarcação que atravessa o mar até os Reinos do Deserto. — Nimue desviou de um menino com uma caixa de caranguejos vivos.

— É claro que é o único navio que vai para os Reinos do Deserto. E sabe o que isso diz? Que ninguém quer ir para os Reinos do Deserto, oras. Sinceramente, por que tanta preocupação? Ser nomeada Conjuradora é uma grande honra. As vestes são gloriosas, e você pode usar joias incríveis. Qual é o problema?

— É mais complicado do que isso — explicou Nimue.

Ela amava Pym como uma irmã, mas não gostava de falar sobre os Ocultos com a amiga. Pym gostava do que podia ver e tocar. Aquele era o único assunto que Nimue preferia guardar para si.

— Pelo menos a sua mãe quer você com ela. A minha fica tentando me casar com o peixeiro.

Nimue concordou com a cabeça, solidária.

— O Aaron Fedido.

Pym olhou feio para ela.

— Não tem graça.

Quando Nimue percebeu a enormidade do que estava prestes a fazer, ficou séria. Ela se virou para a amiga, querendo que Pym entendesse.

— Os anciões não me aceitam. — Aquela era uma meia verdade.

— Quem se importa com o que aquelas cebolas murchas pensam?

— Mas e se eles estiverem certos em não me aceitar?

Pym deu de ombros.

— E daí que você tem visões?

— E as cicatrizes.

— Essas coisas definem o seu caráter? — perguntou Pym. — Eu só estou tentando ajudar.

Nimue riu e abraçou a amiga.

— O que vou fazer sem você?

Pym se levantou.

— Então fique, sua idiota.

Nimue balançou a cabeça, depois foi para o cais. Pym correu atrás dela como uma galinha preocupada correndo atrás de um pintinho.

— E se descobrirem que você é feérica? E se virem os Dedos de Airimid? — sussurrou Pym.

— Não vão ver — respondeu Nimue. — Você cuida da Dama do Crepúsculo?

— Sim. E o dinheiro?

— Tenho vinte moedas de prata. — Nimue suspirou, exasperada.

— Mas e se roubarem você?

— Pym, chega! — Nimue meio que gritou, se aproximando do capitão do porto, um sujeito careca e suado que estava sentado a uma mesa, espantando gaivotas mais ousadas.

— Com licença, senhor, mas qual destes é o *Escudo de Latão*? — indagou Nimue.

O capitão nem tirou os olhos da lista.

— O *Escudo de Latão* zarpou ontem.

— Mas eu pensei… pensei… — Nimue se virou para Pym. — Gawain foi embora no meio do inverno. É só novembro. O navio ainda deveria estar aqui.

— Diga isso aos ventos do leste — falou o homem, a voz cheia de irritação.

— Quando ele retorna? — perguntou Nimue, vendo a sua fuga escapulir.

O capitão do porto ergueu o olhar abatido e fechou a cara.

— Seis meses! Agora, podem me dar licença?

Começou um empurra-empurra entre os pescadores que retiravam as armadilhas do lugar, dispersando os pássaros. O capitão do porto se esqueceu de Nimue e Pym na mesma hora e correu para a confusão.

— Ei! Nada de fazer isso aqui! Parem!

Nimue se virou para a amiga, os olhos cheios de lágrimas.

— O que faço agora?

Pym arrumou o cabelo de Nimue sob o capuz.

— Bem, pelo menos posso ficar com você um pouco mais.

Ela olhou para o horizonte, tentando contemplar outros seis meses na aldeia. Parecia uma eternidade.

Pym passou um braço pelo seu ombro.

— Venha, vamos fazer as pazes com a sua mãe.

Ela começou a arrastar Nimue de volta aos estábulos.

— Uma caravana de peregrinos — decidiu a jovem fujona, virando o corpo de repente e marchando de volta à cidade.

— Peregrinos? Mas eles odeiam os feéricos. É o último lugar em que você deveria ser vista.

Nimue sabia que estava se agarrando a qualquer coisa, mas retornar a Dewdenn não era uma opção.

Pym a pegou pelo braço. A amiga estava determinada a vencê-la pelo cansaço.

— Já sei o que podemos fazer — disse Pym, mudando de tática. — Eu vou ser a Conjuradora e você se casa com o Aaron Fedido.

A cara feia de Nimue se desmanchou.

— Eu não quero...

— Ah! Então a sua vida não é tão horrível, no final das contas!

Nimue saiu correndo, e Pym foi atrás.

Era dia de feira, e mal dava para andar pela rua estreita, com tantos bois puxando carroças de grãos e cavalos de carga arrastando blocos de pedra para a catedral em construção, sem falar nos meninos de fazenda, que corriam descalços atrás de um bando de gansos errantes. Uma família de quatro pessoas — pelos trajes, dava para ver que eram peregrinos — fechou a cara para as garotas, e o pai resmungou algo baixinho ao passarem.

— Peregrinos — falou Pym. — Mesmo com as nossas capas, eles sabem que somos feéricos. Por que não pediu carona?

Nimue franziu o cenho.

— Vamos pegar um pouco de pão e queijo para a viagem e voltar para casa enquanto ainda tem luz — disse Pym.

Ela puxou Nimue pela rua que levava à grande praça da cidade. As meninas ficaram com água na boca ao sentirem cheiro de pão sendo assado. A esposa do padeiro havia posto uma mesa de roscas ao lado de outra mesa de tortas de queijo brie e bolos de especiarias. Um malabarista de túnica surrada saltou diante delas, enquanto os atores montavam um palco ali perto.

Enquanto Pym aplaudia, Nimue examinou a praça, até seu olhar parar em dois homens a cavalo com os trajes dos monges vermelhos e observavam a multidão com rostos carrancudos. Mal eram homens feitos, tinham a mesma idade que ela e Pym, e usavam o cabelo em tonsura. Ambos eram magros, embora um parecesse ter uma cabeça a mais de altura do que o companheiro. A mão de Nimue apertou o pulso de Pym, e seu olhar dirigiu a visão da amiga para os sujeitos.

— Acho que são eles.

— Quem? — Pym vasculhou a multidão.

— Os Paladinos Vermelhos.

A amiga ofegou, assustada, e levou a mão à boca.

— Não faça alarde — advertiu Nimue.

Pym baixou a mão, mas os olhos estavam arregalados e assustados.

— Vou tentar chegar mais perto — disse Nimue, vencendo os esforços de Pym para puxá-la de volta.

Abriu caminho entre a multidão enquanto os Paladinos Vermelhos incitavam os cavalos a dar uma volta no outro lado da praça, ao longo de uma fileira de barracas de artesanato. Os dois pararam diante de uma mesa de espadas. Um dos monges disse algo ao ferreiro, que assentiu e selecionou um punhal entre as armas, entregando-o ao outro monge. Ele inspecionou a lâmina, aprovou com um dar de ombros e enfiou a arma dentro de um alforje, depois incitou o cavalo na direção da próxima barraca. O ferreiro gritou com raiva, exigindo o pagamento. O monge menor girou no cavalo, trotou até o ferreiro e meteu a bota no peito dele, que caiu em cima da mesa de espadas, derrubando as mercadorias. O Paladino Vermelho circulou, esperando para ver se o ferreiro tinha algo mais a dizer. Não tinha. O ferreiro recuou para o interior da barraca. O monge bufou de desdém e olhou em volta para ver se mais alguém falaria algo. Tanto os comerciantes quanto os camponeses mantiveram as cabeças abaixadas e abriram um círculo largo ao redor do monge, que, satisfeito, se juntou ao irmão com o punhal roubado.

— Eles simplesmente roubaram o ferreiro — observou Nimue, ofendida.

— E daí? — sussurrou Pym, dobrando o corpo para ficar mais baixa e menos visível na multidão.

Nimue sentiu um nó de raiva no estômago. Perseguiu os Paladinos Vermelhos a cinquenta passos de distância, tomando o cuidado de usar os peregrinos, os trabalhadores rurais e os vendedores ambulantes como cobertura. Mas se esconder ficou mais difícil quando os dois entraram em uma rua estreita na esquina do prédio da administração da cidade com o pesador. Nimue puxou

Pym para uma arcada aberta de arcos abobadados, com cestos de ervas e verduras à venda. Elas acompanharam o balanço da cabeça dos monges entre as colunas até que sumissem de vista. Nimue esperou alguns instantes antes de arrastar Pym para a borda da arcada e depois para a rua estreita. Cavalos de carga se enfiaram na rua entre ela e os paladinos, que se juntaram a outro par de irmãos a cavalo sob um andaime de três andares. Lá no alto, pedreiros remendavam um telhado castigado pelas intempéries. Nimue e Pym se abrigaram em uma porta, a trinta passos de distância, enquanto os Paladinos Vermelhos conversavam em voz baixa.

— Tá, já vimos eles. Vamos embora — sussurrou Pym, puxando a manga da amiga.

Nimue saiu pela porta, deixando Pym para trás, e entrou de mansinho ao lado de outro cavalo de carga que vinha da praça da feira. Andou ao lado do animal por vários passos. Um instante depois, o cavalo de carga interrompeu a conversa dos Paladinos Vermelhos, pois a rua não era larga o suficiente para todos. O pedreiro que levava a carroça de pedras estremeceu.

— Perdoem-me, irmãos — falou, tentando se desviar do grupo.

Os monges fecharam a cara quando os cavalos retrocederam, tentando se posicionar em volta da carroça do pedreiro. No meio da confusão, Nimue passou entre os cavalos dos Paladinos Vermelhos, tirou o punhal roubado do alforje do ladrão e o escondeu dentro da própria manga. O monge mais baixo se virou na direção da garota, mas tudo que viu foi um vislumbre de saias quando ela virou a esquina e entrou em outro beco.

Pym disparou para longe da porta e correu de volta para a agitação da arcada. A respiração mal começara a se acalmar quando sentiu uma lâmina comprida na garganta. Ela congelou.

— Me passe todas as suas moedas! — rosnou Nimue no ouvido de Pym.

Ela se virou e deu um tapa na amiga, que estava gargalhando, então também desandou a rir. Porém, não parou com os tapas.

— Ai! Deixa disso! Você está me machucando! — Nimue cobriu a cabeça.

— Eu não vou parar, sua doida!

Pym continuou até que uma fazendeira gritou com as duas ao derrubarem um balde de repolhos. As meninas correram e passaram pela multidão de volta à praça. Nimue foi até a barraca do ferreiro enquanto um martelo retumbava dentro da tenda e devolveu a adaga roubada ao lugar, na mesa de espadas.

QUATRO

Elas vagaram em direção ao som da música. Dois jovens haviam apoiado as espadas em uma roda de carroça e estavam fazendo um concerto improvisado. Nimue percebeu o número de moças que se balançavam à voz do cantor:

Com prados verdes e céus de anil,
O amor, com sua flecha, me atingiu
Nós nos beijamos e dançamos sob a grande estrela
Banhados pela luz da lua tão bela

Curiosa, ela se atentou ao cantor. Tinha rosto de menino, era magro, com ombros largos e cabelo comprido que reluzia ao sol em um tom de cobre. Ao lado, seu amigo, de aparência mais grosseira, tocava bem o alaúde.

Cante alá-lá-ô, cante, minha bela dama do verão,
Cante alá-lá-ô, verão, alá-lá-ô

A voz do jovem cantor era agradável, embora ele tivesse dificuldade com as notas mais altas. Mas algo nele deixou Nimue paralisada. O zumbido dos Ocultos aumentou na barriga e atrás da orelha. Ela tocou a bochecha para se certificar de que os Dedos do Airimid não estavam despontando. *Quem é ele?*, se perguntou. Pelo que via, não era feérico. Mas os Ocultos estavam tentando dizer algo sobre aquele rapaz. Nimue tentou afastar o zumbido, sufocá-lo, mas a sensação persistiu. Seria um aviso? Uma convocação? Uma mistura de ambos?

Pym estalou a língua e deu uma cotovelada em Nimue.

Mas as rajadas de outono são geladas, dama do verão,
As andorinhas voam para o sul, sem mudar de direção.

O olhar do cantor parou em Nimue, e o verso ficou preso na língua.

E o vinho quente...

Ela sentiu as bochechas corarem. Virou o rosto, envergonhada, depois se permitiu encarar os olhos cinzentos do rapaz —, olhos que a lembravam dos filhotes de lobo do bosque do Pau-ferro: alertas e brincalhões, mas que, em breve, seriam perigosos. Ele retomou o verso.

... mas veio uma moça com olhos azuis como gelo sobre o mar,
Cante alá-lá-ô, cante, minha bela dama do verão...

O cantor sorriu para Nimue.

— Ele gosta de você — sussurrou Pym, no seu no ouvido.

Nimue riu, mesmo sem querer. Mas o zumbido na barriga e os olhos cinzentos do cantor foram demais, e ela se voltou para a feira lotada, onde um malabarista dançava no meio de um círculo de crianças. O sujeito se atrapalhou, derrubando as bolas, e uma passou rolando por Nimue. O jovem cantor a apanhou do chão, mas, em vez de devolvê-la ao malabarista, ofereceu a bola para Nimue.

— A senhorita deixou cair isso.

Ela pegou a bola e sorriu.

— Eu pareço malabarista para você?

O rapaz avaliou Nimue.

— Ah, sim, eu sei o que está faltando.

Àquela altura, o malabarista já localizara o cantor, mas não se aproximou para pegar a bola de volta. O cantor roubou a boina do alaudista e colocou-a na cabeça de Nimue.

— Perfeito! — declarou.

Pym bufou, o alaudista reclamou, e Nimue permitiu que ele a provocasse o suficiente para se vangloriar:

— Eu só faço malabarismo com fogo.

O cantor balançou o dedo para a garota.

— Eu já suspeitava.

A julgar pelos modos rudes e a túnica de segunda mão, Nimue imaginou que o rapaz fosse um mercenário. O Povo do Céu aprendia a evitá-los nas estradas da floresta perto de Dewdenn.

O malabarista já estava perdendo a paciência e pegou a bola de volta de Nimue enquanto o cantor colocava o chapéu de menestrel na própria cabeça.

— Chega de charadas. Na verdade, eu sou o grande mestre do malabarismo Giuseppe Fuzzini Fuzzini; sim, Fuzzini duplo! E estou procurando um aprendiz de malabarismo para seguir meus passos.

O cantor pegou dois nabos do barril da barraca de um fazendeiro e começou a própria apresentação, brincando com o malabarista, que tentava afastar as crianças que pulavam para pegar o seu chapéu. Nimue não conseguiu segurar o riso. O jovem mercenário tentou bater os calcanhares e fazer malabarismos ao mesmo tempo, o que sobrecarregou seus talentos já limitados, fazendo com que desabasse no chão, ao lado dos nabos.

— Quer uma cerveja? — perguntou o cantor, levando Pym e Nimue para longe do fazendeiro furioso, na direção de uma taverna barulhenta chamada Asa da Gralha.

— Desculpe, mas deveríamos estar voltando para casa — respondeu Pym.

— Estamos com sede — falou Nimue, passando pelo cantor.

— Que ótimo. — Ele sorriu e a seguiu até a taverna.

— Meu nome é Arthur — disse o cantor enquanto servia duas canecas de cerveja para Pym e Nimue e puxava uma cadeira em uma mesinha na taverna lotada. Os olhos de Pym percorreram o local. A multidão da cidade lançava olhares desconfiados para as duas.

— Sou Nimue. Essa é Pym. — Nimue cutucou a amiga, que deu um sorrisinho.

— "Nimue." Que nome adorável — falou Arthur, brindando com a caneca. — Devo dizer que gosto das capas, são muito misteriosas. Vocês são de algum convento ou algo assim?

— Somos assassinas de aluguel — respondeu Nimue.

— Ah, eu bem que suspeitava. — Arthur entrou na brincadeira, embora ainda fosse bem óbvio que estava tentando identificá-las. — Vocês moram em Ponte do Gavião?

— Perto — falou Nimue, sem pressa de responder às perguntas de Arthur.

É uma cerveja com um rapaz daqui, que mal pode fazer? Ela tomou um gole. Seus lábios formigaram. A cerveja era amarga e estava quente, mas Nimue notou que o sabor melhorava conforme bebia.

— E você?

— Apenas de passagem — respondeu Arthur.

— Você é mercenário?

— De forma alguma. Somos cavaleiros — retrucou ele.

O rapaz apontou com a cabeça para uma mesa barulhenta perto dali, onde vários brutamontes jogavam dados feitos de ossos.

— Bando de trapaceiros! — rosnou um morador local se afastando da mesa.

O mercenário grandalhão que segurava os dados usava uma túnica de cota de malha e ostentava uma careca com várias marcas de combate, combinando com o nariz torto. Ele se levantou ameaçadoramente, espantando o sujeito, e seus olhos opacos encararam Pym e Nimue.

— Bors, que está ali, comandou o exército de lorde Adelard antes que o coração do velho parasse de bater — contou Arthur.

Bors com certeza não era nenhum cavaleiro. Ele e o seu grupo riam e gritavam como homens atrás de briga. Os outros moradores mantiveram as caras nas bebidas. A Asa da Gralha estava enchendo ainda mais. O sol brilhava através da janela sobre o portão oeste. Um bardo começara a afinar a rabeca quando Pym lembrou, ansiosa:

— ... ao anoitecer! Oi? Nimue? Sua mãe vai curtir as nossas peles!

— Então, não faz sentido ficar falando sobre isso.

Outro morador perdeu no jogo de dados para Bors. O sujeito entregou uma bolsinha de moedas enquanto os "cavaleiros" zombavam dele.

— Nimue, está me escutando? A floresta não é segura à noite, e não temos dinheiro para ficar. O que vamos fazer?

— Não vá ainda — falou Arthur, colocando a mão gentilmente no braço de Nimue.

— Arthur! Por que está se escondendo? — vociferou Bors. — Traga essas belas moças para conversar com a gente!

Arthur estremeceu, se conteve, depois sorriu. Ele se levantou enquanto os homens na mesa de Bors murmuraram e riram.

Pym lançou um olhar suplicante para a amiga, mas Nimue terminou a cerveja, limpou a boca com a manga da roupa e seguiu Arthur até a mesa de jogo. *É isso que é estar solta no mundo,* pensou. *Uma aventura a cada esquina.* Ela se imaginou ganhando um saco de moedas e comprando um assento almofadado em uma caravana luxuosa de mercadores que seguia para os mares do sul. Ou, em termos mais práticos, algumas poucas moedas, que podiam bancar a hospedagem e a comida para ela e Pym, além de a chance de planejar os seus próximos passos. A cerveja lhe deu um ar de superioridade ao se aproximar da mesa, logo atrás de Arthur.

— Senhores... — falou ele.

— Rapazes — interrompeu Bors —, Arthur encontrou companhias adoráveis.

Nimue não gostou da maneira como os homens riram. Viu uma mesa cheia de Josses, com cabeças vazias e arrogância de sobra.

— Venham, meninas, tirem as vestes, vamos analisar as mercadorias. — Bors olhava para Pym e Nimue como gado.

— Comportem-se, rapazes — disse Arthur, começando a escoltar as garotas para longe.

— Eu vou arriscar — falou Nimue, ignorando o riso.

Os dedos gordos de Bors contavam moedas na mesa. O mercenário ergueu o olhar para ela.

— Não. É uma péssima ideia — advertiu Arthur.

— Nimue — sibilou Pym.

Um largo sorriso rasgou as bochechas com a barba rala de Bors.

— Mas é claro, minha querida.

Os outros mercenários gargalharam alto e assobiaram em aprovação.

— A moça tem cinco moedas de prata? — perguntou Bors.

— Infelizmente, não.

— Ah, não importa, permitimos apostas diferentes. — Ele fez uma pausa e olhou para Nimue. — Que tal rolarmos os dados por um beijo?

Pym agarrou o ombro da amiga.

— Nós já estávamos de saída...

Nimue se livrou da mão dela.

— Tudo bem.

Mais gritos dos homens. Arthur balançou a cabeça. Nimue se voltou para Bors.

— Mas, se eu ganhar, quero dez moedas de prata.

Bors riu.

— Fechado. — Ele catou os dados de ossos nas mãos enormes. — A moça sabe jogar?

— A pessoa escolhe um número?

— Quase. Tudo que precisa fazer é rolar um sete, não importa a combinação. Dois e cinco. Três e quatro. Seis e um. Entendeu? As chances favorecem você, meu amor. É muito fácil. Só estou tendo uma grande onda de sorte. — Bors colocou os dados sobre a mesa.

Nimue pegou os dados e tateou. Eram viciados, é claro. Nenhum tolo jamais rolaria um sete com eles. Mas Nimue não era tola. Rolou os dados sobre a mesa, e, quando eles pousaram, fechou os olhos e fez a conexão com os Ocultos através dos pensamentos. Sentiu um zumbido levíssimo na barriga, e um fio fino de vinha prateada subiu pela sua bochecha, mas ficou quase todo escondido pelo capuz. *Os Ocultos estão respondendo*, pensou, satisfeita. Às vezes, em pequenas doses, conseguia guiar o poder.

Mas Pym viu os Dedos de Airimid, e os seus olhos se arregalaram de espanto.

Os dados deram três e quatro.

Bors olhou para os dados de ossos. Os mercenários se empertigaram nas cadeiras. Nenhum deles falou. Bors ergueu os olhos devagar para Nimue.

— Jogue de novo.

— Por quê? Eu venci.

O homem se inclinou para a frente e empurrou os dados para Nimue.

— Melhor de três? Parece justo.

— Essas não são as regras — retrucou a jovem.

— Jogue de novo, Nimue, e depois vamos embora. Por favor — implorou Pym.

— Então são vinte moedas de prata se eu ganhar — exigiu Nimue.

Bors se recostou na cadeira, que rangeu sob o seu peso.

— Dá para acreditar nessa mocinha? — Ele balançou a cabeça e gargalhou alto. — Você quer vinte moedas de prata? Então eu também quero algo de valor em troca.

— Combinado.

Pym agarrou o braço de Nimue.

— Pare com isso.

Nimue pegou os dados e os sacudiu na mão. Mais uma vez, os Dedos do Airimid subiram pelo pescoço e atrás da orelha. Ela jogou os dados na mesa. Seis e um. Os mercenários ergueram as mãos e rugiram, sem acreditar, mas ficaram em silêncio quando viram a expressão de Bors.

— Você está enfeitiçando os dados? — rosnou ele.

A Asa da Gralha ficou em silêncio. Nimue sentiu muitos olhos sobre si.

Uma voz distante na sua mente disse: *Fuja, tolinha*. Nimue a ignorou e sorriu para Bors.

— Por quê? Tem medo de feiticeiras?

As orelhas pulsaram com o zumbido, e a represa se rompeu. O poder transbordou de Nimue, e nódulos e espinhos grotescos brotaram da mesa de madeira, e galhos cresceram da cadeira de Bors, dando a volta no pescoço e no peito dele. O homem gorgolejou e puxou a mesa para cima de si, com canecas de cerveja e jarras de vinho, e os mercenários se levantaram, de um pulo, aterrorizados.

— Bruxas feéricas! — gritou um deles.

— Ei! Já chega! Vão embora! — Pym e Nimue se viraram para o taverneiro, que apontava para as duas. — Não queremos gente como vocês aqui!

— Nós pedimos desculpas — disse Pym.

Nimue estava atordoada. A magia a deixara fraca, como se os ossos estivessem vazios. Sentiu a amiga puxá-la em direção à porta, e as duas esbarraram no Paladino Vermelho que roubara o punhal.

— Desculpe, irmão — murmurou Nimue, desfazendo contato visual na mesma hora, para depois sair correndo.

Pela primeira vez naquele dia, foi tomada por uma onda de medo.

CINCO

NIMUE E PYM PEGARAM DAMA DO CREPÚSculo e saíram em disparada pelos portões da cidade. A maioria dos vendedores havia retornado para suas fazendas horas antes. Os visitantes que chegassem à Ponte do Gavião depois do anoitecer teriam que se anunciar aos guardas.

Uma lua do tamanho de uma unha emanava um brilho opaco através das nuvens. A apenas um quilômetro e meio dos portões, o único som na estrada era o barulho lento dos cascos de Dama do Crepúsculo.

— Nimue, o que foi aquilo? Você sabe que não pode fazer magia na cidade! Vão nos enforcar por isso!

— Não era a minha intenção. Eu só... eu não estou me sentindo muito bem.

Sua cabeça latejava. As duas tinham comido muito pouco, apenas alguns biscoitos que tinham trazido da vila, e a cerveja a deixara tonta.

— Por que foi puxar briga com aqueles...?

— Eles não me assustam — murmurou Nimue, ainda se sentindo fraca.

Mas a história era outra com os Paladinos Vermelhos. A raiva que sentira mais cedo se consumira, deixando apenas uma sensação ruim, como se tivesse sido removida do próprio corpo e visse a si mesma se comportando de maneira tão imprudente.

— Metade da aldeia deve estar nos procurando — disse Pym, preocupada.

— Desculpe, Pym. Tente dormir apoiada em mim. Eu levo a gente para casa.

Pym grunhiu, cedendo à fadiga, apoiando o rosto nas costas da amiga. Nimue não tinha ilusões sobre o trajeto de duas horas diante delas. Dama do Crepúsculo não era um animal de batalha e podia muito bem entrar em pânico por causa de lobos. E não era segredo que as clareiras eram um santuário para ladrões ansiosos em saquear os vendedores que voltavam do dia de feira com os bolsos cheios de dinheiro.

Os pensamentos de Nimue foram interrompidos pelo som de um cavalo se aproximando por trás. Pym se remexeu.

— O que foi?

— Silêncio — falou Nimue, girando Dama do Crepúsculo, buscando um lugar para se esconder.

O coração bateu forte, mas a égua escolheu aquele momento para empacar. Nimue enfiou os calcanhares nas costelas do animal, que permaneceu parado no meio da estrada enquanto uma figura solitária se aproximava a cavalo, banhada pelo luar. Desesperada, Nimue pegou uma faca de queijo escondida na sela.

— Não se aproxime!

Pym segurou os ombros dela.

— Eu me rendo — falou uma voz conhecida.

Um corcel preto saiu da escuridão. O jovem segurava uma peça de roupa.

— Isso pertence a uma de vocês?

Na presença de Arthur, Nimue sentiu de novo o zumbido. A mão foi à garganta e, pela primeira vez, percebeu que tinha perdido a capa.

— Você veio até aqui só para me devolver uma capa?

— É uma boa capa.

— Você está sozinho? — Nimue olhou para a escuridão por cima do ombro de Arthur.

— Sim. Quer dizer, fora a Egito aqui. — Arthur afagou o pescoço comprido da égua.

Nimue fez Dama do Crepúsculo ir para a frente até ficar perto o suficiente para que Arthur lhe entregasse a capa.

— Nunca vi ninguém tratar Bors daquele jeito — comentou ele. Nimue não sabia se o rapaz estava impressionado ou com medo.

Jogou a capa sobre os ombros, relutante em admitir que ela própria estava com medo.

— Que pena. Um pouco mais de humildade cairia bem a ele.

— Você devia ter mais cuidado.

— Eu não preciso de conselhos — retrucou Nimue, fazendo o melhor que podia para parecer confiante, mas ciente de que deixara a situação ir longe demais na taverna.

Arthur sorriu, balançando a cabeça.

— Sério? Você sabe de tudo mesmo, não é?

Com sorriso encantador ou não, o tom dele a irritou.

— Pelo menos sei tanto quanto um jovem mercenário que obedece às ordens e fica de boca fechada.

— Nós agradecemos pela capa — interveio Pym. — Não precisava ter feito isso.

— Eu nunca conheci gente como vocês.

— E? — perguntou Nimue.

Arthur levantou as mãos.

— Talvez você não tenha visto tanto do mundo quanto pensa. Por exemplo, tem um sujeito chamado Brinco no Nariz que gosta de armar emboscadas depois dessa curva da estrada.

Pym pareceu assustada.

— E deixa eu adivinhar: você sabe disso porque ele trabalha para você — retrucou Nimue.

As orelhas de Arthur ficaram vermelhas.

— Para o Bors, de vez em quando.

— Vocês são mesmo uns cavaleiros de verdade — zombou Nimue.

— Olha só, é uma época perigosa para os feéricos saírem enfeitiçando homens em plena luz do dia.

— Não somos feiticeiras — disparou Nimue.

— Homens como o Bors são uma coisa — falou Arthur —, mas os Paladinos Vermelhos são outra. Eu vi os campos em chamas. E vocês?

— Eu já vi muita coisa — mentiu Nimue.

— Impossível esquecer o cheiro. Ele se espalha no ar por quilômetros. Os lordes do sul permanecem atrás das suas muralhas enquanto deixam os paladinos andarem livremen...

Nimue calou Arthur. Tinha escutado. Ouvira um som na brisa.

Tudo estava em silêncio.

A seguir, escutaram o murmúrio de vozes se aproximando das clareiras.

— Alguém está vindo. Vamos sair da estrada.

Nimue pegou as rédeas da égua de Arthur e esporeou Dama do Crepúsculo, guiando-os por um aterro até entrar em um pasto escuro. Assobiou baixinho para Dama do Crepúsculo e, por instinto, procurou abrigo em um amontoado de árvores jovens, que não eram suficientes para escondê-los por completo, mas estavam longe o bastante. Os três esperaram. Dama do Crepúsculo bufou, e Nimue acariciou seu pescoço para silenciá-la.

Após uma eternidade, quatro cavaleiros apareceram, parando no local de onde tinham acabado de sair. Um deles estendeu uma lanterna e olhou em volta.

— Amigos do Brinco no Nariz? — sussurrou Nimue.

— Não conheço esses homens — respondeu Arthur em voz baixa.

A mão dele deslizou até a espada, e o semblante alegre virou pedra. Os músculos ficaram tensos.

Mais lobo que filhote, percebeu Nimue.

Um zumbido repentino brotou dentro dela, e Nimue lutou contra a sensação. Mas havia algo em Arthur, um reservatório de energia mal controlado e quase primitivo, que ardia como um forno interno profundo. Era diferente de qualquer aura que Nimue já sentira, o que a deixava curiosa e assustada. Ele não era um rapaz comum.

Risos cruéis trouxeram a atenção de Nimue de volta à estrada. Considerando as vozes grosseiras e os cavalos mal alimentados, não eram Paladinos Vermelhos. Depois de alguns momentos, os cavaleiros seguiram em frente. A luz da lanterna desapareceu, e os músculos de Arthur relaxaram de novo.

— Vamos — sussurrou Nimue para Arthur e Pym.

Ela cavalgou escuridão adentro, para ainda mais longe da estrada.

— Para onde está indo? — perguntou Arthur.

— Montar acampamento. Não vamos pegar essa estrada hoje à noite.

Meio odre de vinho depois, Pym roncava baixinho na grama.

Iluminada pelo luar, Nimue deu a volta em torno de Arthur, apontando a lâmina trêmula para o nariz dele. O rapaz riu.

— O que você está fazendo?

— Ameaçando você — sussurrou Nimue.

Arthur franziu a testa, sacando a espada curta arrastando na grama.

— Você já segurou uma espada antes?

— Eu matei centenas de pessoas.

Arthur arrastou o pé na direção de Nimue.

— Tenha cuidado. — Ela brandiu a arma com vontade, mas o rapaz continuou se aproximando de mansinho.

— Até a morte, então?

— Só se você for descuidado. — Nimue segurou a espada com as duas mãos.

Arthur fez uma finta para a esquerda. Ela golpeou de novo, mas só cortou o ar.

— Você está lutando apenas com a lâmina — disse ele. — É um desperdício de uma boa espada.

Nimue se lançou à frente, e Arthur mal se esquivou.

— Você fala demais.

De repente, o mercenário girou dentro da guarda dela.

— Uma espada é mais que uma lâmina. — Nimue golpeou, e ele se colocou entre as pernas dela, prendendo a lâmina com o guarda-mão. — É o guarda-mão.

Com as espadas presas e apontadas para o chão, ele fingiu golpear Nimue no queixo com a ponta da bainha.

— É também o pomo. — Ele dobrou o joelho por trás do joelho dela. — As pernas.

Em um movimento fluido, virou o cotovelo, tocando a bochecha de Nimue.

— O peso do corpo.

Ela ficou amuada.

Arthur deu um sorrisinho debochado.

Então a menina deu uma cabeçada bem no nariz dele.

— Deuses! — Arthur cambaleou para trás, apertando o nariz para impedir que o sangue escorresse da narina direita.

— E também a cabeça — acrescentou Nimue.

Ele olhou para o sangue nos dedos e riu.

— Já sabe se virar em brigas de taverna, hein?

Nimue avançou contra Arthur, que ergueu a espada curta a tempo, aparando o golpe. Com ambas as mãos, ela golpeou de novo, muito perto do rosto de Arthur, que balançou a cabeça.

— Você é perigosa.

— Essa foi a primeira coisa inteligente que você disse a noite toda. Desiste?

— Nem pensar. — Arthur bufou com desdém e atacou com a espada curta.

Nimue girou para bloqueá-lo, mas errou. O rapaz deslizou a lâmina até o pomo da arma e a girou com força, jogando a espada dela longe.

— Foi sorte! — berrou Nimue, apertando o pulso dolorido.

Arthur embainhou a espada, segurando o pulso dela entre as mãos.

— Você precisa segurar a espada com um pouco menos de força, como faz com as rédeas de um cavalo.

Pym resmungou durante o sono. O ar da noite estava úmido e frio, mas os dedos de Arthur aqueceram bem o sangue de Nimue.

— O que você está fazendo? — perguntou ela, enquanto Arthur massageava a palma da sua mão.

— Isso incomoda?

— Você baixou a guarda.

— Sua espada está na grama. Eu venci.

— Venceu? — Nimue pegou a faca de queijo da saia e levou-a até a garganta do rapaz.

— Isso é uma faca de queijo? — Arthur riu.

— É afiada o suficiente. — Nimue empurrou a lâmina contra o pescoço dele. — Desiste?

— Você é terrível.

Nimue deixou os olhos se demorarem nos dele. Os olhos cinzentos de Arthur eram salpicados de verde, como flocos de esmeralda. O zumbido no estômago aumentou, subiu para o peito e foi para a garganta, sobrepujando Nimue. De repente, ela avançou. Algo no seu interior se conectava a Arthur tão intensamente que ela achou que fosse gritar. Então, surgiram imagens na sua mente: *uma lâmina com o verde dos olhos de Arthur... a mão de alguém com a pele coberta de furúnculos leprosos se aproximando dela... a parede de uma caverna coberta de rostos esculpidos com expressões solenes... uma mulher com cachos vermelhos usando um elmo de dragão... uma coruja com uma flecha nas costas... a própria Nimue embaixo d'água, se esforçando para respirar, a água enchendo os pulmões.... e...*

Ela acordou, arfando, tomando fôlego, tremendo sem parar. Resistiu a uma onda de náusea, em parte causada pelo vinho e em parte pelo medo de que tivesse sucumbido a outra visão e que Arthur pudesse ter testemunhado. Nimue não tinha memória de ter adormecido. Sentiu as roupas molhadas, estava morrendo de frio. A névoa da manhã encharcara as suas roupas. O sol fraco não conseguia atravessar as nuvens baixas. Nunca tinha sentido tanto frio. Balançou Pym para acordá-la.

— Pym, já amanheceu. Temos que ir.

A amiga obedeceu, movendo-se com o estupor de quem acabou de acordar. As duas passaram de mansinho por Arthur, que dormia em um dos alforjes, subiram em Dama do Crepúsculo e entraram trotando na estrada.

Viajaram por uma hora, muito molhadas e sofrendo demais para falar. A estrada estava vazia, a não ser por um dentista ambulante que passara a noite atendendo em fazendas distantes e que parecia estar bebendo desde que pegara a estrada de volta para Ponte do Gavião. Mesmo assim, ele ofereceu às meninas um exame de cortesia, que elas recusaram com educação. Houve um momento muito curioso em que o dentista observou alguns totens nas bijuterias do pulso de Nimue que a identificavam como uma feérica. Ele pareceu receoso e apontou para a estrada à frente, depois parou de repente, como se um momento de coragem tivesse passado. Desejou bom-dia para elas, e seu cavalo relinchou e seguiu trotando pela estrada.

As névoas se dissiparam, e as garotas sentiram o primeiro alívio após o frio da noite. Porém, conforme a floresta se fechava e a estrada estreitava, indicando o último quilômetro para a aldeia, um boi arrastando correntes, sem nenhum arado, saiu em disparada da mata, entrando no caminho delas. O bicho veio arrastando o braço de madeira do arado atrás de si, passando pelas garotas e pela estrada, claramente em pânico. Nimue acompanhou o boi com os olhos, confusa, e se virou. Na brecha do arvoredo, uma coluna de fumaça negra subia de maneira sinistra. Flocos de cinzas vermelhas tremulavam sob a luz do sol que atravessava as folhas.

Seu coração bateu forte.

Incitou Dama do Crepúsculo e, quando a égua saiu da floresta, ouviu os gritos que rasgavam o ar.

SEIS

As portas altas de carvalho do Grande Salão do rei Uther Pendragon se abriram, e dois soldados reais, com três coroas vermelhas bordadas nas túnicas amarelas, representando a Casa Pendragon, arrastaram um mago semiconsciente. Os chinelos de couro deslizavam no chão. A barba louro-amarronzada estava manchada de vinho. Eles o ajudaram a ficar de pé diante do jovem rei no trono.

— Merlin. — Com calma, o rei Uther alisou a própria barba preta encerada. — Chegou na hora certa.

— Demorou um pouco, mas o encontramos entre os repolhos, senhor — disse Borley, o soldado mais velho e parrudo, com orgulho. — Bêbado, infelizmente.

— Não diga. — O rei Uther sorriu com frieza.

Merlin puxou os braços e se livrou dos captores, alisou as vestes azul-escuras e balançou por um momento antes de se equilibrar em um pilar.

— Você nos prometeu chuva, Merlin. E, como sempre, suas palavras se mostraram vazias.

— O clima é inconstante, soberano — respondeu Merlin, agitando os dedos para o céu.

O rei Uther deixou cair um naco de carneiro frio no chão, para os seus cães de caça.

Ele suspeita, pensou Merlin, com a mente confusa encharcada de vinho. *Ele suspeita do meu segredo.* Mas Merlin sabia que os dois continuariam o fingimento. Com apenas 26 anos, Uther era um monarca jovem e inseguro que relutava em admitir erros ou fraquezas. Que Merlin, o conselheiro secreto, o lendário sábio, era um tolo e um bêbado, e não o mais temido de todos feiticeiros. Aquele era provavelmente um pensamento humilhante demais para Uther se demorar nele ou cogitar fazer alguma coisa a respeito. *Vamos acabar com essa farsa de uma vez por todas*, desejou. Merlin, o mago, era Merlin, a fraude. Sua magia se perdera havia quase dezessete anos. Apenas boas doses de espionagem, determinação, orgulho e conhecimento da natureza ingênua dos homens haviam sustentado a mentira durante todo aquele tempo. Merlin já estava farto daquilo. No entanto, algo dentro dele se recusava a confessar a verdade. Medo, talvez. Preferia manter a cabeça ligada ao corpo. Além disso, de alguma forma, expressar a verdade a tornaria mais real. Mais derradeira.

Sir Beric, o outro conselheiro de Uther, um homem rotundo de barba trançada que Merlin sabia que era um sanguessuga e um covarde, torceu o nariz para as palavras do mago e se voltou para o rei.

— A seca e a fome estão causando um pânico ainda maior nas suas províncias do norte da França, majestade. Aproveitando-se dessas emoções, o padre Carden e seus Paladinos Vermelhos incendiaram várias aldeias feéricas.

Uther ficou muito sério e voltou o olhar para Merlin.

— Os Paladinos Vermelhos não são inconstantes, Merlin. Na verdade, são bastante confiáveis. Quantas aldeias feéricas foram queimadas, sir Beric?

O homem consultou um pergaminho.

— Ah, mais ou menos dez, Vossa Majestade.

Se o rei estava esperando por uma reação do mago, ficou desapontado. Merlin apenas serviu uma taça de vinho para si.

Uther escolheu falar com Beric como se o mago não estivesse ali.

— Veja, Beric, Merlin é uma criatura em conflito. É o povo dele que está sendo queimado vivo; no entanto, ele permanece impassível. Não que alguém algum dia o tenha confundido com um homem do povo. Ele não gosta da lama das aldeias do sul. Não, prefere os confortos do nosso castelo e do nosso vinho de ameixa. — Uther se dignou a olhar para o feiticeiro. — Não é mesmo, Merlin?

— O que está acontecendo não é mistério algum. Para sermos francos, temos que reconhecer que os feéricos são os melhores agricultores. Então, em tempos de escassez, a turba arranja motivo para roubar a comida deles. O padre Carden e seus paladinos são instrumentos obtusos para externar esses ódios antigos, nada mais. — Merlin limpou um pouco de vinho derramado nas vestes. — Porém, se Vossa Majestade permitir, os Senhores das Sombras poderão oferecer alguma ajuda nesse ponto.

O rei ficou calado e acenou para que a sua taça fosse reabastecida. Um copeiro o serviu.

A paranoia de Uther sempre aumentava diante da menção do círculo de espiões de Merlin. O mago contava com isso. Era um lembrete de que Merlin não era um homem a ser contrariado. Os Senhores das Sombras eram mais perturbadores para o rei do que os campos de crucificação de Carden. Os feéricos eram um incômodo e ofereciam pouco aos cofres reais, mas os Senhores das Sombras eram diferentes: uma confederação secreta de bruxos, magos e feiticeiros, cada um com as próprias redes, guildas e células em todos os níveis sociais, da mais baixa colônia de leprosos à corte real, todas operando fora do alcance do rei.

O que Merlin deixava de mencionar era que os Senhores das Sombras haviam se tornado um perigo muito maior para *ele próprio* do que para o rei. O mago ganhara uma quantidade incontável de inimigos dentro da organização, que farejavam a sua fraqueza e o seu declínio. Rumores sobre a perda de sua magia estavam circulando ao lado de boatos de assassinos e recompensas sinistras sobre a sua cabeça.

E a resposta de Merlin para tudo isso?

Mais vinho, refletiu, em tom de mistério, cansado de toda aquela situação.

Servos entraram com uma bandeja de comida para o rei, ainda quieto, preocupado com a menção aos Senhores das Sombras.

— O jantar, Vossa Majestade — anunciou o mordomo.

Uther se levantou do trono, sem deixar de olhar para Merlin, e caminhou até a mesa, onde se sentou quando a tampa da bandeja foi levantada, revelando medalhões de carne. O humor de Uther não melhorou com a comida.

— Eu pedi pombas — falou para o mordomo.

— Mil desculpas, Vossa Majestade — respondeu o mordomo —, mas parece que tivemos um problema nos pombais. Algumas aves... há, foram encontradas mortas.

Merlin franziu o cenho ao ouvir aquilo.

— Quantas?

Perturbada pelo mago, a voz do mordomo tremeu um pouco quando ele respondeu:

— Há, nove, senhor.

Até mesmo um cego ainda era capaz de se lembrar de como era a cor azul. Então, Merlin, um homem roubado da Visão, reconheceu o presságio.

Nove pombas.

Nove era o número da magia, mas também da sabedoria e da liderança. As pombas mortas eram um aviso poderoso sobre a paz destruída e a guerra vindoura.

Uther suspirou.

— Apetitoso. Saiam.

O mordomo e os soldados reais se apressaram para deixar a sala do trono.

O rei Uther cortou a carne.

— Um pouco tarde para os seus encantadores ajudarem agora.

— Não necessariamente, Vossa Majestade. Com o incentivo certo, eles poderiam...

Uther socou a mesa, sacudindo o prato e assustando os cães, que começaram a latir.

— Seca! Fome! Tumultos! Não podemos nos dar ao luxo de parecermos fracos para os inimigos! Você sabe que o Rei do Gelo e os invasores do norte espreitam as nossas costas, esperando o momento certo para atacar? Sabe? Queremos chuva, Merlin!

Sir Beric abaixou a cabeça, com medo da ira de Uther. O rei se virou para Merlin, o olhar em chamas.

— Para o diabo com os seus Senhores das Sombras. Até minha mãe duvida que eles existam.

Inabalável, o feiticeiro enfiou as mãos dentro das mangas compridas das vestes.

— Eu asseguraria à rainha regente que eles são bem reais, mas Vossa Majestade quer chuva e, sendo assim, vou redobrar os meus esforços.

— Sim, faça isso. — Uther deu uma mordida.

Entretanto, quando Merlin se virou para sair, em um turbilhão de vestes azuis, o rei acrescentou:

— Sei como você valoriza a sua privacidade, Merlin. Seria uma pena se o restante do mundo soubesse que você estava nos servindo. Quem sabe quais inimigos sairiam da toca?

Merlin concordou com a cabeça ao ouvir o aviso, e deixou as grandes portas da sala do trono baterem ao passar.

Porém, assim que entrou nos corredores sinuosos do castelo Pendragon, logo ficou sóbrio e parou de se balançar. Seus sentidos retornaram, tão aguçados quanto uma raposa. Ele puxou a tocha de uma arandela na parede e entrou em um corredor escuro. Depois de vários passos, parou e escutou. Em algum lugar à frente, havia o som de algo raspando, seguido por pequenas rajadas de ar. O feiticeiro seguiu em frente e dobrou uma esquina, e a luz da tocha revelou uma ave pega, presa no interior, girando em um círculo desesperado no chão, se agitando nos estertores da morte. A pega era um presságio poderoso da bruxaria, mas também da profecia. Os olhos insondáveis de Merlin se ergueram para o teto.

Minutos depois, seus pulmões arderam, sofrendo para subir os últimos degraus da torre mais alta do castelo. Ao chegar no topo, a primeira coisa que notou foi o silêncio. Então viu os pássaros mortos espalhados pelo chão, alguns ainda se contorcendo. Embora a quantidade em si fosse alarmante, a disposição das aves era o elemento mais perturbador. Todas as pegas haviam caído e morrido em dez arranjos inacreditavelmente precisos de três. Dez arranjos de três.

Dez: um renascimento. Uma nova ordem. Pegas mortas.

O fim da profecia?

Nove pombas.

Merlin sentiu a mente rodopiar. Um grande líder mágico. Um novo amanhecer. Uma grande guerra.

Tudo isso está chegando.

* * *

Dellum, o médico, tinha dedos compridos que suturavam carne com a precisão de uma costureira. Devido à alta umidade nas câmaras de pedra negra, o suor pingava do seu nariz comprido sobre o cadáver que estava costurando. Os tetos eram baixos e não havia janelas. A única luz vinha de duas lanternas a óleo nas extremidades opostas da sala, que emitiam um brilho opaco sobre seis mesas largas, quatro das quais continham corpos nus em vários estados de decomposição.

— Ouvi dizer que você é uma espécie de colecionador. É verdade?

Dellum soltou um ganido e deixou cair os instrumentos no chão.

— Quem está aí?

— Eu. — Merlin entrou na luz amarela.

— Como você...?

— A porta estava aberta.

Dellum enxugou o rosto suado com um pano sujo que pendia do cinto.

— Você é Merlin, o mago.

— Você não respondeu à minha pergunta.

Dellum olhou de um lado para o outro.

— Eu... me mandaram não colecionar... parei com isso. Isso aqui é trabalho honesto.

— Que pena — falou Merlin. — Eu estava disposto a pagar regiamente para ver alguns dos seus itens mais... — ele procurou a palavra — obscuros.

— É mesmo? — Dellum coçou as mãos e olhou para uma porta maciça de carvalho perto dos fundos da câmara. — Que, hã, que tipo de item está procurando?

— O número três — respondeu o feiticeiro.

Dellum franziu a testa ao ouvir isso, mas, após um momento, seu rosto se iluminou.

— Acho que tenho a coisa certa.

A porta maciça chiou quando Dellum a abriu. Merlin passou por ele e entrou em uma câmara menor. A lanterna do mago iluminou uma série de prateleiras cheias de pequenos potes empoeirados e sombrios. O cheiro de carne estragada era tão intenso que dava ânsia de vômito. O médico atravessou o ambiente, pegou um pacote e o levou para a mesa de exame, para que Merlin pudesse inspecionar o seu conteúdo. O objeto estava embrulhado em um pano gorduroso.

— Chegou há três dias — explicou Dellum. — Nascido em uma família de camponeses em Colchester.

Ele desembrulhou o espécime. Como de costume, Merlin não demonstrou emoção. O bebê devia ter uma ou duas semanas de idade, estava murcho e verde-pálido de podridão, com os bracinhos encolhidos e as mãos fechadas em punhos minúsculos. A cabeça estava dividida em duas faces, que compartilhavam um olho central e deformado logo acima dos dois narizes.

Merlin se virou para Dellum, erguendo uma sobrancelha.

— Permita-me — sussurrou o médico.

Ele levantou o bebê morto da mesa e virou-o, como se fosse fazê-lo arrotar. Isso revelou um terceiro rosto brotando das costas minúsculas da criança, a boca aberta em um grito silencioso, como uma criatura presa entre os mundos.

— Vai servir — disse Merlin baixinho, com os pensamentos distantes.

Dellum enrolou o bebê de volta no pano.

— Posso, hã, perguntar o seu interesse pelo número três?

— O três é onde o passado, o presente e o futuro se encontram — falou o feiticeiro, quase para si mesmo. Foi andando até a porta, as vestes esvoaçando no seu encalço. — Algo terrível e poderoso despertou. Você deveria estar com medo. Todos nós deveríamos.

Deixou a porta bater ao sair.

SETE

NIMUE ACORDOU ASSUSTADA, OUVINDO gritos de lamento. *Quanto tempo fiquei inconsciente?*, ela se perguntou, sentindo os pensamentos pegajosos e lentos. Relâmpagos de agonia cruzaram o seu crânio, e a mão sentiu um trecho de cabelo úmido e um galo logo abaixo da orelha esquerda, onde a bola de ferro a atingira. Aturdida, levantou-se da pilha de lenha e absorveu o caos: anciões da aldeia assando em cruzes de fogo, vestes vermelhas por toda parte, crianças chorando na lama, todas as cabanas do vilarejo em chamas, cachorros farejando cadáveres na estrada.

Um grito gutural de "Mãe!" foi arrancado da sua garganta. Cruzou a estrada com o crânio latejando, passando por corpos e carroças derrubados. Um Paladino Vermelho puxou sua capa, mas ela se soltou das mãos do homem.

Nimue subiu correndo a colina, perseguida pelo Paladino Vermelho. Passou por corpos carbonizados nas cruzes, com braços e pernas contorcidos. O paladino tropeçou atrás de Nimue, que conseguiu abrir certa vantagem e disparou pelo bosque do Pau-ferro, esquivando por entre as árvores até as botas pisarem nas pedras gastas do Caminho do Sol Sagrado. Nimue disparou pela entrada escondida do Templo Submerso. Do alto, bem acima do piso do templo, viu Lenore, encolhida como uma bola junto à pedra do altar.

— Mãe!

A pira se agigantava como uma torre negra sobre Esquilo, que corria pelas trilhas dos cervos do bosque do Pau-ferro. O menino tinha crescido caçando com os tios e o avô, e agora sua sobrevivência dependia do conhecimento daquelas trilhas. Levava a espada do primo, que batia sem parar nas pernas; já estava doendo bastante quando avistou o tio por entre os galhos.

— Tio Kipp!

Kipp era um fazendeiro com braços grossos como árvores. Vários outros aldeões, homens que Esquilo conhecia, gesticularam pedindo silêncio. Kipp espiou o sobrinho e correu para ele.

— Esquilo, meu filho, não grite. Estamos procurando os desgraçados que perseguimos pela floresta.

— Temos que voltar — implorou Esquilo, puxando a manga do tio. — Eles estão morrendo!

Kipp sacudiu a cabeça. As rugas no rosto largo estavam mais fundas que o habitual. Ele parecia dez anos mais velho.

— Eles já se foram, minha criança.

À frente, os homens pararam em uma clareira nas árvores. Esquilo e o tio os alcançaram.

— O que estão…? — perguntou Kipp.

O restante da frase morreu na garganta quando avistou o Monge Choroso, com os estranhos olhos marcados de lágrimas, esperando por eles na grama alta, como um espectro colorido pelo sol. O corcel do monge pastava ali perto.

O bosque ficou em silêncio. O monge não se mexeu. Esquilo sentiu o cheiro de suor dos homens azedar de medo. Eles não eram guerreiros. Eram carpinteiros e filhos de padeiros. O tio de Esquilo era o único no grupo que já matara com aço, mas isso tinha sido anos antes, quando ele defendeu a família de invasores vikings. Porém, se o tio sentiu medo, ele não demonstrou.

— Somos sete, e ele é um — falou Kipp.

Na verdade, eram oito. O tio de Esquilo tinha se esquecido de incluí-lo. Os outros sacaram as espadas ao mesmo tempo, com um único som. O menino engoliu em seco enquanto tentava levantar a própria espada, embora permanecesse um passo atrás dos homens que rodeavam o Monge Choroso. Devagar, o sujeito desembainhou a própria espada reluzente.

Um dos homens, Tenjen, se posicionou atrás do monge, trocando a espada de mão para limpar as palmas suadas no avental. O monge manteve a espada baixa no braço esquerdo. Inclinou a cabeça ligeiramente enquanto Tenjen trocava de pés. As têmporas de Esquilo pulsavam de tensão. Observou os outros bufarem e se agitarem para a batalha enquanto a respiração do monge não se alterava.

Tenjen rugiu e avançou, mas o Monge Choroso se esquivou do golpe e, no mesmo movimento, recuou por onde Tenjen passara. Esquilo nem viu a espada do monge se mexer até ela sair pelas costas de Tenjen, suja de sangue. Com um som úmido, ele arrancou a arma, e o primeiro camponês caiu para a frente, na terra.

Por instinto, Esquilo levantou a espada, mas a mente estava em branco. Um zumbido terrível encheu os seus ouvidos. A língua estava seca. Os gritos dos homens eram distantes, e os movimentos ficaram mais lentos enquanto as espadas golpeavam e o monge girava dentro do círculo dos atacantes, as vestes esvoaçando e a lâmina reluzindo ao sol. Ele não desperdiçava sequer um centímetro de movimento. A arma golpeava como uma cobra, e homens desmoronavam à sua volta. O monge cortou os tendões na traseira das pernas dos adversários, fazendo os oponentes caírem como bonecos, depois cortou gargantas e perfurou corações. Não houve talhos, cortes, golpe de raspão nem nenhum tipo de trapalhada.

Ewan, o filho do padeiro, caiu de joelhos, as duas mãos tentando conter o sangue dentro da garganta aberta. Aquelas mesmas mãos tinham espalhado mel sobre os doces na cozinha do pai dele.

Drof, o açougueiro, errou feio e cravou a espada na terra. Teve dificuldades de tirá-la, o que deu o tempo que o monge precisava para se abaixar e avançar. Ele levantou Drof com a espada, que trespassou o corpo do açougueiro e saiu pela omoplata direita.

O tio de Esquilo foi o primeiro a bloquear um dos ataques do monge. Kipp prendeu a espada dele com o punho da arma. O aço das lâminas raspou quando os ombros se chocaram. Por uma fração de segundo, o monge ficou preso, com a lateral do corpo exposta. Esquilo reparou que era o momento de agir. Ele se adiantou para proteger o tio, mas Hurst, o primo de Tenjen, também viu a oportunidade de atacar e avançou primeiro. O monge deve ter percebido a aproximação, porque passou os braços em volta de Kipp e virou o oponente na direção da espada de Hurst, que penetrou fundo no quadril. Enquanto Kipp gritava e agarrava a lateral do corpo, o monge se virou e cortou a cabeça de Hurst.

Uma névoa de sangue respingou nas bochechas de Esquilo. Kipp se manteve firme enquanto o sangue escorria pela perna esquerda. O monge deu a volta por ele, se movendo rapidamente. Kipp tentou segui-lo com a ponta da espada. O monge desferiu dois ataques, Kipp caiu no segundo, e foi isso. Enfiou a espada no peito do tio de Esquilo, que desabou no chão.

O Monge Choroso examinou a cena de mortos e moribundos com aqueles olhos estranhos. Andou entre os corpos e esperou por sinais de vida. Cutucou Tenjen com a bota. Nenhuma reação. Cutucou os gêmeos Kevin e Trey e executou os dois com um golpe perfeito no coração. Quando chegou a vez de Kipp, o monge preparou a espada e...

— Não! — gritou Esquilo.

O monge mal inclinou a cabeça na direção da voz. Ele rodopiou e hesitou. O garoto ouviu a vibração da lâmina ao lado da orelha. As mãos tremiam ao apontar a espada do primo para o monge. Esquilo não conseguia ver os olhos do monge sob o capuz cinza-escuro, apenas as estranhas marcas de nascença e uma mancha de sangue na bochecha esquerda. Com um movimento rápido, o monge atirou a espada de Esquilo para longe, na direção das árvores. O menino fechou os olhos e retesou o corpo, se preparando para o golpe, rezando para que fosse rápido.

Depois de alguns momentos respirando com dificuldade, abriu um olho.

Estava sozinho.

O monge havia ido embora.

Nimue desceu correndo as escadas sinuosas e percorreu os rostos impassíveis esculpidos nas paredes até chegar ao piso de mármore rachado. Lenore jazia perto da pedra do altar, as vestes tingidas de escarlate. A poucos metros de distância, um paladino moribundo se contorcia no chão em uma poça de sangue.

— Mãe! — Nimue desmoronou ao lado do corpo da mãe. — Mãe, estou aqui.

Nimue colocou a cabeça de Lenore no colo; o movimento revelou uma adaga sangrenta debaixo da mãe. Lenore abraçava alguma coisa embrulhada em um saco de aniagem amarrado com uma corda. Uma pedra grande fora removida de baixo do altar, revelando um lugar oculto para guardar o que quer que fosse aquilo.

Ela segurou os braços de Nimue. O cabelo estava desgrenhado, e as bochechas, manchadas de sangue, mas os olhos permaneciam lúcidos, e a voz, firme.

— Leve isso para Merlin. Encontre-o. — Lenore enfiou o objeto nas mãos de Nimue. — Ele saberá o que fazer.

A garota sacudiu a cabeça.

— Temos que correr, mãe! Agora! Mãe!

— Isso é responsabilidade sua. Leve para Merlin. É tudo que importa agora.

Nimue olhou o embrulho, confusa.

— O que está dizendo? Merlin é uma lenda. Eu não entendo.

Antes que Lenore pudesse responder, um paladino com bochechas pálidas entrou no templo. Sangue escorria da sua espada.

Lenore usou a pedra do altar como apoio para se erguer. Pegou a adaga no chão.

— Corra, Nimue.

A filha agarrou o embrulho no peito e congelou, indecisa.

— Não vou abandonar a senhora.

— Corra! — gritou Lenore.

Nimue conseguiu dar alguns passos em direção às escadas, e o Paladino Vermelho avançou para bloquear o caminho. Os olhos negros opacos iam de mãe para filha.

A mulher estava pálida e fraca por causa da perda de sangue, mas avançou contra o paladino.

— Mãe! — berrou Nimue.

Lenore se virou para a filha com olhos cheios de amor e remorso.

— Eu amo você. Sinto muito que essa responsabilidade seja sua. Mas você precisa encontrar Merlin. — Dito isso, ela se virou e atacou o Paladino Vermelho com a adaga, dando a Nimue um segundo para escapar.

Nimue subiu, tateando o caminho através dos olhos borrados de lágrimas, se agarrando pelo Templo Submerso, resistindo ao impulso de olhar para trás, desejando ser surda para não ouvir os sons de luta lá embaixo. Com o embrulho debaixo do braço, passou cambaleando através do véu de hera e entrou no bosque do Pau-ferro. Correu para o mirante onde, apenas uma manhã atrás, ela e Esquilo riram e lutaram.

Dali de cima, Dewdenn inteira se abria para Nimue. Viu a colina pontilhada de cruzes em chamas e os paladinos a cavalo, atravessando o campo leste para interceptar os que tentavam escapar. No pé da colina, outro grupo de paladinos libertava das coleiras enormes lobos negros e os colocava para correr atrás dos aldeões que ainda restavam. Nimue deu meia-volta e correu de volta para a floresta, rezando para que os Deuses Antigos do Povo do Céu a guiassem.

Naquele momento, o céu acima do castelo Pendragon se agitava de maneira turbulenta. Os arqueiros no topo da guarita nunca tinham visto uma tempestade tão repentina e perigosa. Eles se abrigaram nas alcovas enquanto os relâmpagos pulsavam dentro das nuvens e as ondas de trovão faziam as paredes de pedras estremecerem.

Dezenas de metros acima, na torre mais alta do castelo, Merlin terminava de pintar um grande círculo no chão com graxa espessa. No centro do círculo, havia um grimório aberto. Um pouco enferrujado, Merlin verificou mais uma vez os encantamentos. Podia ter perdido a magia, mas ainda era um catedrático das artes das trevas. Merlin se levantou e afastou os talismãs emplumados que pendurara na madeira para posicionar quatro espelhos pesados, cada um em ângulos opostos da torre. Reacendeu as velas de invocação, que haviam se apagado com as fortes rajadas de vento. Com as chamas, o mago acendeu um ramo de absinto, que sacudiu, espalhando a fumaça antes de jogar o galho dentro do círculo de graxa, para que também pegasse fogo.

Outro trovão sacudiu o castelo, e um grito foi ouvido lá fora.

— Vamos entrar! Isso é loucura, diabos!

— Não! — vociferou Merlin, se voltando para a porta.

Do lado de fora, na muralha, os soldados Chist e Borley se seguravam aos tijolos, resistindo a um vento forte o suficiente para levantá-los. O granizo incessante quicava nos tijolos e batia nos seus elmos.

— Vocês não vão fazer nada disso! — berrou o feiticeiro, saindo da torre para o vento e o granizo, munido de uma urgência obstinada.

Subiu na ameia. Suas vestes esvoaçaram sobre uma queda de sessenta metros. Os soldados esticaram a mão para ele, mas o mago não lhes deu atenção. Merlin murmurou encantamentos em uma língua mais antiga que o latim. Amarrou uma bolsinha cheia de cristal em pó e cascas de ovos esmagadas, tudo misturado em uma pasta com o seu próprio sangue, a um poste de ferro de seis metros, gravado com runas. Merlin prendeu uma extremidade do poste a um suporte de estandarte, e a outra deixou apontada para o céu agitado. *Houve um tempo em que eu era a tempestade*, pensou. *Quando o raio voava da ponta dos meus dedos e os ventos rugiam ao meu comando.* Em vez disso, se agarrou às pedras enquanto o vento tentava arrancá-lo da muralha. Só que Merlin era rebelde. *Não sou mais o druida de antes, mas também não estou impotente. Ainda sou Merlin. Conhecerei os segredos dos deuses.*

Merlin havia colocado um pergaminho tremulante com cera derretida no final do poste de ferro.

— Vocês deveriam estar segurando isso! — vociferou para os soldados, se referindo ao poste de ferro, mas as palavras foram levadas pela tempestade.

Um relâmpago atraiu os olhos do mago para o céu. Dentro de uma nuvem gigantesca e escura, o raio pulsava como o coração brilhante de um deus, batendo uma, duas, três vezes.

Merlin passou a mão pelo rosto, afastando o cabelo e a chuva, sem acreditar nos próprios olhos. Mais uma vez, o relâmpago brilhou dentro das nuvens, iluminando formas não naturais.

— Eu não quero morrer! — disse Borley, recuando para a segurança da torre.

— Espere! — gritou Merlin, que saltou da ameia, agarrou Chist pelos ombros e jogou o soldado contra a muralha.

— O o que você está fazendo? — Chist lutou, mas o mago o segurou firme, os olhos voltados para a luz pulsando nas nuvens.

Lá estava de novo. Três formas.

Merlin se virou para Chist e pressionou a mão nas três coroas vermelhas da Casa Pendragon sobre o amarelo da túnica. A seguir, se voltou mais uma vez para o céu. O raio pulsou dentro da nuvem, formando um halo em torno de *três coroas vermelhas*.

— Deuses — sussurrou Merlin.

Os sinais estavam claros.

Uma criança mágica.

O fim da profecia

E a morte de um rei.

OITO

A FLORESTA ABAFAVA OS SONS DA CARNIFICINA. Gritos se desvaneceram ao vento até Nimue ser capaz de ouvir apenas a própria respiração ofegante enquanto corria pelas trilhas, sua casa desde que nascera. O mapa do passado de Nimue agora se tornava o caminho estreito para a sobrevivência. Atravessou o bosque dos cervos e passou pelo carvalho oco onde os tentilhões faziam os seus ninhos. Pelo rabo do olho, viu alguma coisa escura disparar por entre as árvores. Outro vislumbre de preto correu em volta das pedras da caverna.

Lobos.

Jogou o embrulho sobre a mesa de rocha, uma pedra larga e plana de três metros quadrados que, em épocas mais pacíficas, servia de palco para brincadeiras infantis e de cama para os cães preguiçosos da aldeia tomarem sol. Agora, era a última posição de resistência de Nimue. Subiu na rocha enquanto os animais avançavam por todos os lados, cinco deles rosnando na beirada da pedra. Um lobo saltou para o meio da saliência, e Nimue enfiou o calcanhar no focinho dele, fazendo a fera se esparramar no chão. Mas o lobo girou e saltou de novo. Nimue recuou, encurralada.

Atrás dela, havia uma queda de três metros; à frente, a morte certa nas mandíbulas dos lobos. Outra fera subiu na mesa se arrastando e agarrou a sua bota com os dentes. Ela gritou e chutou sem parar até a criatura cair, mas era apenas questão de tempo.

Um brilho chamou a atenção de Nimue, que se virou para o embrulho aos seus pés. O pano de aniagem havia se rasgado, revelando um pomo de ferro escuro esculpido com uma runa de quatro círculos que se conectava a um círculo central incrustado de prata.

— A seca terminou! — proclamou o rei Uther, com o queixo erguido em pose de vitória, enquanto serventes levavam baldes de água da chuva e os colocavam no centro da mesa de banquete, ao lado dos convidados reunidos.

Os baldes se juntavam aos pratos de estanho com galinhas assadas, coelhos cozidos, pombos embrulhados em fatias de barriga de porco, perdizes assadas no mel e faisões suculentos. O clima era jovial mesmo com a tempestade ainda a toda. Cada trovão provocava suspiros de susto e aplausos enquanto Uther permanecia de pé no final da mesa.

— Os deuses sorriem para nós — anunciou o rei.

Os convidados bateram as facas na mesa e gritaram o nome de Uther e "A seca acabou!"

Um nobre levantou uma jarra de cerveja.

— Ao rei!

— À chuva! — gritou outro.

Os convidados gargalharam. Uther riu.

— Não, amigos. Não bebemos *à* chuva. — Ele ergueu o balde que fora colocado ao lado do prato. — Em vez disso, bebemos *a* chuva!

— Ave, Uther! — saudaram os convidados. — Salve o rei!

Uther levou o balde aos lábios e tomou um gole longo e delicioso. Os convidados observaram, admirando e aplaudindo enquanto o conteúdo escorria pelo cavanhaque bem-aparado e pela garganta, manchando de um tom vermelho intenso o colarinho branco de babados.

O salão ficou em silêncio. Uther franziu a testa ao sentir o sabor e baixou o balde. Sorriu para os convidados, os lábios escorregadios de sangue.

— Ah, acho que derramei um pouco.

As damas cobriram os olhos quando Uther interpretou as expressões dos convidados.

— O quê...? — Uther olhou para as mangas ensanguentadas. — O que é isso?

Ele largou o balde e limpou os lábios e a barba, cobrindo as mãos com sangue. Uther se voltou para o seu serviçal.

— Que truque é esse?

O mordomo de Uther estava pálido de medo.

— N-não há truque, Vossa Majestade.

Uther virou o balde, e um rio de sangue correu por cima da mesa. Os convidados soltaram gritos de susto; alguns derrubaram os bancos ao sair correndo.

— Essa é a chuva que caiu sobre o castelo! — berrou o serviçal.

— Merlin! — gritou Uther, despejando um balde atrás do outro, provocando uma chuva de sangue que inundou os pratos de estanho e respingou no chão. Os olhos do rei estavam tomados pelo medo quando ele gritou para o teto. — Merlin!

Naquele momento, no topo das ameias, na fúria total da tempestade, um único relâmpago atingiu a barra de ferro. Uma cascata de energia percorreu o metal e terminou em uma onda de choque lancinante que arremessou Merlin através da porta da torre e fez com que caísse — em chamas — dentro do círculo de fogo. O mago rugiu em agonia enquanto tentava se libertar das vestes que queimavam. Os soldados correram para dentro a fim de ajudá-lo, mas a tempestade os seguiu. Ondas de chuva encontraram as chamas, e fumaça negra tomou o ar. Os soldados tossiram e balançaram os braços até afastarem a fumaça do feiticeiro, que estava nu como um bebê no meio do chão, com uma queimadura horrível chiando e borbulhando, descendo do ombro direito pelas costelas, seguindo pela coxa e continuando para baixo. Borley e Chist deram um passo para trás, piscando sem acreditar, porque a queimadura tinha a forma inconfundível de uma espada.

* * *

Nimue enfiou a mão no saco de aniagem e fechou o punho no cabo de couro gasto de uma espada antiga. A lâmina larga estava enegrecida e com talhos pelo que deveria ter sido séculos de combate. Ergueu a arma misteriosa no ar e sentiu o sangue correr nas veias quando uma fera pulou sobre a mesa de rocha. Com um único golpe rápido, separou o lobo da cabeça dele. O corpo caiu para trás, e os outros animais correram para o lado quando o cadáver desabou na terra.

Nimue olhou para a espada. A arma irradiava uma luz fria e parecia leve nas suas mãos. Os Dedos do Airimid floresceram na bochecha, formando uma conexão entre a espada e os Ocultos. O próximo lobo subiu arranhando a borda, e Nimue dividiu o crânio do animal bem no focinho. A espada se alojou na rocha, quase dez centímetros mais fundo do que o golpe. Tentava libertar a lâmina quando outro monstro pegou o seu cotovelo e a arrastou pela borda da mesa de rocha.

Nimue girou no ar antes de aterrissar com força sobre as costas. Os olhos rolaram na cabeça enquanto ela se remexia, e um lobo fechou as mandíbulas na bainha das suas saias. Rasgando o tecido, ela avançou na direção da espada, caída na grama a uma curta distância. Alcançou o cabo justo quando outro lobo saltou na direção da sua garganta. Nimue cortou o ombro do animal, que rolou na terra, choramingando, incapaz de se apoiar nas patas. Sentiu o gosto do sangue do lobo nos lábios enquanto se levantava com dificuldade. Sobraram dois lobos grandes, de pelos eriçados, latindo e dando dentadas na direção dela.

— Venham! — rugiu a garota, sentindo uma onda de poder.

Um lobo avançou por baixo, investindo contra os seus tornozelos, e Nimue enfiou a espada nas costas dele. Puxou a arma de volta e matou o último com um golpe rápido no pescoço.

Estava acabado. Nimue ficou ali, ofegante, em uma poça de sangue. Ela respirou fundo e soltou um urro para os animais mortos.

Deixou pegadas de sangue de lobo na lama enquanto cambaleava às cegas pela pradaria, passando pela rocha da lua, onde a mãe havia lhe ensinado lições valiosas. Os ouvidos zumbiram. Nimue ouviu os muitos Paladinos Vermelhos se reunindo atrás dela. Cavaleiros. Homens a pé. Recuou para o labirinto de espinhos — um esconderijo popular entre crianças que brincavam de esconde-esconde.

"Ela ergueu a arma misteriosa no ar e sentiu o sangue correr nas veias..."

Em pouco tempo estava cercada. Via as carecas dos monges acima das sebes altas, na junção do labirinto e da clareira. Paladinos Vermelhos caminhavam tranquilos pelas trilhas, avançando na direção dela. Contou sete. A ponta da espada caiu na terra. Os braços pareciam pastosos de cansaço. Nimue caiu de joelhos, os olhos fixos nos pés sujos e nas sandálias simples dos monges. *Não quero prosseguir sozinha*, pensou. *É melhor assim.*

Contudo, a resignação deu lugar à lembrança da voz da mãe, da vez em que Nimue era criança, quando o demônio lhe deu as cicatrizes: *Chame os Ocultos, Nimue*. A segurança serena da voz de Lenore derramou água fria sobre os seus pensamentos, e a mente da menina parecia limpa e lavada. Nessa clareza, ela entrou em comunhão com a sujeira sob as próprias unhas, os corvos voando e o vento na grama. Nimue evocou o córrego, cheio de sangue inocente, e as formigas que mastigavam madeira no tronco morto do Velho — a árvore mais antiga da clareira. Um tremor varreu as sebes do labirinto de espinhos como se uma mão invisível passasse por elas. O zumbido dos Ocultos latejava no seu estômago. A espada pulsou nos punhos. Era como se ela e a arma estivessem ligadas, como se a lâmina guiasse o poder dos Ocultos através das suas veias.

O paladino mais próximo golpeou com a espada perto da cabeça de Nimue, mas o seu tornozelo encontrou um galho. Outro homem tentou soltar as vestes que haviam ficado presas nos espinhos, e mais um paladino viu o caminho até Nimue bloqueado de repente por um nó de raízes que se projetava da terra.

Encorajada, Nimue forçou a mente a abrir mais canais de conexão. O zumbido no estômago eriçou os pelos nos braços no mesmo momento em que as vinhas se enroscaram e apertaram braços, panturrilhas, bíceps e pescoços inimigos. O labirinto de espinhos se alimentou avidamente dos Paladinos Vermelhos, que gritavam de pânico e medo, uma música que cantou nos ouvidos de Nimue e deu novas forças às suas pernas. Enquanto os Paladinos Vermelhos à sua volta eram estrangulados de joelhos, a jovem se levantou. Encarou os olhos esbugalhados e incrédulos dos homens e sorriu, mesmo chorando. Pensou na mãe se jogando no caminho de um deles para salvar a sua vida. Pensou em Biette, Pym e Esquilo. Os nós dos dedos de Nimue ficaram brancos em volta do punho de couro da antiga espada. Queria saborear aquele momento. Nimue ergueu a espada cada vez mais alto, depois desceu a lâmina pesada como um machado de cortar lenha. Sangue espirrou nas folhas e vinhas ao redor, mas ela não parou.

A lâmina desceu. E desceu. E desceu de novo. *E de novo.*

As vestes molhadas dos paladinos grudaram aos corpos que se agitavam. Os olhos de Nimue brilharam com fúria justiceira enquanto cortava sem parar, extravasando toda perda, raiva e dor.

NOVE

A BOTA DO PADRE CARDEN CUTUCOU O focinho da cabeça decepada de um lobo. Ele notou pequenas pegadas sangrentas no chão. O Monge Choroso permaneceu em silêncio atrás dele. Um Paladino Vermelho havia guiado os dois pela pradaria até o labirinto de espinhos, e precisaram de uma hora de machadadas para enfim chegarem aos companheiros abatidos.

O padre Carden entrou no caminho recém-aberto para ver os corpos com os próprios olhos. O Monge Choroso o seguiu. Os Paladinos Vermelhos não eram nada mais que pedaços irreconhecíveis de carne embalados no abraço da sebe.

— Uma abominação — sussurrou Carden.

Ele afastou o capuz cheio de sangue do rosto de um paladino, um rosto contorcido pelo terror. Carden balançou a cabeça e recolocou a mortalha no lugar. Mais uma vez, percebeu as pequenas pegadas no centro da cena.

— Uma única criança fez isso?

O Monge Choroso se ajoelhou ao lado de outro corpo.

— Simon viu uma menina saindo do templo carregando alguma coisa. — Seu dedo roçou o que parecia ser uma queimadura no braço do Paladino Vermelho.

Carden se juntou a ele, examinando a queimadura.

— Veja. A pele não foi marcada por fora. Nosso irmão foi queimado por dentro. Este é um mal poderoso.

A queimadura tinha a forma de um ramo com três hastes.

— O Dente do Diabo — refletiu Carden. — Esta é a marca dele.

O Monge Choroso ergueu os olhos para o padre.

Carden afastou as vestes de outro paladino morto. A garganta apresentava a mesma marca. Um terceiro paladino ostentava o sinal na bochecha. O padre se levantou, abalado.

— Nós revelamos a antiga arma do nosso inimigo. A Espada do Poder foi encontrada e está em posse de uma das crianças do Diabo. — Ele estendeu os braços para as sebes. — Uma menina com o poder de fazer isso. De perverter as criações de Deus, de criar monstros de terra e ar. Esta criança deve ser purificada a qualquer custo. O grande conflito começou.

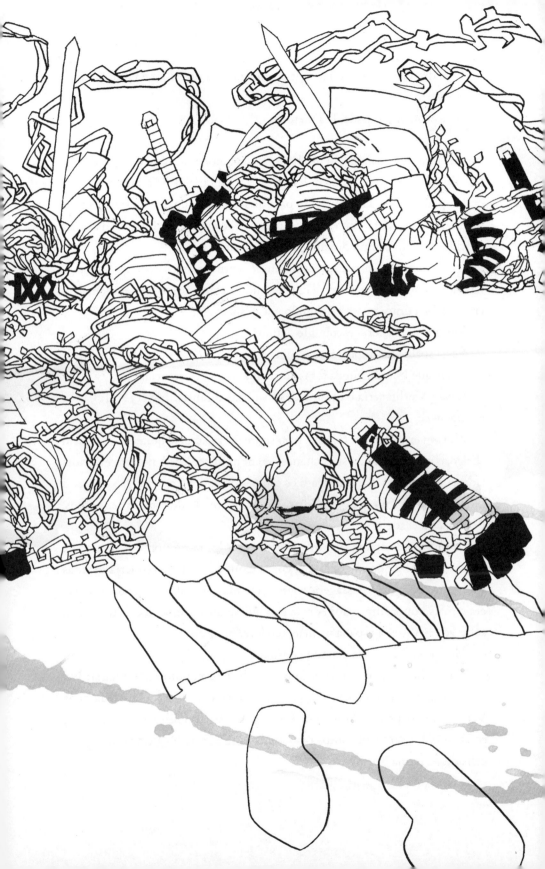

O padre Carden puxou a cabeça encapuzada do Monge Choroso para um sussurro.

— Encontre a espada. E a menina.

Nimue estava encostada em um barranco, acomodada sobre um canteiro de folhas molhadas, pensando em Esquilo. O sol do meio-dia estava claro, mas emitia pouco calor. Tinha voltado para o esconderijo no oco do freixo, mas o menino não estava lá. Em vez disso, Nimue encontrou seis homens da aldeia abatidos em um campo próximo, deixados para os cães.

Uma chuva fria começou a cair. Nimue sentiu os ossos doerem. Suas pernas latejavam de tanto correr. Tinha perdido a conta de quantos quilômetros cruzara. Sua única posse no mundo era a espada.

Por que a mãe teria escondido aquilo?

Se a espada era importante o suficiente para valer o sacrifício da própria vida, por que Nimue nunca fora informada da sua existência?

E esse Merlin seria o mesmo das histórias infantis? Ele era real? Como era possível?

Não importa, pensou Nimue. Não sobreviveria àquela noite. Caçada, sem abrigo, comida ou água, suas chances eram minúsculas. A floresta escondia ladrões e lobos. A cidade abrigava os espiões do padre Carden. Não conhecia ninguém de fora do clã, que acabara de ser dizimado diante dos seus olhos. Nimue estava sozinha.

Examinou a espada de novo. A runa esculpida no pomo estava cheia de prata e tinha que valer alguma coisa. Com certeza lhe renderia moedas suficientes para uma passagem segura pelo mar. Afinal, a sua sobrevivência era o mais importante, não? A mãe não queria que Nimue fizesse tudo para sobreviver? Virou a espada na mão, tão leve. Incrível.

Minha mãe deu a vida por essa espada.

Nimue honraria esse sacrifício vendendo a arma por uma ninharia? No entanto, que outra escolha tinha? Era uma assassina. Matara sete Paladinos Vermelhos. A pena mínima por esse crime seria o enforcamento, ou até coisa pior. E usara os Ocultos para ajudá-la na tarefa. Àquela altura, já era considerada uma bruxa.

Chorou lágrimas de tristeza que se perderam nos pingos de chuva. Nimue não tinha tempo para nada. Pym. Dama do Crepúsculo. A mãe. Tudo acontecera tão rápido. Sentiu um desespero crescente que poderia engoli-la. Porém, antes que cedesse ao sentimento, um nome surgiu na sua mente.

Arthur.

Pensou por um momento. Então levou a espada ao cabelo loiro molhado. Cortou um pedaço de cabelo na mão e deixou os fios caírem no chão. Precisava de uma capa. Levantaria muitas suspeitas entrando em Ponte do Gavião com saias esfarrapadas e uma espada valiosa pendurada nas costas.

Menos de uma hora depois, Nimue entrou de mansinho em um campo de trigo e se esgueirou até um varal com as roupas de uma família de camponeses: meias de lã, túnicas e vestidos. Pegou a capa e as calças de fazendeiro e voltou correndo para o campo, o mais abaixada possível, para que o trigo a escondesse.

Com a aproximação da noite, Nimue arrancou tiras da saia para fazer um cinto que manteria as calças do fazendeiro presas na cintura. A capa avantajada escondia a espada nas costas, apesar de a arma ser quase da sua altura. Nimue precisava chegar a Ponte do Gavião antes do pôr do sol: duvidava que conseguiria sobreviver a mais uma noite exposta aos elementos.

Os pés pareciam tocos. Os braços pendiam, pesados. A fome era tanta que quase doía. Ao se aproximar do vilarejo, Nimue entrou em pânico ao ver pouquíssimo tráfego nos portões, e, pior ainda, um Paladino Vermelho entre os guardas.

De repente, um assobio cruzou o ar — um assobio familiar. Nimue se virou e viu o dentista ambulante que encontrara de manhã, em cima de uma charrete.

O dentista era careca, tinha longas costeletas castanhas e um bigode que descia pelas bochechas. Tudo isso lhe dava a aparência de um cachorro triste. O avental tinha manchas escuras do sangue dos pacientes, e, embora os olhos ainda estivessem vermelhos e com olheiras, Nimue atribuiu isso à fadiga, e não à cerveja. O dentista parecia ter encerrado as rondas pelas fazendas das redondezas e estava voltando para casa, dentro dos portões de Ponte do Gavião.

Sem um bom plano, Nimue entrou no caminho da charrete. O dentista franziu a testa e puxou as rédeas.

— Tudo bem, senhorita?

Com o cabelo cortado e as roupas folgadas, Nimue estava completamente diferente daquela manhã. Ela apertou a mão na bochecha e fez uma careta de dor.

— É o meu dente, senhor.

— Ah? Bem, infelizmente, já encerrei os trabalhos por hoje. Diga-me onde mora, e posso tentar fazer um encaixe para depois de amanhã.

— É tempo demais! Por favor, senhor.

— É o melhor que posso fazer, senhorita.

Os olhos de Nimue se encheram de lágrimas desesperadas. Considerando o seu sofrimento real, não teria problemas em cair no choro.

— Mas a dor está muito forte, não consigo fazer as minhas tarefas, e a minha mãe me bate se eu não puder trabalhar.

O dentista olhou para ela e não se impressionou.

— Você tem dinheiro, não é?

— Meu irmão pode pagar. Ele está dentro dos portões com os amigos, lá na Asa da Gralha. Tenho certeza de que lhe ofereceria um hidromel por ter tido pena de mim. — Nimue fez careta e apertou a mandíbula. — É um tormento, senhor.

Enquanto Nimue segurava a bochecha, a manga da capa caiu do pulso, e o dentista viu os totens na pulseira dela. Foi então que a reconheceu.

— Eu conheço você. — O dentista franziu a testa. — Você e a sua amiga.

Nimue ficou estarrecida enquanto observava as engrenagens em movimento na mente do dentista. Ele olhou para os portões. Estavam a uma charrete de distância do Paladino Vermelho. Depois de alguns momentos de conversa, o guarda acenou para que o veículo entrasse e caminhou em direção à charrete do dentista.

— Diga a que veio — falou o guarda, entediado.

O dentista se voltou para Nimue.

— Por favor, senhor — sussurrou ela.

Medo, pena e culpa passaram pelos olhos irritados do dentista. Ele olhou para o guarda, sem saber o que dizer, enquanto o Paladino Vermelho se aproximava.

— Então? — perguntou o guarda, irritado.

— D-dentes, senhor — respondeu o homem.

Nimue notou as mãos do dentista tremendo.

— Só... estou terminando a minha ronda — explicou o homem.

— E essa aí? — O guarda olhou Nimue de cima a baixo.

O dentista lambeu os lábios secos.

— Ela é... hã, é... — Em algum lugar, lá no fundo, ele encontrou uma semente de coragem. — Ela é... minha paciente, senhor.

Nimue respirou aliviada. Ela subiu na charrete do dentista.

— Só mais uma paciente.

— Abaixe o capuz — ordenou o Paladino Vermelho.

— Sim, senhor. — Nimue obedeceu, abaixando o capuz da capa, mantendo os olhos nas botas enlameadas do dentista.

— De onde você veio? — perguntou o Paladino Vermelho.

Nimue tentou manter a voz calma e firme.

— Nasci em Ponte do Gavião, milorde. Minha mãe é... lavadeira do lorde do fortim, e eu pego a barrela do mosteiro. Quer dizer... quer dizer, quando o meu dente não está doendo.

— Qual dente lhe incomoda?

Nimue hesitou antes de apontar para o lado direito da mandíbula inferior.

— Este... este aqui, milorde? — Ela tocou no lugar.

O Paladino Vermelho olhou para o dentista.

— A garota está sofrendo. O que está esperando? Arranque logo isso.

O dentista fez uma concha com a mão na orelha.

— Senhor?

— O dente. Arranque. Agora.

O dentista balançou a cabeça, sem entender.

— Mas, eu... hã, não tenho... — Ele olhou para Nimue em busca de algum tipo de orientação.

Os ouvidos dela zumbiram, e Nimue sentiu vontade de correr. Via apenas uma saída. Fechou os olhos e acenou com a cabeça para o dentista.

O guarda fez careta.

— Como é? O senhor quer que ele faça isso aqui?

— Cala a boca, idiota — falou o Paladino Vermelho para o guarda. Ele se voltou para o dentista e insistiu: — Isso é um problema?

— Não... não é problema algum.

Nimue observou, estarrecida, enquanto o dentista tirava um alicate manchado de sangue do bolsão surrado. Ela se atreveu a olhar para o Paladino Vermelho, que a encarava fundo nos olhos. A jovem baixou o olhar.

— Vamos ver o que temos aqui — murmurou o dentista, quase tendo que abrir a mandíbula de Nimue à força. — Desculpe — murmurou. — Ah, sim! — exclamou, elevando a voz e indicando um dos molares. — Aqui está o culpado!

Nimue se imaginou no riacho perto da estátua quebrada no bosque do Pau-ferro. Pensou na água fria fluindo sobre as pernas enquanto as garras do alicate sujo do dentista apertavam o dente saudável. A primeira torção rompeu várias raízes, e um som gutural de dor surgiu da sua garganta. A mão do dentista era forte, e ele trabalhava rápido. O homem torceu para a esquerda e depois para a direita. A cabeça de Nimue tentou se afastar, mas o alicate a segurou.

— Isso vai lhe dar algum alívio, milady — disse o dentista. A voz parecia distante.

O sangue encheu as bochechas de Nimue quando o alicate fez o trabalho e o dente se soltou. Um pano foi enfiado em sua boca. Ela abriu os olhos embaçados para o guarda enojado e o Paladino Vermelho presunçoso. A mão do dentista estava no pescoço dela, os lábios perto do ouvido.

— Já acabou, menina.

O guarda acenou para eles, retomando a autoridade.

— Basta. Vão embora.

O dentista incitou o cavalo e evitou contato visual com o paladino. Nimue gemeu com o pano na boca, sentindo a bochecha latejar. O Paladino Vermelho manteve os olhos fixos nela quando os dois passaram, desafiando-a a olhar para trás, mas a garota não olhou. Nimue soltou um leve suspiro de alívio quando se afastaram do portão.

DEZ

NIMUE PULOU DA CHARRETE E SAIU CORrendo pela multidão.

O tempo era curto. Se não conseguisse encontrar Arthur, corria o risco de ficar presa dentro das muralhas de Ponte do Gavião, com Paladinos Vermelhos guardando a cidade por dentro e por fora.

As lojas estavam fechando com a noite que se aproximava, mas a Asa da Gralha enchia. Nimue se espremeu entre dois fazendeiros e entrou, empurrando-os. Pegou uma cadeira e subiu nela, ainda segurando o pano ensanguentado na boca, observando a taverna inteira. Enquanto examinava os rostos da multidão, foi tomada pelo desespero. O canto onde Bors extorquira os fazendeiros locais estava cheio de garotos sujos de fuligem da fundição ao lado.

— Ei! Desça daí!

Alguém puxou a capa de Nimue. Outro cliente deu um empurrão. Ela desceu. Com a sua altura, tudo o que conseguia ver era uma parede de ombros a rodeando. Não havia para onde ir. Pensou na espada. Talvez a fundição pudesse derretê-la por dinheiro? Ou talvez pudesse negociar a espada com o banco?

Lá fora, as estrelas surgiam acima da praça da cidade. Soldados acendiam tochas. Nimue ponderou sobre a ideia de visitar o ferreiro para avaliar a espada. Porém, revelar a arma para quem fosse com certeza provocaria perguntas que não poderia responder. Os olhos cansados começaram a procurar por soleiras de porta onde pudesse dormir antes que os guardas a jogassem para fora dos portões.

Então, um sino tocou, e um pregoeiro da cidade correu para a praça, acompanhado por dois Paladinos Vermelhos. Os moradores da cidade e os lojistas se reuniram.

— Atenção! Atenção! — gritou o pregoeiro. — Por ordem do Vaticano, por crimes mais repugnantes, incluindo infanticídio, canibalismo e matança dos servos do Senhor em conspiração com espíritos demoníacos...

Nimue se encolheu e procurou um lugar para se esconder.

— ... trinta denários de ouro estão sendo oferecidos pela captura ou morte da assassina feérica conhecida como a Bruxa do Sangue de Lobo! Qualquer pessoa que ofereça ajuda ou abrigo à bruxa é um herege punível com tortura e será queimado vivo de acordo com a lei da Igreja!

Nimue cobriu o rosto com o capuz e correu na direção oposta do pregoeiro, quase esbarrando na traseira de um cavalo de batalha cinza. O animal levantou a pata traseira para dar um coice, e o cavaleiro olhou para trás, cheio de desdém e irritação. Era Bors.

— Cuidado, idiota!

O mercenário não conseguiu ver o rosto de Nimue por baixo do capuz, e ela correu à frente do cavalo, passando por outros do bando até chegar a Egito, a égua negra de Arthur. Nimue tocou a mão do cavaleiro. Arthur olhou para baixo quando a garota recolheu o capuz.

— Nimue?

Entre alívio e exaustão, as palavras ficaram presas na garganta. Nimue cambaleou, e Arthur passou a perna por cima da montaria e pousou ao lado dela segurando-a antes que caísse. Com uma olhadela para os companheiros, ele a conduziu por alguns metros. Os dois ficaram debaixo de uma tocha bruxuleante.

— E-eu... — disse Nimue, mas só conseguia soluçar.

— O que foi?

— Eles se foram — falou enfim, odiando o fato de não poder parar de chorar.

— Quem? Você não está fazendo sentido.

— Todos eles! — rosnou Nimue, transbordando de raiva e pânico.

Pegou o braço de Arthur, temendo que o grito o tivesse afugentado.

Uma sombra caiu sobre os dois. Bors pegou Nimue e fez a menina dar meia-volta. Notou que ele tentava identificá-la, mas, com o cabelo cortado, Bors estava tendo dificuldade.

Nimue não teve escolha. Enxugou as lágrimas e mudou de abordagem:

— Quero contratar vocês. Posso pagar.

Os olhos de Bors se arregalaram.

— Você é a bruxa.

— Posso pagar — repetiu Nimue — para me ajudar a encontrar Merlin. Tenho negócios com ele.

Os olhos de Arthur alternaram entre Nimue e Bors. Não fazia ideia do que ela estava falando — para falar a verdade, nem Nimue.

Bors riu.

— Merlin? Ora, ela conhece Merlin, Arthur. Você é mesmo doidinha, não é? Aposto que não tem nem onde cair morta.

— Bem, tenho sim. E tenho algo de grande valor que devo entregar ao mago. Se me ajudarem, ele vai compensá-los muito bem.

Nimue deu uma olhada no outro lado da praça. Os Paladinos Vermelhos deviam estar por perto.

Bors agarrou Nimue pela gola da capa.

— Bruxa, você já tem dívidas suficientes. — Ao agarrá-la, sentiu o contorno da espada. — O que é isso?

E arrancou a arma das costas de Nimue.

— É só uma espada — falou ela.

— Vamos dar uma olhada nela.

Nimue arrancou a arma das mãos de Bors.

— Eu vou mostrar para você. — Desembainhou a espada. A runa brilhou à luz da tocha.

Bors esfregou a boca com avidez.

— Me dê essa espada aqui.

Mas Nimue escondeu a lâmina sob a capa mais uma vez.

— Já chega.

— Onde está a sua amiga Pym? — perguntou Arthur.

— Morta, acho.

— Morta? — Ele passou a mão pelo cabelo, nervoso.

Não havia tempo para explicar.

— Preciso levar essa espada para Merlin. Ele vai pagar mais ouro do que conseguem imaginar. Mas temos que ir logo.

— Talvez eu pegue a espada para mim e nós dois ficamos quites, hein? — Bors agarrou a capa de Nimue de novo, mas ela se soltou.

— Não se atreva.

— Bors… — disse Arthur, mas o homenzarrão meteu o dedo no rosto dele.

— Saiba o seu lugar, garoto. Você é amigável demais com essa vadiazinha para o meu gosto. — Bors se voltou para Nimue. — Agora escute bem o que eu digo, menina. Entregue a espada e siga o seu caminho.

— Não. — Nimue sentiu as cicatrizes nas costas rasparem contra uma parede.

Bors deu um passo na direção dela.

— Ou… posso apenas pegar a espada e depois arrastar você pelos tornozelos até os Paladinos Vermelhos. A escolha é sua.

— Escute, eu posso… — falou Arthur, mas Bors se virou e golpeou seu rosto com as costas da mão.

— Você pode voltar para o seu cavalo, é isso que você pode fazer! Você não tem nada a ver com isso!

Arthur voltou cambaleando para Egito, a mão na bochecha. A égua bufou e recuou.

— Agora, dê a espada aqui, amorzinho. — Bors estendeu a mão carnuda aberta para ela.

Nimue jogou a capa sobre o ombro esquerdo. Com a mão direita, desatou o nó que sustentava a bainha junto ao corpo. Apoiou a lâmina na dobra do braço e acariciou o guarda-mão de ferro.

Os olhos de Bors brilharam.

— Boa menina.

Os Dedos de Airimid subiram pela bochecha de Nimue, e o zumbido na barriga se transformou em um chiado crepitante que ferveu o sangue dos braços aos punhos. Nimue segurou com força o cabo de couro, girou rápido e cortou a mão de Bors. A força do golpe fez o membro decepado girar no ar até cair na praça, a dez metros de distância. O mercenário urrou, encarando o espaço vazio logo acima do pulso, onde a mão costumava estar.

— Tente de novo e arranco a outra mão.

Uma selvageria possuiu Nimue, que se sentiu com três metros de altura, capaz de esmagar Bors e abafar os gritos dele com um pisão da bota. A espada parecia uma parte do seu braço, de tão leve e natural. Uma fonte quente de energia passou por ela e pela arma. Nimue não conseguiu evitar o sorriso.

Bors recuou, segurando o coto ensanguentado, e berrou:

— Matem a bruxa!

Nimue tremeu de euforia, embora os sentidos continuassem aguçados. Ela correu pela praça, empurrou Arthur para o lado, pulou na sela de Egito e estendeu a mão para ele.

— Vamos!

— Arthur! — gritou Bors. — Vou pendurar você pelas tripas!

Arthur saltou na traseira da égua atrás de Nimue no momento em que a menina meteu o calcanhar nas costelas de Egito e cruzou a praça em alta velocidade.

Os habitantes da cidade fugiram em todas as direções para longe do derramamento de sangue. Soldados vieram correndo do portão leste e subiram o beco enquanto os mercenários, diante da ordem de Bors, davam a volta com os cavalos e perseguiam Arthur e Nimue.

— Para onde você está indo? — berrou Arthur.

— Eu não sei!

— Me dê a porcaria das rédeas!

Arthur estendeu a mão por cima de Nimue e virou Egito na direção oposta do portão por onde ela entrara.

— O que está fazendo?

— O portão oeste! Menos guardas!

Um Paladino Vermelho veio correndo a pé, com a espada desembainhada, mas Arthur meteu a bota sob o queixo do monge. O paladino caiu na fossa do esgoto enquanto Arthur galopava entre duas construções. Ele fez vários zigue-zagues pelos becos, querendo despistar os perseguidores, e enfim saiu em uma praça tranquila, onde a catedral ainda em construção se agigantava sobre eles. Um sino soou ao longe.

— Droga. Estão fechando os portões.

Arthur incitou Egito a descer por outra via. As tochas lançavam as sombras dos perseguidores nas paredes compridas das casas. Os mercenários galoparam atrás deles em uma massa furiosa. O portão oeste ainda estava a cinquenta metros. Soldados correram para fechá-lo. Arthur incitou Egito.

— Abaixe-se! — gritou. — Abaixe-se!

Nimue apertou o rosto contra a sela, e eles dispararam em direção ao portão que estava sendo baixado. Arthur abraçou o pescoço de Egito quando eles mergulhavam embaixo do portão. Os dentes de madeira arranharam as costas e rasgaram as capas de ambos, mas Arthur e Nimue saíram das muralhas da cidade.

Eles trovejaram pela estrada iluminada apenas pela luz das estrelas.

ONZE

RIOS DE SANGUE DESCIAM PELAS PASSAGENS do castelo Pendragon enquanto um exército de trabalhadores empenhava baldes e escovões na tarefa de esfregar as paredes do pátio para limpá-las daquela chuva maldita. Muitos murmuravam orações de proteção enquanto faziam o serviço, palavras que espalhavam por todos os cantos a notícia do presságio horrível e o que isso poderia significar para o rei.

Ninguém sentiu esse medo mais intensamente do que o próprio Uther, que avançou pelo castelo usando uma armadura de placas. Ele sabia que a chuva de sangue era um aviso, por isso se cercou de soldados blindados e do leal Sir Beric.

— Merlin! — gritou Uther. — Onde, por todos os Nove Infernos, ele está?

Sir Beric correu para acompanhar o rei.

— Não sabemos, senhor. Procuramos em todos os lugares. Ele não está atendendo à porta.

— Então, derrube-a!

Uther conduziu o contingente de soldados segurando tochas até o enorme pátio interno do castelo. Marchou até a porta da cabana de Merlin e bateu à porta com o punho de aço.

— Merlin, maldito seja, você está aí?

Ele estava.

O mago tremia em lençóis ensopados de suor que aderiam à pele derretida da queimadura. Para aliviar a dor, derramou vinho pela garganta e acariciou a pele.

— Merlin! — A cabana sacudiu com os golpes de Uther.

Ele finalmente se sentou, fez uma careta e cambaleou até a porta, abrindo uma fresta. Enfiou o seu rosto nela, ficando de frente para o rei.

— Vossa Majestade.

Uther franziu o nariz.

— Deuses, homem, você está bêbado?

— Tudo sob controle, senhor, tudo muito bem. Só preciso de um pouco mais de tempo para estudar os presságios — falou Merlin, com a voz pastosa.

— Estudar os presságios? Choveu sangue! Qual é o mistério disso?

— Espere um relatório completo muito em breve, majestade. Não devemos tirar conclusões precipitadas.

E, com isso, Merlin bateu a porta nas fuças de Uther.

As bochechas do rei ficaram com um tom azedo de púrpura.

— Derrube essa porta. Derrube essa porcaria e arraste-o para fora.

Dois soldados correram para realizar a tarefa, metendo as ombreiras de aço contra a porta de carvalho. A madeira começou a se despedaçar.

— Talvez a roda de tortura o deixe sóbrio — rosnou Uther.

Sir Beric mordeu o lábio.

— Isso é aconselhável, senhor? Merlin é uma criatura curiosa, é claro, mas é uma criatura nossa. Com certeza não desejamos antagonizar ainda mais nenhuma força das trevas?

O estalo da porta se quebrando fez com que os dois se voltassem para a cabana. Os soldados invadiram o local. O rei Uther os seguiu, apenas para descobrir que os cômodos estavam vazios, e as persianas da janela de trás, abertas.

Merlin tinha desaparecido.

Arthur pegou Nimue pelo braço antes que ela escorregasse da sela de Egito. Por instinto, Nimue puxou o braço e se soltou.

— Você caiu no sono — disse ele.

— Não, não caí — murmurou Nimue, enquanto se endireitava e segurava a túnica de Arthur.

No entanto, em questão de segundos, Arthur sentiu a testa dela batendo contra as suas costas, e o corpo de Nimue amoleceu. Deu uma cotovelada nela.

— Pare com isso — rosnou Nimue.

— Você caiu no sono de novo.

— Estou bem.

— Eu deveria deixá-la despencar de Egito e me livrar de você.

Só o fato de Nimue não ter conseguido reunir forças para dar uma resposta era um sinal claro de que havia chegado ao limite. Os dois logo teriam que armar acampamento. O ritmo era arrastado, pois haviam cavalgado para o sul por horas, em direção às montanhas e aos picos do Tridente, bem no interior do território dos Paladinos Vermelhos, em vez de se distanciarem. Egito continuaria até desmaiar, mas Arthur sentiu a tensão da égua. Os lábios dela estavam espumando. O terreno pioraria a partir dali, e as estradas ficariam ainda mais perigosas. Apenas naquele momento, na escuridão azul e silenciosa antes do amanhecer, que a enormidade dos eventos da noite começou a pesar nos ombros do rapaz.

Onde posso deixá-la?, pensou.

Quem, nos Nove Infernos, é essa garota?

O que eu deveria fazer com ela?

Arthur achava que o convento de Yvoire poderia ficar com ela, mas Nimue era do povo feérico e estava sendo caçada pelos Paladinos Vermelhos.

E ela cortou a mão de Bors!

Arthur sabia muito bem o que era pagarem uma recompensa pela cabeça de alguém, guerras entre gangues e disputas violentas entre linhagens. Ele, em geral, conseguia escapar de problemas, mas essa situação era diferente. A mente disparou enquanto imaginava o próximo passo de Bors. Havia dois cenários prováveis. Primeiro, uma perseguição imediata, caso em que seriam alcançados em uma hora.

Bors e seus mercenários eram cavaleiros fortes, e seus cavalos estavam em boas condições. Embora fosse uma excelente égua, Egito carregava duas pessoas e não tirava um bom descanso havia mais de um dia. Ou — e era por isso que Arthur estava rezando — o ferimento de Bors exigiria um cirurgião, e isso o atrasaria, no mínimo, algumas horas. O corte fora perfeito. Mesmo com cem golpes, Arthur não tinha certeza se poderia igualá-lo. Havia uma chance de Bors ter morrido sangrando ali mesmo na rua, embora Arthur suspeitasse que não daria essa sorte. Trysten fazia bons curativos de emergência, e Bors era durão. Ele nunca se esqueceria daquilo. Bors nunca esqueceria a traição de Arthur e, pior ainda, que uma garota do interior decepara a mão que ele usava para manejar a espada. Essa história encheria as tabernas com risadas dali até o mar do Norte.

Arthur balançou a cabeça. Não deveria ter se metido naquilo. Os problemas daquela garota não eram dele.

A mão de Bors voou dez metros.

Precisa dar outra olhada naquela espada.

Nimue cambaleou para a esquerda mais uma vez, e Arthur estendeu a mão para pegá-la pela capa. Ela murmurou uma reclamação e tentou se sentar.

* * *

Uma hora depois, uma pequena fogueira fazia o possível para afastar a névoa fria. Arthur deixara um arvoredo entre eles e a estrada, rezando para que a fogueira fosse pequena o suficiente para não chamar atenção. Nimue dormia encostada em uma árvore, encolhida como uma criança, usando a capa enrolada como travesseiro. Ele mordeu um queijo duro e olhou para a espada. Levantou-se com cuidado para não acordá-la e, delicadamente, retirou a tira de pano desfiado por cima da cabeça adormecida de Nimue.

Sacou a espada e girou-a à luz do fogo. Era uma obra de arte: suave e flexível, mas com a ponta da lâmina pesada, com um equilíbrio perfeito de ferro e aço para dar um golpe penetrante e letal.

Porém, mais do que isso, a espada zumbia no seu punho. O coração acelerou. O rapaz deu alguns golpes no ar e se agachou para bloquear um ataque invisível. Virou-se mais rápido, e a lâmina passou assobiando pela orelha. Arthur estudou os talhos na lâmina enegrecida. Aquela espada era veterana de batalhas antigas. A estranha runa no pomo, a gravura prateada... nunca tinha visto algo assim. Seria uma espada da realeza? Uma espada cerimonial? Não achou que fosse germânica ou mongol. Também não era romana ou genovesa. Não obstante, era uma arma que exigia respeito. Uma arma de valor inestimável.

Arthur olhou para Nimue.

Aquela espada o colocaria em navios comerciais e a salvo, a caminho de terras distantes. Aquela espada permitiria negociações com lordes vikings, seja fazendo acordos ou cortando gargantas. Aquela espada permitiria comprar os próprios mercenários — guerreiros de qualidade, não as sobras das masmorras — e marcar audiências nas cortes de barões atrás de um trabalho respeitável.

Se a possuísse, aquela espada poderia lhe devolver a sua honra.

Nimue se mexeu. Virando-se para Arthur, viu a arma nas mãos dele.

— O que você está fazendo?

— Nada... eu estava...

— Devolva!

Nimue ficou de pé, arrancou a espada da mão de Arthur, enfiou-a na bainha e pendurou-a no ombro, puxando sua camisa de camponês, expondo as suas costas.

— Eu só estava olhando

— Seu "olhando" parece muito com "roubando".

— Enlouqueceu? Você sequer sabe quem são os seus amigos?

— Que amigos?

— O amigo que acabou de arriscar o pescoço para salvar a sua pele!

— Foi a mim que você salvou ou à espada?

Nimue deu as costas para ele e desabou ao lado da árvore, abraçando os joelhos.

— Você está ferida — disse Arthur, indo na direção dela, que se virou.

— O quê? Não, não estou.

Ele está vendo as cicatrizes. As bochechas de Nimue coraram quando olhou para o ombro exposto. Puxou a camisa para cobrir as feridas.

— Não é nada. — Ela mal conseguia pensar com a dor latejante do dente arrancado.

— É sim. Você está ferida.

— Eu estou bem!

Arthur abrandou o tom.

— Eu sei fazer curativos. Tenho um pouco de vinho sobrando. Alguns panos. Se a ferida infeccionar, aí vai ser tarde demais.

Nimue ficou em silêncio por um longo tempo.

— Elas não são recentes. Só parecem que são.

— Como assim? — Arthur se sentou perto da fogueira.

— São só cicatrizes. Velhas cicatrizes.

— Cicatrizes que nunca saram?

Nimue concordou com a cabeça.

— Não faz sentido.

— Faz sim... se a ferida foi causada por magia maléfica.

Viu o desconforto tomar o rosto dele, e isso a incomodou.

— Porque você é uma... você é uma, há...?

— O quê? Uma bruxa? — indagou Nimue, sem rodeios.

— Não, é que... sei lá. Quer dizer, não pensei...

— Não, você não pensa, não é? O que essa palavra significa para você?

— Olha só, melhor esquecer essa conversa.

— Eu sou do Povo do Céu. Meu clã nasceu na primeira luz. Nossas rainhas antigas estavam convocando a chuva, canalizando o poder do sol e dando vida à colheita enquanto a sua espécie ainda brincava com pedras.

Arthur levantou as mãos.

— Tudo bem, eu me rendo.

Nimue revirou os olhos para ele e se encolheu, emburrada. *Sangue de Homem ignorante*, pensou. Mas o constrangimento foi mais intenso. Não tinha como escapar das cicatrizes. Fora marcada para sempre, seria uma pária para sempre. Seu próprio clã a temia. Por que o mercenário não teria medo? Dava para ver nos olhos dele. *Arthur quer se livrar de mim. Não posso culpá-lo.*

O rapaz virou algumas brasas com um pedaço de pau. Depois de alguns momentos incômodos, falou:

— É que parecia que elas doíam.

— Bem, não doem — respondeu Nimue. — Quase nunca, pelo menos.

Olhou para Arthur. Os olhares se encontraram sobre a fogueira.

— Parecem garras.

Ela concordou com a cabeça.

A lembrança se contorceu no fundo da sua mente. Nimue ainda sentia o cheiro da cebola no cabelo do pai enquanto dormia entre ele e a mãe. Era o lugar mais seguro e quente do mundo — ou tinha sido até aquela noite, quando tudo começou: as visões, as visitas, os feitiços, o terror, aquela voz doce e enjoativa chamando o seu nome: "Nimue."

— Eu tinha 5 anos — contou, encarando as chamas.

"Nimue", sussurrou a voz.

Tinha se levantado da cama e saído da cabana.

"Olá?", gritara, para o ar da noite.

A aldeia estava tão quieta. Lembrava-se da sensação dos pés descalços pisando na terra e do estômago vibrando como uma corda de violino enquanto a voz insistia:

"Nimue, por que você não vem?"

"Onde você está?", perguntara.

A lua brilhava tão intensamente naquela noite que iluminava uma trilha através da aldeia, passando pelo Salão do Chefe e entrando no bosque do Pau-ferro.

Ao contrário da maioria das crianças, Nimue nunca tivera medo da floresta à noite. A mãe era a arquidruidesa da aldeia, e o pai, Jonas, um curandeiro respeitado, então desde muito cedo os dois a ensinaram sobre os Ocultos. Ela sabia que os Ocultos eram muito pequenos e que se escondiam dentro de coisas, como o orvalho em uma folha ou a casca de uma árvore. E que, quando se revelavam, os Ocultos eram invisíveis para todos, a não ser para algumas pessoas com olhos especiais. Lenore sabia cantar músicas que os faziam aparecer, assim como carinhos suaves causavam cosquinhas nas costas de um gato. Ninguém dera motivos para Nimue temer os Ocultos. Ninguém jamais lhe dissera que, assim como os Ocultos a encontravam e falavam com ela, outras coisas, mais sombrias e terríveis, poderiam encontrá-la e falar com ela também. Aos 5 anos, Nimue considerava os Ocultos seus amigos, embora fossem amigos que ela nunca tivesse conhecido. Por isso a voz a intrigara. Parecia animada. Queria brincar.

Nimue cruzou o limite do arvoredo e sentiu as agulhas de pinheiro secas sob os pés descalços. O zumbido no estômago a atraiu para a voz.

"*Onde você está, Nimue?*"

"Estou chegando. Calma. Não consigo encontrar você."

Nimue caminhou pela trilha iluminada pelo luar até chegar às tocas, uma elevação de lajes rochosas que brilhavam como uma pilha de lápides sob a lua. Mesmo naquela idade, sabia que as tocas eram uma zona proibida.

"Por que você está aí dentro?", perguntara.

Houve uma pausa.

"*Preciso da sua ajuda*", respondera a voz, baixinho.

Nimue subiu nas rochas que formavam as tocas, tomando cuidado para não cortar os pés descalços nas bordas muito afiadas.

"Estou aqui", anunciara.

"*Eu estou me escondendo de você.*"

Nimue olhou para uma fenda entre dois grandes lençóis de rocha, onde a lua brilhava sobre um trecho de chão de terra a uns três metros abaixo. Sempre fora muito boa em escaladas, e os dedos pequenos encontraram sulcos na rocha que a permitiram entrar no buraco com relativa facilidade. Lá dentro, porém, Nimue foi engolfada por uma cortina de escuridão que o luar não conseguia alcançar.

"Olá?"

"*Eu estou aqui, meu bem*", falou a voz, vinda da escuridão. "*Chegue mais perto.*"

O zumbido no estômago vibrou dolorosamente, conduzindo Nimue para a escuridão. Ela percebeu que o que quer que estivesse dentro daquelas trevas, de alguma forma, a atraía para perto.

"*Você tem os olhos da sua mãe*", sussurrou a coisa.

Então um vislumbre de pelo preto tremeluziu no luar, dando a impressão de que havia uma criatura com forma de urso dentro das sombras. No entanto, era maior que um urso. Era maior do que qualquer coisa que Nimue já tinha visto na vida. Os ombros se espremiam entre as paredes da caverna. Garras mais compridas do que os braços da menina surgiram sob a luz, e olhos porcinos brilharam, amarelos, em um rosto que parecia cortado por mil golpes. Uma papada mole e ensanguentada pendia das mandíbulas sorridentes, e trechos de carne tinham sido arrancados do focinho longo e grosso.

Nimue gritou pela mãe, um grito mental. O Urso Demônio entrou na luz e sussurrou:

"*Apenas a semente de Lenore pode saciar minha fome terrível.*"

Nimue se virou e bateu as mãos contra a parede, procurando por pontos de apoio. Antes que conseguisse escalar, sentiu-se presa à parede pelas pontas de três espadas. As garras desceram pelas suas costas. Ela berrou. Os ferimentos queimavam. Nimue se atreveu a olhar por cima do ombro e viu o Urso Demônio saboreando o seu sangue com o prazer de uma criança roubando o gole de um balde de leite. A seguir, o Urso Demônio deu uma risadinha. A camisola ensanguentada estava grudada às suas pernas e costas.

Então, Nimue ouviu a voz da mãe na sua mente — soava urgente ainda que serena. "*Chame os Ocultos, Nimue.*"

"Não sei como!", ela enviou o pensamento de volta para a mãe. "*Me ajude*"!

"*Eu não vou chegar a tempo.*"

Isso a incitou a entrar em ação. Fechou os olhos e expandiu a consciência. Enviou pensamentos para cada pedra, folha e galho, para cada verme, gralha e raposa. Gritou para os Ocultos com os pensamentos, enquanto o Urso Demônio provava o cheiro de Nimue no ar, depois abaixava a cabeça, esfregando o focinho sangrento na terra. Nimue sentiu o fedor da morte. As mandíbulas do Urso Demônio se escancararam e se esticaram para engoli-la inteira.

"As mandíbulas do Urso Demônio se escancararam e se esticaram para engoli-la inteira."

Ela continuou chamando os Ocultos.

A parede da fenda tremeu sob as palmas das suas mãos, e o zumbido no estômago alcançou um tom agudo. O Urso Demônio bufou e olhou em volta enquanto a caverna tremia com violência e a poeira tomava o ar. Nimue ouviu uma rachadura se abrir bem acima dela. Ergueu os olhos e viu um grande pedaço de rocha em cima da pilha se inclinar para a frente. A rocha caiu como o machado de um executor, tão rápido que não houve tempo para reagir. Nimue fechou os olhos ao ouvir o impacto úmido e esmagador. Um gemido terrível encheu a fenda em uma rajada de vento quente antes de explodir em milhares de gritos diferentes.

Depois de alguns segundos, Nimue enfim encontrou coragem para abrir os olhos. Lembrava-se de ter ficado olhando fixo para a laje imensa, parada diante de si. A borda afiada abrira ao meio o crânio do Urso Demônio.

Nimue olhou para o fogo.

— Tudo mudou depois disso. As cicatrizes nunca sararam, o que fez muitos do meu clã pensarem que eu era amaldiçoada. Até os olhos do meu pai ficaram frios. Ele não me abraçava mais. Depois daquela noite, comecei a ter visões, e, às vezes, elas eram tão fortes que eu esquecia o que estava acontecendo ao meu redor. Os feitiços envergonhavam o meu pai. Deixavam ele assustado. Ele me fez beber remédios amargos, achando que eu ficaria purificada dos espíritos malignos. Tudo que os remédios fizeram foi me deixar doente. Então meu pai se afastou. Começou a beber mais vinho. Seu temperamento ficou sombrio e violento.

— E a sua mãe? — A voz de Arthur assustou Nimue, mas o tom foi gentil e sem julgamentos.

— Ela achava que eu era especial. Mas eu odiava as suas lições. Brigávamos o tempo todo.

Nimue riu secamente, depois ficou em silêncio. Sentiu a vergonha crescendo por dentro, e os olhos se encheram de lágrimas. Virou o rosto para que Arthur não visse.

— Eu não quero mais falar sobre isso.

Ele abriu a boca para dizer alguma coisa, mas pensou melhor e mudou de ideia. Uma lenha na fogueira estalou. Os dois ficaram sentados em silêncio.

Até que gritos cortaram a noite.

Lamentos. Vozes ríspidas, ecoando através das árvores.

Nimue se levantou e apagou a fogueira com pisões, ocultando os dois na escuridão. Era difícil dizer a que distância estavam as vozes. Outra rodada de gritos lamentosos rompeu o silêncio. Uma calmaria. Então, um surto de berros ferozes, gritos em pânico pela sobrevivência. O som era bastante familiar.

Ouviram o som agudo de espadas. Então, aos poucos, um por um, os gritos foram silenciados. Nimue apertou os punhos contra os olhos para combater a raiva. Os dois ouviram uma única voz implorando, depois mais nada.

Ela voltou para a árvore e se largou no chão.

O silêncio acusatório das vítimas anônimas na floresta pairou sobre eles.

DOZE

OUVIRAM AS MOSCAS ANTES DE VEREM os corpos. As carroças tombadas de uma caravana emboscada entraram no seu campo de visão logo depois da curva de uma trilha banhada pela luz solar. Um sol limpo e frio de novembro sofria para passar por entre as folhas vermelhas das grandes faias que enchiam o dossel da floresta. As protuberâncias na estrada que Nimue achara que eram bagagens caídas logo se revelaram cadáveres. Os corpos estavam espalhados pelo caminho e dentro da mata, perseguidos e abatidos durante a fuga em pânico.

Nimue saiu da sela de Egito quando os dois se aproximaram.

— Melhor não ficar aqui — advertiu Arthur, mas Nimue o ignorou. — Eles provavelmente estão acampando nas proximidades, esperando para saquear os carroções à luz do dia, para não perder nada.

Nimue virou o cadáver ensanguentado de uma mulher, revelando um bebê morto debaixo dela. O corpo da mãe não tinha sido escudo suficiente para impedir a espada larga do paladino. O rosto da criança era de querubim e estava sereno, com um toque azul de morte nas bochechas e pálpebras. Nimue acariciou as mechas que saíam da touca da menina.

— Você é corajosa, não é? — sussurrou Nimue. — Estou muito impressionada. Você não chorou. Você se manteve forte pela sua mãe.

Segurou a mão fria da garota. Pensou sobre ter deixado a mãe no templo. Sentiu-se muito envergonhada.

— Gostaria de ser tão corajosa quanto você.

Nimue sentiu uma agitação no estômago. O zumbido.

Os olhos da garota se abriram.

Egito relinchou e se virou, nervosa, sentindo a tensão de Arthur. O rapaz observava a floresta, os olhos disparando para qualquer movimento entre as árvores. Não conseguia evitar que o olhar voltasse aos corpos.

Ao que parecia, os paladinos tinham ficado com preguiça de usar cruzes. Amarraram três dos druidas em árvores separadas e simplesmente atacaram as vítimas com aço até que os corpos ficassem irreconhecíveis.

Algo ainda mais perturbador chamou a sua atenção. Estava na frente da caravana. Arthur passou a perna por cima de Egito e apeou para ver mais de perto. Era o corpo de uma mulher apoiada em uma das rodas. A cabeça, que estava por perto, havia sido substituída por uma cabeça de cachorro. Alguém escrevera com sangue na lateral da carroça:

ENTREGUEM A BRUXA DO SANGUE DE LOBO

O coração de Nimue bateu forte. Cada instinto mandava que corresse, mas o zumbido a manteve no lugar, pulsando nos seus ouvidos. Os olhos da bebê não tinham luz, mas estavam abertos, encarando Nimue.

— *Estão observando você.* — Os lábios da menina morta mal se mexiam enquanto ela falava.

— Quem? — Nimue conseguiu perguntar, a voz rouca.

A menina morta a encarou durante uma longa pausa, depois respondeu:

— *Aqueles que buscam a Espada do Poder. Esperam que você a abandone para que possam pegá-la.*

— Minha mãe mandou levar a espada para Merlin.

— *A espada escolheu você.*

Essa ideia deixou Nimue em pânico.

— Mas eu não quero essa coisa.

— Com quem diabos você está falando?

Nimue teve um sobressalto e se virou para Arthur, que se aproximava.

— N-nada. Ninguém.

Observou para a menina morta de novo. Os olhos estavam fechados. O rosto angelical, imóvel.

— Tem uma coisa aqui que você deveria ver — disse Arthur, baixinho.

Ele levou Nimue ao corpo da mulher apoiado na carroça. Apesar de tudo que tinha visto nos últimos dias, os joelhos ainda enfraqueceram com a selvageria quase alegre dos Paladinos Vermelhos. Sufocando um desejo de vomitar, Nimue grunhiu:

— E?

Arthur apontou as palavras sangrentas na carroça.

— Só posso supor que seja você.

Nimue encarou as palavras, depois fechou os olhos e sentiu as cicatrizes arderem sob o calor da espada nas costas. Sentia o aço através da bainha, e uma fúria envolvente subiu das entranhas para o seu pescoço. Por um momento, pensou que o sentimento cegaria todos os seus sentidos, mas então controlou a respiração e permitiu que a fúria se contorcesse dentro dela como um animal solto.

— Venha, não vamos deixá-los esperando. — Nimue deu meia-volta e caminhou em direção a Egito.

Arthur se virou, confuso.

— O quê? Espere... o quê?

TREZE

ARTHUR CONDUZIU EGITO PELA TRILHA, parando a cada poucos minutos para ficar atento ao som de cavaleiros e examinar o terreno. Nimue sentiu os olhares de esguelha, mas não lhes deu atenção. Sentia-se perdida, longe dentro de si mesma. Queria libertar os seus demônios. Agora sabia como fazê-lo.

Nimue ainda sentia o gosto azedo do remédio do pai na língua, a pasta de zimbro, arruda e pó de carvão. As entranhas se retorciam com a lembrança daquelas manhãs em que passava mal, se contorcendo no colchão de palha, doente demais para ficar de pé enquanto a mãe e o pai gritavam um com o outro. Porém, apesar de todo o vômito e veneno engolido, não conseguia controlar os surtos nem expulsar os demônios que os causavam.

Depois de um tempo, o pai arrumara as sementes e ferramentas nas malas, colocara-as em uma carroça puxada pelo único palafrém da família e seguira para o norte. Nimue estava fazendo bonecas naquele dia, e, quando chegou em casa, encontrou a mãe chorando enquanto a carroça do pai seguia para a trilha da floresta. Ele nem tinha dado adeus à filha.

Lenore tentara puxar Nimue para dentro da cabana, mas ela conseguira escapulir.

"Papai!", gritara, correndo atrás dele.

Levara uma eternidade para alcançá-lo. Quando conseguiu, estava tão sem fôlego que não podia falar. Só foi capaz de puxar as rédeas do palafrém.

"Solte isso, Nimue", mandara o pai.

Seus soluços abafados deixavam a respiração ainda mais difícil. Insistiu em puxar o cavalo, mas o pai acertou o seu pulso com o chicote. Nimue tropeçou e caiu na estrada.

"Você trouxe a escuridão para a nossa família, Nimue. Não é culpa sua, mas você fez isso mesmo assim. Você é amaldiçoada."

"Eu só sou como a mamãe! Os Ocultos falam comigo também!"

"Deixe a sua mãe explicar isso", retrucara o pai, com raiva. "Deixe que ela dê nome à sombra dentro de você. Eu não darei."

"Eu vou dar um jeito, pai", implorara Nimue. "Vou tomar o remédio! Não vou reclamar!"

"Está no seu sangue, filha. Não há cura."

"Mas o senhor pode ficar para a mamãe. Não precisa falar comigo, mas, por favor, não vá embora!"

A voz do pai estava embargada.

"Saia daqui."

Com mais um estalar da chibata, o palafrém se moveu. Nimue correra atrás do pai por quase uma hora, até que a lua se ergueu sobre as árvores.

O pai sequer olhara para trás.

E nunca voltara para casa.

Arthur praguejou em voz baixa, e a atenção de Nimue voltou para o presente. Seis cavalos estavam amarrados a alguns pinheiros a cem passos da estrada. Ouviram vozes ao longe. O rapaz estalou a língua para Egito andar mais depressa.

Paladinos Vermelhos. O efeito daquelas palavras em Nimue era como uma tocha no óleo. Um incêndio tomou conta dela. O pai de Nimue indo embora, os últimos gritos agonizantes de Lenore, Biette sendo chutada no chão, os olhos debochados do paladino em Ponte do Gavião, os frios olhos azuis do padre demoníaco, Pym gritando o seu nome...

Saltou da sela e correu pela estrada.

— Nimue! — sibilou Arthur.

Apertou o passo, se abaixou sob os galhos e correu até os cavalos. Dava para ouvir os xingamentos abafados de Arthur atrás dela. Quando se aproximou dos animais e sacou a Espada do Poder, eles bufaram e patearam o chão, nervosos. Sem a menor dificuldade, cortou os sacos de dormir, as bolsas de moedas, os pacotes de comida e os odres de água das selas, deixando que caíssem nas folhas. Nimue ignorou Arthur, que agitava os braços como um louco para que ela voltasse à estrada, e apontou para os bens roubados. Então, virou-se para as vozes. Nimue apertou o cabo quente da espada.

Sentia o clamor. A espada queria sangue.

Ela também queria.

Sua raiva cobria a espada como outra camada de aço derretido, afiando e endurecendo a lâmina. Achou que fosse vomitar. No entanto, não foi um sentimento ruim, apenas um impulso monstruoso. Cortar. Matar. Alimentar. *Como um lobo*, pensou Nimue. Soltando demônios.

Uma trilha descia até o que parecia ser uma clareira cercada por grandes rochas.

Seguiu a muralha de pedras até um grande lago verde, abrigado sob penhascos generosos de calcário, cheios de musgo. Agachou-se na lama a alguns metros da beira e espiou pela borda de uma rocha.

Os Paladinos Vermelhos estavam na margem oposta, a apenas setenta passos de Nimue. Uma fúria sufocou a garganta quando ela se lembrou dos gritos agudos do Povo do Céu nas cruzes, sentindo as chamas consumirem a carne.

Hora de vingá-los, pensou. *Hora de vingar todos eles.*

Havia dois paladinos no lago. Eles chapinhavam na água, rindo como crianças. Os quatro na margem enfiavam comida na boca. Um cobertor com espólios roubados estava aberto na lama, deviam ser os poucos pertences da família da caravana. Itens religiosos, castiçais e alguns brinquedos de crianças pequenas.

Nimue ouviu um graveto estalar atrás de si. Ela se virou e viu Arthur, que murmurou:

— O que diabos você está fazendo?

Puxou a capa sobre a cabeça, tirou os sapatos, deixou-os na lama e se aproximou da água. Arthur balançou a cabeça com vigor.

Nimue enfiou o peito na lama fria, cravou os dedos, respirou fundo e se contorceu como um réptil em direção ao lago.

Esticou o braço na escuridão turva e marrom para pegar as pedras do leito e as encontrou. Com uma das mãos, impulsionou o corpo para a frente, enquanto a outra segurava a Espada do Poder, que emitia um brilho esmeralda. Ouvia as brincadeiras brutas e abafadas dos paladinos e, logo depois, viu as pernas brancas e desnudas se debatendo no vazio da água.

Na superfície, um monge pegou o irmão em um golpe de enforcamento e forçou a cabeça dele para baixo, rindo enquanto o outro lutava para escapar. Acabou levando uma cotovelada nos testículos pelo inconveniente e nadou para longe enquanto o amigo vinha à tona, ofegando em busca de ar. Os dois se enfrentaram de novo. O monge que tinha levado a cotovelada nadou na direção do amigo e depois hesitou. A testa se franziu. Os olhos caídos ficaram cheios de espanto.

O rosto de uma garota pairava nas águas abaixo. Um rosto perfeito, de boneca. O cabelo dançava, e os olhos captaram reflexos do verde espectral. O monge achou que poderia ser uma ninfa da água de uma das histórias pagãs. Tentou falar, mas uma lâmina prateada perfeita entrou pelo fundo da mandíbula e atravessou o topo do crânio. A lâmina entrou de volta na água enquanto o monge balançava por um momento, com filetes de sangue escorrendo pelo rosto, antes de afundar.

O outro monge pestanejou, duvidando do que tinha acabado de ver. Notou manchas escuras se formando no lago e deixando-o turvo. As mãos em concha pegaram a água e saíram vermelhas. Um vislumbre esmeralda emergiu da escuridão. A espada entrou, inclinada, no seu esterno, perfurando o coração e os pulmões antes de ir romper às costas. O homem tossiu uma névoa vermelha e tombou de cara no lago.

Um dos irmãos em terra firme olhou e viu apenas vestes vermelhas à deriva na superfície do lago. Deu um tapinha no joelho de outro paladino, cuja boca estava cheia de biscoitos, e apontou.

A água se agitou, e Nimue saiu devagar do lago, com a Espada do Poder firme nas mãos e sangue de paladinos escorrendo pelas roupas. O zumbido dos Ocultos latejava nos seus ouvidos. Nimue não conseguia sentir o frio do lago por causa do calor do sangue que corria dentro e fora dela. Nimue riu. Foi uma risada fria e sombria, que veio do âmago. O uivo do lobo.

Os paladinos recuaram para as rochas, convencidos de que a garota era um demônio da natureza.

— É ela — falou um.

— Ela... ela os matou. Falto! — O monge mais jovem, Gunyon, gritou para um dos corpos flutuantes. — E agora veio atrás de nós!

— Isso não é natural, uma garota... — Outro paladino, Lesno, começava a perder a coragem.

— Veja com os próprios olhos, seu sapo burro! — vociferou Thomas, o comandante de nariz torto. — Ela é só uma doida, e isso a deixou ousada!

Diante das palavras do líder, os irmãos recuperaram os sentidos e viram a moça, e não os rumores, parada à frente deles; uma garota que mal tinha um metro e meio de altura.

— É só uma vadia druidesa!

— Queimá-la viva é mais do que ela merece. — O comandante soltou o mangual do cinto e deixou que a maça com bolas de ferro espetadas ficassem penduradas sobre o cascalho. Ele sorriu para Nimue.

— Eu fico com a espada — anunciou Robert, um dos irmãos.

— Quem matar ela fica com a espada — disse Thomas.

— Isso vai agradar ao padre — comentou Lesno, pegando a foice do chão.

Os paladinos se espalharam ao longo da margem.

— Venha, amor, vou aquecer o seu corpo — chamou Thomas.

Os olhos de Nimue pularam de um para o outro. Brandiu a espada na direção dos paladinos. As tiras gastas de couro sob as palmas das mãos e o peso da lâmina a encorajaram.

— Quem é o próximo?

— Vamos mantê-la viva, irmãos. Nunca vi uma bruxa como essa.

— Não é mesmo como aquelas outras porcas...

— Mas ela não tem nenhuma verruga.

— Eu quero ver é o resto do corpo.

As botas dos paladinos chapinharam nas águas.

— Venha, então! Vou estripar todos vocês! — gritou Nimue.

Dois paladinos riram da ameaça. Os outros estavam sérios.

— Não tenha medo, amor, vamos fazer uma bela festa antes que tudo acabe. Gunyon, tire-a de lá!

O rapaz soou assustado com a ordem.

— Por que eu?

— Vou arrancar os olhos de vocês! — Nimue brandiu a espada na direção deles enquanto os monges se aproximavam. Ficaram a apenas três metros de distância, cercando-a.

Gunyon respirou fundo e avançou. Nimue golpeou as águas quando o comandante dos paladinos foi para trás e a pegou pelos cabelos.

— A espada! — vociferou ele.

Outro paladino foi em frente, fazendo uma algazarra, e estendeu a mão para pegar a arma. Mas, mesmo com o cabelo sendo puxado pelo comandante, Nimue girou a espada e decepou os dedos do paladino. O monge guinchou e se inclinou, apertando a mão enquanto um machado — destinado a ele — passou pelo paladino e voou na direção de Nimue, que mal levantou a espada a tempo de bloqueá-lo.

A espada, porém, foi arrancada das suas mãos e desapareceu nas águas do lago, turvas pelo sangue e pelos detritos levantados do leito.

Nimue viu Arthur xingando a própria pontaria e preparando outro machado, que retirou dos cavalos dos paladinos.

— O que você fez? — gritou Nimue.

Sem a espada, os seus braços pareciam ter virado pesos mortos. O frio e a dor recaíram sobre Nimue, que ofegou, buscando energia. O medo retornou como um coice de mula, e ela mal conseguia acompanhar os gritos, os movimentos e os corpos ao redor.

Gunyon irrompeu das águas e acertou a sua têmpora com um golpe a esmo. Ela e o monge caíram na água, e uma das mãos do paladino pegou o seu pescoço e apertou. Nimue engoliu um bocado d'água antes de ficar sem ar. Arranhou os braços desnudos do monge. Onde estava a espada? Suas costas bateram contra as pedras do leito do lago, o que levantou outra nuvem de lama. Havia um zumbido terrível nos seus ouvidos. Cravou as unhas nas bochechas e nos olhos do paladino, mas ele apenas apertou mais forte. A mente se encheu de clarões de branco, e, entre os clarões, Nimue viu imagens: *lágrimas de sangue escorrendo por um rosto magro... Arthur nu, dormindo encolhido como um bebê, cercado por velas... uma coruja branca, empalada por uma flecha, se debatendo na neve... uma clareira azul, cada folha se movendo, cada folha uma asa, a clareira viva, pulsando... um mar de estandartes tremulando ao vento frio, com um brasão da cabeça imensa de um javali... uma fita de prata entrelaçando as mãos de duas mulheres... o sol ficando preto e ofuscante... um morro relvado de lápides inclinadas se erguendo, derramando torrões de terra, com alguma coisa por baixo, mais velha que o tempo, algo terrível... uma linda garotinha com chifres verdes...*

Nimue se sentiu caindo no vazio branco da mente, cedendo a um sono onírico, quando mãos ásperas agarraram os seus braços e a puxaram para a frente. Ela inalou outro bocado de água do lago quando o ar frio atingiu as suas bochechas. Arthur a arrastou pelo lago e a jogou no chão de cascalho, onde ela vomitou. Um segundo depois, o rapaz estava em cima de Nimue, gritando, embora ela sentisse as orelhas latejando e não conseguisse distinguir as palavras. Arthur a sacudiu, e ela cuspiu mais água. De alguma forma, isso a fez recuperar a audição.

— ... quer morrer? É isso que você quer? É isso?

— Sim! — respondeu Nimue, com a voz áspera.

Deu um tapa em Arthur e o empurrou. Nimue se encolheu com as mãos nos joelhos e soluçou enquanto vomitava no cascalho.

Arthur jogou uma adaga aos pés dela.

— Então acabe logo com isso! E me deixe livre de você!

Nimue caiu de bruços e chorou em cima das pedras frias. Arthur balançou na brisa, de cara amarrada, mas não foi embora. Em vez disso, sentou-se na margem, enfiou as mãos trêmulas nas axilas e olhou, incrédulo, para o lago, agora vermelho-escuro com o sangue dos paladino, as vestes flutuando como águas-vivas.

De repente, Nimue deu um tapa no cascalho.

— A espada. A espada!

Arthur estava exausto demais para falar qualquer coisa. Nimue rastejou e entrou na água, mantendo o queixo acima do sangue. Nadou como um cachorro e empurrou os corpos até ver um brilho esmeralda. Então, mergulhou e recuperou a Espada do Poder.

CATORZE

ARTHUR SE SENTOU ENCOSTADO EM UM pedregulho e observou a garota jogar um dos alforjes dos paladinos na margem. Ela se sentou de pernas cruzadas e começou a revirá-lo.

Deu uma mordida em um pedaço de biscoito velho que havia sobrado da caravana destruída. Todos os seus instintos o mandavam fugir dali, abandonar aquela maluca ao destino inevitável que teria. No entanto, os olhos se voltaram para o lenço na mão direita, as extremidades bordadas com flores roxas e manchado de marrom das antigas marcas de sangue. O lenço era da mãe de Arthur, mas o sangue era do pai. Foi o lenço que pediu que Arthur ficasse.

Tor, filho de Cawden, era uma figura inquieta na vida de Arthur, um trabalhador inconstante que desaparecia por meses em grandes missões, deixando a esposa e os filhos para cuidar da pequena fazenda, em Cardiff. Em geral, o pai voltava para casa com nada mais do que histórias de tesouros ganhos e perdidos, de grandes batalhas e justas gloriosas. Ele era uma figura espaçosa, com apetite enorme por vinho e comida, e, quando Arthur estava com 13 anos, o pai passou a usar pedaços de armadura que colecionara no decorrer dos anos e a se chamar de Sir Tor. O pai alegou que tinha sido consagrado cavaleiro durante um cerco contra invasores ingleses em Gwent.

Depois de uma jornada, Arthur notou uma mudança no pai. As mentiras se tornaram mais ousadas, as histórias, ainda mais fantásticas, e as mãos tremiam sem parar. Ele se instalou em uma cadeira na taverna local, a Cabeça do Pangaré, um pequeno bar construído com madeira de naufrágios ocorridos no local. O pai se proclamou protetor da aldeia e bebia vinho todos os dias, de manhã até bem depois da meia-noite, quando a mãe de Arthur, Eleanor, ia buscá-lo.

Apesar de todos os defeitos, Arthur ainda amava o pai. Adorava as histórias de cavaleiros em cruzadas e dos monstruosos lagartos voadores, dos navios fantasmas e dos duelos sangrentos. Arthur sabia que os vizinhos riam de Tor. Os nós dos seus dedos estavam sempre ralados, resultado das brigas em que se metia por defender o pai das zombarias e dos insultos dos meninos mais velhos.

As crianças pequenas adoravam Sir Tor, que era gentil e bondoso com elas. Aos olhos arregalados das crianças, Sir Tor era de fato a figura poderosa que dizia ser. Tor também tinha uma voz bonita e grave, além de saber cantar. E, lá pelo décimo sexto ano de vida de Arthur, o pai havia se tornado uma instituição local, um cavaleiro errante que registrava as aventuras na música e havia se acomodado no papel de contador de histórias.

E assim foi até o dia em que três cavaleiros ingleses, não muito mais velhos que Arthur, entraram a cavalo na aldeia, querendo apenas furtar e pilhar, e a dura realidade do mundo colidiu com a fantasia de Sir Tor.

Arthur não estava lá para proteger o pai. Estava dançando com uma garota na aldeia vizinha. Só sentiu que havia algo errado quando ouviu os sinos e os gritos e viu estranhos a cavalo saindo a galope pela cidade. Quando chegou em casa, o pai já havia sido levado para um quarto no andar de cima da Cabeça do Pangaré. Arthur se lembrava das mesas derrubadas da estalagem, das poças de sangue no piso e nas escadas. Uma garçonete inconsolável explicou que Sir Tor interviera quando os cavaleiros a agarraram. Os rapazes caíram em cima deles como lobos.

Ao ver o pai se contorcendo nos lençóis, respirando com dificuldade, Arthur achou que fosse desmaiar. Pegou a mão grande e macia de Sir Tor e puxou um banquinho. O pai falava rápido, como se várias conversas estivessem passando pela sua mente ao mesmo tempo. Sir Tor repetiu a palavra "cães" várias vezes, e os olhos foram aos poucos entrando em foco e parecendo ver Arthur pela primeira vez.

"O quê... o que eu estava dizendo? Arthur, onde eu estava, garoto? Perdi a minha linha de raciocínio." A respiração de Sir Tor era irregular, e o suor escorria pelas bochechas redondas.

"Cães, meu pai", respondera Arthur enquanto pressionava um pano molhado na testa de Sir Tor.

O quarto estava tão silencioso que ouvia-se o tremeluzir das velas. Havia uma pilha de panos encharcados de sangue aos pés de Arthur.

"Cães, sim, claro... tenha um cachorro. Treine-o para caçar aves e nunca vai passar fome em uma longa jornada. Eu tinha um... mas não era... havia outra coisa. Droga, por que é tão difícil pensar?"

"O senhor não precisa falar, pai."

"Mas eu preciso, eu preciso. Nunca meça a sua coragem pelos homens que você matou. É isso. Às vezes, a verdadeira coragem significa evitar o golpe que vai tirar a vida de alguém. Homens que julgam o próprio valor pelos cadáveres que criaram são inferiores. Não são cavaleiros."

Sir Tor fez uma careta ao ajustar o peso no catre. Arthur tentou não olhar para a camisa ensanguentada do pai.

"Não, meu pai", respondeu Arthur.

Os olhos de Sir Tor se agitaram; ele procurou no teto por palavras enquanto os lábios se mexiam.

"Continue jogando xadrez. O jogo... exercita a mente para a guerra e... é uma boa maneira de conhecer outros jovens. Você precisa de amigos, Arthur. Você é muito solitário para a sua idade. Isso é sério. Já conversei com você sobre esse assunto."

"Sim, meu pai."

"Isso mesmo... bom menino. Não quero criticá-lo, mas a pessoa só é jovem uma vez, acredite em mim. O que eu estava dizendo? O que mais estava...? Tinha a ver com você, com a sua caçada, as suas flechas."

"Recolher as minhas flechas. Sim, senhor."

"Nunca as desperdice. Boas flechas custam dinheiro. Mesmo nas batalhas, eu jamais abandonava uma flecha, se pudesse evitar. Não deixe de recolher as flechas, garoto. E não seja tão sério. Você tem dentes bonitos, deveria mostrá-los de vez em quando. As meninas... as meninas gostam de rir. Eu sempre conseguia fazê-las rir." Tor começou a apalpar o peito e os quadris, procurando por algo. "Cadê? Onde eu... onde estão as minhas vestes?"

Prevendo o que ele queria, Arthur colocou o lenço da mãe com as flores roxas bordadas na mão do pai, e Tor levou-o ao nariz e respirou fundo, o que lhe deu grande satisfação.

"Ela tem o cheiro da manhã. E cerejas. Ela está aqui? Eleanor...?"

Uma das tias de Arthur ficara com febre naquela manhã e a mãe cavalgara metade do dia para cuidar da irmã. Ela ainda não tinha retornado.

"Ainda não, meu pai."

"Ela não pode me ver assim."

Sir Tor tentou se levantar. Com gentileza, Arthur o colocou de volta no travesseiro.

"Querida Eleanor", suspirou Sir Tor, "por que aquela garota me faz esperar tanto?"

"Logo, pai, logo."

Arthur se lembrou da mão do pai na dele e de como a segurou até os tremores cessarem e o pai se afastar. Agora, enfiou de volta o lenço no bolso do gibão. Como oferenda de paz, jogou uma fatia de queijo duro para Nimue.

Ela ignorou a comida.

— Você precisa comer — comentou Arthur.

— É roubado.

— E por acaso isso importa? Ninguém vai dar falta do queijo. Olhe para você, parece doente. Quando comeu pela última vez? Dois dias? Três?

— Não lembro.

— Ainda temos três dias de cavalgada para chegar às montanhas Minotauro. Vou ter que alimentar você à força?

— Experimente e bato em você. — Nimue encontrou um maço de pergaminhos amarrados com barbante. Cortou a corda e leu um deles em voz alta: — "Cem moedas de ouro pela morte ou captura da Bruxa do Sangue de Lobo, que, em conluio com o Diabo, se transformou em animais, bebeu o sangue de bebês e matou mulheres e crianças nas suas camas."

Em cada pergaminho havia um desenho cômico de um monstro com asas de morcego e chifres curvos. Nimue bufou de desdém e largou os pergaminhos espalhados sobre as rochas.

Arthur se aproximou e se sentou ao lado dela. Nimue se empertigou. O rapaz pegou um dos pergaminhos e soltou uma risadinha.

— O que você esperava que dissessem? "Ah, será que devemos mencionar que essa moça de 16 anos massacrou sozinha uma divisão inteira dos nossos melhores guerreiros?"

Nimue soltou um muxoxo. Arthur aproveitou a oportunidade para cortar um pedaço do queijo duro e levou a comida aos lábios dela.

— Eu avisei que ia alimentar você à força.

Nimue encarou Arthur. Ela ergueu o punho, mas o rapaz pegou a sua mão e enfiou o queijo na palma. A seguir, levou a comida aos lábios de Nimue. A jovem cedeu e abriu um pouco a boca, aceitando o queijo. Nimue mastigou e fez careta ao engolir. Havia marcas roxas de mãos no seu pescoço, causadas pelo ataque do paladino.

— Por que você não está furioso comigo? — perguntou Nimue.

Por que não, Arthur?, ele perguntou a si mesmo. *Porque ela é louca. Porque ela é mais corajosa do que eu.* O mercenário ofereceu um odre de vinho, que a garota bebeu em grandes goles. Ele deu de ombros.

— Medo da represália, acho.

Nimue engasgou um pouco ao ouvir aquilo. Olhou para Arthur. Ele lhe entregou outra fatia de queijo, que foi prontamente aceita.

Ela é como um animal selvagem. Ainda assim, tão linda... Nada há nada dissimulado ou fingido a respeito dela. Mas, então, olhou para o lago e as vestes vermelhas flutuantes. *Um banho de sangue. Nenhuma testemunha, pelo menos.* Um consolo gélido. Teriam que cavalgar para longe e bem rápido. Nada nem ninguém estaria a salvo por centenas de quilômetros. Sobretudo se Nimue continuasse decepando mãos e assassinando Paladinos Vermelhos.

Arthur tentou argumentar com ela.

— Não sei se você é guiada por loucura ou por vozes, mas de uma coisa eu tenho certeza: há pouca recompensa para a coragem neste mundo. Se continuar assim, você vai queimar como uma fogueira e se reduzir a cinzas antes do amanhecer. É isso que quer?

Nimue tomou outro gole de vinho, sem responder, e um leve tom de rosa retornou às suas bochechas magras. Puxou outro maço de pergaminhos, mas esse conjunto era diferente. O pergaminho era de melhor qualidade, assim como a fita que os prendia. Cada rolo tinha um selo de cera: uma cruz sobre uma águia de duas cabeças.

— Esse é o selo de Carden.

Nimue quebrou a cera de um dos pergaminhos e o desenrolou. Era um mapa com algumas aldeias marcadas com um X. Nimue as leu:

— Quatro Rios, Fim do Pavio, Buraco, Morro do Corvo. Todas são aldeias do povo feérico.

Ao lado de cada aldeia havia uma lista de nomes. Nimue também os leu.

— Estes devem ser os anciões. Os chefes de clã.

Abriu outro pergaminho e leu rápido. Eram outras listas, mas Nimue não conseguiu adivinhar do quê. Entregou o pergaminho para Arthur.

— O que acha que é isso?

O rapaz não conseguiu acreditar no que via. Pensou em dizer qualquer coisa, menos a verdade, mas sabia que Nimue logo descobriria o que eram.

— Estas são as divisões dos Paladinos Vermelhos. Dá para ver que os números das unidades correspondem aos *X*s no mapa. — Arthur apontou para os números ao lado dos nomes das aldeias.

— E estes são os próximos alvos do padre Carden — sussurrou Nimue. — Sabemos o que ele planeja.

A jovem se virou para Arthur com olhos cheios de esperança. Era exatamente o que ele temia.

— Você não tem a menor intenção de fugir, não é?

A estrada para as montanhas Minotauro era uma subida longa e constante através de densas florestas cobertas com os tons de vermelho e dourado do final de novembro. Antigamente, esta era a época do ano favorita de Nimue, quando as cores mudavam no antigo morro cheio de túmulos e os gansos fugiam do rio com gritos estridentes, prontos para voar para os lagos do sul, formando uma ponta de flecha no céu. Haveria danças no círculo de pedras, e Mary acenderia a fogo para cozinhar coelho em molho de amêndoa e bolos de mel regados com cerveja amarga.

Ventos ocidentais frios levavam a fumaça das chaminés por quilômetros, mas o movimento era fraco.

Agora, estavam montados em dois cavalos, em vez de sobrecarregar Egito. Arthur selecionara o melhor animal entre o pobre grupo ossudo que pertencera aos paladinos: uma égua de olhos esbugalhados com pelagem cor de neve suja. Para Nimue, foi inevitável desprezar o pangaré, ainda que o animal fosse inocente e estúpido, imaginando o sangue que manchava os cascos, os gritos de piedade que o bicho ouvira. E também se ressentia que Arthur estivesse cavalgando à frente dela, a pelo menos três cavalos de distância. Embora tivesse caído — duas vezes — da sela de Egito, sentia falta do conforto de estar perto daquele mercenário.

Tinha se acostumado com o cheiro do rapaz, uma mistura de terra e grama, suor e algo parecido com canela, porém mais exótico, que Nimue atribuía ao saco de dormir dele, que já devia ter visto muitas viagens. Também memorizara a parte de trás da cabeça dele, as ondas de cabelo castanho que caíam por cima do capuz da túnica e revelavam reflexos de cobre ao sol do fim da tarde.

Os pensamentos de Nimue divagaram. *Como seria beijá-lo? Como seria a sensação dos braços dele em volta de mim?*

De repente sentiu tanta falta de Pym que o peito doeu. Nimue quase podia ver a amiga querida franzindo os lábios e piscando os olhos, com uma expressão de *Por favor, não nos meta em apuros*. As duas gargalhavam muito por causa de piadas nunca ditas.

Bastou uma olhada nas unhas sujas de sangue para Nimue perceber que nunca mais voltaria a ser aquela garota, que aqueles devaneios de romance eram tão infantis quanto os ataques de riso de Pym.

QUINZE

MORGANA TRANCOU A PORTA DOS FUN-dos da Lança Quebrada e sentiu dor no pulso. Ela trocou a bolsa de ingredientes mágicos que coletara na caminhada matinal para o ombro direito e terminou de fechar a tranca com a mão esquerda. O pulso direito ainda estava envolto em farrapos para diminuir a dor incômoda de carregar bandejas de canecas, cheias de cerveja, durante dez horas por dia. Ao colocar as chaves no bolso do avental e se virar para a estrada, um rato inchado passou pelo seu pé. Morgana meteu a ponta da bota na cauda do bicho, que guinchou e quase rolou de costas.

— É você que está se enfiando no meu milho?

Sacou uma pequena adaga e cravou-a no crânio do rato. Depois, limpou a lâmina no avental, embainhou a adaga, ergueu o animal pela cauda e o enfiou na bolsa de ingredientes mágicos.

A lua branca era a tocha que iluminava seu caminho enquanto atravessava a estrada solitária de Portão de Cinder. A aldeia era meramente um prelúdio para a verdadeira cidade de Cinder, que penetrava nas colinas das montanhas Minotauro. Portão de Cinder consistia apenas de um punhado de casas de fazenda, um estábulo com um ferreiro decente, uma capela recém-construída para o Deus Único e a Lança Quebrada para os viajantes sedentos. As colinas de ambos os lados da cidadela eram cobertas por florestas de abetos, lariços e vários pinheiros, além de uma variedade de cavernas de calcário.

Morgana cobriu a cabeça com o capuz e estava prestes a entrar na floresta quando alguém sussurrou o seu nome de um monte de pedregulhos a poucos metros de distância. Puxou a adaga de novo e deu alguns passos para trás.

— Quem está aí?

Estava sempre atenta aos perigos da estrada aberta e já tinha esfaqueado mais do que alguns bêbados empolgados. No entanto, seu coração saltou quando uma figura alta e esguia emergiu das sombras das rochas.

— Morgana, é Arthur.

As bochechas dela coraram de alívio e uma mistura mais complicada de emoções.

— Arthur?

Ele adentrou o luar, e ela o empurrou com as mãos.

— Deuses, quase morri de susto! Isso não foi engraçado! O que está fazendo aqui, pelos Nove Infernos? — Embora o tom fosse severo, Morgana estava feliz em vê-lo.

Arthur gesticulou para ela abaixar a voz.

— Estou um pouco enrascado.

— Perdeu as calças nos dados de novo? — zombou Morgana. — Eu não mandei parar com os jogos de azar?

— Não é dinheiro — disse Arthur, sem entrar na brincadeira.

— Ótimo, porque não tenho nenhum.

— Sinto muito em envolver você nessa situação, Morgana. Eu... na verdade, não sabia para onde ir. — Arthur não parava de olhar para as rochas.

Incomodada com tanto mistério, ela mudou de tom.

— Muito bem. Vá em frente. No que se meteu agora?

Envergonhado, Arthur virou para trás e falou:

— Pode vir.

Morgana franziu a testa, sem esperar ver mais outra pessoa, ainda mais se fosse o tipo com quem Arthur se envolvia.

Aos poucos, Nimue saiu de mansinho das rochas. Ela caminhou em direção a Morgana até entrar em um raio de luar, aí baixou o capuz. Os olhos eram escuros como buracos, as bochechas, ossudas.

Morgana não ficou impressionada.

— Ela está grávida ou algo assim?

— Longe disso. — Arthur riu sem alegria. — Os paladinos já passaram por aqui? Oferecendo recompensas ou coisas do gênero?

Morgana franziu a testa.

— Ouvi algumas coisas. Rumores de paladinos mortos e bruxaria.

— Permita-me lhe apresentar Nimue. — Arthur hesitou. — A Bruxa do Sangue de Lobo.

Morgana começou a rir.

— Seu paspalho. O que está acontecendo?

— É verdade — falou Arthur.

— Onde estão os seus chifres, meu bem? — Ela se virou para o mercenário. — Ela? Uma brisa pode levá-la voando!

— Você está enganada — falou Nimue, em um tom monocórdio e ameaçador.

— Podemos discutir entre quatro paredes? — perguntou Arthur, esticando o pescoço para a estrada, depois olhando de volta. — Seria mais seguro.

Morgana fez outra pausa, franziu a testa e abriu a boca, enfim percebendo:

— Você está falando sério.

Ele concordou com a cabeça.

— Estou. Nimue, esta é Morgana, minha meia-irmã.

Morgana deu um passo para trás diante de Nimue, como se de repente ela tivesse *mesmo* ganhado chifres.

— E você a trouxe para cá?

— Por favor, vou explicar tudo, mas podemos apenas… fazer isso dentro da taverna?

Morgana serviu uma garrafa de vinho em três canecas de lata e duas tigelas de mingau feito com feijão, ervilha, repolho e alho-poró, acompanhado de dois pedaços de pão preto. Nimue mordeu o pão duro enquanto Morgana a estudava. Arthur terminou a caneca de vinho de um gole só e a empurrou na direção da meia-irmã, pedindo outra dose.

— Ela não é de falar muito, não é? — comentou Morgana, servindo mais vinho para Arthur.

— Em geral, ela quase nunca cala a boca.

Nimue chutou Arthur por baixo da mesa, e ele fez uma careta de dor.

— Boa menina — disse Morgana, em tom de aprovação. — Arthur com certeza precisa de um bom chute de vez em quando. Acho que gosto de você.

Nimue virou um olhar desconfiado para a outra mulher, quando ela se sentou.

— Como está? — perguntou Morgana, apontando para o mingau.

— Bom — respondeu Nimue, com a boca cheia. Depois, acrescentou: — Obrigada.

— De nada. — A mulher tomou um gole do vinho, avaliando Nimue, depois se inclinou para a frente. — É verdade? Você matou aqueles desgraçados de Carden?

Nimue tirou os olhos da tigela de mingau e encarou a meia-irmã de Arthur. Depois de uma pausa, assentiu.

— Parabéns — falou Morgana, com profunda satisfação. Olhou para o irmão, depois de volta para Nimue. — Quantos?

Nimue pensou um pouco antes de responder:

— Dez, acho. Talvez mais.

Morgana se reclinou, sem acreditar.

— Dez? — Então se voltou mais uma vez para Arthur, que concordou com a cabeça.

Agora foi a vez de Morgana esvaziar a caneca. Ela encheu mais uma vez.

— Como?

Nimue olhou para Arthur, que deu de ombros, anunciando:

— Eu confio nela.

Dito isso, Nimue se levantou e sacou a Espada do Poder da bainha pendurada nas costas. Fosse um truque das velas ou algo diferente, a taverna vazia se encheu com uma luz repentina antes de escurecer de novo quando Nimue colocou a espada em cima da mesa sob os olhos arregalados de Morgana.

A mulher ficou de pé, analisando a espada. Tocou de leve na arma, os dedos passando sobre a runa no pomo.

— O Dente do Diabo — sussurrou.

Nimue franziu a testa.

— O Dente do Diabo?

— Você sabe o que é isso? — perguntou Morgana, baixinho, boquiaberta.

— Já ouvi esse nome. Era a espada das histórias antigas. A primeira espada — respondeu Nimue, vendo o brilho nos olhos de Morgana. — Ora, vamos. Não pode ser.

Morgana passou o dedo pelos símbolos rúnicos.

— Esses são os quatro círculos dos elementos. Água. Fogo. Terra. Ar. Unidos no quinto círculo, a raiz que une a todos. Esta é a primeira espada, feita nas forjas feéricas. A Espada dos Primeiros Reis. Onde achou isso?

Nimue ficou séria.

— Era da minha mãe. Ela me deu quando... quando os Paladinos Vermelhos chegaram à minha aldeia.

— Incrível. Simplesmente incrível. Você é do Povo do Céu, não é? Ou prefere Dançarinos do Sol? — inquiriu Morgana.

— Povo do Céu. Como você sabe?

— Eu me tornei especialista nisso — explicou a mulher, sem dar outros detalhes. — Sua mãe disse onde encontrou a espada?

— Não. Ela me pediu para levar a espada para alguém chamado Merlin. Eu sei que parece loucura, mas acho que ela estava falando de Merlin, o mago.

— Não é loucura — falou Morgan, olhando para a espada. — Faz muito sentido.

— Um momento. Você está sugerindo que Merlin é real? E que, de alguma forma, está vivo?

Arthur concordou com a cabeça.

— Os comerciantes árabes conhecem ele. Ou, pelo menos, sabem da sua existência. Dizem que Merlin passa os dias transformado em um cachorro preto, raptando crianças e levando-as para algum castelo subterrâneo.

— Isso é idiotice. — Morgana revirou os olhos.

— E você sabe tudo sobre Merlin, não é? Ele é frequentador assíduo da Lança Quebrada? — perguntou o jovem.

— Arthur, cale a boca.

O rapaz se virou para Nimue.

— Você logo vai aprender que Morgana sabe de tudo e nós somos todos tolos.

— Não todos, apenas você — retrucou a mulher.

Irmãos, sem dúvida, pensou Nimue.

— Espero que, a essa altura, você já tenha aprendido a ignorá-lo — disse Morgana para Nimue. — Ele é bonito de olhar, mas não tem muita coisa na cabeça.

Irritado, Arthur tomou um gole de vinho. Morgana observou Nimue e o irmão, sem acreditar.

— Ah, vocês são uma graça. Merlin é apenas o feiticeiro mais temido desta era. De qualquer era, na verdade. Ele é mencionado em registros históricos que remontam à queda de Roma. Tem centenas de anos.

— Ele é do povo feérico? — perguntou Nimue.

— Druida — respondeu Morgana. — Um sacerdote dos Deuses Antigos. Quero dizer, quem sabe de verdade? Talvez ele tenha sangue feérico antigo, ou sangue de gigante, ou seja, meio-deus. Mas ele sabe magia feérica, é claro. E feitiçaria. E necromancia. E conjuração. Ele sabe de tudo isso. Merlin é a própria história da magia em um só homem. Dizem que ele comanda os oceanos e os céus.

— Agora quem é que está falando idiotice? — perguntou Arthur.

— Bem, há rumores de que ele está trabalhando como conselheiro do rei Uther Pendragon. Então, o rei deve pensar que Merlin tem algo a oferecer. E, talvez ainda mais importante, ele é, em teoria, o mestre dos Senhores das Sombras.

— O que são eles? O que são os Senhores das Sombras? — perguntou Nimue, se sentindo mais ignorante a cada minuto.

— O grande círculo de espiões mágicos que controla todos nós em segredo — debochou Arthur.

— Encha a cara e durma logo — respondeu Morgana. — Arthur tem medo do que não compreende. Eu acredito nos Senhores das Sombras. Desde a ascensão da Igreja, os verdadeiros bruxos e bruxas se esconderam. É uma sociedade de magia escondida dentro da sociedade comum. Cada Senhor das Sombras detém um domínio: os mendigos, os falsários e até mesmo os banqueiros.

O sorriso de Morgana desapareceu, e ela encarou os olhos arregalados de Nimue com uma simpatia cada vez maior.

— Ah, Nimue, você não tem a menor ideia do que começou, tem?

— Como encontramos Merlin? — indagou a jovem feérica.

— Onde quer que esteja, garanto que está longe daqui. — Arthur sorriu para a irmã, depois esvaziou a caneca de vinho.

Morgana pensou por um momento, depois se serviu de outra caneca.

— Talvez exista uma maneira de fazer Merlin vir até nós.

— Vir até nós?

Morgana concordou com a cabeça.

— Se as suas condições forem cumpridas.

Nimue olhou para ela, confusa.

— Eu tenho condições?

— Claro que sim. Você é a Bruxa do Sangue de Lobo e usa o Dente do Diabo. Isso torna você poderosa. E poder é a única coisa pela qual os homens anseiam. — Arthur estava prestes a interromper, mas Morgana continuou: — Você está em posição de barganha, Nimue, pela sua sobrevivência, pela sobrevivência do seu povo.

Nimue não tinha pensado naquilo. Ser marcada como a Bruxa do Sangue de Lobo parecia uma sentença de morte, e até agora não tinha imaginado que havia outro lado para a questão. Pela primeira vez em dias, Nimue sentiu o despertar da esperança. Essa tal de Morgana não deveria ser subestimada.

— Se Merlin é tão bom quanto diz, não vai enxergar a verdade por trás das mentiras?

Morgana se sentou e estudou a espada mais uma vez. Esfregou a lâmina, depois mostrou a Nimue o sangue que manchava a sua mão.

— Isso é sangue de paladino? — perguntou Morgana.

Nimue concordou com a cabeça.

— Então onde está a mentira? Você é a Bruxa do Sangue de Lobo e levou medo àqueles diabos vermelhos. Você empunha a Espada do Poder e não se separará dela, a menos que Merlin cumpra as suas exigências.

Nimue olhou em volta da taverna simplória.

— Você parece muito confiante.

— Ah — Morgana bebeu o vinho —, você logo vai descobrir que sou cheia de surpresas, Nimue. Mas se eu ajudar, vou esperar que me ofereça algo em troca.

— O quê?

— Você vai ver. — Morgana sorriu.

DEZESSEIS

APÓS VERIFICAR QUE A ESTRADA DE POR-tão de Cinder estava livre de qualquer viajante madrugador, Morgana conduziu Arthur e Nimue para o sul, para as colinas cobertas de florestas.

— Sem tochas e sem falatório — ordenou, depois caminhou à frente dos dois com passos firmes, o capuz marrom tornando difícil identificá-la entre os raios do luar que iluminavam o chão como um caminho de pedras.

Os únicos sons eram os de seus passos suaves esmagando o tapete de agulhas de pinheiro no chão da floresta. Nimue teve dificuldade de encontrar a trilha e perdeu Morgana várias vezes enquanto a dona da taverna se abaixava sob as árvores caídas e cruzava pequenos córregos sem diminuir o passo. Os três caminharam por quase uma hora, subindo uma inclinação constante, até Nimue sentir pontadas nas bochechas por causa dos arranhões, até os pulmões arderem e os pés doerem.

Então, de repente, Morgana parou e levantou a mão. Arthur e Nimue esperaram. A floresta estava muito escura. Não havia estruturas visíveis além dos pinheiros imponentes e as formações rochosas incomuns, o que sugeria que haviam subido em um dos vastos chifres das montanhas Minotauro. Estava frio, e Nimue apertou o manto de camponês em volta dos ombros. Alguma coisa passou farfalhando nos galhos acima da cabeça deles. A mão de Arthur desceu até cabo da espada, mas Morgana sacudiu a cabeça. A "coisa" saltou com grande agilidade de galho em galho, a uns três metros lá no alto, antes de desaparecer no escuro. Rápido demais para ser um urso, grande demais para ser um pássaro ou um felino.

— O que era aquilo? — murmurou Nimue.

Um coaxo distante foi a resposta. O barulho soou como os sapos na clareira perto da sua casa, naquele morro cheio de túmulos. Depois de mais coaxos, Morgana gesticulou para avançarem. Enquanto caminhavam, Nimue sentiu dezenas de olhos sobre eles. Não sabia ao certo se Arthur tinha a mesma sensação. Sombras ondulavam perto de um pinheiro caído. Morgana não deu atenção a esses observadores estranhos enquanto conduzia os dois até um paredão rochoso coberto por um véu de videiras frondosas. O chão de agulhas de pinheiro se ergueu e se voltou para o oeste.

Nimue estava preparada para outra escalada, mas o véu de videiras se abriu de repente, revelando duas meninas cobertas com capas de folhas, quase invisíveis a olho nu. Atrás do véu havia uma pequena boca de caverna. Sem explicação, Morgana se abaixou e entrou. Nimue a seguiu, mas manteve os olhos nas meninas, que pareciam cansadas e assustadas.

Após alguns passos dentro da caverna, ficou impossível de enxergar, e Nimue bateu com a cabeça em uma rocha que pendia do teto. Por instinto, esticou o braço para Arthur e encontrou a mão dele. Os dedos de Arthur apertaram os dela por um momento antes que Nimue recolhesse a mão.

A jovem seguiu o som das saias de Morgana entre as paredes estreitas. Sussurros e murmúrios ecoavam nas paredes, vozes velhas e jovens, e, conforme a caverna respirava, enviava uma lufada de odores para Nimue decifrar: estrume de porco e urina, uma variedade de tipos de capim, pele de cabra, pimenta e cravo, teixo e amieiro, folhas úmidas, lírios e íris secas, cerveja azeda, sebo, bolor, carne salgada, louro, sálvia e tomilho e suor cheio de medo.

— É seguro — sussurrou Morgana, no escuro.

Um pano preto foi retirado de uma lanterna, que disparou um brilho laranja intermitente através de um mar de rostos. Corpos de todas as formas e tamanhos se amontoavam no chão ou se sentavam encostados nas paredes irregulares. Havia pelo menos cem pessoas, talvez mais. A caverna era baixa, mas larga, e se estendia além do alcance da luz em câmaras distantes. Nimue ficou sem fôlego. Todos eram do povo feérico. Eram todos do mesmo povo que ela, e eram todos refugiados das piras do padre Carden.

— Eles são tão lindos — disse, com a voz engasgada.

Era um retorno doloroso, porém inspirador, a um lugar onde Nimue nunca estivera, a uma família que nunca conhecera. Alguns dos clãs eram tão raros que Nimue nunca tinha visto ninguém deles. Clãs como os tímidos Andarilhos dos Penhascos, o povo montanhês, com homens que usam elmos grossos de chifre de carneiro e mulheres com padrões intrincados de cicatrizes formando círculos entrelaçados nos braços. Ou os Cobras, que adoravam a noite e viviam em cabanas flutuantes nos rios da clareira. Os filhos dos Cobras se escondiam sob capas de pele de rato, e homens e mulheres espiavam por trás de máscaras de asas de morcego esticadas, com rostos pintados de guano. Os Criadores de Tormentas eram tatuados da cabeça aos pés e tinham fama de evocarem a chuva, enquanto os Asas de Lua comungavam com os pássaros noturnos e eram inimigos jurados dos Cobras. Os jovens daquele clã viviam no dossel da floresta por dez anos antes que os seus pés tocassem a terra. Uma das crianças acariciou a cabeça de uma enorme coruja cinzenta enquanto encarava Nimue com um olhar intenso e desconfiado. Os Presas adoravam o javali e eram igualmente temperamentais. Os Faunos usavam chifres e tinham cervos gigantescos como montarias, além de serem excelentes arqueiros. Havia até mesmo Plogs, moradores de túneis, que tinham evoluído para levar vidas nas trevas perpétuas, carregadas de trabalho pesado. As mãos tinham dois dedos grossos em forma de garras calejadas, e a maioria era cega. Os Plogs estavam nos pesadelos das crianças feéricas, embora Lenore tivesse ensinado a Nimue que eles eram criaturas tímidas que preferiam comer vermes e raízes em vez de carne.

Ainda havia mais pessoas de clãs que Nimue não reconheceu. Era tudo tão avassalador. Com a mistura das paredes confinantes da caverna, do calor, do ar denso, do medo e da exaustão, Nimue chegou a balançar um pouco, e Morgana teve que ampará-la para evitar que caísse.

Morgana e Arthur conduziram a jovem por uma série de túneis até chegarem a uma pequena alcova com espaço para um tapete de palha e uma lanterna. Os punhos de Nimue seguravam firme o cabo da espada enquanto ela se deixava guiar até o tapete no chão. Quando fechou os olhos, se sentiu arrastada para uma escuridão profunda e sedutora.

Sonhou com fogo.

Os olhos de Nimue se abriram. A primeira coisa que viu foi Arthur sentado, as costas encostadas na parede, estudando os mapas que tinham roubado dos Paladinos Vermelhos. Ergueu os olhos para ela.

— Você dormiu por quase dois dias — anunciou.

Nimue bateu a mão no chão em volta.

— A espada. — Tateou sem parar. — Cadê a espada?

— Relaxe, está tudo bem. Ela está aqui.

Arthur mostrou um escaninho na rocha ao lado do tapete de palha. Dentro estava a Espada do Poder, embrulhada em um pano. Nimue se acalmou ao vê-la, embora a cabeça estivesse embaçada por imagens dos sonhos que tivera — rostos curiosos, mas assustadores, olhando para ela da escuridão.

— Que bom que você acordou. Não gostam muito de mim aqui. "Sangue de Homem" e tudo mais.

— Não deveriam chamar você assim. Minha mãe nunca permitiu esse tipo de linguagem.

Arthur concordou.

— Acho que sou humano demais. Sem asas, sem chifres. Não posso dizer que culpo os pobres coitados, considerando o que passaram. Ah, e você deveria se preparar.

Nimue franziu a testa.

— Para quê?

— Você vai ver.

Ela se levantou e tirou a terra e a palha que sujavam as calças esfarrapadas. Juntos, Nimue e Arthur caminharam por um túnel longo e estreito que levava a uma enorme caverna em forma de tigela, parcialmente aberta para o céu, através da qual a floresta havia invadido: árvores caídas, raízes retorcidas e pedras cobertas de musgo criavam uma ponte inclinada para o mundo exterior.

Nimue ficou maravilhada com a comunidade feérica que se instalara ali, enquanto os refugiados tentavam criar uma aparência de vida normal. A caverna tinha sido dividida em áreas tribais. Territórios foram tomados em todas as reentrâncias. Os Presas se amontoavam, fabricando suas armas de ossos, enquanto, no alto dos paredões, os Criadores de Tormentas penduravam suas redes, e os Cobras erguiam suas perturbadoras tendas de pele, querendo evitar qualquer contato.

Uma mortalha de sofrimento pairava sobre a caverna. Mais de uma vez, Nimue teve que olhar por onde andava para evitar pisar nos doentes, velhos e feridos que lotavam o chão, com olhos fracos e assustados. O lugar eram uma colmeia de atividade, com o povo feérico levando água e cestas de raízes coletadas e verduras roubadas, pendurando roupas, cuidando dos feridos e removendo os doentes para áreas mais isoladas, por medo de surtos. Mesmo assim, Nimue percebeu que as provisões eram escassas. A caverna tinha um clima inconfundível de tensão. No meio do caminho, viu uma discussão seguida de empurrões entre os Presas e os Cobras. A disputa foi logo interrompida, mas, sem o suficiente para comer, mentes tribais e territoriais acabariam por assumir o controle. Era só uma questão de tempo. Dava para ver.

Ao contrário dos mais velhos, as crianças feéricas brincavam juntas, e o riso delas era um som muito bem-vindo.

Quando Nimue e Arthur passaram em direção ao centro da caverna, surgiu um murmúrio. Nimue sentiu muitos olhos em si, o que a deixou nervosa. Não conhecia aqueles clãs ou seus costumes. Não tinha ideia de que tipo de recepção poderia esperar, se é que teria alguma.

— Por que estão todos olhando para mim? — sussurrou Nimue para Arthur.

— A Bruxa do Sangue de Lobo chegou.

Uma pequena menina Fauna, com brotos de chifres minúsculos crescendo na testa alta, correu até Nimue e tocou a perna dela antes de recuar para a segurança do abrigo familiar. Mais algumas crianças de todos os diferentes clãs a cercaram, disputando espaço para segurar a mão dela ou tocá-la, estendendo os braços na sua direção, puxando as suas mangas esfarrapadas. Alguns adultos se juntaram às crianças, cercando Nimue. No começo eram quase dez depois vieram outros, até que uma multidão a envolvia em um círculo de adoração composto por sobreviventes agradecidos. O peito de Nimue se apertou de medo. Parte dela quis sair correndo enquanto os refugiados a afastavam de Arthur, colocando colares sobre a sua cabeça ou oferecendo restos de comida ou quaisquer talismãs que tivessem. Nimue não parava de dizer "Obrigada, obrigada, vocês são muito gentis". Procurou Arthur, mas não conseguiu vê-lo na multidão que se formou à sua volta.

DEZESSETE

O MALABARISTA CEGO ERA UMA TAVERNA escura e cheia de fumaça, cujo piso empenado que cheirava a vinho azedo. Os troncos incandescentes na lareira central provocavam um reflexo amarelo nos olhos dos homens, que murmuravam por cima das canecas, à procura de viajantes vulneráveis cujas bolsas poderiam roubar com mais facilidade. As mulheres também eram perigosas, muito talentosas em furtar moedas quanto sussurravam promessas ilícitas nos ouvidos de estranhos solitários.

Merlin era um desses estranhos e escolhera uma mesa de canto que lhe permitisse tanto ver quanto ser visto, pois, naquela noite, era ao mesmo tempo caçador e presa. Os brutos das outras mesas não lhe diziam respeito. Merlin estava tentando atrair uma presa mais arisca.

O Lago de Harrow era uma província no limite das muitas Terras Selvagens — lugares ermos, violentos e indomados que abrigavam diversos perigos, naturais ou não — que dividiam os reinos da Inglaterra, Aquitânia e Francia, fazendo com que a tarefa de unir a região fosse o obstáculo principal que impedia qualquer rei mais ambicioso. Era sabido que viajantes forçavam os cavalos a um dia a mais de cavalgada para evitar uma noite de estadia, pois o Lago de Harrow era o paraíso de ladrões. A própria construção da cidade, com estruturas compactadas e inclinadas encostadas a um morro para evitar que afundasse nos pântanos, era um ninho de ratos de ruelas sinuosas, escadas estreitas e becos sem saída escuros.

O Lago de Harrow era também o domínio de Rugen, o Rei Leproso, o Senhor das Sombras dos Malditos. Contudo, obter uma audiência com uma pessoa tão mortal era uma dança delicada, até mesmo para Merlin, o mago.

Um menino com metade de uma orelha colocou um pedaço de pão preto em cima da mesa, junto com uma jarra de vinho e uma caneca. Merlin jogou uma moeda de prata para ele, e o menino a pegou com a voracidade de um filhote de tubarão. Serviu-se de uma caneca cheia. *Pode ser que seja uma longa noite.* Tomou um belo gole, pousou a taça e congelou.

Devagar, ele se virou para uma mulher vestida toda de preto, usando um véu que cobria seu rosto, sentada na cadeira ao seu lado.

— Deuses, por que chega assim de repente?

— Eu sou a Viúva — respondeu ela.

— Você foi seguida?

Ela inclinou a cabeça, curiosa.

— Uma pergunta tola — concordou Merlin.

— Você nos disse que a Espada do Poder tinha sido destruída.

A pele queimada de Merlin formigou.

— Era o que eu acreditava, mas os presságios provam o contrário.

— Os Senhores das Sombras consideram isso a sua traição final. Você perdeu a pouca confiança que ainda tinha conosco.

— Seja como for, a espada foi encontrada. E logo a Guerra da Espada vai recomeçar. "Quem empunhar a Espada do Poder será o único e verdadeiro rei." Aqueles que acreditam na profecia vão formar frentes de batalha. As frotas do Rei do Gelo vão se reunir ao norte, os Paladinos Vermelhos, ao sul, os Senhores das Sombras, a leste, e, em breve, o rei Uther enviará seus exércitos. Agora, vamos gastar nossas energias em brigas ruins para ambos os lados ou na verdadeira ameaça diante de nós?

— O que quer comer? As mesas são para jantar. — O menino com metade da orelha voltara.

— Como está o coelho hoje? — perguntou Merlin, esperando que fosse mesmo coelho.

— Sublime — respondeu o garoto, com sarcasmo admirável.

— Traga um prato para mim. E outra caneca para minha companheira — falou Merlin, apontando para a Viúva.

— Que companheira? — O menino olhou de lado para Merlin.

— Você está mais distraído do que o habitual — comentou a Viúva.

— Deixe para lá — disse ele para o menino, esquecendo que, para os olhos da criança, o assento ao lado dele ainda estava vazio. Merlin se voltou para a Viúva. — Chamei você aqui como amiga, não como emissária dos lordes.

— E estou dizendo isso como amiga: se expulsarem você, a coisa não vai terminar por aí. Você sabe demais e tem muitos inimigos. Vão caçá-lo. E temo quem pode ascender na sua ausência.

— Fico feliz de você estar preocupada.

— Essa questão com a espada também deu nova vida aos rumores. Dizem que você é um mentiroso ou que, então, perdeu a magia. Bem. — A Viúva cruzou as mãos brancas sobre a mesa. — Você perdeu?

Estou brincando com fogo, refletiu Merlin. Decidiu ser discreto.

— A conversa está ficando íntima? Devo perguntar sobre o seu querido marido?

A Viúva ficou tensa e esperançosa.

— Você ouviu alguma coisa? Alguém viu o navio dele?

Pare com esses joguinhos, Merlin. A Viúva estava sempre esperando o marido voltar do mar. A tristeza dela era tão poderosa que a mantivera viva por muito mais tempo do que qualquer expectativa de vida humana e lhe dera o dom de transpor mundos, conquistando o seu lugar como Lady das Sombras dos Moribundos. Os três últimos versos do famoso "Lamento de Candletree", de Feadun, o bardo, expressavam melhor. Candletree solta o último suspiro enquanto o seu valente escudeiro paira sobre ele:

Caro Candletree, o que me dizes tu?
"Um véu cinza se ergue", sussurrou ele.
"E é o rosto da Viúva que vejo nu."

Merlin sabia que não havia necessidade de continuar a antagonizar uma das irmãs da Morte.

— Não ouvi nada. Só posso desejar o retorno seguro dele.

A Viúva ajeitou o véu. Alisou as mangas de renda.

— Sua visão — disse o mago. — O que mostra sobre a espada? Onde ela vai aparecer?

A Viúva ficou em silêncio enquanto espiava o futuro.

— A espada está vindo até você, Merlin, mas qual extremidade chegará primeiro, a ponta ou o pomo, é outra questão.

— Então devo estar pronto para qualquer uma das duas.

— E?

— A espada foi criada nas forjas feéricas, e para as forjas feéricas retornará. Vou derretê-la de volta às origens.

— Você pretende destruí-la? E quanto à profecia?

— Foram as palavras cheias de esperança de uma época mais civilizada. Sou mais sensato agora. Não há um único e verdadeiro rei. A espada é amaldiçoada e corromperá todos os que a empunharem.

— Como sempre, você escolhe o caminho mais difícil.

— Poucos conhecem a espada como eu. É o único jeito.

— Mas as forjas feéricas se apagaram há mil anos.

— Eu sei. O Fogo Feérico se tornou um tesouro raro e cobiçado, possuído apenas pelos colecionadores mais exigentes.

— Ah, deuses, não me diga que você está planejando roubar *dele*?

— Estou.

— Sem magia?

— Rumores. De qualquer forma, ainda tenho a minha inteligência. E o meu charme.

— Temo que esteja superestimando os dois.

— Você vai me ajudar, velha amiga?

A Viúva suspirou.

— Presumo que seja por isso que você me pediu para trazer o colar?

Ela deslizou algo para Merlin embaixo de uma seda preta. O mago pegou o objeto e o escondeu nas vestes.

— Odeio ter que pedir para você abrir mão disso.

— Não tenho necessidade de joias. — A Viúva suspirou. — Isso é tudo?

— Também gostaria de pegar o seu cavalo emprestado.

* * *

As portas da taverna do Malabarista Cego se escancararam, deixando Merlin passar. Ele tentou manter o equilíbrio, mas o estalajadeiro parrudo que o carregava pelo cinto jogou-o em uma pilha de estrume. A lua estava alta e brilhante.

— Eu deveria mijar em *você*, seu cachorro desgraçado!

O estalajadeiro ainda meteu a bota no peito de Merlin quando o mago tentou ficar de joelhos, então deu meia-volta e retornou para a taverna.

— A única razão pela qual eu me aliviei no chão é porque o vinho azedo que você serve é tão aguado, cacete, que a pessoa tem que beber um galão para ficar bêbado! — Merlin jogou uma bola de estrume na porta enquanto ela se fechava. — A propósito, a "senhora estalajadeira" é amigável até demais com a clientela!

Merlin se levantou cambaleando e resmungando. Andou, trôpego, pela rua principal do Lago de Harrow, com moedas tilintando na bolsa, meio cantando e meio discutindo com companheiros invisíveis. O mago estava a apenas algumas dezenas de metros do Malabarista quando as sombras começaram a se mover pelas paredes atrás dele.

Merlin tomou um gole do odre de vinho, arqueou uma sobrancelha quando quatro figuras trôpegas — leprosos, a julgar pelos furúnculos, mãos descascadas e farrapos negros — se aproximaram dele por todos os lados. O homem ficou parado quando o círculo se fechou à sua volta. Mais umas doze pessoas surgiram, como se tivessem saído de fendas da rua, enquanto outros escapavam de porões e valas.

Assim que Merlin se viu cercado, jogou o odre no chão, em um gesto de desafio, e rosnou.

— Vocês sabem quem eu sou! Agora me levem ao seu rei!

A multidão se atirou sobre ele, e Merlin sucumbiu às mãos esticadas e arranhando. Dentro de instantes, o mago havia desaparecido no interior do enxame esfarrapado. A massa se movia como um único organismo, transportando-o por túneis secretos sob o Lago de Harrow, dentro de esgotos romanos antigos e abandonados, imersos em uma escuridão infernal.

DEZOITO

U MA FLECHA EMPLUMADA ASSOBIOU PELA floresta fria e atingiu a traseira de um coelho, fazendo o animal girar como um pião. Um menino Fauno colocou o arco no ombro e correu para pegar a presa. Seus passos não emitiram sons sobre as folhas quebradiças.

Morgana e Nimue seguiram atrás, com os mantos que as protegiam do frio e de olhos curiosos. As nuvens cinzentas no alto eram invariáveis e imóveis, como se esperassem por algo. Davam ao dia um suspense indesejado.

O garoto Fauno ergueu o coelho morto. Morgana levantou cinco dedos, indicando que a caçada do dia mal havia começado. Ele enfiou o animal abatido em um boldrié nas costas e partiu mais uma vez.

— É trabalho demais para um menino — comentou Nimue.

— Não nos atrevemos a andar em maior número. O pároco de Portão de Cinder vem me olhando estranho e, recentemente, passou a usar vestes vermelhas. É um milagre que não tenhamos sido descobertos. — Morgana se ajoelhou para examinar uma raiz no chão, decidiu que não tinha valor e a deixou lá.

— É muito corajoso o que você fez — disse Nimue.

— Talvez. Mas eu não sou nenhuma Bruxa do Sangue de Lobo — provocou Morgana.

— Tudo o que fiz foi correr e... e lutar... mas apenas para viver. Não sou ninguém, eu garanto. Odeio desapontá-los, mas não sou ninguém — falou Nimue, mas sentiu uma onda de ânimo nas palavras de Morgana.

Descobrira que precisava mais de encorajamento do que imaginava. Morgana sacudiu o seu ombro.

— Você é a única pessoa que enfrentou os Paladinos Vermelhos, a única que reagiu. O pessoal daqui precisa saber disso. Eles merecem um pouco de esperança, mesmo que passageira.

— Passageira? — repetiu Nimue.

Morgana concordou com a cabeça, fazendo uma expressão triste.

— Não podemos sustentar essa situação por muito mais tempo. Todo dia chega uma nova família, novos sobreviventes. E o frio vem aí. Se os paladinos não matarem essa gente, o inverno com certeza vai. Até agora os convenci a não invadir as fazendas, porque, assim que isso acontecer, tudo acaba, mas eles não vão continuar me dando ouvidos por muito tempo. E, deuses, como discutem. Graças aos deuses pelo Cavaleiro Verde. Eles o respeitam.

— Quem é o Cavaleiro Verde? — perguntou Nimue, curiosa.

Morgana riu.

— Não sei dizer. Ele não fala com "Sangue de Homem". Não confia na nossa espécie.

— Mas você está ajudando todo mundo. É ridículo.

— É um mundo dividido, Nimue.

— Você acha que esse tal de Merlin pode ajudar?

Morgana concordou com a cabeça.

— Possivelmente. Se você estiver disposta a ser forte. Se estiver disposta a desafiá-lo.

Nimue sentiu um vazio no estômago, estava desesperada para mudar de assunto.

— Como você se envolveu com essa situação? Você não é... — Nimue viu os olhos de Morgana ficarem severos por um breve momento — quero dizer...você não deve nada a eles... você não nos deve nada.

— Meus fardos eram leves. — Morgana notou a confusão de Nimue e continuou: — As verduras que eu comprava das fazendas locais tinham metade do peso. Os fazendeiros reclamavam de ladrões. Isso durou uma semana.

E aí eu estava colhendo ervas para as minhas "receitas"; chame de poções, se quiser, eu sei que parece bobo. Às vezes, as ervas me levam para longe da estrada, e foi onde encontrei uma família dos Presas, todos encolhidos dentro de um carvalho morto. Uma delas, uma idosa, a avó, tinha sido retirada de uma cruz em chamas, meio cozida, coitada. Eles a carregaram por dias. A velha está enterrada não muito longe daqui. E então as comportas se abriram. Duas famílias no dia seguinte; Cobras, acho que você os chama assim. Quando os Asas de Lua chegaram, conseguimos montar uma vigia nas árvores. Batedores foram enviados para desviar os sobreviventes da estrada do Rei. E, um mês sem dormir depois, aqui estamos. E você? Como envolveu Arthur nisso tudo? Ele não é conhecido pelo altruísmo. Deve gostar de você.

Nimue abriu a boca, mas não encontrou palavras. Morgana riu.

— Ah, olha como você está vermelha! Tenho que ensiná-la a não corar. Você vai entregar o jogo.

— Eu não estou corando, isso... é um absurdo. — Nimue tentou andar mais rápido.

— Não há vergonha em gostar dele. Arthur é mesmo lindo, apesar de ser o meu irmão irresponsável. Está aqui hoje, mas pode partir em um piscar de olhos.

Havia alguma coisa sobre Morgana, o modo como as palavras dela pareciam ter sempre dois significados, que fez Nimue pensar em Pym. Sempre gostara de implicar com a amiga por ser tão aberta em relação aos sentimentos. Adorava sussurrar os pensamentos mais sujos no ouvido de Pym durante as aulas, porque ela nunca conseguia sufocar a emoção. A pureza de Pym sempre a fazia se sentir mais corajosa, fazia com que ela corresse mais riscos, como na taverna, no dia em que conheceram Arthur. Se não tivesse desafiado Bors, se tivessem ido para casa quando o sol nasceu, será que teria surtido alguma diferença? Mais gente do seu clã teria sobrevivido? O peito de Nimue doía pela amiga.

— Devo a vida a ele — explicou a jovem.

— Você dá importância demais a Arthur.

Nimue sentiu um calor subir pelas orelhas.

— E por acaso você estava lá? Ele demonstrou amizade sincera e poderia ter me abandonado aos lobos dezenas de vezes.

— Deva a ele o que quiser. Mas pergunte a si mesma: por que ele levou você para o sul, mais perto do perigo, do que para o norte?

— Estávamos correndo. Mal tivemos chance de pensar.

— *Você* não teve chance de pensar. Mas Arthur, sim. Ele trouxe você aqui para deixá-la para trás — disse Morgana, com naturalidade. Aquilo doeu.

— Ele não faria isso — retrucou Nimue, sem muita confiança.

Na verdade, a ideia de Arthur abandoná-la deixou as suas pernas fracas. Aquilo tocou uma ferida profunda, remanescente da infância.

— Acha que ele quer ser parte dos seus problemas? Os pés do Arthur nunca tocam o chão. Agradeça que ele tenha trazido você até aqui.

— Por que está me contando isso?

Morgana voltou um olhar intenso para a garota.

— Porque você é importante demais para amarrar o seu coração a qualquer homem. Você não deve nada a ele. Foi um privilégio para Arthur lhe servir, e você precisa acreditar nisso se quiser sobreviver.

Nimue franziu a testa.

— Eu não...

— Você não é mais uma menina feérica. Você é a Bruxa do Sangue de Lobo. Empunha o Dente do Diabo. Algumas pessoas vão adorá-la, outras vão temê-la, e há ainda aquelas que farão tudo que puderem para queimá-la na cruz. Então, a menos que reivindique esse destino para si, será devorada viva. Você precisa saber quem são os seus verdadeiros amigos.

— E como vou saber disso?

— Olhe em volta. Quando os paladinos vierem atrás de mim, nenhum bardo vai cantar a minha história. Eu me uni a você, e não há como voltar atrás.

— E isso faz de você uma amiga?

— Mais do que amigas. Irmãs de sangue. Minha sobrevivência está ligada à sua. Vou mentir, roubar e matar por você. A única coisa que não farei é ficar parada, vendo você abdicar do seu poder por um homem qualquer.

Morgana pegou a faca e passou a lâmina na borda da palma, abrindo um corte de onde saiu sangue escuro. Ela cerrou o punho e molhou os dedos. Então, com a mesma mão, apertou o pescoço e a bochecha de Nimue, manchando a carne de vermelho.

— Juro minha vida a você. Deixe-me ser sua guerreira. E sua aluna. Ensine-me. — Morgana passou o polegar sangrento pelos lábios de Nimue, que provou o gosto salgado do sangue. — Quero aprender. Quero ouvir as vozes do seu povo. Ver o que vocês veem. Quero salvar o povo feérico da ira do Deus Único.

Morgana espalhou sangue nas próprias bochechas e se ajoelhou diante de Nimue.

— Levante-se — disse Nimue, envergonhada.

Ela obedeceu. Nimue pegou o rosto de Morgana com as mãos.

— Não sou professora. Não sou o que você pensa. Você fez mais do que eu. Tudo o que fiz foi sobreviver.

— Você mostrou que os Paladinos Vermelhos podem morrer. Isso é importante. Deu fim a um mito, e é por isso que está sendo caçada desse jeito. Os Paladinos Vermelhos conhecem o seu poder, mesmo que você não conheça.

— Mas eu não posso ensinar magia. Não conheço nenhuma. Na maioria das vezes, as vozes vêm até mim sem serem convidadas.

Um assobio baixo chamou a atenção das duas. Mais à frente na trilha, o Fauno ergueu uma doninha sarapintada com uma flecha cravada no pescoço. Morgana fez gestos de aplausos quando o Fauno, cheio de orgulho, colocou o animal morto sobre os ombros.

DEZENOVE

MERLIN FOI MEIO QUE CARREGADO, MEIO que arrastado por uma multidão de leprosos para o interior das ruínas frias e varridas pelo vento do vale de Maron, lar de um posto avançado romano que agora servia de santuário para os bandidos, os abandonados e os miseráveis. Os esqueletos de mármore dos antigos templos eram testemunhas mudas da Queda do Homem, tão evidente naquele lugar. As leis e os códices romanos haviam sido reduzidos a cinzas ao longo de séculos de barbarismo desenfreado. Restava apenas dois tipos de homens: os cruéis e os medrosos.

Que tipo sou eu?, perguntou-se Merlin.

Um pouco dos dois, decidiu.

O Rei Leproso, por outro lado, era cruel e governava o vale de Maron como um império criminoso. Acolhendo os marginalizados e os abandonados, conseguira construir um exército leal de espiões, ladrões e assassinos que ia da Inglaterra aos mosteiros do Norte e às fortalezas vikings do sul da França. O bando particular do Rei Leproso era conhecido como "Mazelados", e de fato eram uma força a ser temida, acólitos que voluntariamente ofereciam os corpos à lepra como pagamento aos deuses da magia maléfica em troca da Visão de Bruxa. O custo aos rostos e à forma física era muitas vezes horripilante até demais.

Uma multidão de leprosos saiu da bruma, liderada por uma velha que usava um crânio de vaca sobre o rosto arruinado: Kalek, a conselheira mais próxima do Rei Leproso. Merlin conhecia a reputação de Kalek. Ela levantou a mão direita, um coto sarapintado com um único dedo ossudo, e apontou para o feiticeiro.

— Você tem cheiro de mulher. — A voz dela era baixa e rouca; uma obstrução na garganta a tornava difícil de entender.

— Só eu, pelo visto — respondeu Merlin. Os óleos perfumados estavam na moda no vale de Maron, e ele não se fez de rogado. — Rugen vai me ver?

— Vossa Majestade — disse Kalek, corrigindo-o.

— É claro. — Merlin inclinou a cabeça. — Vossa Majestade, o Rei Leproso, concederá uma audiência ao seu velho amigo Merlin?

Ele sorriu, e Kalek apenas o encarou por trás do elmo de crânio com um olho injetado de ódio. Então, depois de um gesto enojado dela, a turba arrastou Merlin para o interior do vale.

O Rei Leproso havia se aninhado em uma caverna escavada pelos antigos romanos no paredão da montanha, que já fizera parte de um templo maior, agora desmoronado. Bastava seguir os montes bagunçados de tesouros roubados, baús empilhados, gemas, castiçais e tapeçarias rasgadas que cobriam os ladrilhos rachados e desbotados que levavam ao interior da caverna. Lanternas de pele davam à caverna um brilho sonolento. A ampla sombra do Rei Leproso se projetava nas paredes.

Merlin foi jogado no chão como um saco de grãos, e os leprosos recuaram para a escuridão como fantasmas.

— Eu consigo andar, sabe? — falou Merlin enquanto se levantava e tentava limpar um pouco da sujeira das vestes.

Uma respiração pesada se ouviu quando o Rei Leproso se arrastou com o passo lento de um grande macaco entre as lanternas esfumaçadas até a cama enorme feita de tapetes empilhados. A cabeça pesada e deformada, enfiada sob um grande capuz, era sustentada por ombros colossais. Rugen tinha 2,70 metros de altura e pesava quase quinhentos quilos, um testemunho do sangue de gigante que corria nas suas veias.

— Merlin, velho amigo, que surpresa agradável. — A voz de Rugen era como um trovão baixo.

Uma menina leprosa, que mal tinha 14 anos, com as mãos ensanguentadas de tantas feridas, ofereceu a Merlin uma taça de vinho espesso, que ele aceitou por educação.

O Rei Leproso se acomodou nos tapetes com esforço.

— Fico envergonhado pela grosseria dos meus ministros. Por favor, aceite as minhas mais sinceras desculpas. Isso não é maneira de tratar um homem da sua importância, um conselheiro do rei Uther, ainda por cima.

Nem era preciso ser mago para detectar a animação por trás da fala educada e hipócrita de Rugen.

— Não foi nada. Ando me irritando com bastante facilidade na velhice. A culpa é da viagem. A estrada não me faz bem.

— Bobagem, você parece ótimo. Saudável! Mas não há como negar que o mundo pertence aos jovens, não é? — A respiração quente de Rugen se condensava no ar frio e úmido da caverna. Ele enfiou as mãos enormes em luvas ásperas e sem dedos. Como os outros Mazelados, o rei não tinha vários dedos. — Beba, Merlin. Este vinho é o meu novo favorito. Seu nariz real talvez detecte notas de cereja e especiarias árabes.

— Você sempre foi um homem culto. — Merlin sorriu.

— E, no entanto, seus lábios ainda estão secos.

— Estou apenas deixando o vinho respirar.

A boca de Rugen se contorceu sob o capuz cheio de dobras.

— É uma honra, um homem da sua importância colocando os pés entre os miseráveis e os imundos. Somos indignos.

— Vim me desculpar. — Merlin abriu as mãos espalmadas.

— É mesmo? Ora, pelo quê? — Rugen deu um sorriso inocente.

— Sou o primeiro a admitir que tenho falhado na liderança dos Senhores das Sombras nos últimos tempos.

— Não, não, você está sendo severo demais consigo mesmo — disse Rugen, fingindo cair na ladainha.

— Mas estou aqui para acertar as coisas. Para ter uma reunião, para...

— Você nos envergonha, Merlin. Como algo que não existe pode nos ofender? Os Senhores das Sombras o expulsaram. Você é um espião humano e, durante anos, roubou e passou os nossos segredos para um rei ilegítimo. Para nós, está morto há muito tempo. E, além disso, o mito de Merlin é, na

verdade, apenas isso: um mito. — Os enormes dedos de Rugen brincaram com um fio no tapete enquanto ele falava. — Afinal de contas, os rumores dizem que você perdeu a magia.

— É isso que os Senhores das Sombras se tornarão sob o *seu* comando? Um círculo de velhas fofoqueiras que não têm mais o que fazer? Você não consegue nem seguir com uma negociação adulta? Não tem interesse algum no que tenho a oferecer?

— Perdi o gosto pelas suas mentiras melosas.

— Posso endossar a sua liderança — sugeriu Merlin.

— É mesmo? — Rugen sorriu.

— Os Senhores das Sombras se tornaram preguiçosos e complacentes, não viram que uma escuridão cresceu no sul. Se formos guiar os destinos dos homens, precisamos recuperar a nossa antiga glória. Agora, parte da culpa é minha, por colocar esperança no coração da humanidade. E estou aqui para corrigir essa situação. Como eu, você observa os céus. Já viu os presságios. A Espada do Poder mais uma vez se revelou. Todos os reis da cristandade estão determinados a conseguir a arma. Eu estou determinado que ela chegue até você.

— Até mim? — indagou o Rei Leproso. — Não até Uther Pendragon? O monarca a quem você jurou lealdade?

Merlin deixou a voz sair um tom mais triste:

— Uther está apenas aquecendo o trono para o verdadeiro rei.

As paredes da caverna tremeram com a risada ofegante do Rei Leproso.

— Quanta lealdade. Isso é alguma questão com a linhagem dele? O temperamento? Ou porque Uther também expulsou você?

Merlin olhou para pés.

— Não é absolutamente...

— Só um pouco — Rugen riu —, ou um bocado. Um tiquinho, hein? Admita, Merlin. Você é um bêbado e um tolo, não presta nem para servir um rei bastardo como Uther.

— É verdade que não sou mais bem-vindo na corte de Uther.

— E vem implorando até nós.

Merlin sentiu que o Rei Leproso estava ficando de mau humor.

— Fomos rivais no passado, Rugen, mas não deixe o seu orgulho atrapalhar uma colaboração poderosa. Você me pegou em desvantagem. Aproveite essa oportunidade. Há uma razão para que cinco séculos de reis tenham procurado o conselho de Merlin, o mago. Comigo ao seu lado e a Espada dos Primeiros Reis na sua bainha, seu império vai rivalizar com o de Alexandre.

O Rei Leproso bateu com o punho no chão.

— Por que eu deveria acreditar em qualquer coisa que você diz?

Merlin ouviu pedras racharem com o golpe. Porém, dentro daquela fúria, detectou a guerra frustrada entre a ganância e a suspeita de Rugen.

— Bem, Vossa Majestade, você simplesmente vai ter que confiar em mim. E, por mais amargo de engolir que seja esse tônico, trouxe um pequeno sinal de boa-fé para adoçar a bebida. É algo que sei que você deseja há muito tempo. — Merlin abriu a mão para revelar um colar de ouro gravado com runas e enfeitado com safiras antigas.

Rugen engoliu em seco.

— O torque de Boudicca. O torque que ela usava no pescoço quando levou os icenis à batalha. — Os olhos de Merlin brilharam. — Que tal o colocarmos nela?

VINTE

UMA TOCHA TREMELUZIA EM UMA DAS catacumbas que Morgana havia tomado para si. Um simples saco de dormir, uma mesa e uma cadeira tiradas da Lança Quebrada e alguns cobertores pendurados fazendo as vias de paredes compunham a decoração de uma câmara modesta.

Nimue se sentou no saco de dormir e leu um pergaminho em voz alta enquanto Morgana escutava, sentada à mesa, batendo uma pena nos dentes.

— "Para o grande Merlin, o mago." — Nimue ergueu o olhar para Morgana. — Esse é o título correto dele? "Grande"?

A mulher deu de ombros.

— Como eu vou saber? Não é como se escrevesse para ele todos os dias. Achei que o título soaria oficial.

Nimue concordou com a cabeça.

— Vamos manter o "grande", então. — Ela voltou a ler em voz alta: — "Saudações da Bruxa do Sangue de Lobo."

Nimue ergueu o olhar de novo.

— Tenho as minhas dúvidas sobre essa parte.

— Você fica parando. Continue a ler!

Ela respirou fundo e deu seguimento à leitura.

— "Acredito que o senhor já esteja ciente de que possuo a espada dos anciões conhecida como Dente do Diabo. Garanto-lhe que o padre Carden sabe disso, pois muitos dos seus Paladinos Vermelhos sentiram a dor dessa mordida."

Morgana levantou as sobrancelhas, satisfeita, quando Nimue olhou para cima com um sorriso.

— Eu gosto dessa parte.

— Também acho que está boa.

— Você é uma escriba e tanto — comentou a jovem, e continuou a ler em voz alta: — "Tenha certeza de que a minha campanha de terror apenas começou. Minha intenção é demonstrar ao padre Carden e seus assassinos rubros a mesma misericórdia que tiveram com aos clãs do povo feérico."

Nimue fez uma pausa, como se convocasse a coragem para a tarefa, e prosseguiu:

— "Ainda assim, o que mais procuro, o que todos procuramos, rogo, é o fim da violência e a paz para a nossa espécie. Proponho uma aliança, Merlin, e peço que o senhor use a sua sabedoria e a proximidade que tem com o rei Uther para impedir esse massacre. Em troca, ofereço-lhe o Dente do Diabo e confio que o senhor usará a espada para unir os clãs feéricos e recuperar as suas terras. Se o senhor recusar, vou banhar todos os campos da Francia com sangue de paladino." — Nimue franziu o nariz. — Isso não me faz soar um pouco monstruosa?

— Se ele não encará-la como uma igual, não vai levá-la a sério — falou Morgana.

Nimue suspirou, tentando absorver tudo.

— Mas de que adianta, se não podemos entregar a carta para ele?

— Também pensei nisso — disse Morgana.

Ela guardou o pergaminho, depois puxou Nimue para dentro dos túneis. Enquanto era guiada, a jovem perguntou:

— Onde você aprendeu a escrever assim?

— No convento. — Vendo a surpresa da menina, Morgana explicou: — Ah, não, não sou irmã do Deus Único, eu garanto. Mas havia uma irmã, Katerine, que era sacristã em Yvoire e tinha acesso a todos os livros do *scriptorium*: Homero, Platão e até mesmo as Tábuas Rúnicas, os Pergaminhos Druidas e os textos banidos de Enoque.

A duas saíram do túnel e viram que o caminho à frente estava cheio de árvores destruídas. Algo havia passado à força pela vegetação, dobrando e quebrando tudo pelo caminho. O chão tinha sido revirado por quinze metros ou mais, como se dois arados tivessem lavrado o solo.

— O que foi isso? — perguntou Nimue.

Morgana suspirou.

— Outra família dos Presas chegou ontem à noite. E trouxeram uma das bestas de montaria.

Nimue se ajoelhou ao lado de uma pegada de casco na lama, tão larga quanto um barril.

— Pelos deuses.

— Uma visão incrível, se conseguir aguentar o fedor. Mas isso com certeza complica a nossa escassez crônica de comida.

Nimue olhou a pegada monstruosa no chão e a terra arrasada ao redor das duas.

— Ainda assim, tenho certeza de que podemos encontrar uma utilidade para o bicho.

Um guinchado angustiante se ouviu no vale, seguido por bufos ferozes. Nimue ergueu o olhar para Morgana, assustada.

— Espero que ele não esteja procurando por uma companheira — falou a mais velha.

As duas se afastaram das árvores derrubadas, subiram uma colina e entraram em um campo mais plano, onde flores silvestres cresciam. Um antigo carvalho, com galhos longos e baixos como braços acolhedores, formava um abrigo natural para o prado. Nimue ouviu um murmúrio estranho de arrulhos e chiados.

Um Asa de Lua mais velha, parecida com um ninho virado, com os cabelos desgrenhados e a capa esfarrapada feita de penas, estava sentada de pernas cruzadas nas flores e folhas de outono. Uma gaivina preta com um longo bico amarelo saltou e piou aos seus pés, que ergueu o olhar para Morgana, de cara fechada.

— Alguém está comendo os meus pássaros.

Estavam cercadas por dezenas e mais dezenas de pássaros de todas as formas e tamanhos: papagaios-do-mar, tagarelas, tarambolas e abutres, codornas e rolinhas, gaviões-da-europa e gansos da neve, falcões, pica-paus, corujas e pavões, tanto predadores quanto presas.

As cicatrizes de Nimue comicharam. Os Ocultos estavam presentes. Pequenas vozes chamaram dentro do burburinho dos vários pássaros.

— Ainda estamos investigando o problema, Yeva — respondeu Morgana.

— Não é um mistério. A caverna está cheia de Cobras. Fale com eles, Morgana. Os pássaros de Yeva também precisam comer. E muitos querem encher as suas barrigas com Cobras.

— Eu vou falar, prometo.

Mas, antes que a humana pudesse dizer qualquer outra coisa, Yeva pulou de repente, não muito diferente da gaivina aos seus pés, e se concentrou em Nimue.

— Não consegui ver de perto a guerreira do Povo do Céu. A bebedora de sangue de lobo. — Ela olhou Nimue por trás do nariz em forma de bico.

Os pios dos pássaros aumentaram.

— Eles têm tantas perguntas — comentou Yeva, apontando para os pássaros.

Yeva ergueu a mão e fechou os olhos, se concentrando. Com os olhos ainda fechados, respirou fundo.

— Caramba.

Ela acariciou o coração e o estômago de Nimue. Com as mãos, mediu algo invisível, deu a volta e encontrou o alvo de sua busca: as cicatrizes.

— Ah... É por isso que está tão confusa. Aqui está o seu poder. Não vem do clã. Não é feérico.

Ela tocou as costas de Nimue.

— Essa é a sua ponte para os Vários Mundos. — Os olhos de Yeva se abriram. — Posso ver as marcas?

Nimue recuou, nervosa.

Morgana tocou de leve o ombro de Yeva.

— Temos que lhe pedir um favor, Yeva. Uma mensagem especial que precisamos enviar a Merlin, o mago.

Os olhos de Yeva se arregalaram, e ela se virou para Morgana.

— Merlin? O que você quer com aquele traidor?

Morgana ergueu o pergaminho.

— A mensagem é particular, infelizmente. Mas pode fazer isso? Consegue encontrá-lo?

— Eu não posso. — Yeva deu de ombros, depois soltou um chamado gutural pela garganta, e um milhafre negro mergulhou, saindo dos galhos acima delas para pousar no braço de Yeva. — Mas Marguerite pode encontrar qualquer coisa.

Nimue se aproximou do belo pássaro. Ela estendeu a mão e acariciou o pescoço da ave. Yeva riu.

— Ela gosta de você.

— Como esse pássaro vai encontrar Merlin? — perguntou Nimue.

Yeva riu.

— O Povo do Céu os chama de Ocultos. Os Asas de Lua os chamam de Antigos. Eles riem de todos esses nomes. Mas não importa, pois guiarão Marguerite.

— Ao seu comando? — indagou Nimue, admirada.

— Comando? Não. Pedido? Talvez.

Yeva pegou o pergaminho de Morgana e amarrou na perna de Marguerite com uma tira fina de couro. Ela segurou a cabeça do pássaro na mão e sussurrou algo, então jogou o braço para o ar, lançando Marguerite na copa das árvores.

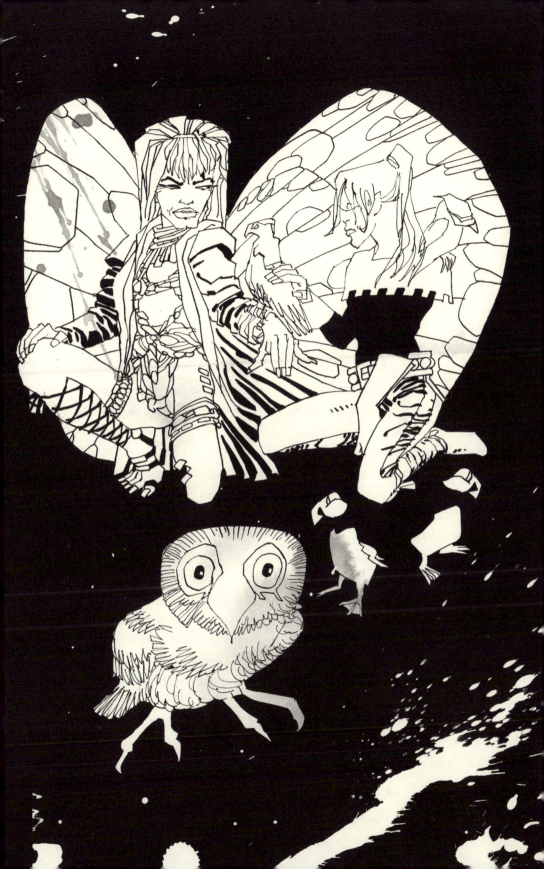

VINTE E UM

MERLIN ESTAVA PARADO COM OS BRAÇOS cruzados para trás, observando o gigantesco Rei Leproso se atrapalhar com os dedos desajeitados ao mexer nas chaves presas ao cinto.

— Pequenas demais — murmurou ele.

Quando enfim conseguiu, Rugen virou a chave na fechadura e abriu uma enorme porta de ferro com dobradiças estridentes.

Merlin esperou que Rugen passasse o corpanzil pela porta antes de seguir, mantendo uma distância respeitável.

— E então? — sussurrou Rugen, incapaz de conter o orgulho.

Os olhos de Merlin examinaram o salão de tesouros do Rei Leproso, uma caverna famosa e cobiçada de relíquias inestimáveis. Todas roubadas, é claro. O olhar passou por cálices dourados e anéis de pedras preciosas, cetros de rubi e escudos cerimoniais, e por fim se deteve em um antigo esqueleto envolto em flores. Uma luz verde piscou nos olhos do crânio.

Era a luz irradiada pelo Fogo Feérico que queimava no braseiro diante dele.

— Magnífico — respondeu Merlin.

A mão do Rei Leproso engoliu o ombro de Merlin e parte das costas quando ele puxou o mago até alguns dos seus tesouros favoritos. Rugen gesticulou para uma caixa abarrotada de joias.

— O relicário de Septimus, o jovem. Rubis vermelho-sangue...

— Extraído apenas das montanhas Mughal — falou Merlin.

O Rei Leproso grunhiu, satisfeito.

— Muito bem.

— Tenho vergonha de admitir que desejei muito ver essa caixa-forte lendária — disse Merlin. — Esse é o Cálice de Ceridwen?

Ele atravessou o lugar para admirar uma taça de ouro entortada. O Rei Leproso arrastou os pés atrás de Merlin. Rugen parecia empolgado com a lisonja.

— O próprio. A bruxa que me ofertou isto alegou que era o Graal. Claro que eu sabia que era muito mais valioso. Ah, aqui está ela.

O Rei Leproso suspirou quando os dois chegaram ao esqueleto florido.

— Posso? — perguntou, estendendo a mão, ansioso.

— Mas é claro. — Merlin entregou o torque.

Com cuidado, Rugen prendeu o colar em volta do pescoço e deu um passo atrás para admirar.

— Veja como o Fogo Feérico brilha nas joias.

Merlin concordou com a cabeça, impressionado.

— Uma chama incrível, de fato.

— Nada além do melhor para nós, não, Merlin?

— Nada além disso. — O olhar de Merlin se demorou nos movimentos do Fogo Feérico.

Rugen coçou o queixo enquanto admirava o esqueleto.

— Você está completa de novo, minha rainha. — Ele cutucou Merlin, quase derrubando-o.

Recuperando o equilíbrio, Merlin concordou com a cabeça.

— Em vida, era ainda mais gloriosa. Cabelo ruivo esvoaçante. Pele branca como leite.

— Você a conheceu, não é, seu cachorro velho? — Rugen riu, ansioso para ouvir a história.

Merlin hesitou.

— Meu amigo, essa conversa fica melhor com um vinho.

Poucas horas depois, Merlin era o convidado de honra na mesa de banquete de Rugen, uma monstruosidade de carvalho cercada por tronos arruinados de várias épocas diferentes, servida por leprosos de libré de todas as formas, tamanhos e deformidades.

O clima, porém, havia mudado. A expressão de Rugen, largado em uma grande cadeira, estava azeda. Ele bocejou quando Merlin encheu demais a taça e derramou vinho tinto no chão, enquanto continuava o discurso, sorrindo:

— ... mas Carlos Magno sempre foi assim. Eu avisei que era um erro confiar na Igreja, que, com o tempo, eles desenvolveriam as próprias ideias, tentariam invalidar o seu discurso, mas ele me escutou? Não! Esse é o problema dos reis mortais...

Os olhos de Rugen ficaram pesados.

— Mm-hmm — respondeu, sem ouvir.

— ... sempre acham que sabem das coisas. — Merlin saiu da cadeira e encheu a taça, aparentemente esquecendo que ainda estava cheia, e derramou mais vinho do Rei Leproso no chão. — Tolos desgraçados! Acreditam em quem quer que diga o que querem ouvir. Mas agora chega!

— Sim, agora chega — concordou Rugen.

Merlin se aproximou de mansinho do Rei Leproso.

— Não vamos mais dançar para eles. Ou acalmá-los com belas mentiras. Nossa aliança derrubará o falso deus. Seremos os verdadeiros senhores deles mais uma vez! — Merlin bateu a taça na mesa diante de Rugen e derrubou uma jarra de vinho no colo do rei.

— Malditos sejam os deuses, Merlin! — O Rei Leproso deu um pulo enquanto os servos avançavam.

Merlin tentou ajudar, usando as próprias vestes para limpar Rugen, mas conseguiu se atrapalhar ainda mais.

— Desculpe, deixe-me... — O mago caiu nos braços do Rei Leproso.

— Você está bêbado — desdenhou o homenzarrão.

Merlin agarrou os ombros de Rugen para se segurar.

— E você está surpreendentemente em forma.

O Rei Leproso se afastou, fazendo com que Merlin caísse de joelhos.

— Patético. — Apontou para os servos. — Tirem-no da minha frente e deixem que Merlin cure essa bebedeira dormindo. Vamos ver se ainda tenho utilidade para ele de manhã.

Os leprosos ergueram o mago semiconsciente pelos cotovelos e o arrastaram para longe.

— Me soltem, seus brutos! — protestou Merlin, engolindo as palavras, enquanto soltava a mão direita daquele aperto para poder guardar as chaves da caixa-forte do Rei Leproso no bolso escondido da manga.

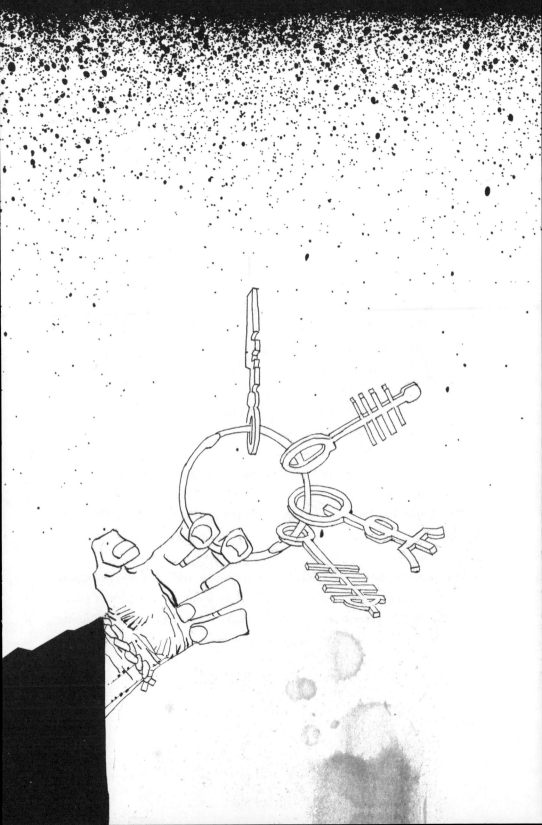

Vinte e dois

Desejando ser útil, Nimue arrastou um balde d'água pelos túneis sinuosos do campo de refugiados feéricos. Seus ombros latejavam, e as tochas acesas tornavam as cavernas sufocantes e quentes. O suor escorria pelas bochechas. Apesar disso, disse a si mesma que tudo aquilo era temporário, que uma aparência de vida normal, ou ao menos uma vida menos arruinada, ainda era possível. Nimue temia que a carta enviada a Merlin tivesse um tom muito estridente e que acabasse como inimiga do único homem que poderia ajudá-la.

Por que ele? Por que a minha mãe queria proteger essa espada lendária? Por que queria que a espada fosse para Merlin? Um traidor que se voltou contra o povo feérico?

Ainda assim, outro lado dela sentia os mapas roubados dos Paladinos Vermelhos queimando no alforje. *Sabemos onde eles estão. Podemos salvar aldeias feéricas. E matar mais daqueles desgraçados.* Mas as súplicas de Nimue ainda não haviam sido ouvidas. As necessidades do acampamento eram avassaladoras.

Quando o túnel se abriu para o interior da caverna, viu crianças feéricas dançando em círculo. Sorriu com a cena, até que ouviu a música que elas cantavam:

— *Paladino, paladino, se esconda no lodo, porque aí vem a Bruxa do Sangue de Lobo.*

Nimue parou para ouvir. *Estão cantando sobre mim.* Foi estranho, vergonhoso e secretamente emocionante. As crianças estavam de mãos dadas, sorrindo e quase caindo no chão de tanto rir.

— *Paladino, paladino, você é um engodo, foi farejado pela Bruxa do Sangue de Lobo.*

O coração bateu forte. Estava de volta à clareira: sentindo a pressão da lâmina passando pelas costelas do paladino e o corte preciso ao rasgá-lo, o lago frio ficando quente com o sangue e ondulando no seu pescoço como a água calma de uma tina, enquanto os ouvidos se deliciavam com os gritos estridentes do homem.

— *Paladino, paladino, ardendo no fogo e mordido pela Bruxa do Sangue de Lobo...*

Enquanto Nimue se perdia no devaneio, uma Fauna com chifres pequenos e olhos amendoados tentou tirar o balde das suas mãos.

— *Adwan po* — disse a mulher. — *Semal, semal.*

Com gentileza, Nimue puxou o balde de volta.

— Não, por favor. Eu quero ser útil.

Nas últimas horas e dias, todos os seus esforços para carregar, ajudar, levantar e arrastar tinham sido frustrados pelo povo feérico, que queria colocá-la em um pedestal.

— *Tetra sum n'ial Cora.*

Nimue sorriu e sacudiu a cabeça.

— Desculpe, eu não entendo.

A Fauna tinha dificuldade com o idioma de Nimue.

— Nome é Cora.

— Nimue — respondeu ela, tocando no peito.

Cora sorriu.

— Sim, sim. Venha.

A Fauna pegou-a pelo braço e a conduziu até um círculo de Faunos, empenhados em dobrar folhas e vinhas em formas decorativas, que estavam sendo costuradas em um pano recuperado, junto com ramos de flores recolhidas, para fazer vestidos de beleza florestal.

— Amanhã à noite há *Amala*. Uma União. — Cora ergueu um dos vestidos até os ombros de Nimue.

Mais uma vez, ela tentou se defender da generosidade do povo feérico.

— Não, por favor, para mim, não. Esse vestido é lindo. Você deveria usá-lo.

— Você vai vestir. Você vai vir. — Cora sorriu. — Você e o belo rapaz Sangue de Homem.

As Faunas riram ao ouvir aquilo. Sentindo as orelhas e bochechas corarem, Nimue agradeceu, pegou o vestido e escapou. Correu para a caverna que dividia com Morgana e se virou, vendo Arthur, que esperava por ela na arcada.

— Ei, aqui é a câmara das mulheres.

— Preciso conversar com você — disse Arthur com um sorriso malicioso.

— E quanto aos mapas? — falou Nimue, seguindo Arthur por um novo conjunto de túneis que ainda não tinha explorado.

— Mal acabamos de chegar — respondeu ele.

— Mas quando descobrirem que os mapas sumiram, os Paladinos Vermelhos vão mudar de planos. Vamos perder a vantagem!

— Paz, Nimue — falou Arthur, então acrescentou, em voz baixa: — Eu estava querendo dizer que você anda um pouco fedorenta nos últimos tempos.

— Eu o quê?

— É verdade. As crianças feéricas têm um novo nome para você. — Ele se virou para Nimue com uma expressão séria. — Elas estão lhe chamando de Fedor do Sangue de Lobo.

Nimue empurrou Arthur contra a parede.

— Está querendo apanhar?

Ele ergueu um dedo de advertência, depois puxou Nimue até uma pequena elevação, e os dois subiram um penhasco minúsculo acima de uma gruta. Uma piscina no centro da gruta era alimentada por uma série de cascatinhas.

— É o derretimento da neve — falou Arthur. — Vem do topo da montanha e aquece enquanto passa pelas rochas.

Ele entregou uma rocha marrom disforme para Nimue.

— O que é isso? — Nimue olhou para a pedra.

— Sabão de cinzas. Acredite, você está precisando.

Arthur piscou para ela enquanto tirava a camisa, exibindo um físico esguio e musculoso. As calças caíram até os tornozelos com a mesma rapidez, deixando pouco para a imaginação. Nimue virou o rosto, as sobrancelhas erguidas de espanto, enquanto Arthur pulava na fonte quente com um grito animado.

— Ah, graças aos deuses — murmurou, boiando lá embaixo. — Venha!

— Estou bem aqui — retrucou Nimue, dando olhadelas enquanto Arthur mergulhava.

— Já vi mulheres peladas — comentou Arthur.

— Que bom para você.

Nimue sacudiu o dedo, e ele respeitosamente desviou os olhos. Na verdade, estava ansiosa para arrancar os trapos que vinha usando a semana inteira. Cheiravam a morte. Só que, ao tirar os sapatos de couro, o pudor tomou do seu corpo. Nunca havia se despido na frente de um rapaz. *Você é uma tola*, disse a si mesma. *Depois de tudo o que aconteceu, é disso que mais tem medo?* Tentou se livrar da vergonha, mas a respiração ainda era superficial, e os dedos das mãos ainda tremiam enquanto se atrapalhavam com os botões das calças roubadas, que caíram aos pés descalços. Nimue tirou a túnica sem mangas e a jogou nas pedras. Quando olhou para o corpo, mal conseguiu reconhecê-lo, com tantas contusões, lama, sangue seco e lacerações. Tateou as costelas. Comia pouco havia dias, então estavam bem evidentes. Ambos os joelhos estavam feridos. Apalpou o cabelo emaranhado e nodoso, e a língua sondou o buraco sangrento e dolorido onde o molar inferior direito costumava estar.

Segurando em uma pedra lisa, Nimue pôs o pé na água quente, que aqueceu o seu sangue até as bochechas. Deslizou para dentro da piscina fumegante e quase chorou pelo alívio dos músculos doloridos. Depois, submergiu no silêncio, em um banho escaldante que queimou a sujeira, o sangue e o suor. Por um momento, se sentiu diferente, como o aço fundido ganhando nova forma.

Arthur estava ocupado se esfregando com o próprio sabão de cinzas, o traseiro branco despontando acima da linha d'água, para todo mundo ver.

— Ei! — gritou ele, quando flagrou Nimue olhando. — Com licença, por favor?

A jovem revirou os olhos e riu, a primeira risada de verdade desde Ponte do Gavião, desde Pym. Arthur mergulhou de volta na piscina e veio à tona mais perto dela. Nimue recuou, os olhos fixos nos dele, ciente de que estava encarando Arthur. Pelos menos as cicatrizes ela se permitiria manter ocultas. E Arthur, de alguma forma, sentiu aquilo.

— Não precisa escondê-las.

Nimue se fez de desentendida.

— Esconder o quê?

— Todos nós temos cicatrizes.

Com uma pontada de constrangimento, ela nadou até a margem.

— Nimue... — falou Arthur.

— Não é nada. Tudo bem. Está muito quente — disse ela.

— Veja! Bem aqui! — gritou Arthur, tirando a perna esquerda da água e apontando para uma mancha rosa embaixo da nádega. — Eu adorava apostar em corridas de ratos quando era criança. Na primeira corrida que vi, o rato ficou com medo, subiu pela perna da minha calça, entrou em pânico e mordeu tudo que viu pela frente. Os meninos morreram de rir enquanto eu chorava e corria de volta para casa com um rato preso na bunda. Consegue pensar em algo mais constrangedor? Imagine só os apelidos.

— Arthur — falou Nimue, tentando impedi-lo.

Ele insistiu.

— Aqui. — Arthur indicou a axila esquerda, onde havia uma cicatriz inchada. — Morgana me mordeu depois que beijei uma amiga dela. Eu tinha 10 anos, e Morgana tinha 8.

Ele afastou o cabelo das cicatrizes cruzadas na cabeça.

— Essas são de um concurso de beber cerveja, que, se quer saber, perdi. Fiquei tão bêbado que caí de uma ponte sobre um monte de bacalhau em um barco de pesca. Foi sorte.

Nimue sorriu. Não conseguiu evitar. Entrando na brincadeira, apontou para uma cicatriz escura ao longo das costelas de Arthur.

— E essa?

Ele olhou para a cicatriz.

— Ah, essa. — O sorriso de Arthur desapareceu. — Essa é do primeiro homem que matei na vida.

Ele ficou em silêncio por um momento.

—Apanhei feio antes de o combate terminar.

Nimue se acomodou na água enquanto lembranças indesejáveis passavam pelos olhos de Arthur. Ela nadou para mais perto, curiosa.

— Quem era?

— Um dos brutos que mataram o meu pai — respondeu Arthur, baixinho —, ou era o que eu pensava.

O ar estava muito quieto, e Nimue não desviou o olhar de Arthur. Queria que ele terminasse a história.

— Acontece que culpei a gangue errada. O sujeito não era nenhum anjo, fique sabendo, mas... bem, eu era jovem, estava bêbado e com raiva.

— Você queria justiça para o seu pai — comentou Nimue, desejando que houvesse uma maneira melhor de mostrar o quanto entendia.

— Não há justiça. Aquele pobre idiota estava no lugar errado na hora errada e morreu por isso. E a triste verdade é que meu pai teria ficado de coração partido se soubesse o que fiz.

— Obrigada — disse Nimue.

— Pelo quê?

— Por ter me contado.

Arthur deu de ombros. O espaço entre os dois havia diminuído. Nimue se aproximou ainda mais. Estendeu a mão e tocou a cicatriz na costela de Arthur, que colocou a mão sobre a dela.

— Nimue.

— Sim? — Estava perto o suficiente para sentir a respiração dele.

— Eu não sei o que estou fazendo. — Ele recuou um pouco. — Não posso ficar.

O feitiço fora quebrado. Nimue desviou o olhar.

Arthur franziu a testa.

— Tenho dívidas com homens maus. Não apenas Bors. Outros. Você não precisa dos meus problemas. Desculpe.

— Por que está fazendo isso? — perguntou ela.

— Você merece alguém que seja bom. — A voz de Arthur tremeu. — Eu sei que nunca vou ser o que o meu pai queria que eu fosse. Nunca serei um cavaleiro de verdade. Mas, talvez, em algum lugar, eu consiga encontrar honra. Talvez, em algum lugar, eu consiga encontrar justiça. E a coragem para implementá-la.

— Você está procurando ou só fugindo? As duas coisas podem ser bastante parecidas. — Nimue se sentia mais e mais tola a cada momento.

— Venha comigo. Você nem conhece essas pessoas. Não deve nada a elas. Venha comigo, chegaremos do outro lado dos Picos de Ferro em quinze dias. E de lá podemos ir a qualquer lugar. O Mar das Areias? A Trilha de Ouro? O que você quer ver?

Realmente, o que devo a elas?, Nimue se perguntou. Mas a questão também a incomodava. Lembrou-se das crianças cantando. O que pensariam se Nimue fosse embora na surdina? Abandonando-as à fome e ao medo? E a promessa dela para a mãe?

— Mas o que vai acontecer com essas pessoas?

— Não sei, mas reconheço uma causa perdida quando a vejo. Não adianta compartilhar o mesmo destino.

— A causa se torna perdida quando todos desistem dela. E sobreviver é tudo com que você se importa?

— Não, eu falei. Eu acho que lá fora...

— Um cavaleiro não precisa procurar pela sua honra, Arthur. E com certeza não foge de uma luta. — *Morgana estava certa sobre ele.* Nimue cruzou os braços, se sentindo exposta, vulnerável e furiosa. — Bem, agradeço a sua ajuda. Você vai embora em breve, então?

Arthur deu de ombros, e isso a incomodou ainda mais. *Que infantilidade*, pensou.

— Daqui a um dia, talvez dois. Ouça, sobre a espada. Se está determinada a ficar, acho que a melhor maneira de ajudar a sua gente é entregá-la a Merlin. Não dê ouvidos a Morgana; ela está brava com o mundo. Você já disse que esse foi o último desejo da sua mãe. Ela devia saber que Merlin lhe ajudaria.

Nimue balançou a cabeça.

— Minha mãe nunca disse uma palavra sobre ele.

— Escute o meu conselho mesmo assim. Eu... eu não quero ver você machucada.

— Você não vai ver — disse Nimue, nadando para a margem. — Já terá ido embora.

VINTE E TRÊS

MERLIN COBRIU A BOCA COM A MANGA, tentando combater o cheiro, e passou de mansinho pelas pilhas de leprosos adormecidos. Ele se ajoelhou e abandonou a ponta da corda que vinha deixando pelo caminho, depois correu para as portas de ferro da caixa-forte do Rei Leproso. Então, tirou as chaves roubadas das dobras do manto.

Demorou uma eternidade para as grandes dobradiças da porta pararem de ranger. Uma vez dentro do salão, Merlin se moveu rápido e em silêncio, passando pelas fileiras de tesouros inestimáveis, os olhos fixos no Fogo Feérico que tremeluzia no braseiro de latão diante do esqueleto de Boudicca.

O mago olhou para as esmeraldas brilhantes nas órbitas.

— Perdoe as minhas mentiras anteriores, milady. Teria sido um prazer conhecê-la em vida.

Dito isso, tirou das vestes uma caneca de argila feita pelos Cobras, pouco menor que a palma da sua mão. Sussurrando palavras antigas, persuadiu a chama a entrar na caneca. Ela resistiu a princípio, como se estivesse ciente da influência imprópria, mas logo começou a ceder, inclinando as chamas para a argila brilhante e depois saltando. Um novo Fogo Feérico ardia na caneca de Merlin. Ele tampou a caneca com outra de argila feita pelos Cobras, guardou o Fogo Feérico e correu para a porta da caixa-forte.

O mago a escancarou e encontrou Kalek o encarando por baixo da máscara de crânio de vaca.

Os dois se encararam por um momento. *Será que ela trairia o próprio rei?*, Merlin se perguntou. Resolvendo se arriscar, o feiticeiro manteve a porta aberta e sacudiu a cabeça para o interior da caixa-forte do tesouro atrás de si.

Foi um erro.

Kalek levantou o dedo podre para o rosto de Merlin e soltou um uivo gutural que sacudiu as tumbas do castelo subterrâneo de Rugen.

Merlin empurrou a bruxa, avançou pelo túnel e pegou uma maça enferrujada de uma das decorações macabras de Rugen. Leprosos esfarrapados surgiram aos borbotões. Saíram do chão, das paredes e do teto. O grito anormal de Kalek ecoou nos ouvidos de Merlin e estalou as frágeis membranas internas. Ele grunhiu de dor. Sangue morno pulsou nos seus ouvidos, e os sons ao redor ficaram confusos e distantes.

Três leprosos o atacaram pela frente, e Merlin girou a maça e esparramou um dos rostos derretidos nas paredes. Abriu caminho à força pelos outros, quase perdendo o equilíbrio. O mago correu pelo covil de Rugen enquanto a sombra deformada do Rei Leproso se projetava nas paredes e a sua voz estrondosa rugia:

— Merlin!

O mago praguejou. Uma fuga rápida era fundamental para o plano, pois, assim que Rugen pudesse usar magia, as suas chances de sobrevivência despencariam. O caminho foi bloqueado por três leprosos que seguravam espadas enferrujadas.

Posso não ter a minha magia, mas estou longe de ser impotente.

Merlin atacou os Mazelados, bloqueando os golpes com a maça e usando os movimentos frenéticos dos oponentes contra eles. Os leprosos acabaram ferindo uns aos outros enquanto Merlin se esquivava entre eles, para depois surgir por trás, esmagando espinhas, ombros e crânios.

— *Hashas esq'ualam chissheris'qualam!*

Rugen estava lançando um feitiço. As palavras da magia da terra ecoaram pelas cavernas. Merlin distribuiu golpes frenéticos, quebrando rostos enquanto o tempo se esgotava. As paredes tremeram, e a terra e o barro do chão da caverna se transmutaram em uma lama que prendeu os seus calçados. Ele viu a boca da caverna ao longe, pingando e desmoronando. Os Mazelados também foram pegos, se debatendo e gritando quando o chão se derreteu sob eles. *O Rei Leproso vai matar todos para impedir a minha fuga,* Merlin percebeu, caindo no lamaçal, engolindo lodo, sem sentir o chão sólido abaixo de si.

Afogando. Estou me afogando.

Merlin concentrou a mente, apesar do tumulto ao redor. Acalmou os seus movimentos, o que reduziu a velocidade com que afundava. As mãos procuraram sem parar até encontrar a ponta úmida da corda e seguraram firme. Estava tensa. Merlin puxou o corpo à frente e sentiu os braços arderem. A corda puxou de volta. Bateu as pernas e aos poucos foi encontrando tração. Defendendo-se de dezenas de mãos, subiu sobre os corpos que se afogavam e usou-os como plataforma para escapar. *Obrigado, Rugen,* pensou, sorrindo para si mesmo.

Começou a escalada lamacenta, mas a corda escorregadia deslizava devagar por entre os seus dedos. Os calçados chafurdaram no lodo enquanto ele se arrastava na direção do brilho distante do céu cinzento, enquanto centenas de leprosos enchiam o túnel, se espremendo e se contorcendo atrás dele como um bando de ratos.

Merlin saiu para a luz. Esperando por ele, amarrada com a outra ponta da corda no pescoço, estava uma égua preta com olhos brancos como leite, um presente da Viúva. Merlin saltou nela, agarrou as rédeas e enfiou os calcanhares nas costelas. A égua empinou e deu um coice, depois avançou, pisoteando os leprosos e galopando através do vale desolado, que fervilhava com um número cada vez maior de perseguidores que ficavam para trás.

Depois de um dia de cavalgada por pântanos de água salobra, Merlin se viu de volta ao Lago de Harrow, onde, como esperava, vinte soldados com o símbolo das três coroas de Uther nas túnicas aguardavam por ele.

Merlin não gostou de ter deixado Uther em um momento em que ele estava tão assustado. A chuva de sangue tinha sido um presságio arrepiante, mas era o primeiro chuvisco da Grande Tempestade que se formava do outro lado do oceano. Como o mundo não seria capaz de resistir a outra Guerra da Espada, Merlin estava determinado a destruir aquela arma infernal antes que a sede de sangue da lâmina pudesse derrubar outra civilização, não importando as consequências, não importando os rivais que fossem menosprezados ou os reis que fossem desafiados.

Era o primeiro a admitir que fora um péssimo conselheiro para Uther Pendragon. Apesar dos esquemas intermináveis da mãe ambiciosa e implacável de Uther, a rainha regente, o próprio Merlin passara os últimos dezesseis anos em um torpor de arrependimento, recriminação e desinteresse. *E Uther pagou o preço mais alto*, pensou. Contudo, a ascensão da espada tinha despertado os seus sentidos. E, embora a perda de magia o tenha deixado muito vulnerável aos inimigos, ainda podia interpretar as peças no tabuleiro de xadrez melhor do que a maioria. Sem a sua intervenção, Merlin viu como a partida iria prosseguir. Morte e fogo não seriam o seu legado. *Não dessa vez. Não importa o custo.*

Ainda assim, o mago conhecia o temperamento de Uther bem o bastante para querer evitar um confronto direto. Como qualquer rei, assim que ele soubesse da Espada do Poder, reivindicaria a arma para si. Merlin tinha que controlar aquela informação e administrar as expectativas de Uther. O rompimento definitivo entre eles ainda estava para chegar. Até então, o feiticeiro estaria andando na corda bamba acima de um chão cheio de cobras. E só podia torcer para que os rivais não tivessem explorado a sua ausência.

Ao se aproximar, enfiou a caneca de argila dos Cobras com o Fogo Feérico no alforje do cavalo da Viúva. Depois, se inclinou e sussurrou no ouvido da égua:

— Quando eu apear, corra como o vento, garota.

O animal resfolegou.

Ao ver o feiticeiro, os guardas abriram a porta gradeada de um carroção. Vários homens correram para tomar as rédeas da égua da Viúva enquanto o capitão da guarda desembainhava a espada.

— Merlin, você está preso por ordem do rei.

Quando Merlin desceu da sela, a égua se levantou em fúria e derrubou os soldados. Ela se virou e voou para as estreitas trilhas do pântano como se estivesse sendo perseguida por demônios.

VINTE E QUATRO

UMA RAJADA DE VENTO FRIO SACUDIA AS vestes do Monge Choroso, que atravessava o pasto de uma rica fazenda de gado leiteiro tomada pelos Paladinos Vermelhos como acampamento temporário. Amarrada à sela, uma corda puxava uma pequena égua que carregava um pai e seu filho, ambos amarrados e sangrando. Ele os conhecia como "Presas", criaturas marcadas pelo cabelo escuro e arrepiado e pelos chifres curtos que cresciam embaixo das orelhas. As pegadas singulares e o aroma almiscarado facilitavam o rastreio dessa espécie, mas isso não os tornava alvos fáceis. Longe disso. O Monge Choroso se orgulhava de ter trazido dois vivos. Eram os lutadores mais obstinados do povo feérico, e a captura era uma grande desonra para o clã. Tinha visto mais do que alguns Presas preferirem cortar as próprias gargantas em vez de serem levados vivos.

Um grupo de paladinos, com sangue até os cotovelos por causa do massacre das vacas leiteiras, parou o que estava fazendo para observar o Monge Choroso. Ele não lhes deu atenção.

Uma tropa de batedores levantou nuvens de terra enquanto galopava ao longe, sob o comando do padre Carden, que sorriu e saudou-o ao vê-lo.

— Meu rapaz, meu querido rapaz — disse o padre, abraçando o Monge Choroso assim que ele apeou. Carden segurou os seus ombros e olhou para ele com os olhos azuis penetrantes. — Você está bem?

— Estou, padre — sussurrou.

— Isso é bom — respondeu Carden, ainda observando o rosto dele, mas sem mencionar o que estava buscando.

Era uma avaliação tão fria quanto as rajadas que sopravam do leste. O que quer que Carden tenha visto fez com que retesasse a mandíbula.

— Estamos sendo testados. Todos nós. Devemos ser fortes. A Besta despertou e mostrou o seu estandarte. Nossa determinação deve ser total. Ela quer semear dúvida e medo. Ela se banqueteia com essas coisas.

— Sim, padre — concordou o homem.

Carden apertou ainda mais o Monge Choroso.

— Mas o nosso amor é mais forte que o ódio da Besta. O amor acaba vencendo. É a nossa corrente inquebrável, a nossa ligação, que, no fim da luta, vai sufocar a Besta.

Ele sorriu. O Monge Choroso baixou a cabeça.

— Sim, padre.

Um gemido de agonia veio dos estábulos distantes, trazido pelo vento. O Monge Choroso notou uma espiral de fumaça negra surgindo do mesmo conjunto de construções. A próxima rajada de vento trouxe um odor forte e acre ao nariz, o cheiro familiar de carne queimada. Carden notou a curva no lábio do monge e respirou fundo, satisfeito.

— O aroma da confissão. Demos muita sorte de ter o irmão Salt trabalhando duro na cozinha dele. Ele chegou de Carcassonne há alguns dias.

O Monge Choroso virou o rosto encapuzado para os estábulos. Os músculos ficaram ligeiramente tensos à menção do irmão Salt. Foi o suficiente para o padre Carden notar.

— Preciso das minhas melhores armas nas linhas de frente. O aço e o fogo. Juntos, vocês são a espada flamejante de Deus.

Ele não respondeu.

— Agora, conte-me sobre a Bruxa do Sangue de Lobo.

— Eles foram para o sul, para as montanhas Minotauro.

— Eles? — perguntou Carden.

— Ela anda com alguém. Os ferimentos nos nossos irmãos eram de espada e machado. Uma emboscada.

— Ela tem aliados. — Carden cuspiu enquanto andava na lama. — A espada é um farol. E todo amanhecer que passa, todo dia em que ela não está pregada na cruz, é um dia em que essa praga se espalha. Você entende?

O Monge Choroso assentiu.

Toda a gentileza deixou o rosto de Carden quando ele falou:

— Rezo para que entenda mesmo. — Dito isso, o padre encarou os prisioneiros. — Então, o que nos trouxe?

— Esses dois — ele virou o capuz para o pai e o filho na égua — estavam escondidos no mato à beira do lago.

— Estavam, é? — Carden os avaliou. — Os pequenos espiões da Besta. Já vi o tipo deles.

O padre se aproximou dos prisioneiros.

— Ah, sim. — O polegar limpou o sangue seco das bochechas do menino. — Ouvi falar sobre isso. Estão pintando os rostos com sangue de animais para homenageá-la. — Carden se virou para o monge, os lábios franzidos. — Para *honrá-la*.

O Monge Choroso não respondeu.

O padre deu um tapinha no joelho do menino.

Afrontado, o pai ferido conseguiu forças para meter a bota no braço de Carden. O padre cambaleou para trás.

Em um piscar de olhos, a espada do Monge Choroso foi desembainhada e...

— Espere! — ordenou Carden.

Paladinos Vermelhos já se aproximavam da cena.

As mãos do Monge Choroso tremeram para matar, como tinha sido ensinado.

Carden limpou a lama do ombro.

— Vivo é melhor. Em breve, ele vai sentir o calor pleno da luz de Deus. Tirem os dois do cavalo e removam as roupas deles.

Os Paladinos Vermelhos tiraram os Presas da sela e rasgaram as camisas dos dois, expondo os peitos nus ao vento frio. O pai tinha uma perfuração perfeita no lado esquerdo das costelas que saía direto pelas costas. Sua tosse tinha um som molhado, e a pele estava cinza.

O padre Carden cutucou a ferida, fazendo o pai estremecer.

— Esse aqui não tem muito tempo. Sua mira é boa até demais, meu filho.

— Carden repreendeu o Monge Choroso.

O padre se virou para os estábulos, e os olhos brilharam.

— Bem, não importa, esse porco vai guinchar. Eis o irmão Salt.

Dois Paladinos Vermelhos conduziram o irmão Salt dos estábulos para o poço. Ele mergulhou as mãos em um balde cheio, esfregou a água sobre a cabeça raspada e derramou outro punhado sobre os olhos costurados. O irmão Salt secou as mãos nas vestes vermelhas, apertou o cinto e permitiu que os acólitos o conduzissem pelo pasto lamacento até o padre Carden. Um dos acólitos carregava objetos em um embrulho de couro embaixo do braço.

— Eu ouvi os cascos na terra fria — disse o irmão Salt, com um sorriso, pegando a mão do Monge Choroso e dando tapinhas de leve. Salt cheirava à fumaça azeda do seu ofício. — E soube que era o meu irmão.

O Monge Choroso recolheu a mão e se soltou de Salt, que continuou:

— Os olhos são fracos. Não podemos confiar no que veem, pois eles traem os nossos corações e são suaves ao toque. É por isso que deixo os olhos para o final do trabalho. Um homem sempre chora como um bebê quando a pessoa toca nos seus olhos. É por isso que os meus não têm utilidade. Isso fez de mim um soldado melhor para Deus.

As mãos do Monge Choroso se cerraram em punhos quando Carden pegou delicadamente o braço de Salt para levá-lo até os prisioneiros.

— Irmão Salt, ganhamos presentes.

As mãos do irmão Salt procuraram pela pele exposta dos Presas. Os dedos passaram pelas axilas e partes moles dos pescoços, atrás das orelhas e em volta das costas. Ele encontrou o ferimento do pai e grunhiu de desgosto.

— Esse aqui é inútil. Vamos ter que começar com o garoto. O pai vai falar quando eu trabalhar no filho. Você me conhece, garoto? — perguntou Salt para o Presa, que o Monge Choroso achava não ter mais do que 14 anos. O menino tremeu de frio e terror, mas manteve a cara fechada. — Já ouviu o meu nome? Já ouviu falar do irmão Salt e da sua cozinha? Deixe-me lhe apresentar aos meus amigos.

Os acólitos de Salt desenrolaram o embrulho de couro e revelaram sete ferramentas de ferro em bolsos de couro.

— Eu os chamo de Dedos de Deus. Cada um batizado em homenagem a um dos arcanjos Dele. — Salt tirou uma das ferramentas, tão comprida quanto o seu braço e com um ferrete em forma de saca-rolhas na ponta. — Este é

Miguel. Quando coloco Miguel no fogo, ele emite um lindo brilho branco. Uma luz branca. A luz da verdade. Porque Miguel é a verdade. Você só pode falar a verdade para Miguel.

Salt colocou o ferrete de volta na bainha de couro e beliscou o nariz do menino.

— Não se preocupe, você vai conhecer todos os arcanjos hoje à noite.

— Não! — O pai avançou na direção do filho, mas os Paladinos Vermelhos o agarraram e o derrubaram. — Eu conto tudo! Ele não sabe de nada!

O pai cuspiu essas palavras com o rosto pressionado na lama. Diante do aceno de Carden, os paladinos arrastaram os Presas pelo campo na direção dos estábulos. O menino permaneceu mudo o tempo todo, com a cabeça baixa, enquanto era levado aos tropeços.

Outra rajada fria sacudiu as vestes do Monge Choroso enquanto ele balançava o corpo, indeciso. Carden notou aquilo com desgosto. O padre se aproximou do monge para que os dois não pudessem ser ouvidos.

— Você precisa orar. Erguemos as cruzes no campo atrás do celeiro. Leve o tempo que precisar.

O Monge Choroso concordou timidamente com a cabeça, como se estivesse envergonhado, e subiu no corcel. Dando meia-volta com a égua, foi em direção ao pasto de cruzes vazias, como ordenado.

Ficou ajoelhado lá por três horas seguidas, sem se mexer, enquanto os colegas paladinos cortavam e serravam a madeira para fazer mais cruzes. Elas tinham sido erguidas em uma fileira torta e pareciam uma floresta esquelética se erguendo à sua volta. A temperatura continuou a cair. O vento o açoitava. Os outros paladinos procuraram abrigo diante das lareiras da casa. O Monge Choroso permaneceu imóvel como uma estátua.

Quando a lua estava bem no alto, o padre Carden entrou no pasto e se ajoelhou ao lado dele. Depois de alguns momentos de oração, o padre se virou para o Monge Choroso, cujas bochechas estavam molhadas de lágrimas de verdade.

— Estou orgulhoso de você, filho. Seus presentes deram frutos. Os dois eram espiões, como eu suspeitava, batedores de uma trilha secreta que corta a floresta, longe da estrada do Rei. É por lá que os feéricos têm fugido de nós. A conspiração leva para o sul e entra nas montanhas Minotauro, perto do Portão de Cinder. Pode haver centenas ou mais habitando aquelas cavernas.

Deve ser para onde a bruxa está indo. Podemos arrancar essa erva daninha pela raiz.

O Monge Choroso balançou a cabeça.

— Eu falhei com o senhor.

— Como você falhou comigo, filho?

— Não consigo sentir a Graça de Deus. Eu O chamo, tento me comunicar e só há escuridão. E sinto... — O Monge Choroso hesitou.

O padre Carden esfregou as costas dele.

— Conte-me.

O Monge Choroso teve dificuldade de encontrar as palavras.

— Há uma serpente dentro de mim. Ela torce e se contorce. Está me envenenando.

— Ela se comunica com você?

Ele concordou com a cabeça.

— E o que diz?

— Tenho medo de dar voz à serpente.

— Não há nada a temer, meu filho. Você é a espada da luz vingadora na batalha campal contra o Senhor das Trevas. Achou que poderia escapar do toque dele? Da corrupção dele? A Besta não rasga a carne. Ela rasga a alma.

O Monge Choroso estremeceu enquanto lutava contra uma onda de emoção. A voz do padre Carden saiu suave.

— Fale sobre esse veneno e expulse-o antes que ele o deixe ainda mais doente.

— A serpente diz que sou o anjo das trevas.

— Claro que diz. — Carden riu e puxou o rosto encapuzado do Monge Choroso junto ao peito. — Afinal, é isso que você é para os nossos inimigos. A espada purificadora de Deus. Meu rapaz amável, tão querido.

O Monge Choroso abraçou o único pai que conhecia e cerrou os punhos nas vestes do padre. Carden embalou o rapaz com delicadeza, enquanto o vento soprava em volta.

— Infelizmente, acho que coloquei um fardo grande demais sobre você. Essa missão vai endurecer os nossos corações, mas temos que perseverar. Canalize a sua força nessa espada e traga-me a cabeça da bruxa e o Dente do Diabo. Meu filho querido — disse Carden —, meu Lancelot.

VINTE E CINCO

O REI UTHER TEMIA A LONGA E SINUOSA caminhada até a torre da mãe. No momento em que o cheiro dos doces chegou às narinas, Uther sentiu um arrepio nos braços e uma agitação no estômago. Olhou a taça fina na bandeja que foi forçado a levar e considerou cuspir na água quente, mas decidiu que seria melhor não fazê-lo. Lady Lunette, a rainha regente, tinha bastante experiência na arte sombria do envenenamento para que Uther brincasse com ela naquele mesmo campo de batalha.

Ainda assim, se ressentia da convocação e sabia o motivo: três noites antes, Uther tinha perdido o controle de três portos e seis navios para Lança Vermelha, um conquistador viking conhecido por sua lança de ferro instalada como um grande espinho na proa do seu navio, que, a cada ataque, era coberta de piche e incinerada para inspirar medo nas vítimas. Lança Vermelha era leal a Cumber, o autoproclamado "Rei do Gelo", um reivindicante audacioso à linhagem dos Pendragon. Isso com certeza reacenderia os boatos sobre a ilegitimidade de Uther em relação ao trono, o tipo de disparate injusto a que os monarcas eram submetidos.

Com as mãos cheias, o rei topou com o pé e machucou o dedão na madeira maciça. Ele xingou a mãe em voz baixa por aquilo.

— Já não era sem tempo — disse uma voz rouca vindo de dentro.

Uther suspirou e tentou equilibrar a bandeja em uma só mão enquanto abria a porta com a outra. Quando conseguiu entrar, encontrou a mãe no lugar de sempre, empoleirada na janela da torre para espionar tudo, sem parar de sovar a massa de torta. A torre da rainha regente era toda branca, e um fogo ardia na lareira. Havia bandejas de doces, bolos e tortas em cima de várias mesas. Não havia aposento mais agradável ou mais acolhedor em todo o castelo, e isso era proposital.

— Estou bastante ocupado, mãe, então espero que não demore muito.

— Ocupado, é? Não tão ocupado quanto o Rei do Gelo, pelo que parece — debochou ela.

Uther deixou que a tensão transbordasse, reclamando:

— Como aquele selvagem desprezível tem a cara de pau de reivindicar o nosso nome? O nosso nome!

— Pelos deuses, espero que não tenha choramingado assim na frente de toda a corte. — Ela pousou a massa e bateu nos joelhos como se estivesse se preparando para passar um sermão. — É uma pena que ninguém ensine príncipes a levar um soco. Porque quando alguém enfim os agride, eles berram como faisões.

— Certo. Obrigado, mãe. — Uther deu meia-volta para sair, mas Lunette não tinha terminado.

— O primeiro desafio da maior guerra em dez eras acaba de ser lançado, e você não faz a menor ideia, não é?

O rei hesitou diante da porta.

— Do que a senhora está falando?

— A Espada do Poder, Uther. A Espada dos Primeiros Reis se revelou. O retorno dela provavelmente foi o que motivou a chuva de sangue que caiu no seu castelo. Acho que me lembro de um certo ilusionista sob o seu serviço que deveria ter falado a respeito disso com você. Qual era mesmo o nome dele? Um nome famoso, creio eu...

— Pare com isso — falou Uther, virando-se.

A torre ficou em silêncio, exceto pela batida da massa de Lunette. Uther detestava que a mãe estivesse à frente dele em qualquer coisa. Por isso mantivera Merlin tanto tempo ao seu lado, para combater a interferência constante de Lunette. Uther assumiu uma postura indiferente, com cuidado para não revelar a urgência de conhecer os pensamentos da mãe.

— Quem lhe falou sobre a espada?

— Bem, imaginei que um de nós deveria cultivar relacionamentos com aqueles que podem enxergar o outro lado. Tenho os meus métodos, Uther, não se preocupe. — Ela abriu um sorriso gélido.

Uther entrelaçou os dedos atrás das costas, examinou alguns bolinhos, apreciou a vista dos penhascos e o mar batendo pela janela, então respondeu:

— Achei que a espada era uma lenda. Uma história para crianças.

— Mais uma prova de como aquele druida de sangue mestiço não foi um bom servo. — Lunette balançou a cabeça e enfiou os dedos sujos de massa em outra tigela. — Imagino que conheça a profecia?

Uther repetiu, como uma lembrança distante.

— Quem empunhar a Espada do Poder será o único e verdadeiro rei.

— Sim. Bem, Cumber quer a Espada do Poder, e, ao contrário de alguns monarcas que conheço, parece bem motivado a adquiri-la.

— Oras, claro que eu quero aquela maldita espada — falou Uther.

— Bem, então você precisa de um plano, não é? Por exemplo, talvez seja bom saber quem empunha a Espada do Poder nesse momento. É de se pensar que isso esteja sob a jurisdição de Merlin. Onde ele está? — Lunette deu um sorrisinho sarcástico.

Uther rangeu os dentes.

— Está mofando nas masmorras.

— Bem, isso sim é inútil — disse Lunette, polvilhando açúcar na bandeja de guloseimas mais recentes. — Um Merlin mofando é um Merlin tramando.

Uther fingiu um sorriso.

— Isso não tem a menor graça.

Lady Lunette limpou as mãos em um pano e começou a trabalhar.

— Diga-me: quanta lealdade Merlin demonstrou à sua coroa?

— Surpreendentemente pouca, mãe.

— E, ainda assim, você permite que ele ande à vontade na corte como um cão velho e esvazie os seus barris de vinho.

— Não vamos nos esquecer — Uther se virou para ela — de que foi a senhora quem impôs a presença dele, quando eu tinha 10 anos de idade.

— Sim, confesso ter sido vítima da ilusão de Merlin, o mago, há anos. Mas eu aprendi, Uther. E você? Reis ascendem e caem; no entanto, Merlin sempre sobrevive. O que isso lhe diz sobre o verdadeiro mestre dele? Merlin serve a você? Ou a si mesmo?

A cabeça de Uther estava latejando.

— Sim, mãe, tudo bem, mas o que isso tem a ver com a espada ou com Cumber e os nossos portos incendiados?

— Sua fraqueza — respondeu Lady Lunette. — É isso que esses pontos têm em comum. E acrescento à mistura o padre Carden e os Paladinos Vermelhos, que, pelo visto, podem marchar pelas suas terras e queimar aldeias sem medo de serem castigados.

Não eram apenas as críticas da mãe que o irritavam, mas o prazer que ela tinha ao fazê-las. Lady Lunette tinha deixado muitíssimo claro que achava o filho um inútil. Não querendo lhe dar mais satisfação, Uther voltou a atenção para as bandejas de guloseimas coloridas que adornavam a torre.

— Estão todos envenenados? — perguntou o rei.

— Não todos.

Uther suspirou.

— O que a senhora quer que eu faça, mãe?

— Que aja como a porcaria de um rei — respondeu Lady Lunette, achatando a massa entre as mãos. — Demonstre para a sua corte, os seus súditos e potenciais usurpadores o que acontece com vagabundos e traidores.

Ela espremeu a massa sobre uma bandeja.

— Mate Merlin.

Isso tirou Uther do devaneio de autopiedade.

— Matar Merlin?

Lady Lunette concordou com a cabeça.

— Em público, de uma maneira muito espalhafatosa, para que a morte ecoe nos salões do Rei do Gelo.

À primeira vista, a noção animou Uther. Era tangível. Era sincera. Mas, com a mesma rapidez, o medo das consequências e repercussões dos misteriosos Senhores das Sombras o conteve.

— É perigoso.

— Melhor ainda. Isso vai demonstrar que há mais do que seda por baixo dessas calças. E enviará um aviso para os amigos de Merlin, os Senhores das Sombras, de que você não está para brincadeiras e que a era dos magos chegou ao fim.

A convicção da mãe era revigorante. Ao contrário de Merlin, Lady Lunette não oferecia ressalvas, ambiguidades ou múltiplas interpretações. Apesar de todas as crueldades, ela falava verdades absolutas, algo pelo que Uther vinha ansiando nos últimos tempos.

— E depois? — perguntou, testando se a mãe de fato tinha refletido bem sobre a ideia.

E tinha.

— Abrace a Igreja. Alie-se aos Paladinos Vermelhos contra o Rei do Gelo e jogue-o de volta ao mar.

— E por que os Paladinos Vermelhos concordariam com isso? — perguntou Uther.

Lady Lunette balançou a cabeça para o filho.

— Porque você é o maldito rei, ora. E Cumber é pagão, fácil de pintar como simpatizante do povo feérico e devoto dos Deuses Antigos. Isso vai servir.

Uther esperou pelo comentário cortante, pela punhalada nas costas, mas não veio. O conselho da mãe era lógico, perspicaz e forte. Uther se empertigou. Os ombros ficaram mais largos.

Lunette riu.

— Será mais fácil reivindicar a espada quando não houver outros reis para resistir.

— Obrigado, mãe.

— Não há de quê, Vossa Majestade. — Lady Lunette baixou a cabeça.

Uther deu meia-volta e marchou para a porta, depois hesitou. Com um brilho nos olhos, estudou as guloseimas nas bandejas pela terceira vez. Uther apontou para um bolo com cobertura de açúcar, mas Lady Lunette advertiu contra aquela escolha com um gesto negativo de cabeça. Ele assentiu; o bolo estava envenenado. Espiou um rolinho de canela e apontou, com as sobrancelhas erguidas para a mãe. Mais uma vez, ela fez que não com a cabeça. Um pouco frustrado, Uther examinou um pão de mel tentador e apelou para Lady Lunette, que enfim concordou com a cabeça. Satisfeito, Uther pegou o pão de mel e deu uma mordida gratificante. Foi embora da torre com ânimo renovado.

VINTE E SEIS

A CAVERNA ESTAVA ILUMINADA POR TO-
chas, em preparação para a cerimônia da União. O ar era
abundante e doce, pois o chão irregular tinha sido coberto por
flores silvestres de tons rosas, violetas e azuis. Os Faunos tinham
esmagado uvas para fazer vinho, e os Andarilhos dos Penhascos haviam feito
a mesma coisa com bolotas, produzindo uma pasta para o pão preto que
Morgana roubara da cozinha da Lança Quebrada.

Os anciões tinham atenuado o racionamento de água para permitir que os
refugiados lavassem a sujeira, o sangue e o sofrimento dos corpos da melhor
forma possível. Havia uma atmosfera de expectativa, de uma breve fuga.

Alguns Presas batiam em tambores de lona, enquanto os Faunos respondiam com as notas agradáveis de liras e vielas de roda. Havia um caramanchão
de galhos floridos no centro da caverna, e os Faunos que pretendiam se unir
estavam embaixo dele, de mãos dadas. Cora assumiu o papel de sacerdotisa,
sussurrando e rindo com os Faunos, enquanto todos se acomodavam nas
rochas ou ao redor delas. Uma brisa suave passou pelo teto em formato de
meia cúpula, e o céu acima estava cheio de estrelas.

Nimue acariciou as macias pétalas de rosa do corpete, sentindo-se estranhamente exposta sem a espada pendurada nas costas. Em vez da arma, os
ombros estavam desnudos, e videiras entremeadas entrelaçavam os antebraços

e dedos como mangas. Ela usava uma coroa de louro na cabeça, e uma trança de folhas de outono descia pelo pescoço.

Um trio de crianças feéricas pegou Nimue pela mão e a conduziu a uma pedra empoleirada sobre o altar, onde podiam ver tudo que estava acontecendo. Morgana se juntou a ela, usando a própria tiara de penas de corvo e um vestido de retalhos decorado com folhas de outono.

Cada clã tinha seus rituais e suas danças para as cerimônias de União, e, em várias áreas da caverna, era possível vislumbrar uma janela aberta para esses mundos ocultos. Os Faunos destacavam os chifres e torciam o pescoço em movimentos coreografados para abençoar a união com fertilidade, enquanto os Cobras andavam de quatro em círculos concêntricos, roçando cabeças e ombros, e os Presas batiam os pés com cascos, em rompantes de ritmo, soltando gritos guturais. No alto, os Asas de Lua voavam como mariposas, espalhando vaga-lumes por todo o teto.

Nimue absorvia, sedenta, a beleza de tudo aquilo, mas tinha um mau pressentimento. Quem se lembraria daquelas danças? O que aconteceria com as crianças feéricas comemorando aniversários em cavernas frias, sem a menor ideia, em alguns casos, se as mães e os pais estavam vivos ou mortos? Haveria outros sobreviventes de Dewdenn? Será que as histórias e os rituais do Povo do Céu morreriam com ela? O pensamento era insuportável.

Uma criança Cobra apertou a sua mão e abriu um sorriso com dentes minúsculos e afiados.

Que esperança Nimue poderia lhes oferecer? Era tão órfã e desabrigada quanto eles. No entanto, sabia que o seu destino estava tão "unido" a esses refugiados feéricos quanto os Faunos adoráveis sob o caramanchão logo estariam. Será que podia depositar as suas esperanças nesse Merlin? Um homem que Yeva disse ser um traidor do povo feérico? E, se isso fosse verdade, por quê, em nome dos deuses, Lenore havia implorado para que entregasse a espada para ele?

Nimue viu Arthur entrar pelo outro lado da caverna, parecendo incomodado e deslocado. Voltou os olhos para ela, mas logo desviou o rosto. Morgana também notou.

— Eu avisei sobre ele.

Nimue deu de ombros.

— Arthur pode fazer o que quiser. Ele não me deve nada.

— Não leve para o lado pessoal. Ele é um garotinho perdido. Não sabe o que quer.

Nimue não respondeu. Em vez disso, escutou um ancião dos Andarilhos dos Penhascos recitando orações antigas, que Cora traduziu.

— *Je-rey acla nef'rach...* — entoou o Andarilho dos Penhascos.

— Que cada alma e espírito aqui seja misturado em um único espaço sagrado, com um único propósito e uma única voz — recitou a jovem.

— *Jor'u de fou'el.*

— Nascidos no amanhecer para morrer no crepúsculo — traduziu toda a congregação, em uníssono.

Um ancião Cobra amarrou as mãos dos Faunos com uma fita.

— Sob o olhar dos Ocultos, sob o olhar dos Deuses, eu me uno a você, e nós nos tornamos um — disse o casal.

Recitando orações antigas, os anciões de cada clã cercaram o casal e, quando terminaram, os Faunos se beijaram e ergueram as mãos unidas. Uma trompa soprou, e uma chuva de folhas caiu de cima.

Círculos de dança se formaram ao redor do casal recém-unido.

Nimue sorriu e olhou para Arthur, que devolveu o sorriso. Desceu da rocha e foi até ele. O rapaz ergueu as sobrancelhas, e Nimue franziu a testa.

— O que foi?

— Hum, nada. Você parece um... sonho ou algo assim — respondeu.

— Ah. — Nimue corou. — Bem, eu pensei que, já que você está indo embora, nós poderíamos...

Ela parou e decidiu começar de novo.

— Eu pensei, talvez só por um tempinho, que nós poderíamos simplesmente sermos *nós*. Sem espadas, Merlins, dívidas ou paladinos.

Arthur concordou com a cabeça.

— Eu gostaria muito disso.

— Então, o que você está dizendo é que gostaria muito de dançar comigo, certo?

Arthur riu.

— É exatamente o que estou dizendo, sim. Embora, infelizmente, eu ache que não me comparo com... — ele apontou para o vestido de pétalas de rosas — isso.

— Ah, não sei, até que você está bastante elegante. — Nimue pegou a mão de Arthur e o conduziu ao círculo de dançarinos, e os dois logo foram acolhidos pela alegria.

Canecas de vinho foram colocadas nas suas mãos, e eles beberam enquanto tentavam acompanhar os passos rápidos dos outros, sobretudo os dos ágeis Faunos.

Nimue sentiu que Morgana a observava lá de cima.

As danças iam e vinham, assim como as canecas de vinho, e, em pouco tempo, Arthur e Nimue se viram em um círculo mais silencioso, com seus movimentos aparentemente guiados pela melodia suave de um alaúde. Arthur inclinou a cabeça para tocar a dela e, naquele momento, Nimue levou os lábios aos dele. O beijo foi breve. Arthur parecia prestes a falar, mas ela colocou um dedo nos seus lábios. Ele segurou a sua mão contra a boca e, em seguida, puxou Nimue para outro beijo.

Esse durou mais tempo. E foi mais intenso.

Casais e famílias rodopiavam em volta, mas, naquele momento, os dois não tinham conhecimento de mais ninguém. Quando o beijo terminou, Nimue baixou os olhos, e Arthur deixou a cabeça dela pousar no seu peito. Eles ficaram balançando ao ritmo suave do alaúde. Depois de vários longos momentos, com gentileza Arthur ergueu o queixo de Nimue. A jovem encarou os olhos dele, cor de lobo cinzento, quando algo ocorreu a ele.

— Nimue — Arthur hesitou. — E se for você?

— E se for eu o quê?

— E se você for a minha honra? — Arthur estava falando sério. — E se você for a justiça a que eu deveria servir?

Nimue começou a responder, mas uma comoção perto da entrada das cavernas chamou a sua atenção. As crianças estavam correndo em direção a alguma coisa. Novos refugiados entraram, cambaleando, desorientados e exaustos. A música parou, e a União foi esquecida enquanto o povo feérico corria para trazer água e comida para os recém-chegados. Levou um momento até Nimue notar um menino coberto da cabeça aos pés com lama seca, com as mãos nos quadris, avaliando a caverna com olhos destemidos.

— Es-Esquilo? — sussurrou Nimue, que deu alguns passos em direção a ele para ter certeza. — Esquilo!

O menino se voltou para Nimue, e um sorrisão abriu vincos na lama seca nas bochechas.

— Nimue! — O garoto correu para ela e pulou nos seus braços, quase derrubando Nimue, que virou o corpo de Esquilo e, em seguida, procurou por ferimentos.

— Eu tentei ficar, mas os paladinos estavam em toda parte...

Nimue abraçou o menino e o puxou para si.

— Você foi tão corajoso, Esquilo.

Por cima do ombro do menino, viu duas pessoas entrarem na caverna. A primeira era uma mulher de braços compridos, usando túnicas roxas com uma tintura tão escura quanto qualquer outra que Nimue já tivesse visto. O rosto da guerreira estava escondido sob um capuz, e ela segurava um cajado delgado, cheio de runas e feito de uma madeira lisa que Nimue não reconheceu. As unhas dos seus dedos finos eram negras e brilhantes, tinham uma curvatura anormal e eram afiadas como facas. O mais notável era um rabo sarapintado e exuberante que saía por baixo do manto, com a ponta se contraindo nervosamente.

A segunda pessoa era um cavaleiro alto de armadura de couro, com uma brafoneira verde e reluzente no ombro direito, uma espada larga nos quadris, um arco comprido nas costas e um elmo verde com babeira de cota de malha e galhadas curvadas.

— E foi esse aí que resgatou você? O Cavaleiro Verde? — perguntou Nimue.

Esquilo riu.

— Nimue, você não sabe?

O Cavaleiro Verde tirou o elmo de chifres da cabeça e revelou um rosto suado com bochechas magras, testa alta e cavanhaque irregular.

Os lábios de Nimue se abriram em choque quando ela identificou um rosto que não via havia quase dez anos.

"... naquele momento, os dois não tinham conhecimento de mais ninguém."

— É Gawain! — Esquilo sacudiu o braço dela.

Arthur franziu a testa.

— Quem é Gawain?

Atordoada, Nimue puxou Esquilo pelo braço em direção ao Cavaleiro Verde, que dava atenção às crianças feéricas que puxavam as suas luvas e o seu cinto. Quando viu Nimue se aproximando, ele franziu os olhos, confuso e incapaz de reconhecer o rosto depois de tanto tempo.

— Gawain, sou eu. — A voz dela tremeu. — Nimue.

A expressão dele ficou radiante como o sol.

— Não, não, não, essa não pode ser Nimue! Não pode! — O Cavaleiro Verde riu alto e a levantou no ar.

Ambos começaram a falar na mesma hora.

— Você tem que me contar tudo! Quando voltou? — perguntou ela.

— Essa não pode ser a pequena escaladora de árvores que deixei para trás! Quem é essa jovem? Conte-me tudo! — As palavras de Gawain atropelaram as dela.

Arthur ficou por perto, sem jeito, até que Nimue reconheceu o incômodo dele.

— Gawain, este é Arthur. Nós somos... — Ela riu de nervoso. — Amigos? É difícil de descrever. Passamos por uma jornada e tanto juntos.

Gawain olhou Arthur de cima a baixo.

— Mercenário?

Arthur concordou com a cabeça.

— Às vezes.

— Humano — falou Gawain, sem sorrir.

— Sim. — Arthur ajeitou o cinto da espada.

O Cavaleiro Verde coçou o queixo, refletindo.

— Bem, obrigado por cuidar da nossa Nimue.

— Ou da *sua* Nimue? — perguntou Arthur.

— Eu sou a minha própria Nimue.

Gawain abriu os braços e se dirigiu para Arthur.

— Leve o tempo que precisar para descansar. Vamos compartilhar o pouco que temos.

Arthur abriu um sorriso tenso, cerrando os dentes.

— Obrigado.

Gawain se virou para Nimue.

— Temos muito sobre o que conversar. Venha comigo.

Nimue lançou um olhar de desculpas para Arthur antes de desaparecer com Gawain nas sombras.

VINTE E SETE

GAWAIN VIROU A ESPADA DO PODER SOB A luz das tochas, maravilhado com a arma.

— Quem sabe sobre ela? — perguntou, preocupado.

— Arthur e Morgana — respondeu Nimue.

— Os Sangues de Homem.

— Eles se provaram amigos. E você não é assim. O Gawain que eu conheci nunca julgaria os outros pelo sangue.

— Os tempos mudaram, Nimue.

— Mudaram? Eu não notei.

Ela estendeu a mão. Surpreso com o gesto, Gawain devolveu a espada. Nimue enfiou a arma de volta na bainha improvisada pendurada nas suas costas.

— Ao que parece, eu não sou o único que mudou — comentou ele.

Nimue não desviou os olhos da tocha bruxuleante.

— Assisti à União, e tudo que pude ver foi sangue. E cruzes queimando. Não gosto de guerra. Devemos lutar pela paz.

Gawain apontou para o Dente do Diabo.

— Você diz isso, mas essa é a espada do nosso povo. Ela é a nossa história. E a nossa esperança, Nimue. — Ele se levantou, frustrado. — E você quer dá-la para Merlin, o mago? Que se voltou contra a própria espécie? Ele é um conjurador que serve a um rei Sangue de Homem.

— Era o desejo de Lenore.

— Eu amava Lenore como uma mãe — disse Gawain. — Mas isso está errado. Por que ele?

Nimue levantou as mãos.

— O que quer que eu diga? Foram as últimas palavras da minha mãe. Ela poderia ter dito qualquer coisa, mas foi isso que escolheu: leve a espada para Merlin.

Gawain pareceu intrigado.

— É uma moeda de troca, então. Ela esperava que Merlin a protegesse. Mas você não precisa mais disso, porque eu posso protegê-la.

Nimue não tinha tempo para essa conversa.

— Eu não preciso de proteção.

Gawain abrandou o tom de voz.

— Tem certeza? Porque essa espada também é chamada de Espada dos Primeiros Reis. "Quem empunhar a Espada do Poder será o único e verdadeiro rei". Uther Pendragon vai querer essa arma, e, se a história serve como guia, ele prometerá mundos e fundos, depois deixará o povo feérico à mercê dos Paladinos Vermelhos.

— Bem, não tem como eu saber a resposta para isso, porque não sou rei.

— Se você não quer a responsabilidade, entregue a espada para outra pessoa. Alguém daqui. Eu fico com ela, se precisar. Só não dê a espada para Merlin.

— Ninguém vai ficar com ela! — O punho de Nimue estava cerrado no cabo da espada.

Surpreso, Gawain procurou acalmá-la.

— Eu só quis dizer...

Mas Nimue ficou envergonhada com a explosão.

— Não, eu só... não vou desonrar a memória dela.

Nimue ainda sentia a raiva tomando seu corpo. *O que há de errado comigo?*

Gawain se sentou em uma pedra.

— Bem, então acho que é isso. Colocamos todas as nossas esperanças e fé em Merlin.

— Não todas — sugeriu Nimue.

Ela se ajoelhou ao lado dos pertences escassos, encontrou o que procurava, então se virou e espalhou os mapas roubados no chão. Curioso, Gawain ficou de joelhos para estudá-los.

— Pedimos para Yeva enviar um pássaro para Merlin, mas ainda não recebemos resposta. Enquanto isso, esses são os planos de Carden. Arthur e eu os roubamos. Os mapas, as listas de morte do padre. Nós sabemos o que ele está pensando. Sabemos quais aldeias pretende atacar e com quantos homens.

Gawain ficou atordoado.

— Deuses, garota, por que não me mostrou isso antes? Vamos partir agora.

Ele juntou os mapas e estava quase debaixo do arco quando Nimue chamou.

O Cavaleiro Verde se voltou para ela.

— Se você vai caçar paladinos, vou junto.

Por um momento, ele pareceu confuso, mas depois percebeu a determinação de Nimue, e os seus olhos ficaram um pouco tristes. Ele concordou com a cabeça e seguiu pelo corredor.

Nimue foi para o outro lado, de volta à caverna onde havia assistido à União, querendo se desculpar com Arthur. *Eu beijei ele! Ou ele me beijou?* Não tinha certeza. Mas sabia que tinha saído correndo como uma boba quando Gawain chegou, e aquilo a fez parecer volúvel. Nimue esperava corrigir essa falha e até mesmo continuar de onde pararam.

Entrou na caverna e ficou triste ao ver que os lindos ramos de flores já tinham caído e estavam sendo pisoteados pelos novos refugiados. Nimue procurou Arthur em meio aos que cuidavam dos feridos, mas não o encontrou. Depois de alguns minutos, viu Morgana rasgando roupas em tiras para fazer curativos.

— Você sabe onde está Arthur? — perguntou Nimue.

— Foi embora.

— Foi embora? Estamos no meio da noite. Foi embora para onde?

Morgana olhou para Nimue com compaixão.

— Para onde quer que Arthur tenha vontade de ir.

— O que você está dizendo? Quer dizer que ele foi embora para valer? Sem se despedir? — Nimue tentou parecer calma, mas a voz tremeu.

— Eu avisei que isso ia acontecer — disse Morgana, incisiva.

Sem palavras, Nimue disparou pelo corredor até a alcova onde Arthur dormia. A lanterna, os odres de vinho, a espada e os alforjes dele tinham sumido.

Contra todas as suas esperanças secretas, Arthur tinha sido fiel à sua palavra.

VINTE E OITO

CONDUZIDOS PELO BRILHO DE UMA TOCHA solitária, trinta Paladinos Vermelhos cavalgavam em fila indiana através de densos bosques. Avançavam em total silêncio ao longo de uma trilha estreita.

A irmã Iris carregava a tocha e conduzia a procissão, satisfeita por ter sido escolhida como Primeiro Fogo, uma honra que o padre Carden conferia apenas aos irmãos e às irmãs mais pios. Era o trabalho do Primeiro Fogo entrar no coração das aldeias impuras e incendiar a palha, atraindo corpos até as chamas para uma captura mais fácil. Se alguns fugissem, não importava: a irmã Iris tinha um estilingue e uma bolsa de pedras, e cada pedra estava lixada e lisa. Assim que a presa era atingida, Iris eliminava a vítima com um golpe de sua espada de duas lâminas. Ou poderia rachar cabeças com o bico de falcão. Havia muitas maneiras de purificar.

A paladina sorriu por dentro quando soube que o povo feérico a chamava de Criança Fantasma. Significava que eles a temiam. E deveriam mesmo. Aos 11 anos de idade, já era um espírito da morte. Alguns dos irmãos mais velhos ainda riam quando a conheciam pessoalmente, já que tinha apenas 1,20 metro de altura.

Mas os irmãos só riam uma vez.

O tamanho de Iris era uma vantagem. Foi assim que o Homem Derretido ganhou tanto ouro, jogando-a no ringue com homens que tinham duas vezes o seu tamanho e rindo enquanto a menina mordia, cortava e furava olhos até que os oponentes ficassem da sua altura. Iris desprezava aquela risada tanto quanto detestava tudo a respeito do Homem Derretido. Ele ainda era a única coisa no mundo que temia: o corpo monstruoso e o rosto cheio de furúnculos, os espancamentos com a vara, as ameaças de maldições terríveis, ameaças de vendê-la aos Senhores das Sombras e os seus deuses terríveis e secretos. Entretanto, o Homem Derretido ensinara Iris a lutar e a odiar, e agora podia usar esses talentos para servir ao padre Carden.

O rosto dele era largo, sorridente e marcado por rugas, como uma antiga estátua erodida pelas tempestades, tão bonito quanto o Homem Derretido era feio. Quase toda noite, Iris sonhava que era a filha de sangue do padre Carden, que ele a puxava para um canto e sussurrava a verdade para ela: *Você é minha filha de sangue*. E Iris abraçava o pescoço do padre como uma verdadeira filha faria.

Por enquanto, era suficiente ser a Criança Fantasma. Um dia, poderia até superar o Monge Choroso como favorito aos olhos do padre. Aquele pensamento a aqueceu mais do que o fogo bruxuleante que erguia com a mão direita.

Os lobos estavam fazendo uma arruaça terrível, uivando e balançando as correntes. Iris lançou um olhar feio para o pastor, que estalou o chicote curto, acalmando as feras.

Estava nervosa. Não queria decepcionar o padre Carden. Ele parecia mais tenso nos últimos dias, e a postura curvada e os rompantes de humor demonstravam os fardos da sua tarefa. A Bruxa do Sangue de Lobo estava na mente de todos. A irmã Iris queria tanto matá-la que praticamente podia sentir o gosto do seu sangue. Queria tanto aliviar o fardo do padre cortando a bruxa em pedaços e enviando a sua alma enegrecida à pira gloriosa.

No devido tempo, rezou Iris; precisava se concentrar no ataque daquela noite.

A aldeia estava silenciosa quando entraram. Bom. A irmã Iris contou doze cabanas de barro. Como era a morada do povo do brejo, o ar vibrava com ruídos de rã e o zumbido dos mosquitos. Por um momento, ela ficou preocupada que as cabanas não pegariam fogo com aquele ar úmido. Com a mão esquerda, preparou o estilingue. Sentiu-se um tanto exposta quando os outros paladinos se afastaram para cercar a aldeia e apenas ela — o Primeiro Fogo — conduziu o cavalo até o centro da vila. Ficou surpresa com a falta de cachorros, com a falta de batedores ou vigias noturnos. Apenas um único porco revirava um jardim de acelga e repolho. *Cadê os cachorros?*, ela se perguntou.

A irmã Iris girou em alguns círculos ansiosos do lado de fora do Salão do Chefe, a maior das cabanas, com o teto composto por um emaranhado de galhos e uma borda de crânios de animais. Parou e jogou a tocha pela abertura na frente, depois girou e tirou a espada de duas lâminas da sela, pronta para receber quem quer que saísse correndo de lá.

O salão foi engolido pelas chamas em segundos. Iris esperou, o punho cerrado no cabo da espada, mas ninguém saiu correndo. Aguardou muito mais do que o tempo que levaria para qualquer criatura viva assar dentro do Salão do Chefe, até que por fim, um grito rasgou a noite.

Mas ele não veio do interior do salão.

A irmã Iris se virou, vendo um Paladino Vermelho galopar aldeia adentro com uma flecha enorme se projetando do pescoço. A garganta gorgolejou quando ele passou correndo por Iris, pisoteando o jardim de repolhos antes de cair da sela, chafurdando no pântano raso. Mais gritos cortaram a noite, e uma flecha assobiou e se cravou no lado direito do cavalo dela. A montaria girou e cambaleou para trás, batendo na parede em chamas do Salão do Chefe. A menina foi jogada de ponta-cabeça em uma bola de fogo feita de galhos mortos.

Ela gritou e respirou as chamas. As vestes se acenderam como uma tocha enquanto Iris se agarrava às brasas incandescentes, tentando se levantar. Os olhos se fecharam, e a aldeia ao redor foi reduzida a pontinhos distantes. Estava ciente do caos em volta, mas não podia ouvir nada, exceto pelo crepitar das roupas que usava e da carne por baixo das vestes.

Uma guerreira por natureza, Iris aprendera a controlar a dor desde que se entendia por gente, para poder pensar rápido nas rinhas. Foi essa habilidade que convocou quando arrancou as vestes e empregou todas as forças que lhe restavam para os pântanos cheios de cobras no limite da aldeia. Quando desabou na lama, seu corpo soltou uma rajada de vapor. Sabia que tinha sido consumida pelo fogo e não sentiu alívio na dormência da pele. E sabia também que aquilo seria apenas um prelúdio para a tortura que viria.

A bruxa. Foi a bruxa quem fez isso.

Rolou na lama e sorriu com lábios enegrecidos enquanto sonhava com as várias agonias que infligiria à bruxa.

Enquanto isso, uma dúzia de Paladinos Vermelhos se esquivava de uma saraivada de flechas e entrava galopando na floresta, encarando a emboscada de frente.

Tendo gastado as flechas, os arqueiros Faunos se dispersaram e fugiram como cervos, os chifres reluzindo à luz das tochas dos paladinos.

— Nas árvores! — gritou um dos paladinos.

Todos os olhos se ergueram, observando os corpos nas sombras. Os braços longos, recortados pela luz da lua, se içavam na fuga através dos galhos com uma agilidade inumana.

Os cavaleiros penetraram nas profundezas da escuridão, e o líder perseguiu um Fauno ferido que havia se separado do grupo, mas que, mesmo mancando, ainda tinha uma velocidade anormal. Porém, o Paladino Vermelho já praticava a arte da matança montado a cavalo havia meses e cortou perfeitamente a cabeça do Fauno entre os chifres, sem interromper o passo.

Tendo se recuperado da surpresa da emboscada, os Paladinos Vermelhos se organizaram e se espalharam em um círculo mais amplo, encurralando os arqueiros e as várias famílias do povo do brejo em um anel de árvores. Conforme lhes foi ensinado, arrebanharam as presas, fechando devagar o círculo de cavalos, latindo e rosnando como animais para aumentar o medo dos cercados. Um Fauno em pânico e tentou saltar sobre os cavalos, mas um dos monges estava pronto e golpeou no momento perfeito, abrindo as entranhas do fauno em pleno ar. Isso deu aos paladinos uma onda de confiança, e eles gritaram mais alto enquanto se aproximavam para matar.

— Os demônios chifrudos primeiro! — gritou o comandante.

O povo do brejo implorou e cobriu as cabeças dos filhos quando as espadas dos paladinos se ergueram no ar.

No entanto, antes do primeiro golpe, uma fungada alta ressoou atrás do líder de todos, junto com folhas sendo amassadas. O líder ergueu as mãos para sinalizar uma pausa e, com cuidado, virou o cavalo para as sombras da clareira. O paladino acenou com a tocha logo à frente, e a luz iluminou grandes olhos negros escondidos nos galhos emaranhados de pântano. O que se seguiu foi um guincho alto o suficiente para provocar pânico nos cavalos dos paladinos. O comandante viveu tempo suficiente para ver a cabeça de um javali gigante irromper da escuridão, seguido por um coro de galhos quebrados. As presas em forma de sabre, cada uma do comprimento de uma lança, se abaixaram e se fincaram sob o cavalo do paladino, virando tanto o cavaleiro quanto a montaria na direção das árvores, onde foram empalados nos galhos. Eles ficaram pendurados como espantalhos enquanto sangue e folhas choviam sobre os outros.

A confiança dos paladinos desapareceu quando o pandemônio começou.

Nimue avançou para fora do esconderijo no mato, mas Gawain a puxou de volta.

— Aguarde. Deixe os Presas fazerem o trabalho deles — sussurrou.

Nimue se sentia quente e febril, os dentes estavam rangendo de nervoso.

— Não posso.

Ela se afastou de Gawain e avançou luar adentro. Usava uma camisa de cota de malha dois tamanhos maiores, e cingida como um vestido curto, além de calções e botas altas para andar na clareira. Levava o Dente do Diabo nas costas. Um Paladino Vermelho por acaso corria na sua direção, e Nimue sacou a espada e cortou a cabeça dele em um único golpe. Sentiu como se a porta da gaiola tivesse subido e estivesse livre, no seu estado natural. Os medos e as ansiedades foram esquecidos. A mágoa pela partida de Arthur sumiu. Em vez disso, se divertiu com os gritos e as ordens desesperadas e conflitantes dos Paladinos Vermelhos.

— *Troch no'ghol!* — Wroth, dos Presas, repreendeu Nimue, enquanto montava o javali colossal e apontava a investida para infligir o máximo de violência aos paladinos.

Durante séculos, os Presas treinavam os javalis de guerra para enfrentar guerreiros montados a cavalo. O javali mantinha o focinho baixo, as presas ao nível do solo, enquanto as espadas dos paladinos acertavam sem efeito a crina espessa e eriçada e a pele de couro duro. A seguir, o javali sacudia a cabeça do tamanho de uma carroça para a esquerda e para a direita, varrendo as pernas dos cavalos e jogando os paladinos para a escuridão.

Os guerreiros dos Presas foram retirados da formação de batalha pela chegada de Nimue, dando aos Paladinos Vermelhos a chance de se reagrupar.

Com o plano fracassando, o Cavaleiro Verde assobiou, e buracos se abriram no chão. Com flechas passando voando pelas bochechas, Presas e Faunos mandaram o Povo do Brejo correr para dentro dos túneis subterrâneos dos tímidos e estranhos Plogs, que inclinaram a cabeça com curiosidade para as crianças do brejo assustadas, que rastejavam pelos corredores recém-escavados, conduzidas por Faunos com tochas.

— Nimue, fique conosco! — gritou Gawain, enquanto Nimue corria para o interior do pântano, onde os Paladinos Vermelhos formavam uma fileira.

Alguns monges saíram da formação para enfrentá-la. Um deles ergueu a espada, e Nimue o golpeou por baixo, decepando a perna acima do joelho. Uma flecha passou de raspão no seu ombro. Outra zuniu como uma libélula. Nimue ouviu Gawain ao longe, escutou a preocupação na voz dele. Mas não estava com medo. Sua visão era clara. Estava um passo à frente, como se pudesse sentir as ações dos paladinos antes que eles as fizessem. Os Ocultos reforçaram os seus sentidos. Era a espada. A espada era o farol.

Outro Paladino Vermelho avançou contra Nimue com um machado. Ela aparou o golpe destinado às suas costelas e contra-atacou no pescoço dele. O sangue espirrou e cegou o paladino que vinha logo atrás da primeira vítima, permitindo que ela executasse um golpe perfeito na sua cabeça.

Paladino, paladino, ardendo no fogo e mordido pela Bruxa do Sangue de Lobo.
Nimue sorriu. Gostava da rima.

Um vislumbre de movimento permitiu que ela girasse e se desviasse da morte instantânea, mas uma adaga foi cravada fundo no ombro esquerdo.

Tola idiota! Nimue praguejou contra o próprio descuido enquanto a agonia se espalhava pela cabeça e pelo peito. O peso do Paladino Vermelho inteiro caiu sobre ela, derrubando os dois em um arbusto, com Nimue por baixo. Ergueu o antebraço a tempo de bloquear o próximo golpe desesperado do inimigo. A ponta da adaga do paladino pairou a centímetros dos seus olhos, enquanto outra mão tentou agarrar a sua garganta. Os olhos se arregalaram, prontos para matar. O Dente do Diabo estava inútil, preso embaixo de Nimue. Ela arranhou o rosto do homem, mas ele mordeu as suas mãos. Tentou dar uma joelhada na virilha do paladino, mas ele estava sentado acima da sua cintura. Os dedos do monge encontraram a garganta dela e apertaram, cortando o ar.

Um baque molhado salpicou o rosto de Nimue com sangue. Uma flecha estava cravada nas têmporas do paladino. De repente, conseguia respirar de novo. Nimue lutou contra as estrelas que explodiam nos seus olhos, ficou de pé e recuperou o Dente do Diabo, rugindo ao mesmo tempo. Virou-se a tempo de ver o Cavaleiro Verde a alguns metros de distância, preparando outra flecha. O rosto dele estava todo tomado por medo e fúria.

Um paladino ousado passou correndo por ela e espetou o javali gigante na lateral do corpo com uma lança. A fera guinchou. Nimue deu um passo à frente, girou a espada pesada fazendo um arco no alto, ignorou a ardência no ombro e — *chuk* — decepou a cabeça do paladino, que saiu voando pelo ar, passando por Wroth, montado no javali.

Wroth observou a cabeça mergulhar na lama, depois rolar devagar até parar. Ele se voltou para Nimue com um grande sorriso de dentes enormes.

— A Bruxa do Sangue de Lobo! — gritou Wroth, noite adentro.

Nimue estava tonta, quase eufórica, e, em algum lugar lá no fundo, morrendo de medo.

Wroth e os seus guerreiros ergueram os punhos e cantaram o nome dela. O coração de Nimue disparou, e ela sorriu, apesar das fisgadas de dor no ombro. Gawain a examinava, dizendo alguma coisa, mas havia tanto sangue pulsando nos seus ouvidos que Nimue não conseguia ouvir.

Ela se virou e se arrastou por um túnel de lama. Gawain foi atrás. Plogs foram correndo para começar a trabalhar assim que os dois passaram, jogaram lama entre as pernas de Nimue e Gawain com os dedos deformados e com garras, encheram e selaram a porta do túnel para parecer que a passagem nunca havia existido.

VINTE E NOVE

O REI UTHER MARCHOU POR UM CORREDOR imundo na masmorra, protegido por dez guardas em armaduras, até chegar à última cela. Lá dentro, Merlin estava acorrentado à parede, com cabelos e barba desgrenhados e sujo de lama e sangue secos. Os soldados não tinham sido delicados com ele.

Uther ajeitou as costas e se empertigou.

— Merlin.

— Vossa Majestade — resmungou o feiticeiro, com os olhos escondidos por mechas oleosas de cabelo. — Eu faria uma mesura, mas estou preso à parede.

O nariz de Uther se contraiu com o cheiro de mofo e excrementos humanos. Ele fez uma pergunta simples:

— Por que não falou sobre a Espada do Poder?

— Bem, Vossa Majestade... — disse Merlin, mas o rei interrompeu:

— Espere, eu já sei. Você queria adquiri-la antes de gerar falsas esperanças.

As mãos de Merlin gesticulavam nas algemas de ferro.

— Para falar a verdade, Vossa Majestade, foi exatamente isso.

Uther abriu um sorriso frio.

— Sempre com a resposta perfeita.

— Confesso que o modo como parti não foi o ideal, senhor, mas veja bem, os presságios...

Mais uma vez, Uther interrompeu.

— Os presságios, claro. Sangue chovendo no castelo Pendragon. Uma coisa assustadora.

— Mas como sempre falei, senhor, existem...

O rei cortou Merlin de novo.

— Possíveis significados diferentes para os sinais. Sim, eu me lembro. Não sou tão idiota quanto você pensa.

Diante disso, Merlin hesitou. Não havia dúvida de que a dinâmica entre eles havia mudado. Prosseguiu com cuidado.

— Jamais sugeri...

Mas Uther parecia determinado a não deixar Merlin terminar uma frase.

— Eu me lembro de todas as suas lições, Merlin. Por exemplo: não devemos temer presságios, mas, sim, aproveitá-los. Devemos virá-los de um lado para o outro e examiná-los até que nos informem algo novo. E então, através de atos, devemos fazer com que os sinais se tornem realidade. — Uther segurou as barras da cela de Merlin. — E esse raciocínio foi muito útil.

— Como assim, Vossa Majestade?

— Decidi que o sangue que choveu sobre o castelo não era o meu — falou Uther, deixando todo o fingimento de bondade para trás—, mas o seu.

Merlin olhou para o rei por trás dos cabelos sujos, e a voz soou em tom de aviso.

— Uther...

— Você nunca acreditou em mim. E agora não acredito em você. — O rei se afastou da cela e cruzou as mãos atrás das costas. — A era dos magos chegou ao fim. Considero os seus recentes atos irresponsáveis como traição. E, para isso, há apenas uma resposta: execução.

— Sem julgamento? — rugiu Merlin. — Sem uma audiência? Quem voltou o senhor contra mim?

Uther permitiu que a emoção aparecesse quando gritou:

— Você mesmo fez isso com o seu desdém, a sua embriaguez e a sua deslealdade. — A voz saiu trêmula. — Quando veio para cá, eu tinha 10 anos de idade. Você lembra?

— Sim. — A voz de Merlin era suave.

Os olhos de Uther brilharam com as recordações.

— Já tinha ouvido muitas histórias incríveis sobre o grande Merlin, o mago. Como ansiei por você... Sabe, nunca conheci o meu pai. Não havia ninguém para me ensinar a ser rei. — Ele riu. — Então fiquei sentado à janela durante dias, procurando nas colinas por algum sinal da sua chegada. Queria aprender os segredos do mundo. Queria ser sábio. — O sorriso de Uther desapareceu. — No dia em que você passou pelos portões, corri para vê-lo. E você caiu do cavalo, fedendo a suor, e sua barba estava manchada de vinho. Tiveram que carregá-lo.

Merlin suspirou.

— Você tem todo o direito do mundo de estar desapontado, Uther, mas, se quer a Espada do Poder, me matar é loucura. Sei de fonte segura que a espada está vindo até mim. Dê-me mais uma semana...

— Sinto muito, Merlin, mas uma multidão aguarda a sua cabeça. Peguem-no.

Uther deu meia-volta, e os calcanhares estalaram no corredor de pedra enquanto os carcereiros abriram a porta da cela, e os soldados tiraram o mago da parede.

— Uther! — berrou ele, ao ser solto dos grilhões e arrastado para fora da cela. — Uther, eu preciso de mais tempo!

Porém, momentos depois, Merlin fechou bem os olhos contra o sol ofuscante, sendo levado da masmorra para um andaime acima de uma multidão reunida em um amplo pátio do castelo Pendragon. Quando os olhos do mago se ajustaram, viu Lady Lunette espiando do alto da sua janela um sorrisinho satisfeito no rosto.

O rei Uther estava pálido, e gotas de suor molhavam o lábio superior. Ele não parava de olhar para a torre da mãe enquanto os soldados obrigavam Merlin a se ajoelhar diante do bloco manchado de sangue usado pelo carrasco.

— Uther, você não está pensando direito! — Merlin lutou com os captores.

— Estou cansados das suas palavras! — respondeu ele.

O rei acenou com a cabeça para o carrasco. O pescoço de Merlin foi imprensado no sulco do bloco de corte. Uther olhou para a mãe de novo. Ela assentiu. O rei respirou fundo e se voltou para a multidão reunida.

— Merlin, o mago, você foi condenado à morte pelo crime de traição contra a minha pessoa!

Merlin sentiu o cheiro do sangue seco impregnado no bloco. Uma resignação tomou conta dele. O feiticeiro riu sem alegria. Em sete séculos, a única verdade pura que conhecia era que a morte era feia, triste, humilhante e desprovida de significado, e, apesar do que parecia ser uma grande prova em contrário, não estava sendo exceção à regra. E que diferença isso fazia? De muitas maneiras, Merlin já era um fantasma. Sem magia, era pouco mais que um ator em um teatro, fingindo ser o grande Merlin para um público que acreditava cada vez menos nele. Merlin não conseguia nem sentir raiva de Uther Pendragon, um menino que nunca fora nada mais que um peão para a mãe cruel e ambiciosa e, em menor grau, também para ele.

Porém, quando o carrasco levantou o machado, um pânico desconhecido tomou conta dele como uma onda imprevisível, um grito primordial, até mesmo embaraçoso, de sobrevivência, e Merlin balançou os braços com violência para se libertar. Os soldados seguraram firme. A lâmina brilhou ao sol, e uma explosão de penas jogou tudo no caos.

O carrasco tropeçou para trás, afastado pelo mergulho do milhafre, e o machado caiu sobre o bloco, a um fio de cabelo do nariz de Merlin. A multidão soltou um suspiro de susto, e dezenas fizeram o sinal da cruz quando a ave de rapina se lançou em cima do carrasco e enfim o derrubou do andaime.

Uther não tinha a menor ideia do que fazer. Olhou para a janela de Lunette, que gesticulou para executar o mago, mas, antes que o rei pudesse mandar o carrasco voltar ao posto, o milhafre pousou no bloco com um pequeno pergaminho amarrado à pata.

— Uma mensagem, meu soberano! — falou Merlin, a cabeça ainda imprensada contra o bloco.

Uther queria fugir. O momento de demonstração de força estava se desfazendo. Sir Beric deu alguns passos hesitantes em direção à ave, e seus olhos se arregalaram.

— Ele está certo, meu senhor. Há um bilhete! — disse Sir Beric, aumentando o sofrimento do rei.

— Leia o bilhete, então — disse Uther, com uma expressão de desdém.

Sir Beric correu para o pássaro e retirou a mensagem da pata. Desenrolou o pergaminho e o colocou sob a luz do sol. Enquanto lia em silêncio, o seu queixo foi caindo devagar.

Uther já estava farto daquilo.

— Pelos deuses, Beric, o que diz a mensagem?

— É uma carta da Bruxa do Sangue de Lobo, senhor, se oferecendo para trazer a Espada do Poder, a... a Espada dos Primeiros Reis, para Merlin, o mago!

— Pois diga a ela que estou indisposto! — gritou Merlin.

Uther podia sentir o olhar da mãe abrindo um buraco na sua nuca a fogo. O rei não ousou olhar para cima. Mordeu o lábio, imaginando a cabeça decepada de Merlin caindo na multidão, mas sabia reconhecer quando estava derrotado.

— Levante o mago. Agora! — disparou, enquanto empurrava Sir Beric e alguns soldados para fora do caminho e voltava para o castelo, ignorando as vaias e reclamações da turba, que ficou sem ver sangue.

Os soldados colocaram Merlin de pé, mas ele os empurrou e se inclinou para estudar o milhafre, que o encarava com olhos negros indiferentes. Estendeu a mão para acariciar a asa do pássaro, que mordeu o seu polegar, tirando sangue. Então compreendeu, recolhendo a mão.

— Você é uma das aves de Yeva, não é? Diga para aquela velha caquética que isso não muda nada entre nós.

O pássaro observou o mago com desinteresse enquanto os soldados o levavam embora.

TRINTA

U M VENTO CONSTANTE E IMPLACÁVEL deixava os rostos e os pés nas sandálias rachados enquanto o padre Carden conduzia uma procissão sinistra de trinta Paladinos Vermelhos a cavalo ao sopé dos Pireneus, onde choupos e pinheiros altos haviam invadido as ruínas de mármore de Bagnères--de-Bigorre, um antigo posto avançado romano frequentado pelos ricos por suas águas mornas. Atravessaram as encostas irregulares cobertas de grama e pedras que eram cortadas por riachos largos e rasos, cheios de trutas marrons. Mesmo os picos baixos das montanhas estavam cobertos de neve e funcionavam como funis inflexíveis para os ventos de dezembro. Carden cerrou os dentes para evitar que batessem, consciente de que servia de exemplo para os outros religiosos.

O Monge Choroso cavalgava ao seu lado, os olhos cobertos pelo capuz cheio de dobras.

À medida que o terreno ficava mais rochoso, e as encostas, mais íngremes, os paladinos entraram em um vale verde de abetos altos e um pequeno lago azul, cujas margens foram tomadas por um acampamento gigante, demarcado pela enorme bandeira de ouro e branco, as cores do Vaticano. Ela pendia de uma viga mestra como a vela de um navio, no topo de uma carruagem papal. Várias tendas ovais grandes e vermelhas, também exibindo as bandeiras do Vaticano em lanças compridas, cercavam um pavilhão enorme, aquartelado no topo da margem do lago e protegido do vento por uma fileira de pinheiros antigos.

Servos em túnicas religiosas, com baldes pendurados em varas compridas, transportavam água quente das nascentes próximas até o pavilhão.

As portas do pavilhão eram protegidas pela Trindade, os homens de vestes negras da guarda pessoal do papa Abel V. Carden e o Monge Choroso subiram até as portas do pavilhão e saíram de cima dos seus cavalos. Viram os próprios reflexos deformados nas máscaras douradas macabras dos guardas da Trindade. Cada máscara fora moldada à semelhança das máscaras mortuárias papais, de modo que cada guarda recebera uma identidade de morte específica. Os rostos dourados dos papas anteriores encaravam Carden e o monge com estranhos olhos fechados.

O Monge Choroso notou os macabros flagelos pendurados nos cintos de couro dos guardas da Trindade e, com calma, enfiou a veste por trás do pomo da espada e parou para encará-los enquanto o padre Carden se aproximava. A Trindade recuou toda de uma vez e abriu as abas da entrada do pavilhão. O padre se abaixou e entrou sozinho.

Uma névoa úmida obscurecia apenas os itens mais próximos. O ar estava carregado e perfumado com incenso. A transpiração formava gotas na testa de Carden. Servos continuavam a correr de um lado para o outro, reabastecendo a enorme cuba de madeira no centro da tenda papal com água da fonte termal.

Dentro da banheira, havia um esqueleto humano. O papa Abel pesava menos do que cinquenta quilos e praticamente não tinha pelos. A pouca carne que cobria os ossos era fibrosa e repuxada.

— Vossa Santidade. — Carden se ajoelhou no tapete diante da banheira.

— Levante-se, padre Carden — respondeu o papa Abel, com a voz rouca.

Ele se levantou. Não reagiu quando viu o rosto do papa cheio de marcas de varíola.

— Acho essas águas bastante restauradoras — disse Abel, e, em seguida, perguntou: — Como foi a sua jornada?

— O inverno chegou cedo, Vossa Santidade — respondeu Carden.

— Você deve estar cansado. Deixe o meu pessoal preparar um banho. Com certeza não gastei toda a água quente.

O papa Abel sorriu. Carden notou que, apesar da aparência doentia, os dentes dele eram branquíssimos.

— É uma oferta generosa, Vossa Santidade, mas...

— Mas o trabalho é mais importante. Eu sei. Conheço você. Seu trabalho não passou despercebido, eu lhe garanto, padre Carden. E sei que tiramos esse trabalho de você. Deve ser difícil.

— É uma honra fazer a viagem, Vossa Santidade. Contudo, confesso que há algo que me preocupa. Há muito a ser feito.

— Deus vê o seu trabalho, padre Carden. Ele vê. Quantas aldeias foram purificadas? Há um número? — perguntou Abel.

— Eles nem sempre vivem em aldeias, Vossa Santidade. Aquelas pobres abominações habitam copas de árvores e buracos de barro, cavernas, pântanos... São raros os tipos que reconheceríamos como um assentamento humano tradicional. O mesmo vale para a aparência. Enquanto alguns podem se parecer conosco, a maioria tem asas atrofiadas ou membros deformados para facilitar a escalada pelos galhos. Chifres. Olhos sem pupilas que enxergam no escuro. Alguns estão cobertos de pelos, enquanto outros vivem no subterrâneo escuro a vida inteira e não têm utilidade para os olhos, de forma que simplesmente não os possuem.

— Extraordinário. Como deve ser maravilhoso saber que você está seguindo o plano de Deus para a sua vida, removendo essas aberrações da terra Dele.

— Eu sinto isso, Vossa Santidade. — Carden foi tomado por uma onda de emoção.

O papa nadou, e as névoas convergiram em torno dele. Abel emergiu e cuspiu água no ar.

— Quantos Paladinos Vermelhos você comanda, padre Carden?

O padre Carden se encheu com um pouco de orgulho.

— Difícil dizer, Vossa Santidade. Em todas as cidades, agora somos inundados por voluntários. Não seria ostentação insinuar que passamos dos 5 mil Paladinos Vermelhos.

— Você reuniu um verdadeiro exército, padre Carden. Incrível. E eles são dedicados?

— Eles têm níveis culturais diferentes, alguns mais broncos do que outros, mas são uma irmandade. E uma irmandade composta também por mulheres, devo acrescentar.

— Excelente. — O papa Abel bateu palmas e atirou água ao ar. — E baixas?

O momento que o padre Carden temia havia chegado.

— Algumas, Vossa Santidade.

— Algumas? — perguntou o papa Abel, ainda jogando água no ar.

— Naturalmente, há resistência ao nosso grande trabalho.

— "Resistência", padre Carden? Ah, parece formidável. É assim que estamos chamando essa tal de Bruxa do Sangue de Lobo? Há? De "resistência"? Ela sozinha?

— Ela não está sozinha

O papa Abel se levantou na banheira em um rompante.

— Não me contradiga, seu camponês convencido!

Carden baixou os olhos para as botas enlameadas, envergonhado pela repreensão.

O papa Abel ficou parado, pingando, nu, desafiando Carden a encará-lo. Então, satisfeito, entrou de novo na água até os olhos e esperou, imóvel como um crocodilo.

— Peço perdão, Vossa Santidade — sussurrou Carden.

— Ela conhecia os nossos planos, essa bruxa.

Carden concordou com a cabeça.

— Eles encontraram mapas...

— Encontraram? A bruxa *roubou* os mapas dos Paladinos Vermelhos que ela *matou* na clareira. Eu sei de tudo, padre Carden. Você não ajuda a si mesmo suavizando o golpe. Dezenas de Paladinos Vermelhos mortos por essa bruxa, e qual foi a sua resposta? Há?

Carden começou a responder, mas Abel o interrompeu.

— Nada! É isso que você vem fazendo! Sua campanha está paralisada enquanto o inverno se aproxima. A fraqueza é como a varíola, padre Carden: ela se espalha por todos que estão perto. Essa bruxa está fazendo você de bobo. Está *nos* fazendo de bobos!

— Há um...

— Hein? O que é? — rosnou Abel. — Meça as suas palavras, peregrino.

Carden lutou para permanecer calmo.

— Vossa Santidade, acreditamos que descobrimos onde essas criaturas se abrigam. Estamos montando a armadilha. Eu lhe imploro por mais tempo. Quando encontrarmos a bruxa, juro por Deus, vamos fazer dela um exemplo tão assustador que levará os seus seguidores ao desespero e à loucura.

— Faça isso, padre Carden, ou é *você* quem será feito de exemplo.

— Sim, Vossa Santidade.

— Mais um erro e enviarei a minha Trindade para assumir o comando desse seu exército. Esteja avisado que a Trindade não é famosa pela misericórdia.

— Eu entendo, Vossa Santidade. — Carden se curvou e saiu da maneira mais rápida e digna possível.

Ficou incrivelmente grato por poder respirar o ar frio e cortante. O padre passou pelos guardas da Trindade sem olhar e estava prestes a fazer o mesmo com o Monge Choroso, mas hesitou. Carden agarrou o monge pelo braço e murmurou no ouvido dele:

— É por causa do *seu* fracasso que tenho que vir aqui e ser submetido a essa humilhação. Onde está o seu orgulho? Essa bruxa debocha de nós. Se eu queimar, guarde o que estou dizendo, não vou queimar sozinho. — Carden empurrou o Monge Choroso para o lado e foi pisando duro até o cavalo.

O monge ajustou as vestes e olhou para os rostos dourados e sem expressão dos guardas da Trindade que vigiavam a entrada do pavilhão.

TRINTA E UM

Lady Lunette acariciou um gato de pelo curto no colo e virou uma pequena ampulheta no peitoril da janela da sua torre. As areias começaram a cair. Empurrou o felino com delicadeza para fora do colo.

— Sai, sai. Tenho trabalho a fazer.

Resmungando, o gato saltou em cima de um banco de veludo e se enrolou em uma bola. Lady Lunette pegou um punhado de massa de figo e deu um tapinha, cantarolando para si mesma, quando uma batida soou na porta.

— O que é? — perguntou, em tom severo.

A porta de carvalho maciço se abriu, e Merlin inclinou a cabeça para a pequena entrada.

— Vossa Majestade?

Uma armadura invisível de gelo se formou em torno de Lady Lunette. Ela sorriu com timidez.

— Lorde Merlin, que surpresa. A que devo a honra dessa visita? Posso lhe oferecer um manjar de cereja fresco?

Merlin admirou as bandejas de sobremesas coloridas que enchiam a câmara da torre da rainha regente.

— Devo recusar, milady, porque já comi na corte. Embora tenha ouvido falar que seus doces são deliciosos.

— Vinho, então — disse ela, levantando uma sobrancelha para indicar uma jarra de vinho e duas taças de prata. — Você deve estar com bastante sede depois de um dia tão emocionante.

Merlin coçou a barba, observando o vinho com cautela.

— Dia emocionante. Sim. Sim, de fato.

Ele se sentou em um baú de madeira aos pés da cama de Lady Lunette e baixou a cabeça, imerso em pensamentos. O sorriso da rainha regente sumiu.

— Como posso ajudá-lo?

Merlin enfim ergueu os olhos e se virou para a janela, encarando o sol poente.

— Por alguma razão, o dia de hoje me lembrou de uma história. Talvez a senhora tenha ouvido. A nobreza menor a chama de "conto da parteira".

Lady Lunette observou a massa de doce.

— Não acredito que tenha ouvido.

A voz de Merlin era suave.

— Dizem que aconteceu em uma noite excepcionalmente fria, mais para maio, em que caía uma geada sobre as plantações. Apesar do clima, o povo estava reunido sob céu aberto, segurando velas, porque um rei estava nascendo. E isso era muito importante, porque o velho rei tinha morrido havia apenas alguns meses, deixando a rainha como regente. Ela não era a verdadeira herdeira de sangue do trono, sabe? Mas, se gerasse um filho, a criança governaria como rei por direito.

Com cuidado, Lady Lunette colocou a massa crua de doce de figo em uma bandeja de doces também crus. Seu rosto parecia de pedra.

Merlin se entusiasmou com o conto, juntou as mãos e se recostou para saborear a história.

— No entanto, à medida que a noite avançava, ficou claro que a criança não havia se virado e lutava dentro da rainha regente. E, embora ela rezasse para Santa Margarida para que o filho saísse tão fácil quanto Margarida escapou do estômago do dragão, o bebê nasceu morto. — Merlin fez uma pausa. — E era um menino.

Lady Lunette fechou os olhos por um breve segundo. O mago continuou.

— Sabendo que a criança morta eliminaria a sua reivindicação ao trono, a rainha regente se trancou com a parteira e planejou uma conspiração. E, assim, à luz da lua, a parteira escapou do castelo para um lar camponês onde ela sabia que o nascimento de um menino tinha sido celebrado não fazia muito tempo.

Lady Lunette começou a dobrar a massa de outro doce.

— Dizem que a mãe foi paga regiamente em moedas de ouro dos cofres reais — falou Merlin. — No entanto, dias depois, essa mesma mulher foi encontrada morta por uma asfixia curiosa. Veneno, alguns conjecturaram.

Lady Lunette deu um sorrisinho e riu baixinho. Merlin se levantou, cruzou as mãos atrás das costas e respirou fundo.

— Na verdade, a maioria das pessoas que poderia ter tomado conhecimento daquela conspiração sórdida teve fins parecidos. — Ele se virou para Lady Lunette. — Todas exceto a parteira, que, temendo pela própria vida, fugiu do reino para nunca mais voltar.

Lady Lunette fechou uma das persianas contra o sol poente. Merlin massageou a orelha, pensando.

— É de se imaginar que, se um dia a parteira fosse encontrada, ela representaria um grande perigo para o rei.

Lady Lunette pousou a massa, antes de responder:

— Imagino, então, que a mulher tenha permanecido escondida para sempre, dados os desfechos terríveis dos outros personagens da história. Ou talvez a explicação mais simples seja que ela nunca tenha conseguido sair do reino e sofreu o mesmo destino da pobre mãe que vendeu o filho por algumas moedas de ouro.

Merlin assentiu.

— Sim, essa sempre foi a minha suspeita. — Ele caminhou devagar até a porta, fez uma pausa, depois se virou. — Há uma terceira opção, é claro.

— Há? — perguntou Lady Lunette.

Os olhos de Merlin brilharam.

— Talvez a parteira esteja vivendo bem e sob a minha proteção. Tenha uma boa noite, Vossa Majestade.

Lady Lunette trincou a mandíbula quando Merlin saiu pela porta de carvalho, descendo a escada da torre. Quando a porta se fechou, a torre ficou em silêncio. Lady Lunette se virou para a ampulheta. As areias haviam se empilhado no fundo.

— *Pspspspsps* — chamou pelo gato de pelo curto. — *Pspspspsp*. — Tentou mais uma vez.

Sem resposta, Lady Lunette se inclinou na cadeira. O animal cinza devolveu o olhar com olhos azuis sem vida, morto em cima do banco de veludo. A rainha regente sorriu, satisfeita. Esticou a mão, pegou do chão o bolo comido pela metade e, com cuidado, colocou-o de volta na bandeja.

TRINTA E DOIS

— Castelo Graymalkin – murmurou Yeva, enquanto alimentava a milhafre, Marguerite, com um rato morto. — O castelo dos amantes Festa e Moreii. Há espíritos maus lá. Aquele bêbado está tramando alguma coisa.

Nimue olhou para as palavras no bilhete de Merlin enquanto Gawain, sua companheira de viagem — a mulher de vestes roxas que Nimue havia descoberto se chamar Kaze —, Morgana e Wroth debatiam os próximos passos.

— Ir só é muito perigoso — afirmou Gawain. — Há postos de controle dos Paladinos Vermelhos por toda a estrada do Rei. Você vai ter que pegar as trilhas que atravessam floresta. Eu vou junto.

— *Ech bach bru* — retumbou Wroth.

O filho de Wroth, Mogwan, se virou para o Cavaleiro Verde.

— Meu pai diz que precisamos de você aqui.

— Buscas por comida e encontrar sobreviventes são a prioridade — concordou Nimue.

— Por que ir, então? — Gawain apelou para os outros. — O sujeito trabalha para Uther Pendragon. Como podemos confiar nele?

— Concordo — acrescentou Morgana.

Nimue olhou para a espada.

— Arthur diria que Uther Pendragon é a nossa melhor chance de sobrevivência. — Proferir aquele nome provocou uma pequena dor no seu peito.

— E onde está o corajoso Sangue de Homem? — rosnou Gawain. — E o que esse "rei" fez por nós, a não ser ficar de braços cruzados enquanto o povo feérico tem sido massacrado, de Cinder a Ponte do Gavião e Dewdenn?

— Eu vi esse massacre com os meus próprios olhos e não preciso de lições sobre ele — gritou Nimue para Gawain, que se sentou em uma pedra, quase estourando de raiva. — Esse foi o desejo da minha mãe à beira da morte. E esse tal Merlin não me deu razão para não confiar nele.

Yeva riu ao ouvir aquilo.

— Você pode deixar a espada aqui — ofereceu Morgana.

— Ele me pede para levá-la.

— Não gosto disso. — Morgana balançou a cabeça.

Nimue tomou uma decisão.

— Eu vou. E levarei a espada. — Ela pegou a mão de Morgana. — E você vai cavalgar comigo.

— Com Kaze também — acrescentou Gawain. — Eu confiaria a minha vida a Kaze.

A mulher de vestes roxas apenas concordou com a cabeça encapuzada. A ponta da cauda de leopardo balançou no chão.

— Então, está decidido — disse Nimue, levantando-se e virando-se para Yeva. — Diga a Merlin que me encontrarei com ele ao pôr do sol daqui a três dias no castelo Graymalkin.

Yeva limpou o sangue das mãos quando Marguerite engoliu o último pedaço do rato.

A Viúva estava à beira de um penhasco saliente, acima da ressaca verde e congelante da baía dos Chifres. Ao longe, na mesma encosta, no alto de uma torre negra de antigas rochas vulcânicas, se agigantavam as ruínas do castelo Graymalkin, varridas pelo vento. Gaivotas e melros guinchavam e brigavam por ninhos em bolsões escarpados dos paredões do mar, enquanto Merlin subia atrás dela, os ombros curvados contra os ventos cortantes. Ele desceu do cavalo e se aproximou.

— Não está com frio? — perguntou Merlin, visto que a Viúva usava apenas um vestido com gola alta até o pescoço, mangas pretas e luvas, além do véu habitual.

— Eu gosto do frio — respondeu ela, revelando a caneca de argila do Cobra com o Fogo Feérico que Merlin escondera no alforje da égua.

O mago pegou o fogo e colocou dentro de um bolsão grande no cinto das vestes.

— Obrigado.

— Ainda planeja usar o Fogo Feérico para destruir a espada?

— Sim — respondeu Merlin, desanimado. — Não acredito mais em um "único e verdadeiro rei". Ou na capacidade de um velho druida para guiá-lo. A espada é uma arma poderosa demais para essa época bárbara.

— Você poderia reivindicar a espada para si. E os Senhores das Sombras poderiam governar mais uma vez.

— Você sabe que isso nunca pode acontecer — disse Merlin. — Em outra época, tentei unir a humanidade e o povo feérico... — ele fez uma pausa, com os olhos nublados — e falhei.

— Bem, o Rei Leproso não vai perdoar a sua traição. A essa altura, já deve ter colocado um preço alto pela sua cabeça. O melhor que pode fazer é desaparecer por mais cem anos.

— Assim que o assunto da espada estiver resolvido, é o que pretendo fazer.

— E quanto a essa garota feérica?

— Deixada sozinha, ela se afogará em um mar de fogo ou espadas vikings. Espero persuadi-la, mas, de uma forma ou de outra, essa tal Bruxa do Sangue de Lobo me entregará a espada.

Merlin montou no cavalo e se virou para o castelo, a barba balançando ao ar marítimo, sem notar a espiã de Lady Lunette na grama alta de uma colina próxima. Ela observou Merlin atravessar os campos até desmontar na perigosa ponte de pedestres que ligava os penhascos à torre do castelo Graymalkin. Então recuou, rastejando na grama para enviar o sinal.

Nimue não conseguia dormir. Virava e revirava, mas o chão das montanhas Minotauro era duro e cheio de pequenas pedras. Tinham concordado em acampar sem acender fogueira, então, além de tudo, também estava terrivelmente frio, embora Morgana parecesse dormir sem reclamar.

Kaze tinha concordado em ficar de guarda. Nimue nunca tinha visto a mulher misteriosa dormir. Ela apenas se sentou em cima de uma árvore caída, alerta a todos os sons, os olhos amarelos brilhando ao luar, a cauda tocando o chão.

— Sua cauda é muito bonita — sussurrou Nimue.

— Obrigada. — Kaze sorriu, mostrando as presas brancas.

— Você conhece Gawain há muito tempo?

— Não muito.

Um manancial de conversas, refletiu Nimue.

— Bem, agradeço por nos acompanhar.

— Sim, estou interessada em ver esse Merlin, causa de tantas discussões.

— Você já ouviu falar dele? — perguntou Nimue, curiosa.

Dadas as viagens de Gawain, o forte sotaque e as vestes singulares de Kaze, Nimue supôs que a mulher tivesse vindo das terras distantes de Francia.

— Não por esse nome.

— Você o conhece por outros nomes?

— Ele vive há muito tempo — falou Kaze. — Você deve saber. Está levando para ele a espada do seu povo.

Nimue ficou envergonhada pela própria ignorância.

— Minha mãe me pediu para levar a espada para Merlin. Antes disso, tudo que ouvi sobre ele foi em histórias infantis.

— Então ele era muito importante para a sua mãe — presumiu Kaze.

Nimue negou com a cabeça.

— Não, ela... ele não era. Minha mãe teria dito alguma coisa.

— Para o seu pai, então.

— Meu pai foi embora — disse Nimue, mas hesitou. — Ele foi embora quando eu era muito jovem.

Kaze olhou para a lua.

— Sua mãe guardava segredos.

Nimue franziu a testa.

— Não. Em geral, não.

— Ela disse que possuía a grande espada?

— Bem, não, mas...

— Sua mãe guardava segredos — repetiu Kaze, reforçando o argumento.

Como se tivesse ficado cansada daquela conversa, saltou de leve da árvore caída e desapareceu em silêncio na floresta.

Suor frio escorreu pela nuca de Nimue. A situação a deixara desesperada. O coração estava disparado.

Ela traz escuridão para essa casa!

Toda vez que Nimue fechava os olhos para dormir, a memória entrava de mansinho. A voz do pai.

Ela é a sua filha!

E Lenore, furiosa, jogando uma jarra de barro com água nele. Nimue ainda conseguia ouvir a jarra se quebrando contra a lareira de pedra.

Eu não sei o que ela é.

Os pais gritaram a noite toda nos seus sonhos agitados.

TRINTA E TRÊS

O VENTO CORTANTE E SALGADO ATINGIU os cavaleiros à medida que as árvores rareavam e as colinas baixas e relvadas se abriam para o mar e para as torres distantes do castelo Graymalkin. Nimue se sentiu exposta, ali, a céu aberto. Talvez percebendo o medo dela, Kaze acelerou o ritmo para um galope, enquanto Morgana cavalgava ao lado de Nimue.

— Não ofereça nada. Deixe que ele faça a proposta.

— Eu sei — disse Nimue.

Eu não sei, pensou. Parte de Nimue se sentia ansiosa para que aquele desafio terminasse logo, para entregar a espada e se livrar daquela situação. No entanto, sentia que tinha um dever para com os refugiados feéricos, que contavam com ela, com os seus amigos e até mesmo com a espada. *Isso é um absurdo. É só uma espada.* Porém, essa mesma espada tinha salvado Nimue dos lobos e a poupara no labirinto de espinhos. A espada lhe dera a coragem de desafiar Bors e fez justiça na clareira. *Ela me serviu bem. E o meu agradecimento é entregá-la a um rei Sangue de Homem? Que poderia usar o mesmíssimo aço para matar o que ainda resta da minha espécie?*

— Certifique-se de que os seus pensamentos são seus! — gritou Kaze para Nimue. — Não deixe que Merlin entre na sua cabeça!

Como vou saber se os meus pensamentos são meus? A preocupação nunca tinha lhe ocorrido.

As névoas subiram do fundo das falésias para envolver o castelo Graymalkin, fazendo parecer que as torres pairavam sobre um caldeirão borbulhante. Para restaurar a confiança, Nimue olhou para Kaze e Morgana, que seguravam as rédeas dos seus cavalos. Kaze acenou para ela por baixo do capuz roxo.

— Você não é Nimue — falou Morgana. — É a Bruxa do Sangue de Lobo.

Nimue se voltou para as torres quebradas que se agigantavam sobre ela, depois olhou para baixo, entre as botas e as tábuas molhadas da ponte de pedestres, e viu apenas um nevoeiro embaixo, mas dava para ouvir a arrebentação. Nimue atravessou a ponte o mais rápido possível, prendendo a respiração pela maior parte do tempo, depois andou pela trilha lamacenta até a ponte levadiça apodrecida e entrou nas sombras do castelo.

Seus passos ecoaram quando passou por baixo da guarita em ruínas. Nimue olhou para as correntes enferrujadas da ponte levadiça. Em algum lugar, havia água pingando. A sensação da espada nas costas deu alguma segurança enquanto cruzava o pátio coberto pelo mato. Naquele lugar, o tamanho do castelo se tornou real. Sete torres negras e decrépitas se inclinaram sobre Nimue como os dedos de um punho se fechando. Alguém sussurrou atrás dela, e Nimue se virou para uma porta escura da guarita. Por um momento, pensou ter visto uma sombra se mover lá dentro.

— Olá? — chamou Nimue.

Não houve resposta.

Um pouco assustada, afastou-se da guarita e atravessou as névoas do pátio até a fortaleza larga, uma das poucas estruturas do castelo ainda mais ou menos intacta.

— Tem alguém aí? — perguntou, subindo pela escada sinuosa.

Detectou um brilho verde cintilante no alto. Subiu na escuridão, a mão deslizando pelas paredes desgastadas pelo tempo até chegar ao salão principal.

Fogo verde crepitava em um grande braseiro no centro da enorme câmara vazia, oferecendo calor contra o frio do ar marinho.

O homem de vestes azuis esfarrapadas ao lado da janela era mais jovem do que Nimue esperava. Os cabelos castanhos e a barba estavam desgrenhados, e os frios olhos cinzentos, alertas e desconfiados. No cinto, havia bolsas lotadas com o que parecia ser várias plantas e galhos. Mesmo do outro lado do salão, ela sentia o cheiro de cedro e erva-cidreira, gerânios e cravo-da-índia. Aquele não era um enviado real esnobe e cheio de si, e sim um druida de verdade, um humano versado em muitas línguas mágicas, feéricas ou não, e uma mistura de energia selvagem.

Quando ele a viu, algo o pegou de surpresa, mas apenas por um momento, e o homem tentou sorrir, mas o efeito não foi reconfortante.

— Você deve ser Merlin — disse Nimue, esperando que ele não conseguisse perceber o tremor na sua voz.

— E você é a Bruxa do Sangue de Lobo, a temível portadora do Dente do Diabo — falou Merlin.

O tom dele a encheu de coragem.

— Está zombando de mim.

— Não — respondeu o mago, abrandando o tom —, mas você entrou em um jogo perigoso.

Um fio fino e prateado subiu pelo pescoço dela, e um trovão retumbou ao longe. Merlin notou isso.

— Você acha que isso é um jogo? — perguntou Nimue.

Mantendo o Fogo Feérico entre eles, o mago deu a volta pelo braseiro.

— Como encontrou a espada?

— Minha mãe a entregou para mim. — Os lábios de Nimue tremeram. — E, com o seu último suspiro, pediu para trazê-la para você.

Nimue viu Merlin mudar de expressão. De repente, parecia mais presente.

— Você é filha de Lenore? — perguntou, sussurrando.

O coração de Nimue batia forte no peito, sentindo que viria uma revelação.

— Sou.

A expressão de Merlin era inescrutável.

— Você conheceu a minha mãe? — perguntou.

— Sim — respondeu ele, baixinho. Então, quase saindo de um devaneio, Merlin voltou ao assunto da espada. — As instruções que ela deu para você foram sensatas. Podemos...

— Olhe para mim — mandou Nimue, dando um passo na direção dele.

— Como?

— Olhe para mim.

Os olhos cansados do velho druida encararam os dela. Parecia ser necessário um esforço para encará-la assim.

— O que está vendo? — perguntou Nimue, com gentileza.

— Você tem os olhos dela — respondeu Merlin, a voz cheia de emoção.

— Mais alguma coisa?

— Que nome você recebeu?

Ela sorriu.

— Nimue.

Merlin acenou com a cabeça.

— Nimue. É um nome bonito.

— Eu tenho me perguntado: "Por que você?" Por que ela me pediu para entregar a espada para você?

— E qual é a resposta que encontrou?

Nimue respirou fundo, tremendo.

— Minha mãe não queria que eu levasse a espada para você. Ela queria que a espada me levasse até você. — Nimue sorriu. — Porque você é o meu pai.

TRINTA E QUATRO

— Sim – sussurrou Merlin –, sim, isso... isso seria...

Ele foi parando de falar e virou o rosto, tomado pelas emoções.

— Eu não...

— Você não sabia — disse Nimue.

O mago balançou a cabeça, admirando a menina, um sorriso irônico rachando a bochecha.

— Você é Lenore em carne e osso.

Nimue enxugou os olhos molhados, comovida. Merlin caminhou na direção dela e pegou a sua mão com delicadeza. Olhou para a mão dela na própria mão. Os dois ficaram parados, sem jeito.

— Você a amava?

Merlin concordou com a cabeça.

— Muito.

— E ela amava você? — indagou Nimue, as perguntas voltando aos borbotões.

— Eu gosto de me gabar e dizer que sim — respondeu Merlin, com um toque de tristeza na voz.

Ele soltou a mão de Nimue e cruzou o salão de volta à janela.

— Quando você a conheceu? Por que se separaram?

— Eu nunca falei sobre isso.

— Mas preciso que você fale agora — pediu ela.

— No devido tempo, Nimue. O fundamental agora é que você compreenda as forças poderosas que estão se reunindo para adquirir essa espada. Nesse exato momento, você está em oposição à coroa, à Igreja e aos invasores do Norte. Cada momento que passa com essa espada aumenta o perigo.

— E, ainda assim, sobrevivi.

Merlin se virou para ela, furioso.

— Sim, eu sei, sustentada por uma certa ousadia que não tem como durar, que será apagada como uma chama de vela no rastro dos exércitos de Uther Pendragon!

Nimue, no entanto, era rebelde.

— Você não vai me convencer a entregar a espada por medo. Não sou criança, garanto. Vivi várias vidas nos últimos dias. — Ela não fez nada para conter a raiva que subia pela garganta. — Minha espécie não confia em você. Me disseram que você é um traidor, um bêbado e uma fraude. Se quer ganhar a minha confiança, é melhor contar a verdade sobre o meu passado e a sua história com a minha mãe.

O salão estava quieto, exceto pelo bruxulear do Fogo Feérico. Merlin considerou as palavras de Nimue. Então, um sussurro furtivo vindo da escadaria a fez girar a cabeça. Por um momento, pensou ter visto silhuetas se enfiando atrás da parede.

— Quem está aí? — perguntou Nimue, temendo uma emboscada.

Por instinto, arrancou a Espada do Poder da bainha e apontou para Merlin. Os olhos dele brilharam ao ver a arma de um jeito que Nimue não conseguia discernir. Foi medo o que ela viu? Ou desejo?

— Quem mais está aqui? — indagou, exigindo saber.

Os sussurros, duas vozes jovens, de um rapaz e uma moça, pareciam flutuar pelo teto e entrar nas reentrâncias distantes do castelo.

— São os jovens amantes Festa e Moreii, nascidos em clãs rivais, que se trancaram nesse castelo há mais de mil anos e beberam cicuta para nunca mais se separarem. São as vozes deles que você está ouvindo — falou Merlin.

— Os dois são atraídos por você pelo que sinto ser uma conexão forte com os Ocultos.

Perturbada pela presença dos espíritos, mas sem temer mais ataques, Nimue embainhou a espada, permanecendo alerta. Merlin mudou a abordagem.

— Seus companheiros me julgaram falho. E é verdade que sou culpado de diversos crimes. Por isso você não pode confiar a espada a mim, nem confiar em mim como um pai, eu entendo. Mas a verdade pode ser dolorosa, Nimue. Tem certeza de que deseja saber?

— Tenho.

— Então talvez esses jovens amantes ajudem a nos guiar pelas memórias, para que você conheça a minha história. A história de Merlin.

À luz de tochas de Fogo Feérico, Merlin conduziu Nimue pelos túneis rangentes e gelados de Graymalkin, até uma galeria estreita acima do Grande Salão. Ao longe, persianas quebradas batiam por causa dos ventos marinhos.

— Esse é o lugar onde eles morreram — sussurrou Merlin, apontando para um canto de pedra. — Abraçados.

Nimue sentiu o zumbido familiar no estômago e a presença de outras pessoas na sala. Congelou quando uma sombra se alongou através da parede.

— *Cadê você?* — falou a voz distante de uma garota.

Os pelos dos braços de Nimue se arrepiaram. Merlin colocou a mão no seu ombro, querendo reconfortá-la. Os dois se sentaram nas pedras.

— Não lute contra qualquer visão que tiver aqui — aconselhou.

A tocha feérica chamejou e dançou enquanto as sombras se fechavam ao redor deles. Nimue lutou contra o pânico e, em vez disso, tentou abrir a mente para os visitantes. Viu um rosto jovem na sua mente, uma garota da idade dela com pele pálida e sardas, uma tiara prateada e uma longa trança.

Eis que Nimue estava no bosque do Pau-ferro. Estava em casa. Mas alguma coisa era diferente. A luz estava mais embaçada. Nimue olhou para as mãos e enxergou através delas, como se fossem feitas de névoa. Virou ao ouvir passos e viu Merlin cambalear entre as árvores, cair e depois ficar de pé com dificuldade. Seus olhos eram pontinhos escuros, ele vestia farrapos e peles de animais e parecia metade homem, metade animal. Uma ferida podre e arroxeada coloria o peito e o pescoço, e a respiração era pesada e úmida. Para abrir caminho, Merlin fez um movimento e, com um trovão, derrubou dois carvalhos. Nimue recuou, assustada. Com a mão ao lado do corpo, ele quase chegou a encostar em Nimue, mas não prestou atenção na garota, como se ela fosse invisível, e seguiu em frente tropeçando.

Nimue o seguiu até o Templo Submerso.

As pernas de Merlin cederam no longo caminho até o altar. Ele se arrastou pelo chão, arfante, ofegante, segurando a lateral do corpo, em agonia. Ao chegar, Merlin se enroscou, estremeceu e ficou imóvel.

A luz no templo mudou, e as sombras se alteraram como se várias horas tivessem passado. Durante todo esse tempo, o feiticeiro não se moveu. Nimue estava prestes a chamá-lo quando um farfalhar de saias a distraiu. Lenore, na flor da juventude, se ajoelhou ao lado de Merlin. Quando ela o tocou, ele gemeu.

— Deixe-me para os deuses. Deixe-me morrer.

— Você pode morrer lá fora se quiser, mas não aqui. Não na casa dos Ocultos. Esse é um lugar de cura.

O som da voz da mãe trouxe novas lágrimas aos olhos de Nimue. Lenore levantou Merlin à força enquanto ele reclamava, pôs o braço do mago em volta do ombro, e meio que o carregou até uma alcova do templo, onde o colocou em cima de um cobertor.

A luz piscou de novo. Velas iluminavam a alcova. Nimue viu Lenore no canto, moendo ervas com um pilão, o olhar nervoso volta e meia indo para Merlin, que tinha espasmos de febre e resmungava e gritava:

— Fie! Deixe Alaric ficar com esses monumentos mortos! Ponha fogo! Queime tudo! Empilhe os corpos na basílica!

Mais uma vez as luzes tremeluziram, e Nimue viu Lenore no bosque do Pau-ferro, pegando água fria do riacho em um balde e levando de volta ao templo. Nimue adorava observar a mãe, ver os passos confiantes, os lindos braços fortes, sentindo a sua força e a sua bondade.

Ela não conseguiu evitar o sorriso quando Lenore mergulhou a cabeça de Merlin no balde de água gelada, apesar dos protestos do mago. Lembrava muito bem que as artes de cura da mãe vinham com a mão forte. Merlin estava aprendendo isso da fonte.

— Por que não me deixa morrer? — protestou ele.

— Os Ocultos nos ensinam que o espírito não é nosso para extinguir — rebateu Lenore, arrancando as peles e os farrapos sujos de Merlin.

Quando ele estava nu e tremendo que nem um bebê sobre o cobertor, a mão de Lenore foi até a boca, assombrada pelo que via.

Era uma ferida horrível, vermelha e violeta, que pulsava e saía do quadril, passava pelo estômago e subia pelas costas indo até a garganta.

Uma ferida em forma de espada.

— Que bruxaria é essa? — sussurrou Lenore.

Os dedos dela passaram pela carne borbulhante de Merlin e empurraram a parte superior das costelas dele. O mago gritou de dor. Lenore sentiu os contornos de aço. Examinando em volta da garganta do mago, conseguiu puxar a carne para baixo, de modo que pudesse ver o contorno de um nódulo como o pomo de uma espada.

— O que é isso? — perguntou Lenore.

— Meu fardo — respondeu ele, com a respiração superficial.

— Isso está matando você. É óbvio que foi isso que o envenenou. Se não for removido, você vai morrer.

— É tarde demais — sussurrou Merlin.

As luzes tremeluziram de novo. Nimue estava diante de Merlin, um fantasma branco sob o cobertor, a respiração irregular. Lenore se ajoelhou sobre ele e traçou uma faca de pedra pelo contorno da ferida. As vinhas prateadas dos Ocultos subiram pelo seu pescoço e pelas suas bochechas. Ela sussurrou um encantamento, depois enfiou a faca de pedra na carne acima da clavícula de Merlin. Ele abriu a boca em um grito silencioso quando a mãe de Nimue enfiou os dedos no corte. A garota mal conseguiu ver quando a mão inteira de Lenore vasculhou embaixo da carne. Os nós dos dedos se flexionaram e, com um grunhido, ela retirou o Dente do Diabo ensanguentado da escuridão arterial do peito de Merlin. Apesar das proteções mágicas, os gemidos agonizantes do mago sacudiram as fundações das paredes do templo.

As luzes da memória tremeluziram e avançaram vários dias. Lenore estava sentada ao lado de um Merlin adormecido. A ferida tinha sido tratada e enfaixada, mas o rosto e a barba estavam encharcados de suor enquanto ele pairava entre a vida e a morte. Lenore pegou a mão de Merlin. Levou os dedos aos lábios e sussurrou:

— Viva.

Os olhos de Nimue se dirigiram para a Espada do Poder no chão, manchada com o sangue de Merlin. De repente, se sentiu atraída para a espada, caindo dentro dela.

Na escuridão, ouviu gritos de tortura e viu os rostos de mulheres e crianças implorando pelas suas vidas. Viu braços, pernas e torsos decepados. Relâmpago e fogo. Rios de sangue fluindo através dos aquedutos romanos.

Afaste os olhos da espada, Nimue! Era a voz de Merlin na mente dela. *Não entre na história da espada. É uma história apenas de horrores. Afaste os olhos! Afaste os olhos!*

Nimue se afastou da visão e estava de novo com Lenore em uma cripta secreta sob o Templo Submerso. A mãe carregou a espada pelas pedras silenciosas até uma estátua de Arawn, o Rei do Submundo, um guerreiro barbudo e feroz segurando sabujos que caçavam as almas dos mortos. Às botas de Arawn, havia uma bainha de pedra vazia. Lenore deslizou a Espada do Poder ali.

Os pensamentos de Nimue falaram com Merlin. Aqui deve ser o lugar onde ela pegou a espada.

Os pensamentos dele responderam: Eu nunca soube. Ela me disse que tinha sido destruída. Presumi que Lenore tivesse acesso ao Fogo Feérico. Talvez eu só quisesse muito acreditar.

As memórias voltaram a tremeluzir. Merlin estava acordado, mas enfraquecido. Lenore estava sentada ao lado dele com uma tigela de mingau. Tentou alimentá-lo, mas Merlin afastou a sua mão. Sem se deixar deter, Lenore largou a tigela, apertou o nariz dele, obrigou o mago a abrir a boca e enfiou a colher lá dentro. Merlin olhou para Lenore, incrédulo, com mingau na barba. Ela gargalhou.

As luzes tremeluziram outra vez, e os espíritos avançaram as memórias para Lenore apoiando Merlin enquanto ele dava alguns passos no bosque do Pau-ferro, a cor retornando ao rosto.

— Qual é o seu nome? — perguntou Lenore.

— Eu tenho sido chamado de muitos nomes ao longo de muitas vidas. Mas, nestas terras, sou conhecido como Merlin. Posso perguntar o que você fez com a espada?

— A espada não vai mais incomodá-lo.

— Isso não é uma resposta.

— E você não é o meu senhor, então essa resposta será suficiente.

Merlin sorriu ao ouvir aquilo.

— Encontrei alguém à altura, não foi?

— Você tem uma opinião bastante positiva a respeito de si mesmo — falou Lenore.

Merlin riu.

— Estou feliz por se livrar da espada por mim. Por mais tempo que consigo lembrar, fui consumido pela política, pela intriga e pelas Guerras das Sombras. Estou pronto para uma vida diferente.

— Já ouvi esse nome, "Merlin", e sei do seu papel nessas Guerras das Sombras. Elas não foram boas para o povo comum ou para o povo feérico — disse Lenore.

— Esses conflitos nasceram de intenções nobres — respondeu Merlin, na defensiva.

— Sangue só gera sangue. E nenhuma paz foi conquistada pela ponta de uma espada — falou Lenore.

Merlin fez uma pausa para estudá-la. Os olhos dela dançaram.

— Parece que o destino me trouxe a uma casa de cura e sabedoria.

Lenore ergueu os olhos para encarar os dele.

Nos raios rosados do amanhecer, Nimue viu o último lampejo do casal Festa e Moreii, agarrados em um abraço final, lábios quase separados, as mãos acariciando os pescoços. Foi uma imagem terna, mas fugaz. Eles desapareceram na névoa da manhã.

Nimue enxugou os olhos molhados enquanto Merlin preparava um cachimbo.

— Eu diria que fica mais fácil. — Ele soprou uma baforada. — Mas não fica.

O mago deu um sorriso triste. O estômago de Nimue fez um som agitado. Ela riu.

— Você convidou a sua filha para este grande castelo e não trouxe nada para ela comer.

Merlin ficou vermelho de vergonha.

— Deuses, me desculpe. Espere um momento, apenas... um momento.

Ele saiu correndo da galeria.

TRINTA E CINCO

SOB UM SOL FRACO DA MANHÃ, MERLIN E Nimue caminharam pelos jardins murchos do castelo Graymalkin. Cerejeiras outrora florescentes, pereiras e canteiros de acelga, erva-doce e alho-poró eram agora cascas secas e emaranhadas.

— Infelizmente, Graymalkin nos deixou poucos frutos — lamentou Merlin. — Você é a Bruxa do Sangue de Lobo. Talvez possa demonstrar essa conexão poderosa com os Ocultos e produzir um festim magnífico?

Nimue sacudiu a cabeça.

— Não funciona assim, pelo menos não para mim. Costuma cair como um raio. Acontece quando tiver que acontecer.

— Que pena. Um dom tão raro, reforçado pela Espada do Poder, poderia fazer de você uma feiticeira formidável. No entanto, o medo desse dom diminui o seu potencial.

Nimue ficou tensa diante da repreensão. Merlin não pareceu notar.

— Sua mãe era igual. Ela poderia ter sido um verdadeiro ás da magia em vez de uma parteira de luxo para camponeses.

Vinhas prateadas subiram pelo pescoço e pelas bochechas de Nimue:

— Fale mal da minha mãe de novo e você vai ver magia perigosa, velhote.

Merlin percebeu como algumas das plantas murchas perto dos pés deles se enroscaram como cobras prestes a atacar. Assentiu com aprovação.

— A raiva é um começo, mas é imprecisa e acaba depressa. A entrega é muito mais definida e duradoura.

Nimue percebeu que estava sendo provocada e se acalmou um pouco. Sorriu para ele.

— Imagine o resultado que você deseja ver — aconselhou Merlin.

— Eu já disse, não sei controlar o poder — falou Nimue.

— Isso é porque ele não é seu para controlar. Você deve simplesmente propor e depois entregar essa proposta aos Ocultos.

Nimue se afastou de Merlin e envolveu o corpo com os braços. Ela respirou o ar marinho por um momento, se acalmou e expandiu os pensamentos, visualizando um canteiro abundante e cheio de vida. Quando fez isso, as vinhas prateadas subiram devagar pela sua bochecha.

Merlin observou um movimento no emaranhado do mato. Hastes fortes empurravam as ervas daninhas, brotos minúsculos floriram e viraram folhas de acelga e repolhos. Os ramos das árvores frutíferas assumiram um novo rigor, cheios de folhas verdes, cerejas brilhantes e maduras, e peras marrom-douradas. Em apenas alguns instantes, Nimue transformou o mato em um jardim verdejante e abundante.

Merlin arrancou uma pera de uma das árvores e ofereceu a Nimue, que deu uma mordida.

— Essa foi a primeira lição que lhe ensinei, jovem Nimue.

Ela deu outra mordida satisfeita, o sumo de pera pingando do sorriso. Nimue se permitiu uma pequena esperança em toda aquela escuridão que a rodeava.

Merlin serviu uma tigela de guisado para Nimue no Grande Salão. Os dois se sentaram no chão diante do Fogo Feérico crepitante.

— Sou conhecido por muitas coisas, mas cozinhar não é uma delas — admitiu. — E, infelizmente, não temos colheres.

Nimue viu os olhos de Merlin se dirigirem à Espada do Poder, guardada dentro da bainha e apoiada contra a parede.

— Ainda anseia por ela, não é? Mesmo que quase tenha matado você.

— A espada foi forjada como a arma de defesa do povo feérico. Porém, quer batalha e imputa esse desejo para o guerreiro que a empunha.

— Ou guerreira — disse Nimue, corrigindo-o, embora estivesse concordando com a cabeça. — Eu me sinto forte com ela. Invencível, na verdade.

A garota usou a mão como colher e comeu um bocado do ensopado.

— Não consigo me imaginar abrindo mão da espada.

Merlin concordou com a cabeça.

— Isso é algo a que seria prudente da sua parte resistir.

— Por que você deixou a minha mãe? Como o relacionamento acabou?

— Há algumas coisas que prefiro manter em segredo, Nimue — disse Merlin, ajeitando o corpo, incomodado. — Mesmo dentro da família. Compartilhei mais com você do que com qualquer outra pessoa em quinhentos anos.

— Mas eu não sou só a sua filha, não é? Eu sou a Bruxa do Sangue de Lobo. E você não é apenas o meu pai, você é Merlin, o mago, conselheiro do rei Uther Pendragon. Se espera que eu entregue a espada para um rei humano, então devo confiar em você. E, embora essa visita tenha significado muito para mim, muito mesmo, ainda não tenho certeza de que posso... de que posso confiar em você.

Uma tristeza penetrou nos olhos de Merlin no momento em que o Fogo Feérico estremeceu e as sombras se fecharam ao redor deles mais uma vez. Nimue ouviu as vozes sussurrantes dos amantes e, de novo, foram transportados.

Merlin passeava com Lenore no bosque do Pau-ferro. Ela guiava os seus passos. Merlin tropeçou e pegou a mão de Lenore, depois, segurou firme e trouxe a mão dela para o peito.

— Você está progredindo bem — comentou ela.

— Graças a você. Você me salvou.

Lenore corou.

— Toda e qualquer vida é sagrada para os Ocultos.

— Eu me importo bem pouco com a minha vida. As Parcas desperdiçaram muitos anos comigo. Mas você reviveu a minha alma, algo que eu temia ter perdido. — Merlin tocou a bochecha dela.

Lenore não conseguiu encará-lo nos olhos.

— Estou prometida a outro.

— Mas você não o ama.

— Não.

O feiticeiro assentiu.

— Sinto que você gosta de coisas quebradas.

Lenore olhou para os antigos olhos cinzentos de Merlin.

— Sim.

Ele a envolveu nos braços, colocou os lábios no pescoço dela, na orelha, na bochecha, nos lábios.

Quando as luzes tremeluziram, a lembrança avançou para Merlin e Lenore, nus e entrelaçados nos cobertores, as pernas enroscadas, ambos dourados pela luz de velas.

Outro avanço, e Merlin acordou na sua cabana ao som de vozes no templo. A voz de um homem repreendia Lenore.

— Os anciões me questionam, e eu não sei o que dizer, porque o comportamento é estranho mesmo.

— Sim, Jonah — falou Lenore, em tom tranquilizador.

— Estão dizendo coisas perigosas, e não gosto disso. Você se isolou, negligenciou os seus deveres. As ervas de cura estão morrendo. O templo está sendo negligenciado. Você está guardando algum segredo de mim?

— Eu tenho... não, não há... não posso falar nada a respeito de fofocas infantis. — Lenore lutou para se defender.

— Você me envergonha. Passou noites longe, aqui no templo. Não entendo nem aprovo. Volte para a aldeia e se comporte direito. Entendeu?

— Jonah, você não...

As luzes da memória tremeluziram de novo e mostraram Merlin circulando pelo jardim do templo. Ervas daninhas tinham crescido sobre as ervas e as plantas floridas. Merlin se ajoelhou e sussurrou encantamentos, enquanto os dedos desenhavam símbolos antigos para guiar os seus pensamentos.

E nada aconteceu.

Com mais esforço, insistiu que as raízes crescessem e as flores florescessem, mas as palavras eram vazias, e os gestos, inúteis. O jardim permaneceu inalterado.

— Não — sussurrou.

As luzes tremularam, e Merlin atravessou o bosque do Pau-ferro, furioso e frenético, lançando encantamentos para invocar ventos e relâmpagos, mas a floresta permaneceu muda, e os céus, silenciosos.

Mais uma vez, as luzes tremeluziram e mostraram Lenore no Templo Submerso. Ela viu Merlin curvado sobre o altar, murmurando para si mesmo.

— Merlin?

Ele se virou para Lenore com um olhar sinistro.

— Cadê a espada?

Lenore deu um passo para trás, assustada com aquele comportamento.

— Qual é o problema? O que aconteceu?

— Você achou que poderia me prender aqui nessa aldeia? Hein? Era essa a sua intenção? — Merlin se levantou e caminhou em direção a ela.

— Eu não tenho ideia do que você está falando.

— Você tirou a espada de mim! Contra a minha vontade! — rugiu Merlin.

— A espada estava matando você! Você estava morrendo! Que loucura é essa?

— A espada roubou a minha magia! O meu cerne! — A voz de Merlin cedeu com a emoção. — Devolva a espada!

— Essa obsessão corrompeu a sua mente.

Merlin derrubou o altar e quebrou a pedra ancestral.

— Exijo que você devolva a espada! Agora!

Lenore permaneceu firme.

— A espada está destruída e sua vida está salva!

— Mentirosa! Você me destruiu! Você me enganou! — Merlin desabou no chão.

Lenore fugiu dos delírios do feiticeiro e entrou nos túneis secretos do templo. Ela se aproximou da Espada do Poder, aninhada sob o altar na bainha de Arawn, questionando se deveria devolver a arma ou deixar o caso nas mãos dos deuses. Estendeu a mão para o cabo da espada. Quando os dedos apertaram o couro do cabo, sussurrou "Mostre-me", e a mente de Lenore foi inundada por visões. A boca se abriu para gritar, e os olhos se arregalaram e se encheram de terror.

As luzes da memória tremeluziram, e, momentos depois, Lenore entrou cambaleando no templo. Merlin havia recuperado um pouco da compostura. Estendeu a mão para ela.

— Lenore, me des...

Mas ela o interrompeu

— Saia daqui e não volte nunca mais. Vou me casar com Jonah.

— Eu estava fora de mim... — implorou Merlin.

— Saia desse templo ou vou mandar arrancá-lo daqui! — Lenore deu as costas para Merlin.

— Chega!

Merlin se levantou e se afastou enquanto Nimue ficava de pé.

— O que ela viu? O que a espada mostrou para a minha mãe?

— Eu não lhe devo mais nada.

Mas Nimue se recusara a desistir.

— Há mais coisa nessa história, e você sabe disso. O que ela viu que tanto a assustou?

— Estou cansado desse exercício. Você já viu o suficiente!

— Vi? — Nimue se virou e agarrou a espada.

— O que está fazendo? — perguntou Merlin. — Nimue!

Ela estendeu a espada com as duas mãos e falou com a arma.

— Mostre-me o que você mostrou para a minha mãe.

De repente, uma onda de imagens inundou a mente de Nimue.

Mil focos de incêndio se alastravam sem controle indo das termas de Caracalla ao mausoléu de Augusto, dando a Roma inteira um nebuloso tom laranja. Relâmpagos azuis rasgavam as nuvens negras de fumaça, obscurecendo as estrelas. Desesperados, romanos famintos corriam em busca de segurança enquanto invasores monstruosos, verdadeiros pesadelos de carne e osso, atravessavam o portão Salariano. Eles voavam com asas transparentes, como insetos gigantescos, e andavam à espreita como leopardos, os olhos brilhavam à luz das chamas, os pés com cascos pisavam firme, e os chifres estavam manchados com sangue inocente.

Os legionários recuaram pela ponte Fabrício e se abrigaram atrás das colunas de mármore do templo de Júpiter. Do outro lado do Tibre, a basílica implodiu em grandes bolas de fogo. As luzes em cascata iluminaram as centenas de corpos que se afogavam no rio.

Um centurião a cavalo chamou as tropas auxiliares quando o relâmpago azul se concentrou em um único raio e atingiu a montaria e o cavaleiro, carbonizando a carne e a armadura.

Os invasores uivaram e gritaram em um coro de comemoração enquanto o príncipe sombrio conquistador, Myrddin, um Merlin mais jovem e mais cruel, cavalgou em meio às chamas no seu gigantesco cervo de prata, brandindo o Dente do Diabo, a Espada do Poder. Os olhos de Myrddin emitiam um brilho azul como os raios que ele comandava. Myrddin apontou a espada para as colunas de Júpiter, e uma conflagração de vento e fogo frio obliterou o templo e as mulheres e crianças que haviam se abrigado lá.

— Não deixem nada vivo! — rugiu Myrddin, galopando pela praça, abatendo os romanos em fuga, quer usassem a armadura de centuriões ou não, fossem velhos ou jovens, armados ou indefesos.

Myrddin gritou para o céu e convocou arcos de relâmpago, fez chover dardos de fogo em todos os seres vivos que os seus olhos azuis brilhantes pudessem ver. Pedaços de cinzas vermelhas caíam na bainha das suas vestes de guerra. Os olhos com olheiras negras encararam o Dente do Diabo, a semente da sua ambição, a espada que comandava exércitos, derrubava imperadores e subjugava reis bárbaros. A espada havia se fundido à carne de Myrddin. Não havia mão, cabo ou pulso, havia apenas um pedaço carbonizado de carne e aço na extremidade do braço.

TRINTA E SEIS

Com um suspiro de susto, Nimue voltou de supetão ao presente, horrorizada com a visão. Ela se virou para Merlin.

— Como você foi capaz de fazer aquilo?

— Foi a espada — disse Merlin, tentando explicar.

— Não, não foi a espada. Foi você. Você matou mulheres e crianças. Suas mãos estão impregnadas de sangue.

— As suas também — advertiu Merlin.

— Eu? Está maluco? — falou Nimue.

— Quantos Paladinos Vermelhos você matou com essa espada?

Nimue entrou em fúria.

— Eles queimaram a minha vila inteira! Mataram a minha melhor amiga! Minha mãe! Como se atreve a me comparar com... com aquilo... com aquele assassino!

— Eu era como você. Deixei a espada guiar a minha mão para a justiça. E foi como sentir o gosto do oceano. Minha sede só cresceu. E você vai sentir a mesma coisa. Já admitiu isso. A sensação que a espada dá. O poder. Eu quero salvá-la disso, Nimue.

— Dando a espada para um rei humano? — perguntou a garota, incrédula.

— Destruindo a espada! — gritou Merlin, apontando para as chamas verdes. — No Fogo Feérico da forja ancestral. Relegá-la ao esquecimento para que o seu reinado de sangue possa terminar para sempre.

Nimue hesitou.

— Destruí-la? — Ela olhou para o Dente do Diabo nas mãos. — Se não há espada para usar como barganha, então qual será o destino do meu povo?

Merlin suspirou.

— Nunca foi responsabilidade sua salvar uma raça inteira, apenas trazer a espada para mim. E você trouxe, apesar de todos os obstáculos. Agora está livre da sua obrigação. Você deve confiar em mim como confiou na sua mãe para fazer a coisa certa.

Indecisa, Nimue olhou para a lâmina que engolia a luz.

Do lado de fora do castelo Graymalkin, Morgana andava de um lado para o outro, os olhos fixos na construção.

— Devíamos entrar. Estamos esperando há muito tempo.

— Espere.

Kaze observou o horizonte com os olhos inescrutáveis, montada no seu corcel alazão, Maha, que pastava na grama alta. Com sentidos aguçados, Kaze sentiu o tremor no chão primeiro, mas o estrondo veio logo depois, ficando mais alto que o som da arrebentação. Morgana também ouviu.

— O que é isso? — perguntou ela.

Kaze se virou quando um exército de soldados a cavalo, carregando o estandarte Pendragon, surgiu no topo da colina mais próxima, a menos de um quilômetro e meio entre elas e o castelo.

— Nimue! — gritou Morgana, saltando no cavalo.

Kaze virou Maha na direção da ponte levadiça. Puxando o cavalo de Nimue, colocou os dedos nas presas, e um assobio penetrante ecoou pelas muralhas enquanto as duas atravessavam a guarita e entravam no pátio largo tomado pela neblina eterna.

Nimue e Merlin apareceram na entrada da fortaleza. Morgana lutou com o cavalo ansioso.

— Nimue, depressa!

Kaze apontou o cajado para as colinas.

— Soldados!

Ela se virou para Merlin, o medo subindo pela garganta.

— Quem sabe que estamos aqui?

— Ninguém — assegurou Merlin, embora o rosto estivesse tenso.

Quando vislumbrou os olhos de Kaze, o mago franziu a testa ao reconhecê-la.

— Você — sussurrou ele.

Mas os eventos estavam acontecendo muito rápido. Morgana esticou a mão para Nimue.

— São soldados de Pendragon! Eu falei! Eu avisei!

Nimue se afastou de Merlin como se tivesse sido repelida por uma força invisível.

— Você mentiu — acusou, balançando a cabeça, sem acreditar. — Você mentiu para mim.

— Nimue, não tenho nada a ver com isso! — respondeu Merlin.

— Como foi capaz de fazer algo assim? — gritou ela, para o pai.

Nimue se virou, correu para o corcel e subiu na sela. Merlin foi atrás dela, reclamando.

— Eu fui enganado! Nimue, por favor!

Mas ela apontou a espada para Merlin, que ficou paralisado e perplexo.

— Vai pagar caro por isso!

Os olhos de Morgana brilharam de orgulho.

Kaze deu para Merlin um sorriso estranho, de quem sabe de alguma coisa, antes de virar Maha e galopar de volta pela guarita. Morgana e Nimue foram atrás. Kaze esporeou a montaria, e o vento fez voar a crina branca de Maha quando ela inclinou o pescoço para a frente e as duas abriram um caminho através dos campos, galopando em uma linha horizontal contra a muralha de aço que descia a colina em direção às três mulheres. Mesmo a uns quatrocentos metros, ouviram berros de "A espada! Pegue a espada!" enquanto dezenas de cavaleiros se afastavam da cavalaria principal.

Kaze levou Nimue e Morgana para o centro mais denso e escuro da floresta a fim de despistar os soldados. As árvores formavam grupamentos cerrados, e Nimue abaixou a cabeça e agarrou o pescoço do corcel para evitar ser arrancada da sela pelos galhos. No entanto, Maha era um animal extraordinário, mal diminuindo o galope enquanto fazia um zigue-zague atrás do outro, abrindo caminho para Morgana e Nimue, mas confundindo o rastro para os perseguidores. Desceram uma colina íngreme até chegarem a um riacho largo. Maha entrou com facilidade na água rasa, confundindo ainda mais o rastro do trio.

Em pouco tempo, as vozes dos soldados sumiram ao longe, e as florestas se abriram e revelaram os penhascos tempestuosos do mar do Gavião Branco. As três mulheres permitiram que os cavalos, cujos pelos estavam cobertos por suor e lama, descansassem e pastassem.

Nimue caminhou até o penhasco, onde as aves de rapina que davam nome às águas mergulhavam para pegar os caranguejos expostos pelo recuo da arrebentação. Tirou a espada do ombro enquanto pensamentos a respeito da traição e das mentiras agitavam o seu estômago. Ter aberto o coração para Merlin a deixou exasperada e com raiva. Tinha sido idiota. Estúpida e ingênua. Por que achava que sabia mais das coisas do que Gawain, Yeva ou Morgana? Por que chegara a pensar que poderia confiar naquele monstro bêbado?

As lembranças da mãe e Merlin juntos a deixaram enojada. Qual era a lição cruel que ele pretendia passar? O mago apenas planejava roubar a espada, no fim das contas, então, por que torturá-la com lembranças? E por que, em nome dos deuses, Lenore mandaria Nimue para Merlin? Sua mãe também fora enganada. Era tão tola quanto a filha.

Nimue se sentiu mais perdida do que nunca, a guardiã relutante da Espada do Poder, o Dente do Diabo, a Espada dos Primeiros Reis, relíquia sagrada do povo feérico. Olhou para o punho cerrado no cabo de couro gasto da arma e imaginou a sua carne unida ao metal, se imaginou consumindo aos poucos a arma até que os gumes afiados cortassem as suas entranhas enquanto Nimue também se transformava em uma aparição assassina e murmurante. Odiava a espada por ter roubado tudo dela. Lenore poderia ter vivido se não tivesse se sentido obrigada a proteger a arma. A espada separou os seus pais e envenenou a própria alma do pai. A espada fez de Nimue uma assassina. Ainda podia sentir o gosto da gota de sangue de Paladino Vermelho que caíra nos seus lábios durante a matança na clareira. Talvez Merlin estivesse certo a respeito de uma coisa. Talvez eles fossem iguais. Um pai assassino, uma filha assassina. Mas não, ela faria uma oferta melhor a Ceridwen, a deusa do caldeirão.

Nimue pegou a espada com as duas mãos e jogou os braços para trás a fim de lançá-la no mar do Gavião Branco quando foi detida por duas mãos fortes. Ela se virou com raiva para Kaze.

— Solte! Isso não é da sua conta!

— Essa é a espada do meu povo, então é da minha conta — falou Kaze, calma.

— Então pegue! — Nimue jogou a espada aos pés dela. — Essa arma não me trouxe nada além de sofrimento.

Kaze balançou a cabeça e foi embora, passou por Morgana e resmungou:

— Essa bruxa está louca.

Morgana pegou a espada e a devolveu para Nimue, o punho da espada virado para a menina.

— Talvez você não sofra tanto se parar de tentar dá-la para alguém.

— O que devo fazer com isso? — perguntou Nimue, exasperada.

— O que gostaria que Uther Pendragon fizesse com ela?

— Que salvasse o povo feérico! — gritou Nimue. — Que se proclamasse Primeiro Rei e impedisse a matança!

— E por que você mesma não faz isso?

Nimue soltou um muxoxo de desdém.

— Porque não sou rei.

— Claro que não. Você é mulher.

Nimue hesitou com um sorriso zombeteiro congelado nos lábios.

— Está dizendo que eu deveria me proclamar rainha?

Morgana não riu.

— Estou dizendo que a espada veio até você. Não para mim. Não para o rei Uther ou para Merlin. Não para Kaze, e com certeza não para Arthur. Se deseja que um grande líder salve o povo feérico com a Espada do Poder, então repito: faça você mesma.

— Mas eu não quero isso — sussurrou Nimue.

— Não acredito em você. Acho que está com medo de que o oposto seja verdadeiro. Que não apenas queira, mas que realmente possa ter o poder de conseguir.

Nimue ficou em silêncio diante das palavras de Morgana. As gaivotas gritaram, e o vento fustigou as duas. Morgana pegou a mão de Nimue e a fez segurar a espada.

— Temos que cavalgar, antes que os soldados nos alcancem.

Sem dizer outra palavra, Nimue colocou a Espada do Poder de volta na bainha e a pendurou no ombro.

TRINTA E SETE

DRUUNA SE RECOSTOU NA CADEIRA E ESfregou a cabeça raspada enquanto avaliava Arthur com um sorriso de dentes de ouro.

— Você continua bonito, garoto.

— E esse ouro cai bem em você. Esse anel no mindinho é novo? — Arthur deu o seu sorriso mais atraente e se inclinou sobre a mesa, deixando o cabelo cair sobre os olhos.

— Sim. — Druuna acenou com os dedos cheios de ouro para ele.

Usava uma grande quantidade de joias, sobretudo de ouro. Tinha anéis em todos os dedos, calças masculinas presas por uma fivela de cinto alemã esculpida com um polvo dourado, blusa de seda, botas de couro de cano alto e quatro argolas de ouro nas narinas.

— O que aconteceu com Bors? Pensei que você tivesse um bom esquema ali.

— Ah, uma desavença. Infelizmente, deixei Bors na mão. Estou procurando uma nova equipe, talvez algum trabalho de mercenário.

— Você está limpo com ele?

— Limpo? — repetiu Arthur.

— Você deve algum dinheiro para ele? Tem alguma dívida? Não preciso de nenhum desses problemas.

— Não, Druuna, estamos bem. Tudo limpo.

Arthur lamentou ter que mentir para Druuna, mas precisava de dinheiro — e rápido. Viajara para o sul durante dias, na esperança de ultrapassar a notícia do seu confronto com Bors ou dos paladinos mortos. Arthur não sentiu orgulho nem alegria na fuga. Sentiu-se mal na maior parte do caminho. Porém, estava acostumado com o nó no estômago toda vez que fugia quando o fogo esquentava demais. Um desgosto melancólico consigo mesmo. Sentia isso desde criança. Desde que deixara o tio, o lorde Hectimere, levar Morgana para o convento. Arthur ainda podia ouvi-la implorar e gritar. Mas ele tinha 10 anos e estava sobrecarregado com as dívidas do pai. O que poderia ter feito? Morgana, no entanto, nunca o perdoou.

Na verdade, a situação atual era diferente. Não devia nada ao povo feérico. Arthur se sentia mal pelo destino deles, mas as coisas acabavam por aí. Ele era "Sangue de Homem", nem era aceito pela espécie feérica. *Por que eu deveria arriscar o meu pescoço por eles?*

Arthur tentou não pensar em Nimue. *Eu tentei salvá-la. Pedi para ela vir comigo.*

— Eu talvez tenha alguma coisa — disse Druuna, passando o dedo por um denário de ouro.

Druuna era um recurso inestimável no porto comercial de Rue Gorge, localizado estrategicamente entre o sopé dos picos de Ferro e o rio dos Reis Derrotados. Sua área de competência era a contratação de mercenários para escoltar caravanas ilegais.

— Tenho alguns carroções de itens exóticos, sedas tingidas, especiarias raras que vieram não sei de onde, e nem quero saber, que precisam atravessar os picos. Eles só pagam por um guerreiro, então pode ser perigoso. Sai amanhã. Interessado?

— Feito — respondeu Arthur, sem hesitar. Não queria nada além de colocar os picos de Ferro entre ele e a sua vergonha.

Naquela noite, Arthur bebeu muita cerveja e dormiu mal.

Na manhã seguinte, conheceu os comerciantes que deveria acompanhar, Dizier e a esposa Clothilde. A julgar pelas roupas coloridas e exóticas e pelo sotaque acentuado, eram viajantes. Os dois falavam sobre tudo, exceto o conteúdo das cinco carroças que estavam amontoadas de cobertores e palha.

Arthur pouco se importava. Estava ansioso para chegar às montanhas antes do anoitecer. A maioria dos ladrões era preguiçosa demais para escalar os picos e, em vez disso, armavam emboscadas na estrada que saía de Rue Gorge. Ele e Bors haviam feito aquilo dezenas de vezes em cidades como Ponte do Gavião.

Por sorte, Dizier parecia ansioso para pegar a estrada e, ao meio-dia, já haviam carregado os suprimentos, saído de Rue Gorge e a uma distância de apenas quinze quilômetros de Cruz de Doroc, que atravessava o rio dos Reis Derrotados e que marcava a jornada rumo aos picos de Ferro.

Da sua posição no fim do comboio, Arthur viu dois Paladinos Vermelhos no topo de um carroção — um posto de controle — na estrada. *Os desgraçados estão por toda parte*, pensou. Arthur notou a mudança de postura de Dizier e uma série de olhares nervosos entre o marido e a esposa.

Um guincho fez Arthur virar a cabeça para o carroção ao lado, o último. *Isso foi um espirro?* Ele se aproximou do carroção, desembainhou a espada e, com a ponta achatada da lâmina, ergueu a ponta de um conjunto de tapetes pesados.

Um Fauno criança assustado devolveu o olhar. Seus pequenos chifres tinham sido serrados no que Arthur supôs que fosse uma pobre tentativa de torná-lo mais fácil de disfarçar. Olhou de novo para a estrada e o posto de controle dos Paladinos Vermelhos que se aproximava. Olhou para os cinco carroções que não tinha se dado ao trabalho de inspecionar. *Deuses, estão todos escondendo famílias feéricas?*

Dizier olhou para Arthur como se estivesse lendo a mente dele. Os olhos do viajante estavam tensos e preocupados. Arthur amaldiçoou o seu destino desgraçado. Virou-se e olhou para trás, para a estrada vazia atrás de si. Se a situação ficasse perigosa, Egito conseguiria correr mais do que os paladinos. Isso deixaria Dizier e o seu carregamento à mercê da Igreja, e não havia muita dúvida do que aconteceria.

Quando se virou de volta, Dizier acenava com o chapéu para dois Paladinos Vermelhos de maneira amigável. Os monges se aproximaram nos seus cavalos magros. A caravana foi parando aos poucos. Arthur perdeu os primeiros trechos da conversa enquanto conduzia Egito, que relinchava indiferente, para a frente do comboio. Havia pouca coisa que distinguisse os Paladinos Vermelhos. Ambos pareciam jovens e feios. Um deles tinha uma tonsura que se juntava à barba preta irregular, cobrindo as bochechas e o pescoço. O outro tinha os cabelos castanhos bem aparados. Ambas as cacholas expostas estavam queimadas de sol.

— Que mercadorias está transportando?

— Apenas tapetes, irmãos. De muita, muita qualidade. Uma tradição familiar. Quatrocentos nós por dedo. Posso fazer um bom preço para vocês.

— Não queremos os seus trapos ciganos. Desça do cavalo. Vamos dar uma olhada.

— Não há necessidade disso, meu bom homem. — Arthur chegou a cavalo. — Eu atesto por eles.

Os Paladinos Vermelhos encararam Arthur com olhos sem expressão e lábios curvados.

— Ninguém perguntou nada.

Dizier os observou com atenção. O paladino barbudo se virou para ele.

— Desça do cavalo.

— Não se mova, Dizier — aconselhou Arthur, que se virou para os paladinos. — Por que Dizier não faz uma doação para a Igreja e nós seguimos o nosso caminho?

— É assim que as coisas acontecem, garoto — disse o paladino sem barba. — Nós vasculhamos os carroções, pegamos o que gostamos, e você fecha essa latrina.

— Há muitos porcos-espinhos e bicudos sendo levados em segredo por essas colinas — falou o paladino barbudo.

Arthur conhecia aqueles termos vulgares para os Presas e os Asas de Lua.

— Bem, não estamos fazendo isso, irmãos. Temos apenas tapetes e um desejo de chegar ao sopé antes de escurecer. Essas estradas podem ser perigosas à noite, como vocês bem sabem.

— Você é engraçado. — O paladino sem barba desembainhou a espada. — Solte a arma, menino.

— Eu... eu tenho ouro — falou Dizier, gaguejando.

— Sim, o campo é seu, senhor — disse Arthur, soltando o cinto da espada e deixando-a cair na estrada de terra.

Com um sorriso, o paladino sem barba desmontou e pegou a espada de Arthur.

— Desçam, vocês dois. Agora — falou o monge para Dizier e Clothilde.

Enquanto o paladino sem barba passava pela sela de Egito, Arthur sacou uma adaga da bota, pegou o homem pela garganta e enfiou a lâmina na parte de trás do crânio dele, girando a arma enquanto sussurrava:

— Trago lembranças da Bruxa do Sangue de Lobo.

O paladino barbudo se atrapalhou ao pegar a espada, e Arthur soltou a adaga com um puxão, girou a arma nos dedos e arremessou com força, cravando-a embaixo do queixo do outro. O paladino barbudo gorgolejou e agarrou a garganta, com sangue fluindo entre os dedos, enquanto o cavalo girava em círculos nervosos antes de empinar e jogá-lo na terra. Arthur desmontou em um piscar de olhos e recuperou a própria espada.

— Rápido, me ajude aqui! — gritou para Dizier enquanto pegava o paladino sem barba pelas botas.

O comerciante ajudou Arthur a arrastar os corpos para fora da estrada. Os olhos do guerreiro dispararam na direção de Rue Gorge, rezando para que tivesse tempo. Arthur pegou Dizier pelo braço.

— Jogue fora as selas e pegue os cavalos dos paladinos. Chegue a Cruz de Doroc. Assim que passar do rio, você estará seguro nas colinas.

— E-e quanto a você? Não vem? — perguntou Dizier.

— Não dá tempo. Tenho que limpar isso aqui. Preciso esconder os corpos antes do próximo turno e torcer para que presumam que o posto foi abandonado. Se a Igreja souber que sangue de paladino foi derramado, vão virar os picos de Ferro de cabeça para baixo procurando por você. — Arthur segurou os ombros de Dizier. — Vá. Você vai ficar bem.

O olhar do rapaz se voltou para os carroções.

— E eles também.

Os olhos de Dizier se encheram de lágrimas de gratidão.
— Nascido no amanhecer.
Arthur sorriu, mesmo mal humorado.
— Para morrer no crepúsculo.

TRINTA E OITO

No alto de um penhasco nas montanhas Minotauro, o Monge Choroso mergulhou a flecha em um balde de piche aos seus pés, depois a levou até uma tocha acesa cravada na terra. Com a ponta da flecha em chamas, ergueu o arco longo e disparou alto no ar. A flecha flamejante atravessou cem metros de desfiladeiro e aterrissou em um pasto de trigo muito, muito abaixo, a uma boa distância de várias outras flechas, que já tinham incendiado todo o campo.

O Monge Choroso sacou outra flecha e repetiu o processo, girando o pé alguns graus a fim de se voltar para outro conjunto de fazendas a oeste. Já eram visíveis dezenas de cones de fumaça em todo o vale do Minotauro.

Nimue sentiu um buraco no estômago quando percebeu o cheiro de madeira queimada. O que a princípio pareceu uma neblina espessa nas colinas ondulantes era, na verdade, fumaça.

— Alguma coisa está pegando fogo — disse Nimue, cavalgando ao lado de Kaze, que conduziu Maha a um promontório de onde podiam observar todo o vale montanhoso. Morgana surgiu a cavalo atrás delas e perguntou:

— Estão sentindo cheiro de fumaça?

Nimue concordou com a cabeça. Esperava ver cruzes de fogo, mas o que encontraram foi mais desconcertante.

Havia vários focos de incêndio que se alastravam sobre as vastas pastagens, enchendo o céu com uma nuvem negra e inchada com o formato de um cogumelo, que dava ao ar uma tonalidade amarela enjoativa.

— Um incêndio. Talvez causado por um raio — sugeriu Kaze.

Nimue sentiu uma malignidade maior em ação.

— Não, só há fazendas lá embaixo. Celeiros. Veja como os focos de incêndio estão separados. Foram queimadas de propósito.

Nimue e Morgana trocaram um olhar.

— Nossa comida — disse Morgan.

— Estão queimando as fazendas.

Kaze concordou com a cabeça.

— Já que não conseguem nos encontrar, vão nos fazer morrer de fome.

Nimue sentiu o gosto da fumaça na língua enquanto as cinzas caíam do céu ao redor delas.

A população do campo de refugiados parecia ter dobrado durante a noite. Não havia espaço no chão para os recém-chegados. Em cada pedra e trecho de terra, três ou quatro feéricos se amontoavam, com olhos cansados e sem brilho. As crianças não cantavam mais, pois não havia espaço para dançar. O altar da cerimônia de União tinha sido quebrado e desmantelado para que a madeira fosse usada em fogueiras e para criar novos totens para os clãs se estabelecerem em territórios cada vez menores. O ar estava quente e denso com o fedor de doenças, sangue e corpos sem banho. E, ao contrário de antes, onde o sofrimento era compartilhado, havia um novo sentimento de hostilidade que Nimue notou ao ver famílias humanas assustadas misturadas com o povo feérico. Imaginou que fossem agricultores flagrados dando abrigo a feéricos. Independente das afinidades, jovens moços dos Cobras e dos Presas, sempre geniosos, andavam ao redor dos Sangues de Homem com uma postura ameaçadora.

Uma criança pegou a mão de Nimue quando ela entrou na caverna. A princípio, Nimue ficou desconcertada com o saco de pano que a criança usava no rosto, com um pequeno rasgo que permitia que ela enxergasse com

um olho que não parava de piscar. Nimue mal podia imaginar a desfiguração por baixo do saco e que horrores deveriam ter causado aquilo. Apertou a mão da criança e se ajoelhou ao seu lado.

— Qual é o seu nome?

A criança ficou em silêncio.

— Ora, vamos, se você não responder, como devo chamar você?

— Fantasma — sussurrou, embora a voz estivesse abafada.

— Fantasma, é? Não acho que esse seja o nome que a sua mãe lhe deu, mas serve por enquanto. — Nimue segurou os ombros da criança. — Você está segura aqui, Fantasma, entendeu? Não vou deixar ninguém machucá-la aqui.

Fantasma concordou com a cabeça. Piscando para ela, Nimue se levantou e conduziu a menina através da atmosfera opressiva do acampamento, e, em instantes, as duas encontraram Esquilo escondido em um canto da parede. Ele desceu com um pulo e deu um abraço em Nimue, olhando de lado para Fantasma. Nimue fez as apresentações.

— Fantasma, esse é Esquilo, que muitas vezes se mete em encrencas, mas, tirando isso, é um menino adorável. Esquilo, você pode mostrar o lugar para Fantasma?

Esquilo lançou um olhar suplicante para Nimue, que sorriu para ele com severidade.

— Tudo bem — disse Esquilo. — Vamos, encontrei alguns ratos mortos por ali.

Fantasma relutou em soltar Nimue, mas, depois de um breve cabo de guerra, se resignou aos cuidados de Esquilo.

O garoto correu à frente de Fantasma, que se esforçou para acompanhá-lo, embora Esquilo tagarelasse como se a menina estivesse ao lado dele.

— Como o acampamento ficou lotado, eu fico nos túneis profundos. Essa caverna é enorme! Devo ter percorrido quase dois quilômetros. Encontrei uma aranha do tamanho da minha mão. Ela tentou correr para o meu rosto. Meu pai me disse que todos os animais ficam nervosos nas cavernas porque não há comida suficiente, então eles estão com fome e raiva o tempo todo.

Esquilo ficou de cócoras e se preparou para entrar se contorcendo por uma fenda bastante estreita. Ele se voltou para Fantasma.

— Quer ver os ratos?

A menina hesitou, depois ficou de cócoras para segui-lo. Juntos, os dois se espremeram por alguns metros até as cavernas se abrirem, permitindo que ficassem sentados com as costas retas. Esquilo continuou falando sem parar:

— Quero dizer, é a mesma coisa por aqui, não é? Os Presas são ruins, para começo de conversa. Agora que estamos limitados a uma tigela de mingau por dia, eles vão brigar com qualquer um. Eu nunca tinha conhecido Presas antes. Você já? Você não é Presa, é?

Fantasma sacudiu a cabeça.

— Então, qual é o seu clã? — perguntou ele.

A menina deu de ombros.

— Você não sabe? — falou Esquilo, incrédulo.

Do jeito que estavam sentados, ele podia ver cicatrizes estranhas na panturrilha direita de Fantasma. Quatro talhos e uma meia-lua. Pareciam feitas por alguém. Como uma marca.

— Que cicatrizes são essas? — perguntou Esquilo, apontando para a perna dela.

— Esquilo, você está aí? — chamou uma voz familiar.

Ele suspirou.

— É Morgana. Essa mulher não me dá descanso.

Quando Esquilo virou a cabeça para responder, Fantasma pegou uma pedra afiada e a ergueu para atingir a parte de trás do crânio dele.

— O que foi? — gritou o menino.

— Você deveria ter enchido os baldes d'água enquanto eu estava fora! — respondeu Morgana.

Ele começou a rastejar de volta pelo caminho, e Fantasma perdeu a oportunidade. Abaixou a pedra.

— Você disse que isso podia esperar! — argumentou Esquilo.

— Eu nunca disse isso!

Enquanto o menino se contorcia de volta à caverna principal, Fantasma tirou o saco de pano da cabeça para poder respirar melhor. A carne que havia derretido sobre a boca e o nariz arruinado dificultava a respiração, assim como o olho esquerdo queimado mantinha a visão fraca, mas a irmã Iris sorriu ainda assim. Tinha encontrado o ninho da bruxa e, agora, iria matá-la.

TRINTA E NOVE

NIMUE, MORGANA E KAZE ENTRARAM NA câmara onde os anciões tribais avaliavam as decisões do acampamento. O clima estava tenso. Os incêndios nas fazendas levaram o acampamento a um ponto crítico. O gado havia sido abatido, e centenas de celeiros estavam queimando — e, com eles, qualquer esperança de comida para os refugiados famintos. Para piorar, os incêndios foram se espalhando para as florestas ao redor, e a fumaça expulsava veados e caças menores do vale do Minotauro, forçando os caçadores feéricos a entrar cada vez mais no território dos Paladinos Vermelhos.

Depois de dar ordens a Esquilo, Morgana voltou e ficou na parte de trás, ignorando os olhares de alguns dos feéricos sobre a presença de Sangue de Homem na reunião tribal.

Nesse ínterim, Gawain tentou encontrar um ponto comum com os anciões.

— Ficar aqui não é um bom plano — alertou.

Wroth, dos Presas, socou a pedra que fazia as vias de mesa do conselho dos druidas. O golpe ecoou pelos tetos irregulares das cavernas.

— *Gar'tuth ach! Li'amach resh oo grev nesh!*

Um dos filhos de Wroth, Mogwan, traduziu:

— Ele não vai liderar o que restou da sua espécie para ser abatida na estrada.

— E o que ele sugere? — Cora, dos Faunos, se manteve firme. — Que fiquemos sentados, passando fome, como recém-nascidos?

Cora, assim como Nimue, era filha do arquidruida do seu clã e havia se tornado, na prática, a líder da sua espécie. Cora também compartilhava a profunda antipatia que o seu clã sentia pelos Presas.

Wroth bateu com o punho no peito.

— *Bech a'lach, ne'beth alam.*

— Nós procuramos alimentos. Nós sobrevivemos — disse Mogwan.

— Na nossa terra! Roubando a nossa comida! — falou Cora.

Gawain apertou a ponte do nariz quando a discussão entre os clãs recomeçou. Em questão estava a proposta dos Faunos de fugir para o sul, seguindo de perto a estrada do Rei e usando os Asas de Lua e os Plogs como batedores e espiões para localizar os postos de controle dos Paladinos Vermelhos. O único problema era que não havia garantia de que, após cruzarem em segurança as montanhas Minotauro, os refugiados feéricos seriam recebidos com menos violência pelos conquistadores vikings, que detinham os portos do sul e, assim, as esperanças do povo feérico de fugir pelo mar.

Nimue achou o debate difícil de acompanhar, dados os dialetos variados e as línguas dos clãs e o falante ocasional do idioma comum.

— Vamos nos arriscar nos picos — sugeriu Jekka, a anciã dos Andarilhos dos Penhascos, com os braços flácidos cobertos de tatuagens.

Um Criador de Tormentas alto que, como todos da sua raça, não tinha pelos e nem se incomodava com o frio, rosnou na língua nativa:

— *Awl nos chirac nijan?*

Nimue se virou para Kaze, que traduziu:

— E o restante de nós?

— Eu perdi quinze familiares. Uma geração eliminada. Meu povo tem que vir em primeiro lugar. Não podemos esconder todos. — Jekka deu de ombros, cansada de lutar.

— *Klik kata ak took!* — falou Nuryss dos Cobras.

— Ele disse: "É típico de um Andarilho dos Penhascos olhar com desprezo, lá do alto, para o resto de nós" — sussurrou Kaze.

Jekka se irritou.

— E o que a sua espécie já fez para qualquer feérico, a não ser semear a discórdia? E agora querem a nossa ajuda?

— Nós concordamos em permanecer juntos — disse Gawain, mas não foi ouvido acima da gritaria.

O medo, a raiva e a tristeza transbordaram e encontraram combustível em disputas tribais mais antigas que a caverna que abrigava os clãs.

Uma luz penetrante e um zumbido quase inaudível silenciaram todos. Cada cabeça se virou para Nimue, que empunhava o Dente do Diabo. Ela andou à frente e colocou a espada na pedra. Os outros feéricos ficaram preocupados ao ver a espada e permaneceram em silêncio.

A voz de Nimue saiu trêmula, e a pele formigou quando ela sentiu a presença da mãe ao seu lado. Imponente. Direta.

— Não vamos correr, não vamos nos esconder, não vamos abandonar a nossa própria espécie. Só resta vergonha para quem abandona um irmão ou uma irmã. Todos nós perdemos parentes e amigos. Somos tudo o que temos. Somos tudo o que está entre a nossa raça e a aniquilação. Nossas línguas, nossos rituais, nossa história, somos a única coisa que impede que o rio de fogo do padre Carden leve tudo embora.

As cavernas estavam em silêncio, mas inquietas. Nimue sabia que o momento não duraria.

Gawain concordou com a cabeça e perguntou:

— E o que você propõe?

— A que distância fica a cidade de Cinder? — perguntou, com a voz firme.

— Quinze quilômetros ao sul do Portão de Cinder — respondeu Morgana, lá do fundo.

Gawain fez que não com a cabeça, prevendo a proposta.

— Não nos serve como refúgio. Os Paladinos Vermelhos ocuparam Cinder há duas semanas.

— E o que lhes dá esse direito? — perguntou Nimue.

Gawain lançou um olhar perplexo para ela.

— Eles não têm nenhum direito. Apenas tomam.

Com Lenore nítida e linda na mente, Nimue falou:

"— Não vamos correr, não vamos nos esconder, não vamos abandonar a nossa própria espécie."

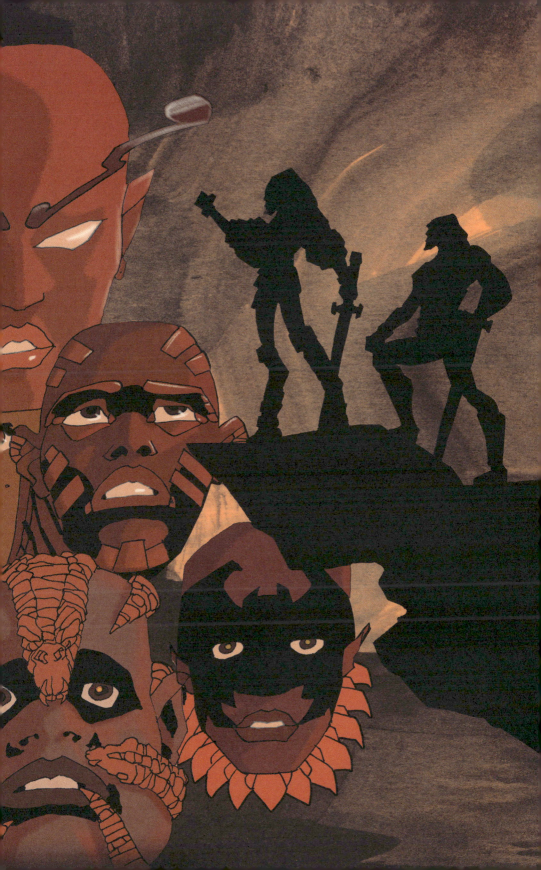

— Esta é a nossa terra. Estas são as nossas árvores. Nossas sombras. Nossas cavernas. Nossos túneis. Conhecemos esse território e os seus caminhos. Por que devemos sair? Carden é o invasor. Os paladinos de Carden são os invasores. Então, vamos tratá-los como os invasores que são.

A voz de Lenore era baixa, mas firme: *Ensine a eles. Ajude-os a entender. Porque, um dia, você terá que ajudar a liderá-los. Quando eu tiver ido...*

Alguns feéricos concordaram com a cabeça, mas Gawain mitigou o argumento de Nimue.

— Carden tem milhares de guerreiros. Não podemos enfrentá-lo de frente.

Ela sentiu os Ocultos agirem como um fole no estômago, fortalecendo o fogo crescente, um poder que não atacava, mas que cedia à sua vontade, aguardando a ordem de Nimue. A Espada do Poder parecia brilhar sob o seu olhar. Nimue falou, com a confiança de Lenore:

— Concordo, não vamos conseguir vencer uma guerra contra Carden. Mas podemos frustrá-lo, cerceá-lo, colocá-lo na defensiva e, enquanto isso, salvar a nossa gente das suas cruzes, o máximo possível. Digo para virarmos a terra contra ele. Vamos fazê-lo temer os penhascos. — Nimue olhou para os Andarilhos dos Penhascos. — E as clareiras. — Ela se voltou para os Cobras. — Vamos fazê-los temer as sombras. Vi esses paladinos de perto. Eles não são demônios. São homens. Carne e osso. Gritam e sangram como nós. Vamos fazê-los gritar e sangrar! Eles tomaram a nossa terra. Vamos pegá-la de volta!

Wroth, dos Presas, socou a pedra mais uma vez, agora em aprovação. Os Cobras bateram os pés junto com os Criadores de Tormentas. Morgana sorriu, os olhos brilhando, conforme todos os feéricos aos poucos davam socos ou batiam os pés em aprovação. Gawain se virou para Nimue, a preocupação gravada na testa, mas sentiu uma estranha serenidade. Parte do sentimento era a certeza de ter a espada e o vasto poder dos Ocultos por trás da arma. Mas a outra parte era alívio. Não haveria mais fuga. Levariam a luta aos Paladinos Vermelhos, e, por mais que viessem fogo, morte ou tortura, a Bruxa do Sangue de Lobo conquistaria o sangue que queria.

QUARENTA

Cinder era maior que Ponte do Gavião, com quase 5 mil habitantes, e estava localizada em um vale de montanhas baixas no extremo sul das montanhas Minotauro, atraindo imigrantes e trabalhadores tanto das cidades portuárias quanto do norte: Aquitania, Francia e Inglaterra. Era cercada por cachoeiras íngremes e impressionantes que alimentavam uma série de córregos que se encontravam no rio Javali. O rio percorria o centro da pequena cidade e alimentava os fossos dos portões e os fossos menores do castelo do lorde, assim como levava o comércio ao resto do sul de Francia.

A fumaça dos incêndios nas fazendas pairava sobre Cinder como uma nuvem de tempestade amarela e se enrolava ao redor dos merlões dos baluartes. Os Paladinos Vermelhos que patrulhavam as muralhas mantinham os capuzes sobre as bocas, para evitar respirar o ar cáustico.

Era pouco depois do amanhecer, e os portões já estavam agitados com camponeses em busca de abrigo e famílias de fazendeiros pedindo comida, isso sem falar nos pastores com dezenas de ovelhas e cabras balindo, cavalos e vacas resgatados horas antes dos celeiros ficarem em chamas. Em geral haveria carros de boi e carroções de comerciantes formando uma fila de quase um quilômetro, mas, naquela manhã, apenas um punhado de vendedores chegara para o dia de feira. Eles foram levados logo para dentro, enquanto os Paladinos Vermelhos e os soldados de lorde Ector, o magistrado-chefe de Cinder, discutiam com a turba reunida, a maioria exigindo compensações pelos incêndios e proteção contra as chamas que se espalhavam.

Nesse caos, um solitário cavaleiro encapuzado emergiu da fumaça e da densa floresta verde, a uns quatrocentos metros da estrada e dos portões de Cinder. Os Paladinos Vermelhos no topo da muralha notaram quando o cavaleiro parou e abaixou o capuz. Nimue olhou para os Paladinos Vermelhos na muralha. A seguir, jogou as vestes de lado e sacou a Espada do Poder, ergueu a arma acima da cabeça, e a lâmina brilhou ao sol como uma tocha. *Viram, seus desgraçados? Venham, então. Venham e tirem a espada de mim.*

— A bruxa! — exclamou um deles.

Outro monge pegou um arco longo e disparou uma flecha contra Nimue, que não se moveu quando a flecha acertou o mato, a uns dez metros de distância.

— A Bruxa do Sangue de Lobo! A espada! Ela está com a espada! É a bruxa! É ela! O Dente do Diabo!

Esses gritos subiam e desciam as muralhas, e, em questão de minutos, cem Paladinos Vermelhos atravessaram os portões a galope, passaram a toda velocidade pelos fazendeiros desapossados e seus rebanhos, cruzaram a estrada e entraram no mato. Nimue se virou, tentada a atacá-los. *Siga o plano, idiota.* Então, entrou correndo na floresta, atraindo os monges para uma perseguição.

Anax era o comandante da companhia de Paladinos Vermelhos e um assassino experiente, com feições ossudas e uma tonsura negra grossa que combinava com a barba. Não temia bruxas e lamentava os covardes que liderava, com todas aquelas superstições e fofocas bobas. Anax acreditava no deus do aço e sentiu o conforto da sua espada de mão-e-meia batendo contra a perna enquanto cavalgava para o interior da floresta.

— Procurem! — vociferou, e vestes vermelhas se espalharam à direita e à esquerda.

A fumaça e as névoas reduziam a visibilidade. A bruxa parecia estar costurando entre as árvores, a uns duzentos metros adiante.

— Cuidado com as árvores! — ordenou Anax, presumindo que a bruxa estava organizando uma emboscada.

Mas não temia isso. Era verdade que alguns paladinos tinham morrido pelas mãos da bruxa. *Mas é isso que acontece quando se coloca uma criança no comando*, pensou Anax, com desgosto. *A criança Fantasma*. O Cavaleiro Verde havia desencadeado uma pequena rebelião em algumas das colinas mais baixas, com alguns arqueiros aqui e ali; alguns tinham boa mira, mas, na maior parte, o povo feérico era um grupo medroso que demonstrava pouco ímpeto de combate, segundo a experiência de Anax. E ele tinha muita experiência. Supervisionara pessoalmente a queima de vinte aldeias e havia matado mais de uma centena de monstros, alguns com chifres saindo das gargantas, outros com pele estranha quase transparente, outros cobertos de limo e que viviam sob a lama. Eles morreram do mesmo jeito, imploraram do mesmo jeito e queimaram do mesmo jeito. A bruxa seria um bom troféu. Só a espada lhe daria grande crédito com o papa, um posto agradável na Trindade, talvez, um lugar qualquer longe da lama e do frio.

Conforme o arvoredo se fechava, Anax observou bonecos de pau pendurados em centenas de galhos ao longo da mata. Eles roçaram nos ombros dos paladinos que passavam. Alguns dos bonecos tinham entranhas em volta, outros possuíam penas e sangue grudados nos braços e nas pernas, e havia aqueles besuntados de fezes de animais. Anax ouviu os rapazes começarem a murmurar em sussurros assustados.

— Silêncio! — sibilou.

Thump! Alguma coisa grande correu acima das cabeças dos paladinos.

— Árvores! — gritaram vários Paladinos Vermelhos.

Alguns dos arqueiros levaram flechas aos arcos e atiraram para cima. Anax não viu nada. A fumaça estava espessa demais.

— Comandante!

Anax se virou para a voz, muito longe. Veio de um dos seus homens.

— Comandante, onde o senhor está? — gritou outro Paladino Vermelho.

— Ei, quem me chamou? — Anax se voltou para a companhia.

Mas estava sozinho.

Cinquenta Paladinos Vermelhos haviam desaparecido na fumaça.

— Comandante? — gritou outro Paladino Vermelho, assustado, de algum lugar do arvoredo.

— Estou aqui! — berrou Anax. — Venha até a minha voz!

Será que tinha perdido o rumo? Apenas segundos se passaram. Onde estaria a companhia? Anax sacou a espada e golpeou os totens pendurados.

— Venham até a minha voz! — repetiu, apressando o passo.

— Comandante Anax! — A voz veio de trás dele.

Anax virou o cavalo e viu um grupo de vestes vermelhas a cinquenta metros de distância.

— Mantenham a formação! — berrou. — Estou indo até vocês!

Esporeou o cavalo e incitou a montaria adiante, mas a égua resistiu e empinou no momento em que um som impetuoso se agitou diante de Anax. Soava como um rio desviado, que se transformou em um rugido quando centenas de corvos guinchando inundaram a floresta, vindo de todos os lados. Os corpos pesados das aves bateram em Anax e na sua montaria, bicos afiados tiraram sangue das bochechas, braços e panturrilhas. O homem caiu com força no chão, fez um esforço para se levantar e golpeou às cegas, dividiu os pássaros em dois, até que, por fim, as aves cederam, e centenas de corvos pousaram nos ramos esqueléticos acima da cabeça do comandante dos paladinos. Com os olhos cegos, a égua relinchou e correu sem controle para as névoas, em pânico.

Então, Anax ouviu os gritos. Estavam todos ao redor dele. Através de vislumbres no nevoeiro e na fumaça, o comandante viu vestes vermelhas subindo pelas árvores. Como?

— Eles estão no chão! Estão no chão! — Mais gritos de pânico.

Anax foi aos tropeços na direção das vozes torturadas, embora não conseguisse localizá-las. Súplicas por ajuda ecoaram pela mata. O gorgolejo de homens se afogando.

— Gritem! — ordenou Anax.

Tropeçou à frente e viu metade de um dos seus homens agitando os braços, com o restante do corpo preso ao chão — dentro de areia movediça, presumiu. Correu para o rapaz e agarrou os seus braços. O sujeito tinha sangue na boca.

— Estou sendo comido — berrou ele, antes de sucumbir à terra que o sugava e desaparecer.

Anax protegeu a cabeça quando galhos caíram acima, e um Paladino Vermelho atingiu a terra como um saco de pedras. A cabeça do monge tinha sido torcida de frente para trás. Olhos mortos o encararam, e os próprios olhos do comandante correram para as copas das árvores, onde sombras pulavam por trás da fumaça.

— Revelem-se! — disparou Anax.

A terra se arqueou ao redor dele, e Anax meteu a espada na lama várias vezes, caiu para trás e deu chutes. Ele se virou e começou a correr, sendo perseguido pelos gritos de pânico e agonia da sua companhia de Paladinos Vermelhos.

De repente, o pé de Anax tropeçou em uma raiz, e ele caiu de cara no chão. O comandante ergueu os olhos para a Bruxa do Sangue de Lobo. A maldita andou na sua direção. Tão pequena. Apenas uma menina magricela. Ele rosnou e tentou dar um golpe com a espada, mas uma raiz de árvore se enroscara no seu braço, na altura do cotovelo. Anax se virou, horrorizado, quando outra raiz saiu da lama e apertou o seu outro braço como uma cobra.

Era ela. Ela estava fazendo aquilo.

— P-por favor — pediu, quando a Bruxa do Sangue de Lobo ergueu o Dente do Diabo. — Por favor!

Então ela cortou a cabeça de Anax.

Nas muralhas de Cinder, acima da feira escassa, uma equipe reduzida de Paladinos Vermelhos se amontava, preocupados, pois quase uma hora havia se passado sem nenhum sinal do comandante Anax ou da companhia.

Por fim, um dos monges assumiu o comando.

— Fechem os portões! Fechem os portões!

Com essa deixa, Gawain, Wroth, Kaze e uma dezena de guerreiros feéricos tiraram as vestes de camponeses e pegaram as espadas, martelos e arcos longos contrabandeados debaixo das cestas de frutas e vegetais nos carroções.

Wroth e Kaze correram para os Paladinos Vermelhos que operavam o portão. Os monges surpreendidos foram logo abatidos, enquanto Gawain acertava duas flechas em duas gargantas no alto da muralha. Os Paladinos Vermelhos cambalearam e mergulharam no toldo de palha de uma padaria, levantando nuvens de farinha de trigo.

As multidões de camponeses, fazendeiros e comerciantes correram em todas as direções, mas alguns tiveram o bom senso de se esconder atrás dos carroções de mercadorias. Os Paladinos Vermelhos foram pegos de surpresa. Wroth deu uma cabeçada em um monge magro, derrubou o sujeito em cima de uma carroça de nabos e esmagou o crânio dele com uma martelada.

Experientes arqueiros Faunos viraram as barracas de vegetais e as usaram para se proteger enquanto arrancavam os Paladinos Vermelhos das muralhas; no outro lado do pátio, um Andarilho dos Penhascos caiu na lama com o estômago aberto. Seus colegas de clã subjugaram os Paladinos Vermelhos que o mataram e picotaram os inimigos até a morte com machados de pedra.

Contudo, os Paladinos Vermelhos na muralha se reagruparam e lançaram uma saraivada de flechas que derrubou os feéricos na lama. Gawain se protegeu atrás da torre de vigia enquanto a própria Kaze se viu em combate corpo a corpo com três Paladinos Vermelhos.

Reforços de paladinos chegaram aos borbotões da guarnição na muralha norte. Wroth e outros Presas enfrentaram os monges com ímpeto, e a luta foi aguerrida e sangrenta.

Gawain sentiu a vantagem se esvaindo. Enfrentou as flechas que passavam zunindo para se enfiar entre os Paladinos Vermelhos que atacavam Kaze. Uma flecha o pegou de raspão na orelha no momento que o clangor de espadas em combate atraiu os seus olhos para o portão.

Arthur galopou pelos portões montado em Egito, golpeando com a espada, deixando um rastro de Paladinos Vermelhos mortos. Ele saltou de Egito e subiu as escadas da muralha oeste, atacando os inimigos ao galgar os degraus.

Com os arqueiros distraídos pela chegada de Arthur, Gawain e Kaze estriparam os paladinos agressores e correram para ajudar Wroth e os Presas.

A derrota estava em andamento. Arthur lutou como dez homens no alto da muralha, mandando uma chuva constante de corpos de paladinos sobre carroças, barris e telhados.

Os soldados de lorde Ector, já tendo sofrido com a ocupação dos Paladinos Vermelhos, se renderam. Assim, com a maior parte dos seus integrantes perdidos na floresta, os Paladinos Vermelhos remanescentes pegaram os cavalos que conseguiram ou fugiram a pé pelos portões.

Gawain colocou o arco no ombro e saltou sobre o corcel de um soldado. Arthur correu na direção do Cavaleiro Verde, acenando para demovê-lo da ideia.

— Esqueça os paladinos! Não vale a pena!

— Estou contente em vê-lo, Sangue de Homem, mas você não me dá ordens! — gritou Gawain para Arthur. — Proteja a fortaleza — mandou, e disparou atrás dos Paladinos Vermelhos em fuga.

— Eu vou atrás dele! — berrou Kaze para Arthur, agarrando um dos cavalos que lotavam a praça e saindo a galope.

Sobrou para Arthur ganhar o controle da situação, que estava se degenerando. Sem nenhum Paladino Vermelho sobrando para lutar, os guerreiros feéricos se voltaram contra os soldados de lorde Ector, que até agora tinham ficado de fora da batalha, sem saber que força invasora apoiar. Arthur se jogou entre um Criador de Tormentas de 2,5 metros de altura e um soldado aterrorizado.

— Eles não são inimigos!

Foi preciso esforço para separá-los, mas o Criador de Tormentas cedeu.

— Não estamos aqui para massacrar ninguém! — gritou Arthur, que se virou para os soldados. — Larguem as espadas e não lhes faremos mal, prometo!

Os soldados se voltaram para o capitão, que sangrava após uma briga com alguns Andarilhos dos Penhascos. Ele assentiu para os seus homens. Espadas foram jogadas na praça. No entanto, os cidadãos estavam em pânico, e alguns fazendeiros tinham pegado forcados e espadas caídas para proteger os filhos dos "monstros" entre eles. Wroth arrancou a lança de um dos fazendeiros e partiu a arma com as mãos. Ele estava prestes a empalar o pobre homem quando um murmúrio se espalhou pela multidão de feéricos, soldados, trabalhadores urbanos e camponeses.

Nimue entrou nos portões de Cinder, seguida por dezenas de feéricos: Faunos, Cobras, Andarilhos dos Penhascos, Asas de Lua e Sangues de Homem.

Arthur saiu cambaleando da fumaça, exausto, com a espada arrastando na lama. Nimue estacou, comentando:

— Você está aqui.

— Sim. Eu não sou cavaleiro, isso é muito claro. Mas, se você me aceitar, prometo a minha espada. E a minha honra. A você. Acho que ainda resta algo de bom em Arthur.

— Resta sim. — Ela recebeu Arthur nos braços.

Nimue sentiu o cheiro de sangue e fumaça nos cabelos dele. Limpou a sujeira dos seus olhos e das suas bochechas e beijou-lhe na boca. Arthur segurou o rosto dela nas mãos.

— Estou feliz por você estar aqui.

Nimue se virou para a população assustada. Sentiu que a violência estava prestes a entrar em erupção. Eles sabiam quem ela era e a temiam. Subiu em um carroção tombado. Seu coração disparou.

— Eu sou Nimue de Dewdenn, do clã do Povo do Céu! Filha de Lenore, arquidruidesa do meu povo! Para os meus inimigos — ela procurou por Paladinos Vermelhos na multidão —, sou conhecida como a Bruxa do Sangue de Lobo. — Nimue suavizou o tom. — Mas não sou inimiga de vocês. Quero que saibam que, a partir deste momento, Cinder está livre! Vocês estão livres para viver. Para criar as suas famílias em paz. Trabalhar. Amar. E adorar aos deuses que escolherem, desde que esses deuses não busquem domínio sobre nenhum outro. — Nimue sentiu a mãe ao lado, guiando aquelas palavras. — Tudo que queremos é paz. Para retornar ao que restou das nossas casas e reconstruir. Não pedimos por esta guerra. Mas isso não significa que não podemos travá-la! Isso não significa que não podemos vencê-la!

O povo feérico rugiu em aprovação; até alguns fazendeiros bateram as mãos nos carroções, batucando em apoio.

Nimue ergueu a Espada do Poder para o sol.

— Esta é a espada do meu povo, a espada dos meus antepassados, criada nas forjas feéricas quando o mundo era jovem. Deixem que essa espada seja a nossa coragem, a nossa luz em meio a essas trevas terríveis, a nossa esperança em meio a esse desespero. Dizem que essa é a espada dos primeiros reis! Mas afirmo que os reis tiveram a chance deles! Reivindico a arma como a espada da Primeira Rainha!

— Rainha dos feéricos! — gritou Wroth.

Os integrantes do seu clã seguiram o exemplo:

— Rainha dos feéricos! Rainha dos feéricos! Rainha dos feéricos!

Arthur viu, espantado, o canto se espalhar por toda a praça, em uma onda crescente de vozes, de feéricos e humanos, fazendeiros, famílias e até mesmo de alguns soldados de lorde Ector. Ele se voltou para Nimue, que sustentava a espada no ar como uma deusa vingadora, bonita e assustadora. Apesar das reservas, Arthur socou o ar como os outros.

— Rainha dos feéricos! Rainha dos feéricos!

"— Rainha dos feéricos! Rainha dos feéricos!"

QUARENTA E UM

Gawain e a sua égua abriram caminho entre pequenas árvores frondosas, perseguindo o Paladino Vermelho em fuga. Ele apertou a sela entre as pernas e soltou as rédeas para pegar o arco longo e preparar uma flecha. Mirou nas vestes vermelhas que batiam como asas, apontou para o centro e disparou. Os braços do Paladino Vermelho se escancararam, e ele arqueou o corpo de um jeito que Gawain soube que estava morto. O cavalo seguiu em frente, com o paladino quicando na sela antes de enfim cair no mato.

Gawain diminuiu a investida. Sua montaria estava coberta de suor. Seguiu o som de um riacho até uma pequena ponte de pedra, com muros cobertos por musgo. Gawain levou a égua para o riacho lá embaixo, onde ela poderia beber antes de ser selada para a jornada de volta. O Cavaleiro Verde se ajoelhou e bebeu a água fria em punhados. Com o canto do olho, no reflexo do córrego da montanha, vislumbrou vestes cinzentas espectrais acima e se lançou para a esquerda no momento em que uma flecha atingiu a parte direita do seu quadril. Gawain correu para se proteger atrás das árvores, sabendo, pela profundidade da ferida, que era uma ponta de flecha cauda de andorinha, usada para caçar presas maiores, feita para maximizar o sangramento e ferimentos. Ele se jogou contra um freixo torto e quebrou a flecha em duas. Ouviu o ruído de uma espada sendo sacada e girou para ver o Monge Choroso pular sobre o muro da ponte e aterrissar em silêncio na lama. A espada dele era comprida e fina, com uma curva sutil que lembrava os sabres que Gawain vira nos cintos de guerreiros asiáticos durante as suas viagens pelo deserto, porém mais elegante, com o cabo mais curto e mais quadrado — uma arma delicada e veloz.

Ignorando o ardor de fogo na perna direita, Gawain sacou a espada longa e correu para o córrego, rugindo e golpeando com as duas mãos. A perna se dobrou ligeiramente com a investida, mas foi o suficiente para assustar o monge, que, mesmo assim, não desperdiçou nenhum movimento e deu um golpe que Gawain mal conseguiu levantar a espada para bloquear. O Monge Choroso aproveitou a vantagem, e o clangor de aço contra aço ecoou pela floresta enquanto ele investia e golpeava, empurrando o Cavaleiro Verde na direção do riacho, onde a perna ruim cedeu nas pedras escorregadias. Foi a brafoneira verde que o impediu de ser cortado ao meio por um golpe violento. Ainda assim, a pele se abriu sob a armadura danificada, e ele sentiu o sangue quente escorrendo pelo ombro. Gawain rolou na água e se esquivou de vários golpes. Nunca enfrentara um guerreiro tão rápido.

Gawain se apoiou em uma pedra, ergueu a espada para bloquear o golpe do monge e bateu no inimigo com o pomo. Usou a vantagem da altura para empurrar o monge contra a margem alta formada pela corrente e tentou forçá-lo a cair na lama, mas o adversário agarrou a ponta da flecha quebrada no quadril de Gawain e torceu. Enquanto gritava, o monge girou para ficar livre e golpeou a parte de trás da coxa do seu oponente, deixando-o ainda mais manco.

O monge pegou Gawain pela orelha e recuou para dar o golpe fatal, bem no momento em que Kaze mergulhou das árvores, com um grunhido de leopardo, e o derrubou na água e nas pedras, fazendo-o largar a espada. Os dois lutaram sem controle. A cauda de Kaze chicoteou no ar enquanto ela rasgava com as suas presas e garras. O monge tirou a adversária de cima com um chute, mas Kaze caiu sobre ele de novo, os dentes na sua garganta. De alguma forma, o Monge Choroso conseguiu se soltar e subiu em cima dela, colocando o braço na garganta de Kaze para sufocá-la. Enquanto ela lutava, as garras abriram sulcos profundos nas bochechas do monge, logo abaixo das estranhas marcas de nascença em volta dos seus olhos. O Monge Choroso aguentou firme. Os dedos de Kaze desenharam

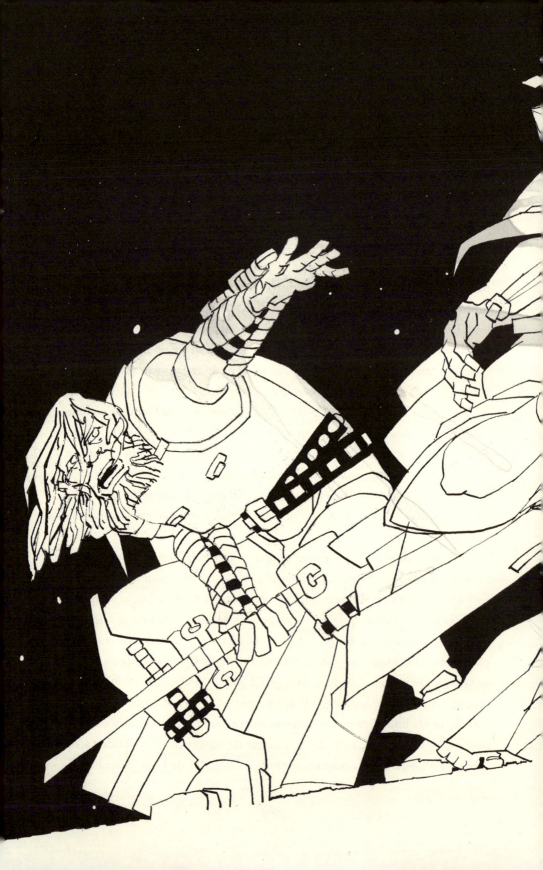

figuras de feitiços, e ela tentou falar palavras mágicas, mas os olhos de gato se reviraram e Kaze parou de se mexer. O monge jogou a oponente sobre as rochas, pegou a espada, sacudiu a arma para secá-la, se virou e apunhalou Kaze pelas costas.

Gawain fez um esforço para ficar de pé.

— Kaze!

Então o monge foi até ele, que se jogou na margem junto aos galhos de um sabugueiro saliente. Gawain se arrastou pela terra até a ponte, enquanto o Monge Choroso o seguia a um passo tranquilo, sem urgência.

Gawain caiu sobre o muro antigo, e as mãos afundaram no musgo. A coxa cortada não aguentava o seu peso. A armadura estava encharcada de sangue, e um calafrio sacudiu o corpo, mas, quando o ar assobiou, ele levantou a espada a tempo de aparar um golpe. Os dois ficaram presos no embate corpo a corpo. Gawain travou o guarda-mão da sua espada contra o da espada do seu oponente e jogou o monge contra a ponte. Eles começaram um teste de força, Gawain tentando forçar a espada até cortar a garganta do adversário. O monge se apoiou no musgo. Os olhos de Gawain dispararam para a mão dele, antevendo o ataque, mas, em vez disso, o que viu o surpreendeu.

A mão do Monge Choroso, a textura e cor, ficou inteiramente invisível no musgo. Tinha se misturado à superfície da ponte como a camuflagem de um lagarto.

— Você é um de nós? — disse Gawain, com um suspiro de susto.

O monge arreganhou os dentes e empurrou o seu inimigo pela ponte. O Cavaleiro Verde se ajoelhou e tentou manter a espada erguida contra uma chuva impiedosa de golpes, mas o monge estava enfurecido, e Gawain tinha perdido muito sangue. Quando o seu braço cedeu, o monge se aproveitou e deu uma estocada nas costelas.

A morte chegará em breve, refletiu Gawain, sem esperanças, e os seus pensamentos se voltaram para Kaze no riacho. No entanto, enquanto aguardava o golpe fatal, o Monge Choroso bateu no crânio dele com o cabo da espada. O mundo girou. Gawain desmoronou contra o muro.

— Querem você vivo — sibilou o monge, dando outro golpe, e tudo ficou escuro.

QUARENTA E DOIS

O CASTELO DE LORDE ECTOR ERA PEQUENO e capaz de oferecer uma defesa respeitável, com quatro torres arredondadas que protegiam a muralha, uma ponte levadiça, seteiras na guarita e cadafalsos ao longo dos parapeitos, mas, quando os Paladinos Vermelhos fugiram, os guardas restantes se entregaram sem luta.

Os soldados desarmados de Ector se amontoaram em pequenos grupos e conversavam em voz baixa, enquanto Wroth conduzia Nimue, Morgana e Arthur ao Grande Salão, um espaço enorme erguido em um ponto por tábuas cruzadas e colunas de pedra preta e dourada, as cores do brasão do lorde Ector. Seu estandarte com um dragão dourado sobre um fundo preto pendia atrás do trono modesto.

Morgana e Arthur andaram alguns passos atrás de Nimue.

— Que golpe você está tentando dar aqui, irmão? — perguntou Morgana.

— Bem, claramente a minha ausência foi sentida. É bom ver você também, querida irmã.

— Devemos acreditar que, de repente, você passou a ser um defensor do povo feérico?

— Não é suficiente ser amigo de Nimue? Qual é o problema? Está desapontada por não tê-la só para si?

— Fizemos muitos avanços sem você. Só não quero que encha a cabeça dela com ideias idiotas.

— Como se proclamar rainha dos feéricos?

— Você duvida dela?

— Duvido da estratégia.

Os quatro pararam diante da cadeira vazia enquanto toras enormes estalavam na lareira ampla ao longo da parede oeste. Nimue avançou, subiu quatro degraus, soltou a Espada do Poder e a pendurou no canto da cadeira.

A seguir, sentou-se no trono.

Morgana sorriu e assentiu. A expressão de Arthur não era tão alegre. Wroth bateu a extremidade do martelo de guerra no piso de pedra e vociferou:

— *Stra'gath!*

Dois soldados Presas conduziram lorde Ector para o interior do salão. As feições redondas e delicadas demonstravam a tensão das últimas semanas. As bochechas tinham manchas vermelhas de bebida, e os olhos estavam com olheiras pesadas. Contudo, o homem se comportou com dignidade ao se aproximar de Nimue.

— Lorde Ector, quero lhe agradecer por este santuário — disse Nimue.

— Bem, ele não foi oferecido, milady. Foi tomado — respondeu com um tom de ameaça.

Wroth rosnou. Ector lançou um olhar para ele e acrescentou, em um tom diplomático:

— Não tenho desentendimento algum com a sua espécie. E não tenho amor pelos Paladinos Vermelhos, isso eu lhe juro. Porém, quando você diz que Cinder está livre e depois assume o meu salão, devo questionar a sua sinceridade, milady.

Nimue olhou para as manchas úmidas que as suas mãos deixaram nos braços do trono. Ela falou devagar.

— Tudo o que queremos é ir para casa. Queremos as nossas terras de volta. Como o senhor sabe, não somos gente de cidade. Mas o meu povo estava faminto, e parece que, para nos negar comida, os paladinos incendiaram as suas terras. Se pudermos nos apoiar nessa situação, se o senhor puder deixar os meus clãs se recuperarem aqui, então talvez possamos atacar o padre

Carden e deter os seus paladinos. Nada me faria mais feliz do que devolver o seu fortim ao senhor e fazer com que o meu povo retorne para casa em paz.

Lorde Ector cofiou o bigode e avaliou Arthur, Morgana e Nimue.

— Vocês são praticamente crianças — falou, incrédulo.

— Calma lá — disse Morgana.

— Vocês acham que estão seguros aqui? É isso que pensam? — falou Ector, assumindo a voz adulta no recinto. — Vocês estavam mais seguros nas suas cavernas, ou nas suas árvores, ou onde quer que estivessem se escondendo. Você é a mulher mais caçada do mundo. E acabou de pintar um alvo branco e brilhante nas costas. Nunca sairá de Cinder com vida.

Arthur ficou quieto. Morgana, não.

— Isso é uma ameaça?

— É a realidade, menina! — vociferou o lorde Ector. — A bruxa está aqui. A Espada do Poder está aqui. Em breve, os exércitos de Uther Pendragon, do Vaticano e do Rei do Gelo estarão aqui. E depois? Depois vão fazer chover fogo em Cinder até que todos estejam mortos. Então comam pouco, pois as provisões que tanto desejam terão que durar um longo e violento inverno.

Ector lançou um olhar sombrio para Nimue antes de dar meia-volta e sair do salão a passos largos.

No entanto, as palavras dele pairaram no ar. Nimue sentiu o suor frio escorrer pelas costas. Na verdade, as paredes de Cinder pareceram um escudo. Lutara por aquilo, fora contra outros planos de fuga, usara a confiança do seu povo para forçar essa atitude. E se estivesse errada? E se as paredes de Cinder não fossem um escudo, mas, sim, uma gaiola, que prenderia o povo feérico até o momento do abate?

— Você está bem? — perguntou Arthur, talvez interpretando a expressão de Nimue.

— Sim — mentiu ela, se voltando para os soldados Presas. — Alguma notícia sobre o Cavaleiro Verde?

Mogwan era um deles e balançou a cabeça.

— Não, minha rainha.

Ela estremeceu diante da palavra "rainha", mas assentiu com firmeza.

— O que a quer que façamos com os prisioneiros? — acrescentou Mogwan.

— Prisioneiros? — indagou Nimue, lutando para acompanhar os eventos que ela própria havia criado.

Mogwan conduziu Nimue e Arthur à guarita e desceu várias escadas curvas até um corredor claustrofóbico e fedorento composto por celas. Espiando pelas pequenas janelas gradeadas das portas, Nimue viu dezenas de olhos tristes e assustados piscando para ela. O calabouço estava lotado.

— Liberte-os — disse ela, sentindo nojo daquilo.

— Todos? — perguntou Mogwan.

— Alguns podem ser perigosos — comentou Arthur.

— Eles foram tão maltratados quanto nós. Deixe-os nos prometer lealdade, se necessário, mas liberte-os.

— E esses brutos? — perguntou Mogwan ao abrir a porta de uma das últimas celas do corredor.

No interior, quatro guerreiros de ombros largos e aparência surrada estavam acorrentados às paredes. As barbas, as túnicas de lã compridas e com bordados, e as calças folgadas identificavam o quarteto como nórdicos. Um deles estava sem camisa e havia sido queimado com tocha e espancado a ponto de sangrar. O sujeito mal estava vivo, e a sua respiração era superficial.

— Invasores — advertiu Arthur.

Nimue entrou na cela. Os vikings a encararam com um ar emburrado. Ela se ajoelhou ao lado do prisioneiro torturado e pegou a mão dele.

Pensou em Lenore ajoelhada ao lado da cama de Merlin. Lembrou-se das orações da mãe. Imaginou se talvez tivesse os mesmos dons de cura.

Um fio de prata subiu pelo seu pescoço, e os olhos dos invasores brilharam, fascinados. Nimue entrou em contato silencioso com os Ocultos e pediu que fechassem as feridas do viking. Depois de um momento de escuta contemplativa, Nimue gentilmente largou a mão do homem.

— Seu amigo está além da minha ajuda — disse. — Ele vai se juntar aos Ocultos em breve. O máximo que posso fazer é aliviar a dor.

— É um ato de misericórdia — murmurou um deles.

Nimue colocou a mão no ombro do prisioneiro torturado e pegou a mão dele com a outra. As vinhas do Povo do Céu na sua pele iluminaram a cela escura com um brilho prateado. Ela sussurrou as orações da mãe enquanto a respiração do nórdico ficava mais profunda. Nimue pediu aos Ocultos para abraçar o moribundo. Os braços e as pernas do invasor relaxaram. Os companheiros dele abaixaram as cabeças e murmuraram palavras para os próprios deuses guerreiros. Depois de vários minutos, a respiração dele diminuiu e foi cessando aos poucos.

— Ele está bebendo do chifre — disse um dos invasores.

Nimue teve que se esforçar para não demonstrar o quanto se emocionara com a morte do viking.

— Vocês estão longe de casa.

O líder com um longo rabo de cavalo louro concordou com a cabeça.

— Sim, chegamos a estas terras com o Rei do Gelo. Nós nos envolvemos em alguns problemas com aqueles monges. Eles nos arrastaram para cá.

— Vocês estão convidados a se juntar à nossa causa — ofereceu Nimue.

— Eles estão? — perguntou Arthur, incrédulo.

— Os nórdicos não são amigos dos Presas — falou Mogwan. — Meu pai não vai gostar disso.

Arthur puxou Nimue para o lado.

— Eu estou com Mogwan nessa. Esses invasores são assassinos, piratas e ladrões. Eles matam tudo que veem pela frente. É melhor que o destino do povo feérico não esteja nas mãos do Rei do Gelo, eu garanto.

— Alguns assassinos, piratas e ladrões cairiam bem — respondeu Nimue. — Um inimigo dos Paladinos Vermelhos é nosso amigo. — Ela se voltou para os invasores. — Vocês se juntarão a nós?

— Como você falou, estamos longe de casa. E, além disso, nosso irmão morto é parente do nosso capitão. Temos que devolvê-lo ao mar.

Nimue concordou com a cabeça.

— Então, desejo uma viagem segura para vocês. Podemos oferecer uma semana de rações e dois cavalos.

— Uma semana de ra...? — disse Arthur, mas foi cortado por Nimue.

— E sinto muito por não podermos oferecer mais.

— Será o suficiente — respondeu o invasor louro.

Nimue ordenou que os vikings fossem libertados. Mogwan soltou as correntes. Eles agradeceram a Nimue, e, quando saíram da cela, o invasor loiro se virou para Arthur e segurou o braço dele.

— Você ganhou o agradecimento de Lança Vermelha, irmão.

Arthur olhou para o sujeito, hesitante.

— Se você diz — falou, segurando o braço do invasor.

Os vikings inclinaram a cabeça para Nimue, em um último cumprimento. De repente, vozes assustadas irromperam lá em cima:

— Minha rainha! Milady!

Nimue e Arthur passaram correndo pelos invasores.

Os dois foram levados para fora da fortaleza e entraram por centenas de metros na praça da cidade, onde um grupo de feéricos estava reunido em volta de um cavalo manchado de sangue e uma pilha de vestes roxas no chão. Nimue abriu caminho entre a multidão e ficou de joelhos ao lado de Kaze, que estava coberta de sangue.

— Kaze? O que aconteceu? — Nimue já presumia o pior.

— Eles o levaram, Nimue — sussurrou Kaze, a consciência indo e voltando. — Estão com Gawain.

Nimue levou a mão à boca, pasma. Depois do que tinha acabado de testemunhar, a captura pelos Paladinos Vermelhos parecia um destino bem pior do que a morte.

QUARENTA E TRÊS

A ENERGIA NECESSÁRIA PARA ABRIR OS olhos fez com que Gawain quisesse voltar a dormir. Os movimentos constantes do cavalo enviavam ondas de dor pela perna e pelo quadril devastados. Os pulmões pareciam pesados quando ele respirava, e as roupas e armadura estavam frias e úmidas. Ao olhar para baixo, Gawain percebeu que as vestes estavam molhadas com o próprio sangue. Percebeu que tinha desmaiado na sela. Suas mãos estavam amarradas, e o Monge Choroso estava montado no próprio cavalo, à direita. Os dois deviam estar a pelo menos alguns quilômetros de Cinder, a julgar pela posição das montanhas Minotauro, e fora da zona de incêndios, considerando o ar limpo e sem cheiro de cinzas. Gawain sabia que estavam indo a um acampamento dos Paladinos Vermelhos.

— Por quê? — perguntou.

O Monge Choroso se manteve em silêncio.

— Você é um de nós. Como pôde?

— Não sou nada parecido como você — respondeu o monge.

— Vi a sua mão mudar. O que você é? Um *Borralheiro?* Há séculos não aparecem Borralheiros nessas terras. Eles também tinham marcas. Como os seus olhos...

Na mesma hora, a espada do monge estava sob o queixo de Gawain.

— Diga isso de novo, diabo.

— Vá em frente, Borralheiro — provocou, cerrando os dentes, a lâmina ainda na garganta. — Mate-me, se é tão corajoso. Ou melhor ainda, liberte as minhas mãos e vamos ver se você é bom. Levei uma flechada, covarde. Por quê? Tinha medo de me encarar de perto?

O Monge Choroso considerou as palavras de Gawain, depois devolveu a espada à bainha.

— Em poucas horas, vai desejar que eu tivesse matado você.

Gawain se sentiu dormente ao ver as primeiras tochas dos Paladinos Vermelhos cintilando com uma luz embaçada e nebulosa. A floresta havia sido desmatada com uma pressa desajeitada, que deixou diversos tocos irregulares como um campo de dentes quebrados por centenas de metros em todas as direções. Um odor intenso de carne queimada abalou o semblante valente de Gawain quando entraram no campo lamacento de tendas. Em volta de fogueiras, monges tonsurados e com olhos inexpressivos acompanharam o avanço dos dois até que o Monge Choroso parou. Gawain seguiu o olhar dele até um pequeno exército, formado por cem guerreiros de manto negro ou mais. Supôs que fossem a Trindade. Tinha ouvido os rumores sobre as crueldades e as proezas de combate daquela legião. As máscaras mortuárias douradas encararam o Monge Choroso impassíveis, quando ele retomou o galope e chegou a uma tenda maior, onde, a julgar pelas caras fechadas e peitos estufados, a tensão era grande entre a guarda de Paladinos Vermelhos do padre Carden e os soldados da Trindade.

O monge apeou e tirou Gawain da montaria. Apesar de todos os seus esforços, o Cavaleiro Verde gritou quando os pés bateram no chão, dobrando-se de joelhos, pois as feridas haviam se dilatado com a longa jornada. A pedido do monge, dois Paladinos Vermelhos o agarraram pelos ombros e o arrastaram para o interior da grande tenda.

O padre Carden estava diante de uma mesa coberta de mapas, ao lado de um homem em trajes da Trindade, com a cabeça raspada e barba preta bifurcada. O irmão Salt também estava presente, balançando-se no canto, sempre sorrindo, os olhos costurados voltados para o teto.

Mesmo ferido, Gawain sentia a tensão no ar. Carden parecia aflito, mas, ao ver o Monge Choroso e seu prisioneiro, algum rubor apareceu nas bochechas. Era alívio, ao que parecia.

— Meu rapaz, você é uma bela visão para esses olhos cansados — disse Carden.

— Esse é o sujeito? — perguntou o homem de barba bifurcada, dando a volta em torno da mesa. — Esse é o célebre Monge Choroso?

O monge se virou para o padre Carden com uma expressão confusa.

— Esse é o abade Wicklow. Ele está aqui para...

— Observar — disse o abade.

O Monge Choroso inclinou a cabeça em sinal de respeito. Wicklow cruzou os braços atrás das costas e avaliou o rosto e os olhos do monge.

— Ouvi falar muito de você. Muito mesmo. Dizem que é o nosso melhor guerreiro. Que detém uma velocidade e agilidade *anormais*...

Algo no modo como Wicklow falou "anormais" fez Carden se retesar. Ele interrompeu o abade:

— Fale, meu rapaz. O que trouxe para nós?

— O Cavaleiro Verde, padre.

Wicklow se virou para Carden, surpreso.

— O líder rebelde?

Carden avançou.

— Ah, essa é uma notícia providencial. — Ele colocou as mãos nos quadris e observou as condições de Gawain. — O Cavaleiro Verde. Bem? O que tem a dizer? Talvez, se nos informar onde está a Bruxa do Sangue de Lobo, consiga salvar a própria pele.

— O que tenho a dizer? — indagou Gawain, virando-se para encarar o Monge Choroso, que não retornou o olhar. — Há muito que posso dizer.

Ele deixou as palavras pairarem no ar.

— Há muito que descobri recentemente.

O abade Wicklow franziu a testa. O padre Carden ficou irritado.

— Somos muito habilidosos em fazer a sua laia abrir a boca.

Ao observar o Monge Choroso, Gawain mudou de ideia e se voltou para o padre Carden.

— Vou dizer uma coisa, velhote. A Bruxa do Sangue de Lobo tomou Cinder e deixou diversos dos seus Irmãos Vermelhos mortos na floresta.

Carden retesou os lábios.

— Ele está mentindo? — perguntou Wicklow, que não respondeu, depois se virou para o Monge Choroso. — É verdade?

— A cidade caiu — disse o monge, sem emoção.

— Ela tomou a maldita cidade? — perguntou Wicklow a Carden, incrédulo. — Como isso aconteceu?

— Irmão Salt — disse Carden, com os olhos ardendo em fúria, ignorando o abade —, leve essa abominação para as suas cozinhas.

O rosto de Gawain perdeu a rigidez, e ele caiu nos braços dos Paladinos Vermelhos, que o pegaram. Tentou resistir enquanto era levado. O Monge Choroso se virou, e os dois se entreolharam por um breve momento antes que Gawain fosse arrastado.

A centenas de metros de distância, Esquilo andava de mansinho em cima do galho alto de um velho amieiro preto afastando as folhas largas, ansioso para ter uma visão melhor de Gawain. O menino tomou cuidado para não soltar as sementes nas cabeças da patrulha de Paladinos Vermelhos abaixo. Esquilo tinha ficado chateado quando Nimue não permitiu que ele se juntasse aos outros combatentes nos carroções da feira de Cinder. No entanto, quando viu Gawain se afastar para perseguir os Paladinos Vermelhos, identificou uma oportunidade de ajudar na luta e foi atrás. Só chegou a tempo de ver o Monge Choroso colocar um Gawain ensanguentado na sela. Agora, observava o Cavaleiro Verde ser arrastado pelo acampamento enlameado por dois paladinos, seguido por um velho cego, também de vermelho, até um pavilhão quadrado com duas entradas e uma abertura superior, por onde saía uma espessa fumaça cinzenta. O gosto acobreado e enjoativo do ar dava indícios do que acontecia dentro daquela tenda. Com os olhos, traçou o caminho entre as tendas e as fogueiras. Haveria três possíveis esbarrões com os Paladinos Vermelhos antes de uma corrida final para a tenda de tortura e o resgate de Gawain.

QUARENTA E QUATRO

—No morro da Gralha, um posto de controle dos Paladinos Vermelhos foi profanado com sangue de lobo e cabeças de cães de fazenda. Mais a leste, ainda nas províncias francesas, muitos camponeses se tornaram leais à Bruxa do Sangue de Lobo, acreditando que seja uma espécie de salvadora. Incendiaram vários postos avançados dos Paladinos Vermelhos e expulsaram os monges das aldeias de Grifo e Riacho de Prata. Uma igreja foi queimada em Brejo Cinzento. E, é claro, há o caso de Cinder, um grande povoado nas montanhas Minotauro — Sir Beric ajeitou uma das suas grossas sobrancelhas com a ponta do dedo —, anteriormente ocupada pelos Paladinos Vermelhos, contra os desejos de Vossa Majestade. Ela foi tomada há quatro dias pela bruxa e um exército de feéricos, com grandes baixas para os paladinos...

— Qual é a população de Cinder? — perguntou o rei Uther, em uma voz baixa e ameaçadora; seus dedos estavam brancos, tamanha a força com que segurava os braços do trono.

— Talvez 5 mil pessoas, senhor?

— Deuses, é uma cidade pequena! E quem é o lorde daquela fortaleza?

— Lorde Ector, senhor, primo distante do barão de Thestletree. Acredito que tenha participado dos seus jogos no...

— Não me importa os jogos que ele participou. Quero saber como o lorde Ector perdeu a cidade duas vezes em quinze dias! Vinho!

Uther estendeu a taça para um lacaio, que se apressou para enchê-la. Sir Beric baixou o pergaminho e desenhou uma linha no piso de pedra com a ponta do sapato de couro, pensando no que dizer.

— Parece que a fortaleza foi entregue de bom grado, Vossa Majestade.

— De bom grado?

— Ao que parece, o que Vossa Majestade enfrenta é uma revolta popular em favor da Bruxa do Sangue de Lobo. Ela se tornou um símbolo de resistência contra os Paladinos Vermelhos, que parecem ter exagerado, e a última gota teria sido a queima de quilômetros de terras agrícolas no vale do Minotauro, em um esforço para matar a bruxa e a sua espécie de fome... uma estratégia que com certeza fracassou.

— Posso andar sozinha, muito obrigada — rosnou Lady Lunette, afastando o braço da escolta de lacaios; seus sapatos fizeram barulho enquanto avançava a passos duros até o trono. — O que significa isso, Uther? Não gosto de ser convocada. Não gosto de sair da minha torre, você sabe muito bem disso.

Sir Beric saiu do caminho da rainha regente o mais rápido que a sua dignidade permitia. Uther endireitou as costas no trono.

— Mãe, você mandou soldados seguirem Merlin para o encontro dele com a bruxa?

— Claro que sim — respondeu Lady Lunette, com desdém. — E daí?

— Esse não era o meu desejo, e esses soldados não são seus para a senhora comandar — declarou Uther, irritado. — Antes da sua interferência, tínhamos Merlin sob controle e a espada ao nosso alcance. Agora, não temos nenhuma das duas coisas!

— Eu lhe aconselho a baixar a voz quando falar comigo.

— Falo com a senhora como bem entender. Eu sou o rei! — rugiu Uther.

— Desocupem o salão, por favor — ordenou Lady Lunette.

Sir Beric e os lacaios se dirigiram para a porta.

— Fiquem onde estão. — Uther revogou a ordem.

Sir Beric e os lacaios hesitaram, presos entre os dois monarcas. Lady Lunette suspirou.

— Sim, de fato, fiquem onde estão. Mas uma advertência: aqueles que, no passado, ouviram as palavras que estou prestes a falar tiveram o terrível hábito de morrer de maneiras misteriosas.

— Com a sua licença, Vossa Majestade — disse Beric, depois de alguns momentos tensos de silêncio, mas saiu correndo sem receber permissão de verdade, logo seguido pelos lacaios.

Eles saíram, e a porta se fechou com um barulho enorme. Lady Lunette e o rei Uther estavam sozinhos.

— Cansei de passar a mão na sua cabeça, Uther. Não lhe fez nada bem.

— "Mão na cabeça" não é como eu descreveria a criação que me deu, mãe.

— Sim, Uther, mas meu propósito nunca foi ter filhos. Veja bem, eu queria governar. Esse era o meu talento. Porém, nesse mundo de homens e linhagens, não era para ser. Em vez disso, minha tarefa foi transformar *você* em rei. — As palavras de Lady Lunette pairaram no ar. — E parece que falhei.

— Você sabota os meus esforços e depois me julga. Que maravilha.

— Eu não estava disposta a ficar de braços cruzados enquanto você voltava para o colo de Merlin. Dei corda demais a você, e, agora, o reino está se enforcando nela. A partir desse momento, *eu* sou o trono, e as *minhas* palavras fluirão dos seus lábios, como ocorre com a estátua de uma fonte, enquanto eu as derramo nos seus ouvidos. De outra forma, você sofrerá as consequências.

— Já perdi a noção dos ultrajes nessas últimas frases, mas noto, com grande preocupação, que as suas faculdades mentais parecem prejudicadas. A senhora não está bem. Talvez seja melhor um bom descanso à beira-mar — disse Uther, saboreando a ideia.

Mas Lady Lunette apenas retrucou, melancólica:

— Infelizmente, Uther, essa sou eu de verdade. A mentira aqui é você.

QUARENTA E CINCO

A IRMÃ IRIS SE VOLTOU PARA AS MURALHAS que despontavam do castelo e cercavam a cidade, onde os arqueiros Faunos patrulhavam. Sem dizer uma palavra, voltou para Cinder. O afluxo de refugiados feéricos tinha criado congestionamento e confusão pelas ruas. Muitos dos aldeões estavam assustados com as diferentes raças feéricas e fecharam as lojas para se esconder em casa, apenas para descobrir que os tímidos e ansiosos Asas de Lua tinham se instalado nas vigas, recolhidos em casulos de seda. Alguns dos residentes mais generosos — o estalajadeiro das Sete Cachoeiras e Ramona, a mulher do padeiro — lutavam para atender à demanda dos invasores famintos. As estradas estavam quase intransitáveis para os carroções, graças aos nacos de relva arrancados pelos Plogs, que se deslocavam escavando a terra. Filas ruidosas e nervosas cresciam na praça enquanto o povo feérico e os humanos lutavam para trabalhar juntos, seguindo as ordens da rainha. Iris passou pela igreja de pedra com as janelas quebradas. As palavras *Bruxa do Sangue de Lobo* estavam pintadas nas paredes com sangue de vitelo.

Ela se aproximou de um par de Faunos que descansava entre os turnos de guarda na muralha, tomando goles de um odre de vinho furtado.

— *Talaba noy, wata lon?* — disse um deles, a respeito de Iris, cutucando o amigo, que riu.

— Eu não entendo — falou Iris.

— Perdoe o meu amigo. Ele é muito deselegante — disse o Fauno que dera risada, falando com um sotaque melodioso.

A irmã Iris ignorou o sujeito e olhou para os arcos.

— Até onde a flecha voa?

— Com um arco longo dos Faunos? Este é o arco mais forte do mundo.

O risonho fez um som de zumbido e o gesto de um arco com a mão, sugerindo que a flecha ia muito longe. A irmã Iris se virou, medindo a distância da muralha até a fortaleza.

— Ela iria daqui até o castelo, por exemplo?

— Pode dobrar essa distância — falou o Fauno, se gabando.

— Pode me mostrar? — perguntou Iris, olhando para ele com o único olho bom, através do capuz de saco de pano.

O Fauno franziu a testa.

— Você consegue enxergar, pequenina?

— Bem o suficiente.

— Por que quer tanto aprender isso?

Iris deu de ombros.

— Estou caçando um cachorro.

Os Faunos se entreolharam. *Que criança estranha*, pensaram, e riram juntos. O Fauno simpático se inclinou para ela.

— Sim, pequenina, vou ajudá-la a matar esse cachorro.

Nimue não conseguia dormir. Ficou admirando as várias fogueiras que o povo feérico, que dormia ao ar livre, acendera na praça principal de Cinder. Não era um sacrifício, quase todo o seu povo preferia o relento a cavernas apertadas ou habitações humanas. As fogueiras davam à pequena cidade um suave brilho alaranjado. A lua estava em quarto minguante, e era difícil vê-la através de um céu velado pela fumaça.

Nimue ouviu sussurros, olhou para baixo e viu que segurava a espada. Que curioso. Não tinha percebido. Estava tão cansada. Apoiou a lâmina na mão e estudou as linhas elegantes, os sulcos de aço que refletiam o luar. O som ficou mais alto. Como gritos distantes. *As memórias da espada, é claro*, pensou. A arma estava falando com ela. Estava recordando as vítimas e seus gritos. Nimue reconheceu alguns dos gritos. Eram dos Paladinos Vermelhos. Estranhamente, não ficou horrorizada. Os gritos aceleraram os seus batimentos cardíacos e aqueceram o sangue. Os músculos cansados foram revitalizados por uma corrente de energia que fluía entre ela e a espada. As dúvidas do dia anterior pareciam pequenas e bobas.

Por que duvidara de si mesma? Ela era a Bruxa do Sangue de Lobo. Rainha do povo feérico. Nimue tinha a Espada do Poder e desafiava qualquer rei a tirá-la dela. Inspiraria mais integrantes da sua espécie, mais integrantes da humanidade. Eles se juntariam ao seu chamado pela liberdade e lutariam por ela, sangrariam por ela, e, juntos, esmagariam a peste dos Paladinos Vermelhos e os mandariam correndo como ratos de volta para o Vaticano. *A própria Igreja vai tremer*, pensou Nimue. *Vão me temer. Vou empilhar as cruzes deles em fogueiras e...*

— Nimue?

Ela deu a volta, apontando a espada para Arthur na porta, segurando uma lanterna.

— Eu me rendo — disse ele, remetendo ao encontro entre os dois em uma estrada escura da floresta. Parecia séculos atrás.

Nimue baixou a espada e se virou para a janela.

— Posso voltar depois — falou Arthur, hesitando na porta.

— Não, tudo bem — murmurou Nimue.

Arthur entrou.

— Eu vi a sua tocha.

— Não consigo dormir — explicou, irritada com aquela interrupção, sem querer desperdiçar o tempo que poderia passar com a espada.

Arthur considerou a arma na mão de Nimue.

— Esperando problemas?

— Ela me mantém aquecida — respondeu Nimue, sem pensar.

Arthur franziu a testa e sorriu.

— Há outras maneiras de se aquecer.

Nimue não respondeu. Em vez disso, olhou para a espada à luz das tochas.

— Você acha que os Paladinos Vermelhos viram fantasmas? Quando morrem? Acha que o espírito deles continua vivo?

— Creio que sim. — Arthur deu de ombros. — Se é o que acontece com qualquer um de nós. Por quê?

— Eu ouço os Paladinos Vermelhos na espada. Ouço os seus gritos.

Arthur ficou quieto por alguns instantes.

— Você está cansada. Muita coisa aconteceu.

— O que acha que está acontecendo com ele? — perguntou Nimue, se referindo a Gawain.

Arthur sacudiu a cabeça.

— Não pense sobre isso.

— Tenho que pensar! — retrucou ela com raiva.

— Nós não temos soldados para invadir o acampamento deles. Os guerreiros que temos estão feridos. — Arthur fez uma pausa, como se estivesse com medo de provocá-la ainda mais. — Presumo que a reunião com Merlin não tenha saído como planejado.

— Meu povo estava certo. Ele é um mentiroso.

Arthur concordou com a cabeça, aceitando o que ouviu.

— Então devemos considerar rotas de fuga para o mar. Temos que varrer a cidade atrás de todas as moedas possíveis para tentar comprar passagem por um navio. — Arthur se juntou a ela na janela.

— Rendição. É claro — falou Nimue, os olhos refletindo o brilho das fogueiras. — Pensei que você tivesse mudado — zombou ela.

— O que isso significa?

— Nada. Não significa nada. Corra. Ande logo. O que está lhe impedindo?

— Você quer o meu conselho ou não?

— Não sei. Como posso confiar no seu conselho? Como sei se estará aqui daqui a dois segundos? Como posso confiar em você, quando tudo o que quer fazer é fugir?

— Sobreviver e lutar outro dia — disse ele, corrigindo-a.

— Por que não acredita na gente?

— Quem é "a gente"?

— Quis dizer "em mim". Por que não acredita em mim? — Nimue se virou para ele, que colocou as mãos nos seus ombros.

— Acreditar em quê? Qual a alternativa? Atacar os portões do castelo Pendragon? Travar uma guerra contra a Igreja? Podem chamá-la de rainha dos feéricos à vontade, mas você ainda é uma mulher com uma espada.

— Não apenas uma mulher. — Os olhos de Nimue brilharam.

— Acredite, não preciso ser convencido disso. Mas você já fez o suficiente, Nimue. Não percebe? Você deu a eles uma chance. Expulsou os Paladinos Vermelhos das montanhas Minotauro. Foi um grande sucesso. Mas não pense nem por um momento que os inimigos não vão reagir, e com um número muito maior de guerreiros. Antes que isso aconteça, você precisa de um plano para levar a sua gente para um lugar seguro.

— Então vou arrumar um exército. Os nórdicos.

— Acha que o Rei do Gelo seguirá uma camponesa com a Espada do Poder, em vez de tomá-la para si?

Nimue estava prestes a responder com raiva, mas foi tomada por uma estranha calma.

— Os Ocultos vão nos guiar. Não é culpa sua, mas você nunca entenderia.

— Por quê? Porque sou Sangue de Homem?

O silêncio de Nimue deixou muito claro que sim.

Magoado, Arthur se retirou.

— Com todo o respeito, *minha rainha*, a senhora está agindo como idiota.

— Pode se retirar — retrucou Nimue.

Na porta, Arthur fez uma reverência, deu meia-volta e saiu pelo corredor com passos firmes.

QUARENTA E SEIS

LADY CACHER ESTAVA SENTADA NOS JARDINS DA mansão Chastellain, ouvindo o som das risadas da família. Na contraluz do sol poente, os criados serviam o próximo prato na mesa de banquete ao ar livre: faisão e capões assados com molho de limão, ragu de cisne e tortas de enguia. A sua taça de vinho condimentado foi reabastecida. Ela levou uma rosa púrpura ao nariz enquanto o marido e os netos brincavam de jogos de dança e uma jovem servente tocava violino.

— Ele é faceiro, Marie, mas você consegue pegá-lo! — incitou Lady Cacher, enquanto lorde Cacher se esquivava das crianças.

Ela se recostou, feliz e sorridente, enquanto os cachorros latiam ao longe. A governanta da família cruzou o terreno saindo da fortaleza de pedra, decorada por trepadeiras de rosas púrpuras raras que cresciam nas muralhas.

— O que foi, Mavis? — perguntou Lady Cacher.

Mavis parecia nervosa.

— Um visitante nos portões, milady. Pediu especificamente para falar com a senhora.

— Você o conhece? — indagou, confusa.

— Não, milady, mas ele diz que a senhora o conhece.

Lady Cacher empalideceu e pousou o vinho. Esperou um pouco para se recompor antes de se levantar e ajeitar as saias. Foi andando até os portões Mavis se adiantou para segui-la, então Lady Cacher teve que interceder:

— Não, Mavis. Vou sozinha.

— A senhora tem certeza?

Lady Cacher sorriu.

— Sim, apenas se certifique de que os bebês comam. E de que o lorde Cacher não exagere e se canse demais.

Mavis concordou, relutante.

— Sim, milady.

Lady Cacher continuou a longa caminhada até os portões da mansão Chastellain. Quando chegou, viu Merlin através das barras de aço, dando grama para o cavalo comer. Tanto o homem quanto o animal estavam imundos de poeira da estrada e de suor. Ele e Lady Cacher se entreolharam por longos momentos.

— Sua família vai bem? — perguntou Merlin.

Ela concordou com a cabeça.

— Todos. Na verdade, tenho sete netos.

— Todas as necessidades deles e as suas estão sendo atendidas? — questionou Merlin.

O rosto de Lady Cacher se contraiu.

— Todas as necessidades que uma camponesa poderia ter pensado em pedir na vida.

Ele acariciou a crina do cavalo.

— Então é hora de manter a promessa que me fez.

Lady Cacher respirou fundo, tirou um molho de chaves das saias e abriu a fechadura da entrada de serviço.

— Entre, por favor. — Ela conduziu Merlin até o pomar e a um banco embaixo de um par de ameixeiras.

Os dois ficaram sentados em silêncio por um longo tempo. Então, Lady Cacher falou:

— Eu sempre soube que esse dia chegaria. Mas, de alguma forma, ainda parece cedo demais.

Uma onda de emoção passou por ela. Caíram lágrimas silenciosas. Lady Cacher secou o rosto com um lenço e se recompôs.

— Posso lhe oferecer hospedagem? Assim teria a chance de passar uma última noite com eles.

Merlin fez que não com a cabeça.

— Os cães estão nos meus calcanhares. Precisamos ir agora. Você pode se despedir.

Lady Cacher perscrutou o rosto de Merlin, mas não viu nenhuma chance de ele ceder. Assentiu com firmeza e ficou de pé. Caminhou até a beira do pomar, de onde podia ver o marido rolando na grama com os netos. Perto dali, os próprios filhos riam e bebiam vinho, sentados em cadeiras sob o velho castanheiro. Lady Cacher sorriu e saboreou cada detalhe. Depois entrou na mansão e voltou com uma sacola de couro macio com fecho de cordão, carregada de roupas.

— Sem despedidas — disse ela para Merlin. — Deixe-os brincar.

Surgindo ao longe, a fortaleza em Dun Lach parecia ter brotado das rochas íngremes das margens da costa do Mendigo. As torres estavam inclinadas, e as muralhas eram cercadas por uma barreira natural de arenito cheio de esporões que protegiam Dun Lach não apenas de invasores, mas também da maré violenta. O litoral estava entupido de navios de guerra. Merlin procurou pelo famoso navio de Lança Vermelha, com arma rubra fundida como um chifre na proa, mas não encontrou. Arqueiros nórdicos pararam de patrulhar as muralhas para assistir enquanto ele e Lady Cacher cavalgavam até os portões. Depois de algumas rodadas de conversas baixas e olhares carrancudos na direção de Merlin, os guerreiros do portão gritaram para levantar a grade.

Recusando ofertas para se refrescar depois de uma jornada tão longa, Merlin solicitou uma audiência imediata com Cumber, e, assim, ele e Lady Cacher foram conduzidos por várias escadarias sinuosas e entraram no Grande Salão, onde o calor de cinco lareiras rugindo pintava uma imagem muito diferente dos campos de guerra sombrios além das muralhas. Não era apenas o calor, mas o som: Merlin ouviu risadas. Nunca houve riso na corte de Uther. No entanto, quando ele e Lady Cacher entraram, a gargalhada estrondosa do lorde Cumber sacudia as paredes, uma alegria derivada da brincadeira animada entre um filhote de lobo com um falcão de caça, que exibia as asas, estalava o bico e pulava no chão de pedra, assustando o lobinho. O Rei do Gelo tinha o peitoral largo e usava um manto de urso-negro sobre um ombro, deixando livre o braço de espada, ao estilo viking, a pele de urso presa por um broche de platina incrustado com âmbar, ouro e cobalto. O rosto era bronzeado do vento do mar, o cabelo ruivo estava preso em um rabo de cavalo, e a barba, bem aparada.

Os quatro filhos adultos de Cumber — dois irmãos e duas irmãs — pareciam mais entretidos com a alegria do pai do que com as travessuras do filhote. Uma vida observando cortes deu a Merlin a capacidade de logo interpretar as condições. Supôs que, ao contrário do pai guerreiro, os filhos e as filhas de Cumber tinham sido criados na realeza, como seres políticos. Suspeitava de que seriam mais resistentes e desconfiados de recém-chegados.

E, observando tudo em silêncio, estava Hilja, a Rainha do Gelo, majestosa, mas discreta, no seu vestido azul-claro. O cabelo, que já tinha sido cor de palha e ficava grisalho, estava delicadamente trançado. Ela bebia vinho de um chifre enquanto enrolava seda na roca para bordar um manto, mas sem perder nenhum detalhe do que acontecia.

Confirmando algumas teorias de Merlin, Cumber permitiu que a filha mais velha, Eydis — de cabelos negros, pele clara, com pigmentos verdes pintados em volta dos olhos azuis — se dirigisse aos recém-chegados.

— Merlin, o mago. Um feiticeiro sem magia enviado por um rei sem direito ao trono.

Ela se virou, sorrindo, para a irmã e os irmãos, satisfeita consigo mesma. Dagmar, o mais velho, e o mais parecido com o pai em porte e aparência, aprovou o comentário com um grunhido. Calder, mais franzino, revirou os olhos, e Solveig, loura e cheia de joias, disparou um olhar assassino para Merlin, que ignorou a ofensa.

— Posso pedir um chá ou vinho doce para Lady Cacher? Ela está congelada até os ossos, pois cavalgou a noite inteira.

Hilja acenou para um dos mordomos, que conduziu Lady Cacher a um banco na parede, enquanto lacaios traziam um chifre e um pouco de vinho.

— Meus agradecimentos, Lady Cumber — disse Lady Cacher.

— Também devemos fazer a cama para você, ou dirá ao que veio? — perguntou Eydis, de nariz empinado.

— Mocinha, não estou aqui para fazer camas, mas para fazer reis.

Eydis se contraiu.

— Você está diante do único e verdadeiro rei, conjurador.

— Talvez. Mas apenas se as suas noites durarem seis luas e você só andar sobre a neve.

Os filhos de Cumber pareciam agitados, e os seus olhares dispararam para o Rei do Gelo, que se distraía com o filhote de lobo tentando mordiscá-lo.

Merlin coçou a barba e olhou para Eydis.

— Bem, você tem um porte majestoso. E não tenho dúvidas de que, algum dia, dará uma bela rainha. Infelizmente, tem os modos de um asno.

Eydis soltou um suspiro de indignação.

— Como se atreve?

Hilja jogou o fuso no chão.

Dagmar se levantou e sacou a espada.

— Eu vou arrancar a sua língua, cão!

Calder se recostou para assistir ao espetáculo prestes a se desenrolar.

Apenas Cumber deu risada, um som que ressoou nas tábuas do teto.

— Vocês, druidas, não têm filhos. Acho que é por isso que vivem tanto. Eu faço a vontade dos meus. É uma fraqueza que você não entenderia.

— Você ficaria surpreso — respondeu Merlin. — E, embora eu goste muito de atuar como alvo político da sua filha em tempos de paz, os ventos da guerra estão soprando. Tem um plano, lorde Cumber? Porque foi uma manobra ousada tomar esses portos, mas agora o senhor parece contente em se agachar nessa praia imunda como uma galinha que reluta em pôr ovos.

Eydis se enfureceu.

— Pai, o senhor vai permitir que ele zombe do senhor assim?

Cumber franziu os olhos.

— Uther tolera esse absurdo, Merlin? Não tenho tanta paciência. Não me lembro de pedir a sua opinião sobre a minha estratégia militar.

— Vamos supor então, para o bem da discussão, que o senhor de fato tenha uma estratégia militar. Foi mesmo sensato despachar Lança Vermelha contra acampamentos de paladinos ao longo da costa de Granito, dado que as forças de Pendragon são cem vezes maiores que as suas? É de imaginar que seria melhor encorajar o padre Carden a permanecer neutro nessa luta, em vez de antagonizá-lo.

— Bem, é uma boa pergunta, Merlin. Bravo. Quem comanda mesmo Lança Vermelha, pai? — Calder deu um sorrisinho.

Cumber se virou para o filho mais novo.

— Feche essa matraca, garoto, ou o cabo do machado vai fechá-la. — A seguir, ele se voltou para Merlin e rosnou: — O que Lança Vermelha faz não é da sua conta, maldito. Bem, eu sou um homem simples. Não gosto de fazer joguinhos ou competir com criaturas das trevas como você. Exponha as suas razões para vir aqui. Pelo seu bem, espero que elas me agradem.

— Gostaria de conhecer o caráter e intelecto do homem que estou prestes a colocar no trono da Inglaterra — declarou Merlin. — Ficou claro o suficiente?

Cumber fez uma pausa e pousou o lobinho no chão.

— Palavras ousadas — disse. — Você traiu o seu rei mentiroso.

— Eu sou independente — respondeu Merlin.

— Um traidor é sempre um traidor.

— Se ao menos o mundo fosse tão simples — refletiu Merlin. — Suspeito que o senhor hesite nessas paragens frígidas porque está entrando em uma terra desconhecida, bem como ignora o seu direito como o verdadeiro Pendragon; uma denúncia que pode ser comprovada apenas pela única testemunha viva de que o filho da rainha regente nasceu morto.

Cumber se levantou, atordoado.

— Essa é... a parteira?

Merlin concordou com a cabeça, mantendo a expressão séria.

— É. Agora vamos discutir o que você vai me dar em troca.

QUARENTA E SETE

NIMUE OLHOU DO ALTO DO TRONO DO lorde Ector para um Presa de cara amarrada com o nome de B'uluf, esbelto para a espécie, com um chifre quebrado embaixo do maxilar direito. Os braços do Presa eram mantidos às costas por Arthur e dois arqueiros Faunos. Wroth estava parado ao lado, com um olhar furioso e assustador, de braços cruzados sobre o peito largo, e diante dele se encontrava lorde Ector. Morgana estava à direita de Nimue.

Nimue e B'uluf tinham a mesma idade, e o sorrisinho indiferente indicava que ele era um dos poucos feéricos que ainda a enxergava como uma menina teimosa, não como uma rainha. Nimue o conhecia da batalha nos pântanos, onde B'uluf se distinguiu pela bravura. E também o conhecia como um encrenqueiro que sempre dava sinais de desrespeito em todos os lugares e que causara muitas dores de cabeça na caverna.

Ele estava diante dela pelo assassinato de um morador de Cinder, um carpinteiro da parte mais pobre da cidade. B'uluf e outros três Presas tinham espancado o homem até a morte do lado de fora da casa dele, em plena vista da esposa e dos filhos. Nimue podia ver o sangue do homem nos nós dos dedos peludos de B'uluf. O clima em Cinder já era como lenha seca à espera de uma faísca. *Isso não foi uma faísca*, pensou, *mas uma tocha e um barril de óleo*. Naquela mesma noite, Arthur e sua guarda desordenada de Criadores de Tormentas e Faunos tinham desmantelado um grupo de cinderianos que tentara invadir o arsenal atrás das suas espadas confiscadas.

— O que lhe deu na cabeça para fazer isso? — perguntou Nimue para B'uluf, a voz tremendo de raiva.

Naquele momento, ansiou pelo temperamento firme de Gawain, pois podia sentir a Espada do Poder pendurada ao seu lado, compelindo a sua mão a pegá-la.

B'uluf deu de ombros, sem remorso.

— Ele fez muitos comentários — disse, com sotaque carregado. — E tem a cruz pintada na porta. Ele não é um de nós, é um deles. Um a menos deles.

B'uluf olhou para Wroth, que voltou o olhar maléfico para Nimue. Sabia que o jovem Presa estava confiante da proteção de Wroth. Os Presas eram os melhores guerreiros que tinham, e as suas forças já estavam extremamente reduzidas e sobrecarregadas.

Nimue não podia se dar ao luxo de perder nenhum deles.

O lorde Ector exibiu uma expressão igualmente furiosa.

— Você está ciente de que os Paladinos Vermelhos tomaram essa cidade primeiro, não? — perguntou Nimue, ríspida.

Mais uma vez, B'uluf deu de ombros. A conversa não parecia interessá-lo.

— E que quem não era cristão foi identificado, amarrado na fogueira e queimado até a morte? Como resultado, a maioria dos moradores de Cinder pintou cruzes nas portas para proteger as suas famílias.

A atenção de B'uluf se desviou.

— Olhe para mim — exigiu Nimue.

— Esse crime escandaloso deve ser pago com sangue — falou o lorde Ector. — Haverá mais violência se essa questão não for tratada com rapidez e severidade.

Antes que Nimue pudesse responder, Wroth falou:

— *Deh moch, grach buur. Augroch ef murech.*

Como sempre, o filho Mogwan traduziu:

— Wroth diz que os Presas têm "guerra no sangue". Que transborda muito depois de uma batalha. — Ele ouviu mais comentários do pai e acrescentou: — Ele diz que vai disciplinar B'uluf.

— Como? — perguntou Nimue.

Wroth olhou para a rainha.

— *Negh fwat, negh shmoch, gros wat.*

— Nós lhe daremos menos comida, menos água e mais trabalho.

— Só isso? Inaceitável! — desdenhou o lorde Ector.

Wroth vociferou alguma coisa para o lorde Ector.

— Chega! — gritou Nimue.

O salão ficou em silêncio. A cabeça dela latejava. Nimue ouviu a espada sussurrar para ela, mas se recusou a ouvir. O crânio parecia que ia rachar.

— Traga-o aqui — disse Nimue, em voz baixa.

Arthur e os Faunos conduziram B'uluf aos degraus do trono.

— Quando tomamos esta cidade, deixei claro que nenhum sangue humano deveria ser derramado. Não foi um pedido, mas uma ordem. Da sua *rainha*.

B'uluf a encarou com uma expressão de desobediência.

A espada assobiou na sua mente. Nimue tentou resistir. Esfregou as têmporas. Pestanejou para clarear os olhos e os pensamentos. O olhar de Nimue foi para as mãos de B'uluf.

— O que é isso nos seus dedos? — perguntou e se voltou para Arthur e os Faunos. — Mostrem as mãos dele.

Eles seguraram as mãos ensanguentadas de B'uluf para que Nimue visse.

— O que é isso? — perguntou de novo, apontando para os nós dos dedos cor de ferrugem.

— Sangue de homem — respondeu B'uluf, com um sorriso de escárnio.

— Você exibe a culpa nas mãos. Junto com a sua desobediência.

B'uluf deu de ombros.

— Você vai passar uma semana nas masmorras e será entregue a Wroth, para o que espero que seja uma punição severa — decidiu, com esforço. — Isso é tudo.

Lorde Ector praguejou baixinho.

Wroth assentiu, satisfeito.

B'uluf estendeu as mãos.

— Os Sangues de Homem têm que saber o lugar deles.

Diante disso, Nimue se virou, sacou a Espada do Poder e, com um único golpe, cortou ambas as mãos de B'uluf na altura do pulso. O Presa manteve a boca aberta por um segundo antes soltar um grito gutural, então caiu nos braços de Arthur.

— Desafie-me de novo por sua própria conta e risco! — gritou Nimue.

Wroth avançou contra ela, e os Faunos se colocaram no caminho apenas para serem jogados para o lado como bonecas de pano. Apenas Mogwan teve forças para segurar o pai, que disparava todos os xingamentos possíveis dos Presas para Nimue. Enquanto B'uluf chorava de joelhos, Arthur sacou a própria espada e girou na direção de Wroth. Nimue segurou a Espada do Poder com as duas mãos, a ponta virada para Wroth, que lutou contra Mogwan, antes de ceder. Ele foi até B'uluf pisando firme, colocou o jovem de pé pelo chifre quebrado, e irrompeu para fora do salão.

Morgana pegou Nimue pelos ombros quando a espada caiu das suas mãos trêmulas.

— Eu… não posso… desculpe… — murmurou ela.

Os pensamentos explodiram. *Eu sou um monstro. Você é a rainha dos feéricos. Um monstro. Eu sou um monstro! Seu povo precisa de você. Eles precisam de você. É só sangue. Ele é apenas um garoto idiota. Eu não posso. Não quero isso. Você empunha a Espada do Poder. Eu não quero isso!*

— Você fez a coisa certa — tranquilizou Morgana, porém com a voz trêmula.

Estou me transformando em Merlin. A espada vai se fundir à minha mão.

Arthur embainhou a espada e também foi para o lado delas.

— Agora perdemos os Presas — alertou.

Esta não sou eu. Não sei mais quem eu sou. Você é a rainha dos feéricos, maldição!

— O que, nos Nove Infernos, ela deveria ter feito? — gritou Morgana para o irmão.

Paladino, paladino, ardendo no fogo e mordido pela Bruxa do Sangue de Lobo…

— Eu não sei! Só sei que temos cinquenta corpos, na melhor das hipóteses, que podem usar uma espada. E… deuses… — Arthur gesticulou para as mãos contraídas e ensanguentadas do Presa no primeiro degrau e chamou os Faunos. — Tirem isso daqui.

Lorde Ector sacudiu a cabeça diante daquela cena e saiu do salão a passos firmes.

— Encontraram Esquilo, Arthur? — perguntou Nimue, com lágrimas escorrendo pelo rosto, a voz miúda.

— Ainda não.

— Ela está cansada — disse Morgana para Arthur. — Não dorme ou come há dias.

— Estamos todos cansados — falou Arthur, passando as mãos pelos cabelos.

— Milady! Minha rainha! — Cora irrompeu no salão, a luz das tochas refletindo nos chifres castanhos. — Venha rápido!

Momentos depois, Nimue, Morgana, Arthur, Cora e vários arqueiros Faunos correram pelas ameias da muralha norte de Cinder, se juntando a vários soldados feéricos que já gritavam e apontavam para o vale do Minotauro.

A cem metros de distância, a irmã Iris viu a comoção e se levantou. Havia se tornado uma presença cativa nos baluartes, e os arqueiros Fauno consideravam divertido aquele seu jeito peculiar. Iris os importunara pedindo para ser treinada no uso do arco longo, e eles cederam e até deixaram que ela disparasse entre as ameias em gaviões e águias-pescadoras, desde que saísse depois e pegasse as flechas de volta. Seu talento chocou os Faunos, que eram arqueiros talentosos. Depois de apenas mais ou menos uma semana, Iris podia atirar no pescoço de uma ave de rapina em pleno voo, a duzentos metros de distância. Tinha se tornado tão hábil em tão pouco tempo, que os Faunos chamavam os outros para verem a jovem prodígio atirar. Até lhe deram um arco para praticar, embora o categute estivesse desgastado, e a madeira, um pouco deformada. Iris sempre teve facilidade com armas. Era uma necessidade de vida ou morte nas rinhas. Naquele momento, enquanto todos os olhos estavam voltados para a atividade além das muralhas, a irmã Iris estava concentrada em Nimue. Pegou o arco e tirou uma flecha da aljava. O categute rangeu no ouvido quando Iris encaixou a flecha e acompanhou Nimue com a junta do dedo da frente. Àquela distância, poderia garantir que acertaria no pescoço. O dedo foi soltando devagar a corda quando dezenas de passos trovejaram na sua direção.

— Para as muralhas!

A ordem foi repetida para cima e para baixo nos baluartes, e Faunos empurraram Iris para assumir postos ofensivos. Ela se virou, e Nimue tinha sido engolida por uma multidão.

Quando os arqueiros viram a bruxa chegando, abriram caminho para a rainha, que subiu na muralha. Nimue ficou sem ar.

Um mar de tochas, cavalaria montada e carroções com as cores e as coroas da Casa Pendragon atravessava a enorme área de fazendas a poucos quilômetros da cidade de Cinder.

Nimue sentiu a garganta ficar seca. As palavras de advertência de lorde Ector ecoaram nos ouvidos. Tinha pintado um alvo nas costas deles.

— Para o leste! Olhem para o leste! — gritou um Fauno.

Todas as cabeças se voltaram para as fazendas do leste e viram outro exército marchando no interior do vale, exibindo os estandartes vermelhos e as cruzes brancas do Vaticano. Mil tochas iluminaram a noite, enquanto uma onda atrás da outra de Paladinos Vermelhos emergiam do limite do arvoredo e das estradas agrícolas, engolindo acres e mais acres de campo. Durante a próxima hora, Nimue e os outros só puderam assistir, impotentes, enquanto os dois exércitos reluzentes preenchiam todo o vale entre as montanhas Minotauro.

Eles estavam completamente cercados, sem chance de escapar.

"Eles estavam completamente cercados, sem chance de escapar."

QUARENTA E OITO

O REI UTHER USOU O OMBRO PARA ABRIR a porta do pavilhão real a fim de não derrubar a bandeja de taças e a jarra de vinho condimentado que carregava. Lady Lunette tirou os olhos da bandeja de bolos, surpresa.

— Uther, onde você estava? O que é isso?

— Um pouco de vinho com mel para comemorar — disse o filho, sorrindo, enquanto pousava a bandeja e servia as taças.

— Comemorar?

— Acabei de me encontrar com o famoso padre Carden. Na verdade, é um sujeito razoável.

O rosto de Lady Lunette se contraiu.

— Deveríamos ter nos encontrado com ele juntos, Uther. Esse era o plano.

— Sim, ah, é verdade. Mas prefiro, no meu primeiro contato com o líder rebelde, não desempenhar o papel de subordinado à minha mãe. — Uther se sentou, satisfeito. — A senhora com certeza entende.

O olhar de Lady Lunette não amoleceu.

— Para o novo plano funcionar, Uther, você terá que superar essas trivialidades.

— Satisfaça a minha vontade apenas essa vez. Acho que funcionou muito bem.

Ela suspirou, cedendo.

— E o que você e o padre Carden discutiram?

— Uma aliança. Permitiremos que a Igreja mantenha a maioria das terras confiscadas, desde que pague um imposto generoso, é claro. Em troca, os Paladinos Vermelhos vão apoiar a nossa reivindicação ao trono e liderar o cerco a essa "aldeia". — Uther fez um gesto de desdém na direção de Cinder. — Não há sentido em perder bons homens para a causa. No fim das contas, os Paladinos Vermelhos vão queimar a bruxa, e nós pegaremos a espada e reagiremos às mentiras caluniosas do Rei do Gelo. Saúde, mãe.

Uther bateu a taça contra a dela. As sobrancelhas de Lady Lunette se ergueram enquanto ela sorvia, duvidando das afirmações de Uther.

— Você nunca foi um grande negociador. Teve o bom senso de conseguir algo por escrito?

— O escriba estava presente. Penso que a senhora considerará todos os termos bastante convenientes.

— Bem, quanto a isso, veremos. — Lunette deu um sorrisinho afetado e pigarreou. — Mande que ele venha para cá. Tenho muitas perguntas para esse padre Carden. Perguntas que, com certeza, você se esqueceu de fazer.

Ela pigarreou de novo.

— Sim, mãe, não espero nada menos que isso.

— Quem vai definir as fronteiras, por exemplo? Eles dominaram metade da Aquitania. Deveríamos... — Lunette fez uma pausa e olhou fixo para a mesa. Pigarreou outra vez.

— A senhora estava dizendo? — falou Uther.

A rainha regente abriu um pouco a boca e tocou a garganta.

— O vinho não está me caindo bem.

— Sim, as fronteiras. Talvez tenhamos perdido alguns detalhes. Sem dúvida, a senhora ajeitará tudo.

Lady Lunette pigarreou com mais violência. As mãos tremeram ao afastar a taça.

— Chame o curandeiro, Uther — disse, engasgando.

Ignorando a mãe, Uther encarou a taça de vinho condimentado e girou o conteúdo.

— Uther, está me ouvindo? — perguntou Lady Lunette, os lábios ficando avermelhados.

Uther olhou de volta para ela, e o seu sorriso foi desaparecendo.

— Sim, mãe?

— Chame o maldito... — Então Lady Lunette fez uma pausa e arregalou os olhos, compreendendo.

— Chamar quem?

A rainha regente tentou falar, mas tudo que saiu foi um grasnido sofrido e uma névoa de sangue. Arranhou a mesa, agarrou a garganta e caiu no tapete, depois rolou de costas, sem conseguir respirar.

Uther ficou assistindo àquilo, impassível.

— Esqueci de mencionar, mãe: pedi a Sir Beric para que, com toda discrição, é claro, investigasse as circunstâncias do meu nascimento. Não foi fácil, garanto. A senhora obviamente não mediu esforços para esconder os seus rastros. No entanto, com os recursos da coroa, encontramos o registro de uma camponesa chamada Sylvie que trabalhava em uma fazenda bem perto do castelo. Ela teve uma morte um tanto misteriosa, depois de beber um pouco de vinho condimentado. A camponesa tinha apenas 19 anos de idade. Era ela? Era a minha mãe, que a senhora mandou matar?

Lady Lunette tentou rastejar enquanto o sangue escorria pelo queixo, mas perdeu as forças e desabou ao lado das botas de Uther.

— Nos últimos dias, pensei muito sobre essa jovem Sylvie e no tipo de mãe que ela poderia ter sido. A senhora disse que pagou por mim em moedas de ouro. É claro que quis que achássemos que essa camponesa estava ansiosa para trocar o filho recém-nascido por riquezas. Mesmo assim, fiquei curioso. Ela teve mesmo escolha? A senhora já tinha tudo planejado. Não havia como aquela mulher viver, dada a enormidade do segredo. Também não achei surpreendente que a senhora tenha dado à luz um filho natimorto. Imagino que era muito difícil para qualquer bebê viver dentro da senhora. Com todo esse sangue-frio.

Lady Lunette virou para cima, com olhos abertos, a face da cor do giz, a boca arreganhada. O único som vindo dela era um chiado baixinho. Uther se ajoelhou e segurou o rosto da mãe sem a menor gentileza. Ele a sacudiu enquanto falava.

— Mas, quaisquer que sejam as fantasias dos últimos dias de uma vida que nunca conhecerei, de uma mãe amorosa que nunca verei, de uma bondade que nunca sentirei, deixe que esse último brinde entre nós remova todas as dúvidas: eu sou, agora e para sempre, o *seu* filho.

Lágrimas de ódio desceram pelas bochechas de Uther quando a respiração de Lady Lunette cessou. No entanto, antes que ficassem opacos, os olhos dela se abrandaram, clarearam e transbordaram com um sentimento que Uther nunca vira no rosto da mãe. Os olhos da rainha regente brilhavam de *orgulho*.

O rei chorou um bom tempo sobre o corpo de Lunette. Então enxugou as lágrimas e gritou:

— Beric! Beric!

Momentos depois, Sir Beric e um soldado entraram correndo no pavilhão. Sir Beric soltou um suspiro de susto quando viu Lady Lunette no chão.

— Vossa Majestade!

Uther se levantou e se afastou do corpo.

— Ela caiu. Estávamos conversando, e a minha mãe desmaiou. Ela se foi.

Sir Beric estalou os dedos para o soldado.

— Rápido, rápido! Leve-a ao curandeiro, ainda pode haver tempo!

Uther pegou o braço de Sir Beric.

— Não se preocupe, ela se foi.

— Ainda pode haver...

Mas Uther apertou ainda mais o braço de Beric.

— Ela se foi.

Sir Beric se encolheu com a expressão de Uther.

— Sim, senhor. — Ele se voltou para o soldado que pegara Lady Lunette nos braços. — Leve o corpo para a tenda dela e aguarde instruções.

O soldado, assustado, concordou com a cabeça e correu para fora do pavilhão.

As mãos trêmulas de Beric pegaram uma taça de vinho, mas Uther colocou a mão sobre ela.

— Um pouco d'água, talvez.

Sir Beric logo ligou os pontos. Ele se endireitou e precisou fazer um esforço para se recompor. Os olhos revelaram medo. Uther saboreou aquilo.

— Precisamos marcar outra reunião com o padre Carden. Há novos termos a serem discutidos.

— Sim, Vossa Alteza. — Sir Beric curvou o corpo mais do que o habitual e saiu depressa.

QUARENTA E NOVE

— CENTO E SESSENTA BARRIS DE CERVEJA, 45 barris de vinho, centenas de sacos de farinha de trigo. Salgamos os peixes e as carnes, estamos secando as frutas que podemos, e os poços devem nos dar peixe fresco até que eles consigam estragá-los. E temos muitas aves aquáticas nos fossos. Infelizmente, os incêndios nos deixaram em um estado bastante precário no que diz respeito à madeira. Não será possível alimentar as lareiras. Madeira pode ser a nossa maior necessidade. — Steuben era o capitão da guarda de lorde Ector: alto, calvo e magro, com uma voz calma e tranquilizadora.

— Talvez possamos sacrificar algumas estruturas para isso? — sugeriu Arthur.

Ao redor da mesa no Grande Salão estavam Nimue, lorde Ector, Morgana, Arthur e Cora. O paradeiro de Wroth era desconhecido desde o incidente com B'uluf.

— Sim, só que a questão pode ser complicada para os donos das estruturas — comentou Steuben.

— Quanto tempo temos? — perguntou Nimue. — Antes de...

— Morrermos de fome, milady? — Steuben terminou por ela.

— Sim.

Steuben coçou o queixo.

— Bem, antes de todos vocês... recém-chegados surgirem, eu teria dito um ou dois meses antes de ficarmos sem comida, mas, dado o nosso atual estado e o quanto alguns da sua espécie comem... Bem, eu diria uma semana, no máximo. Mesmo sem o cerco, temos muitas bocas para alimentar.

— Uma semana — sussurrou Nimue, tentando absorver a realidade.

— Não há escolha a não ser a rendição — disse lorde Ector com amargura.

— Rendição para vocês — falou Nimue em tom sombrio. — Fogueiras para nós.

— Ou morte para todos — disse lorde Ector. — Em um dia ou dois, as armas de cerco estarão diante de nós. Veremos como todos vocês são corajosos quando jogarem piche fervendo sobre as muralhas.

— Minha rainha!

Nimue se virou para dois arqueiros Faunos parados na entrada do salão.

— Sim?

— Chegou um homem a cavalo nos portões. Ele diz que se chama Merlin.

Minutos depois, os arqueiros conduziram Merlin ao Grande Salão, onde Nimue, de cara amarrada, aguardava, sentada no trono com Morgana e Arthur de pé em cada lado.

— Milady Nimue. — Merlin inclinou a cabeça. — É um prazer vê-la de novo.

— Essa é a rainha Nimue, senhor. Ela empunha a Espada do Poder — falou Morgana.

— Não vamos ficar muito apegados a títulos — disse Merlin —, pois temo que a espada esteja prestes a se tornar moeda de barganha em uma guerra muito maior.

— Arthur, Morgana, gostaria de apresentá-los a Merlin, o mago. — O tom de Nimue tinha um toque de gelo. — Meu *pai*.

Os dois se voltaram para Nimue, chocados.

— Seu o quê? — perguntou Morgana.

Nimue ignorou a amiga e se voltou para Merlin.

— Esse não foi o seu plano o tempo todo, Merlin? Encontrar um rei humano para empunhar a Espada do Poder?

— Eu tinha a intenção de destruir a espada para evitar exatamente isso: as lutas mesquinhas pelo poder, as sucessivas apreensões de terras formadas antes do tempo e que, no fundo, não pertencem a ninguém.

— Belas palavras, que não correspondem em nada às suas ações — acusou Nimue.

— Que tipo de tolo eu seria para emboscá-la com os soldados de Uther? Por que não matá-la na estrada? Por que a farsa? Por que lhe mostrar os meus pensamentos mais íntimos, se o propósito era trair você? Pense, Nimue.

— Eu vi os soldados com os meus próprios olhos! — retrucou a jovem, com desdém.

— Assim como eu. Essa é a confirmação de que ambos temos inimigos. Eu fui traído. E agora o exército de Uther está contra você, ombro a ombro com os Paladinos Vermelhos. Estamos em um precipício e devemos nos preparar para trabalhar juntos e tomar decisões muito difíceis ou arriscar a própria extinção do nosso povo.

— *Nosso* povo? — interveio Morgana. — Desde quando *você* é amigo dos feéricos?

Merlin deu alguns passos ameaçadores em direção ao trono.

— Por setecentos anos, permaneci na brecha entre os homens e o povo feérico, dando todo o meu sangue e trabalhando muito para evitar que cortassem a garganta um do outro. Perdi mais do que ganhei, mas é um esforço que teve um preço alto no meu coração, na minha mente e na minha alma. Seria prudente da sua parte conhecer a história antes de fazer perguntas.

— Morgana é uma amiga leal — disse Nimue, colocando a mão sobre a dela para obrigá-la a se calar. — Continue — falou, sem querer revelar a sensação persistente de estar aprisionada que aflige o seu coração e a impela a correr, fugir e escapar de tudo.

— Você está sob o domínio da espada, Nimue. Sei que sente isso. Senti o mesmo. Ela deseja que você massacre. Conquiste. Mas esse é o caminho para o esquecimento. A espada tem poder, mas não tem respostas. Um líder deve ser não apenas corajoso, mas sábio.

Quando Merlin falou da espada, o estômago de Nimue se contorceu de raiva. *Como ele se atreve? Ele quer roubá-la.* Sentiu a influência da espada empurrando a mente como ventos em uma vela. Alimentando seu fervor. Sua raiva.

Nimue, porém, empurrou de volta. Os Dedos de Airimid brilharam por um segundo. *Os Ocultos verificando a espada*, observou Nimue.

— O que propõe, Merlin?

— Há pouco tempo, levei um presente para a corte de Cumber, o Rei do Gelo, um lorde viking que afirma ser o verdadeiro herdeiro de sangue do trono da Casa Pendragon. Esse presente vai ajudar muitíssimo a confirmar a reivindicação dele ou, no mínimo, diminuir a de Uther. Isso era algo que eu esperava que nunca tivesse que fazer. Essas questões inevitavelmente levam à morte de homens, mulheres e crianças inocentes. Tampouco desejo prejudicar Uther Pendragon. Ele foi tratado com desleixo por aqueles em quem mais confiava. Daremos esse assunto como encerrado — falou Merlin, triste.

— E? — perguntou Nimue.

— Tive que fazer isso para negociar a sua vida.

Nimue cruzou as mãos no colo, inesperadamente comovida pelas palavras do pai. Porém, um pensamento perturbador tirou o brilho da situação.

— E quanto ao povo feérico?

O olhar de Merlin ficou sério.

— O Rei do Gelo ofereceu um santuário na corte dele a você. Uma espécie de prisioneira. Será tratada como hóspede, mas mesmo assim será prisioneira. O convite acaba por aí.

— Que tipo de convite é esse? — indagou Morgana. — Você quer que ela seja refém?

Nimue estava prestes a se opor, mas Merlin insistiu.

— Eu a encorajaria a viajar comigo até a costa do Mendigo e ter uma audiência com o Rei do Gelo. Juntos, podemos pleitear o caso do povo feérico e tentar mudar a opinião dele.

— E deixar o meu povo à mercê do cerco? — perguntou Nimue, incrédula.

— Não sei quem colocou essa ideia na sua cabeça — falou, olhando de relance para Morgana —, de que você é a salvadora da sua raça. Essa não é a missão que Lenore lhe passou. Ela pediu que você me trouxesse a Espada do Poder. Você fez o que pode, mas agora precisa pensar, Nimue. Permanecer aqui é morrer. A única esperança para os feéricos é que você pleiteie o caso perante o Rei do Gelo e busque a proteção dele.

Nimue imaginou como seria transferir a responsabilidade para outra pessoa. O fardo levantado. Como um sonho. Ela se virou para Arthur.

— O que acha?

— Um risco e tanto. Os invasores não são conhecidos pela misericórdia. Porém, se Merlin mostrou um caminho até o trono, talvez seja um risco que valha a pena correr.

— Morgana? — perguntou Nimue.

— Você sabe a minha resposta. A espada está onde deveria. Com você.

Nimue sentiu o calor da espada nas costas, mas resistiu. Surgiram lembranças do vento quente que soprou quando Dewdenn queimou, quando as tábuas do celeiro estalaram e os cavalos fugiram em pânico. O Rei do Gelo nunca sentiria isso. O povo feérico e seus problemas permaneceriam como sempre foram aos olhos dos reis humanos: uma inconveniência, uma distração, uma obrigação.

Não existe salvador humano. Só nós podemos salvar a nós mesmos.

— Sinto muito que tenha tido tanto trabalho no meu nome, mas não posso deixá-los — disse Nimue.

— Eu imploro que tire a noite para pensar a respeito disso. Não há outro jeito.

Ela se levantou do trono, tonta de exaustão e das pressões esmagadoras do dia.

— Pode ficar, se quiser. Mas a minha decisão é definitiva.

Com isso, Nimue pegou a Espada do Poder e saiu do salão.

CINQUENTA

— EU FIZ ISSO – DISSE NIMUE PARA ARTHUR, enquanto olhava pela janela da torre para um horizonte que brilhava com milhares de fogueiras. — Eu prendi o meu povo aqui.

Arthur se apoiou na janela ao lado.

— Todos fizemos. Foi a melhor de muitas opções ruins.

Nimue sorriu com tristeza.

— Você deveria ter ficado longe quando teve a chance.

— Ainda podemos ir embora. — Arthur pegou a mão dela. — Só você e eu. Jogue essa maldita espada por cima da muralha e vamos fugir. Temos uma chance lá fora. Vamos para o mar.

— Isso seria ótimo — falou Nimue, passando a mão sobre os nós dos de Arthur.

Mas se virou para a pequena cidade de Cinder lá embaixo, as fogueiras acesas em barris, o movimento das pessoas.

— Não sou o que eles pensam que sou. Eu me sinto uma fraude. Eles devem achar que eu sei o que fazer, ou ao menos esperam que eu saiba. Mas não sei. Nem sei quem sou. Sinto que estou cada vez menos no controle.

Os olhos de Nimue se voltaram para a Espada do Poder, pendurada em uma cadeira ao lado da cama.

— Talvez seja melhor eu morrer amanhã.

Arthur pegou o braço dela com delicadeza.

— Não, isso não vai acontecer.

— Pelo menos assim não vou me transformar em algo horrível. — Os olhos de Nimue estavam fixos na espada. — Você não sabe o que ela pode fazer.

— É só uma espada, Nimue.

— É mais do que isso — falou, com a voz trêmula.

— A raiva que você sente é sua. Eles tiraram tudo de você. Sua mãe. Seus amigos. Seus entes queridos. É uma raiva justificada, mas não deixe... Você é Nimue. Não é a salvadora. Não é a rainha dos feéricos. Essa espada nada mais é do que a moeda de compra da sua liberdade.

— É a espada do meu povo — contestou Nimue.

— Você não terá um povo se não negociar.

Gritos lá embaixo chamaram a atenção deles. Alguma movimentação nos portões.

— Alguém está aqui — disse Arthur.

Momentos depois, Steuben apareceu na porta, um pouco sem fôlego.

— Um representante do rei Uther solicita audiência com a rainha dos feéricos — anunciou.

Nimue absorveu a informação.

— Esse foi o título que ele usou?

— Sim, milady. — Steuben concordou com a cabeça.

Sir Beric foi conduzido ao Grande Salão. Mantinha o rosto franzido, parado ao lado de um soldado de Pendragon que sustentava um estandarte. Diante dele, Nimue estava sentada no trono, ladeada por Arthur e Morgana, enquanto Merlin se posicionava junto a uma das fogueiras crepitantes. Sir Beric fez questão de ignorar o mago.

— O rei Uther envia os seus cumprimentos à rainha dos feéricos e vos parabeniza pelos vossos recentes sucessos militares. Com certeza, a senhora se provou uma líder formidável.

Nimue foi pega de surpresa por essa abordagem. Não tinha certeza se ouvira tudo certo até que Morgana lhe deu uma cotovelada.

— Obrigada — respondeu, sabendo que parecia ridícula. — É gentil da parte do rei Uther dizer isso... para... — Nimue fez uma pausa. — Mim.

Morgana estremeceu.

Sir Beric continuou.

— Sua Majestade prefeririia resolver a questão de forma pacífica e me autorizou a apresentar os termos da vossa rendição.

Nimue sentiu a nuca ficar quente. Vinhas delgadas subiram pela bochecha.

— Minha... rendição?

— A senhora está cercada e em desvantagem numérica. Até agora, Sua Majestade vem rejeitando as solicitações da Igreja para sitiar a cidade como um único exército, embora ainda exista a oportunidade para tal aliança. Não há outra escolha para a senhora. Aceite os termos de Sua Majestade, ou seja aniquilada.

Nimue respirou fundo para controlar a raiva.

— E que termos são esses?

Sir Beric cruzou os braços atrás das costas.

— O exército feérico deve entregar as armas e deixar a cidade dentro de 24 horas, momento em que a senhora se entregará à custódia de Sua Majestade. Em seguida, a senhora será julgada por traição e, se for considerada culpada, será mantida nas masmorras do rei Uther pelo restante da vida. Uma misericórdia que Sua Majestade oferece em troca da Espada do Poder.

— Posso sugerir o que ele deve fazer com essa oferta? — grunhiu Merlin, lá dos bastidores.

— Não — falou Nimue para o mago.

Sir Beric torceu o nariz na direção de Merlin.

— Garanto que é a oferta mais generosa que a senhora vai receber, milady.

— E quanto ao meu povo? — perguntou Nimue. — Que garantias a respeito da segurança deles você pode me dar quando os feéricos deixarem a cidade? A única razão pela qual estamos aqui é porque eles foram forçados a deixar as suas casas apenas com as roupas do corpo, depois que as suas famílias e os seus amigos foram queimados vivos.

Sir Beric trocou o apoio de pé sem jeito.

— Sua Majestade promete que nenhum feérico será ferido pelas forças Pendragon.

— Mas e quanto às forças dos Paladinos Vermelhos, que fizeram esse massacre sob o nariz do rei sem nenhuma sanção? Será que o rei Uther vai impedir essa violência? — perguntou Nimue, elevando a voz.

Sir Beric balançou a cabeça, irritado.

— Sua Majestade não comanda as forças dos Paladinos Vermelhos.

— Então, que tipo de rei ele é, se não pode proteger o próprio povo?

— A senhora não está em condições de fazer exigências.

Nimue desembainhou a espada e encheu o salão com uma luz azul fantasmagórica.

— Esta é a Espada do Poder. É dito que quem a empunha é o único e verdadeiro rei. Ela foi forjada pelo meu povo quando o mundo era jovem. Se o rei Uther acredita que é digno dessa espada, deixe que ele prove. Que seja protetor tanto dos homens quanto dos feéricos.

Sir Beric estendeu as mãos.

— Infelizmente, isso é tudo que estou autorizado a oferecer, milady. Há uma mensagem que a senhora gostaria que eu transmitisse à Sua Majestade?

Nimue se sentou no trono, desanimada.

— Diga a ele que ainda há tempo para ser um rei digno do seu povo.

Sir Beric concordou com a cabeça.

— Muito bem, milady. — Ele se virou para ir, então hesitou. — Só para ficar claro, se o rei Uther garantisse proteção para o seu povo contra as forças da Igreja, a senhora se entregaria junto com a espada?

Morgana se virou para Nimue, em pânico.

Merlin deu um passo à frente e disse:

— Não responda.

— Eu me entregaria.

CINQUENTA E UM

GAWAIN TEVE QUE RESPIRAR COM GOLFAdas rasas de ar. Prender a respiração parecia ser a única defesa contra a dor lancinante. As mãos estavam dormentes e amarradas atrás das costas na cadeira, e os pés estavam amarrados às pernas do móvel. Deixaram-no só de tanga para dar livre acesso aos ferretes. O cego tinha arrancado o seu olho esquerdo. A pele parecia grudada. Com o olho bom, Gawain tentou não encarar para a carne queimada. Ele se encolheu quando sentiu movimento na entrada da tenda, temendo o retorno do cego com o rolo de couro de ferramentas. Em vez disso, Gawain viu um anjo negro. *Não, não um anjo*, percebeu. O Monge Choroso.

— Não tenha medo, *Borralheiro*, eu não mordo — murmurou Gawain, através dos lábios inchados.

O monge entrou, mas se manteve perto das paredes.

Gawain foi tomado pela agonia. A cabeça pendeu, e ele gemeu por vários momentos. Então, a respiração ficou muito rápida.

O monge baixou o capuz. Os olhos marcados observavam a tenda de tortura.

Quando a onda passou o suficiente a ponto de Gawain poder respirar de novo, ele inclinou a cabeça para o Monge Choroso.

— Veio me ver morrer?

— Por que não disse nada? — perguntou o monge.

— Sobre o quê? — Gawain estava entorpecido pela dor.

— Na tenda. Quando eu trouxe você. Poderia ter... dito a eles o que sabia sobre mim. Por que não falou?

Gawain tentou rir.

— Porque todos os feéricos são irmãos. — O olho bom se encheu de lágrimas de dor e tristeza. — Mesmo os perdidos.

O monge se aproximou.

— Esse sofrimento vai purificá-lo.

— Você não acredita nisso. Sabe que é tudo mentira, irmão.

— Não me chame assim — advertiu o monge.

— Olhe para você. — Gawain tentou levantar a cabeça para encará-lo. — Eles viraram a sua mente do avesso.

— Através do sofrimento, você verá a verdadeira luz.

— Por que o seu deus quer que os pequeninos morram? Eu vi os paladinos perseguirem crianças com cavalos. Por quê?

— Não tenho problema com as crianças. Elas não sabem o que são.

— Você mata crianças.

— Eu não mato crianças — disse o monge, levantando a voz.

— Tudo bem, então você fica lado a lado com homens que matam crianças. Que matam em nome do seu deus. E permite que façam isso. Você já viu acontecer, com esses olhos cheio de lágrimas. Isso faz de você culpado.

O monge balançou a cabeça e se virou para sair.

— Irmão, você sabe lutar — implorou Gawain. — Nunca vi nada parecido. Você poderia ser o nosso maior guerreiro. Precisamos de você. Seu povo precisa de você.

— Vocês não são o meu povo.

— Então diga a verdade a eles — falou Gawain, virando a cabeça na direção do acampamento. — Diga aos Paladinos Vermelhos, já que eles são o seu povo, a sua família, diga a eles o que é e veja como reagem.

A aba da tenda foi puxada para trás, e o Monge Choroso girou depressa, com medo de terem ouvido a conversa.

Um Paladino Vermelho enfiou a cabeça na cabana e se dirigiu ao monge.

— O padre Carden deseja vê-lo, senhor.

O Monge Choroso assentiu e se virou para o prisioneiro.

— Vou rezar por você.

Gawain estava melancólico.

— E eu por você.

Com isso, o monge saiu da tenda.

Esquilo avistou o Monge Choroso cavalgando para longe do acampamento dos Paladinos Vermelhos e o seguiu em disparada pela floresta densa que dividia os paladinos do acampamento Pendragon.

Depois de alguns quilômetros, o Monge Choroso alcançou o padre Carden, o abade Wicklow e uma comitiva de vinte guardas da Trindade e dos Paladinos Vermelhos no momento em que entravam no acampamento lamacento das forças de Uther Pendragon. Os soldados do rei olhavam para eles com mais curiosidade do que agressividade. A maioria só tinha ouvido falar dos Paladinos Vermelhos, sobretudo do Monge Choroso, cuja letalidade fora aumentada até atingir um caráter lendário. As máscaras mortuárias da Trindade eram outro toque exótico, e, por cada fogueira que passavam, deixavam um rastro de murmúrios e olhares de esguelha.

Esquilo tirou uma túnica Pendragon de uma carroça e jogou sobre a cabeça enquanto disparava por entre as tendas, de olho no inimigo.

Quando o monge e o seu grupo chegaram ao enorme pavilhão do rei, somente ele, o padre Carden e Wicklow puderam entrar.

Esquilo esperou vários minutos atrás de uma arma de cerco meio construída. Enquanto os guardas da Trindade se deslocavam para a frente do pavilhão real, correu para a lateral da tenda e ergueu a aba com delicadeza.

Viu a parte de trás do trono. O abade Wicklow e o padre Carden estavam de frente para o rei, a quem Esquilo não podia ver.

O Monge Choroso permaneceu no fundo.

Esquilo sentiu o ar tomado de tensão.

— Todos desejamos um final agradável para a insurreição feérica — disse o abade Wicklow. — Como o senhor, rei Uther, imagina tal final?

— Com a Espada do Poder em minhas mãos — respondeu Uther.

— O Dente do Diabo é uma relíquia feérica muito poderosa e simbólica — falou o padre Carden, reafirmando a sua autoridade —, e bastante cobiçada pela Igreja. De fato, a sua captura seria uma derrota esmagadora para os feéricos. Caso desistíssemos da nossa própria reivindicação à arma, insistiríamos, no mínimo, que a bruxa feérica nos fosse entregue viva, para que pudesse ser feita de exemplo e responder pelos seus crimes diante do Deus Todo-Poderoso.

— Se tivessem coordenado isso desde o início, tal resultado poderia ser aceitável para o meu povo — respondeu o rei. — Infelizmente, essa garota feérica despertou o ardor da turba. Queimá-la na fogueira só vai inflamar esse ardor. Portanto, decidi aceitar a bruxa feérica como prisioneira, a ser abrigada nas minhas masmorras até que eu sinta que esse ardor diminuiu o suficiente. Só então talvez esteja disposto a discutir a troca dela com a Igreja.

— Semanas? Meses? Anos? De quanto tempo estamos falando? — perguntou Carden, agitado.

O abade Wicklow colocou uma mão tranquilizadora no braço de Carden, inquirindo:

— E quanto aos feéricos atrás daquelas muralhas, Vossa Majestade? São criaturas assassinas, com sangue de paladinos nas mãos.

— Eles vão receber navios para viajar para o norte. Deixe-os se estabelecer na Dinamarca, ou na Noruega, ou cair para fora da terra, tanto faz para mim — disse Uther.

O padre Carden se irritou.

— Isso será visto como uma vitória dos feéricos sobre a Igreja. É inaceitável.

O abade Wicklow cruzou as mãos embaixo das mangas cheias de dobras e assumiu um ar de profunda sobriedade.

— Compartilho das preocupações do padre Carden, Vossa Majestade, e conheço bem a opinião do papa Abel em relação a esses assuntos. Garanto que ele ficaria muitíssimo inquieto com essa indulgência a tais criaturas devassas e demoníacas.

— Fico triste em perturbar a Igreja. Vocês teriam conhecido as minhas intenções antes, se não tivessem planejado negociar com a rainha regente pelas minhas costas. Se a Igreja fizer objeção, convenientemente reuni 5 mil soldados para responder à queixa.

O padre Carden praticamente cuspiu:

— Isso é um ultraje.

De repente, as pernas de Esquilo foram levantadas no ar, e ele foi arrastado da tenda. O menino contorceu o corpo e encarou as expressões vazias dos guardas da Trindade. Um deles segurou o seu pescoço com força e o conduziu até a frente da tenda, bem no momento em que Carden, Wicklow e o Monge Choroso saíam, enfurecidos.

O padre rosnou para o abade.

— Tudo o que você fez desde que chegou é minar a causa...

Wicklow o interrompeu:

— Eu não estaria aqui se você tivesse sufocado essa rebelião no berço, em vez de transformar a vadia feérica em ícone! Agora tenho que arrumar essa bagunça.

A atenção do abade foi atraída para Esquilo, que chutava e se debatia nos braços do guarda. O Monge Choroso o reconheceu.

— O que é isso? — perguntou Carden.

— Nós o pegamos tentando entrar de mansinho na tenda do rei — respondeu o guarda por trás da máscara mortuária.

— Vou mandar arrancar os seus olhos, seus... — Esquilo gritou todos os piores xingamentos de que já tinha ouvido falar para os guardas da Trindade.

O padre Carden franziu o lábio.

— Peça ao irmão Salt que o interrogue. E diga para começar pela língua.

Os soldados religiosos assentiram, mas o Monge Choroso deu um passo à frente.

— É só um menino — disse ao padre Carden.

Wicklow parou e olhou para o Monge Choroso. O padre Carden balançou a cabeça, se virou e deu um tapa no monge com tanta força que quase derrubou os dois. A mão do Monge Choroso foi à bochecha enquanto Carden endireitava as vestes. Wicklow se voltou para os guardas da Trindade.

— Bem? O que estão esperando? Levem-no daqui!

Os guardas obedeceram e arrastaram Esquilo para o acampamento dos Paladinos Vermelhos.

O padre Carden se virou e agarrou o braço do monge.

— Por que me envergonha desse jeito? Por quê?

O Monge Choroso sacudiu o braço para se soltar e saiu andando pelo labirinto de tendas.

No momento seguinte, Wicklow deu uma ordem silenciosa para dois dos seus guardas da Trindade. Eles concordaram com a cabeça e seguiram atrás do Monge Choroso.

Quando voltou para o acampamento dos Paladinos Vermelhos, o padre Carden entrou na sua tenda e descobriu que havia uma mulher lá dentro, de costas para a porta, usando um manto de pele de leopardo-das-neves tão longo que arrastava nos tapetes. Ela se virou, abaixou o capuz e olhou para Carden com olhos azuis frios pontilhados de verde.

— Padre Carden, sou Eydis, primeira filha de Cumber, o único e verdadeiro herdeiro de sangue da Casa Pendragon. Acredito que temos interesses e inimigos mútuos.

CINQUENTA E DOIS

—**N**ÃO! – GRITOU MORGANA, DISPARANDO pelo corredor até o Grande Salão.

Quando ela entrou, Nimue, Merlin, Arthur, lorde Ector, Steuben, Cora e vários anciões feéricos estavam reunidos em uma mesa, discutindo um bilhete minúsculo entregue por um corvo.

— É verdade? — perguntou Morgana.

A resposta de Nimue estava estampada no seu rosto. Seus olhos pareciam derrotados.

— Não! — disse Morgana, correndo à mesa. — Você não pode entregá-la para ele. Vão matar você. Vão matar todos nós!

— Morgana... — disse Arthur.

— Cale a boca! — falou Morgana, se virando para Arthur. — Está feliz? Acha que ele vai fazer de você um cavaleiro, seu idiota? Acha que vai virar o cachorrinho de estimação do rei Uther? Ele não se importa com você! Você está tão condenado quanto todos nós.

— E qual é a sua resposta, Morgana? — gritou Arthur. — Qual é a sua solução brilhante? Ah, já sei! Lute contra os desgraçados! Lute contra todos!

— Isso!

— Sim, brilhante! Isso é tudo o que você sabe! É tudo o que você faz! — esbravejou Arthur. — E onde conseguiu chegar com essa atitude, irmã?

Há? A lugar algum. Você só queima o que está no seu caminho e segue em frente.

— Como se atreve? — indagou Morgana.

— Parem com isso! — comandou Nimue, então se virou para a amiga, suavizando um pouco o tom. — Esta decisão é minha. — Ela levantou o bilhete. — O rei Uther nos ofereceu navios para o norte.

Morgana escondeu o rosto nas mãos.

Nimue pôs a mão no ombro da amiga, tentando conter as próprias emoções.

— É o único jeito, Morgana. Todas essas vidas — ela gesticulou, indicando a cidade inteira — são responsabilidade minha. Não quero deixar você, mas não vejo outra maneira.

— Podemos tirar você daqui usando os túneis — falou Morgana. — Você pode arregimentar outras cidades, até maiores que Cinder.

— E o que acontece aqui? — perguntou Nimue. — O que acontece com essas crianças?

Morgana persistiu.

— Se descobrirem que você se foi, não vão se importar mais. Vão perder o interesse em Cinder.

— É mesmo? Essa não é a minha experiência com o padre Carden. Algo me diz que, se eu fosse embora, ele descontaria a sua ira sobre todos vocês.

Morgana se virou para Merlin com olhos lacrimejantes.

— Você não pode fazer alguma coisa? Você é Merlin. Não pode transformá-la em um pássaro ou mudar o rosto dela para disfarçá-la? Não pode fazer alguma coisa? Qualquer coisa?

Nimue teve um vislumbre de esperança quando se virou para Merlin, curiosa pela resposta. Mas, naquele momento, Merlin quase parecia ter os seus setecentos anos. Ele balançou a cabeça, triste.

— Mesmo que isso estivesse dentro das minhas capacidades, as condições do rei Uther exigem que Nimue seja prisioneira. Além disso, ela rejeitou a oferta do Rei do Gelo.

— Porque ele não faz nenhuma concessão ao povo feérico — disse Nimue. — Eu preciso ter certeza de que eles vão estar protegidos.

A mesa ficou mergulhou em um silêncio melancólico enquanto Nimue ponderava a decisão.

— Como isso funcionaria? — perguntou ao mago, em menos do que um sussurro.

Merlin pensou um pouco e sugeriu:

— Alguém deve liderar a saída do povo feérico de Cinder. Essa será a primeira tarefa, e já é muito perigosa. Não há como prever como os Paladinos Vermelhos podem reagir. Não consigo imaginar que estejam contentes com a oferta do rei Uther. É trabalho para soldados.

Nimue pegou a mão de Arthur.

— Arthur?

— Não. — A voz dele tremeu. — Quero ficar com você.

— Não confio as vidas do meu povo a mais ninguém. Por favor — implorou Nimue.

— Não quero abandonar você — insistiu Arthur, que, revelando a sua vergonha, acrescentou: — *Não quero fugir.*

— Você não vai fugir. Não é a mesma coisa. — Ela pegou o rosto dele nas mãos. — Preste atenção, Arthur. Este é o seu caminho para a honra.

— Quero outro caminho, por favor — pediu ele, baixinho.

— Tem que ser você.

— Levará um dia de caminhada para chegar ao mar — falou Merlin. — Quando o povo feérico estiver a bordo dos navios de Uther, Arthur enviará um corvo lhe informando.

Ele fez uma pausa.

— E então você se renderá e entregará a Espada do Poder ao rei Uther.

— Como isso vai acontecer?

Merlin coçou a barba, sem ter plena certeza.

— Creio que haverá uma escolta real. Fora dos portões. O bilhete exige que você se entregue sozinha.

Morgana balançou a cabeça, horrorizada.

Enquanto absorvia essa ideia arrepiante, Nimue acrescentou:

— E Gawain. Eles devem devolver o Cavaleiro Verde para nós. Vivo.

Merlin não parecia esperançoso.

— Podemos tentar, é claro. Mas, se esse Cavaleiro Verde estiver nas mãos dos Paladinos Vermelhos, temo pelo pior.

— Essas são as minhas condições — falou Nimue, sem rodeios.

— Podemos tentar — repetiu o mago.

— Você escreveria a resposta? — perguntou Nimue, sentindo-se tola e jovem. — Não quero soar...

Ela foi parando de falar, e Merlin concordou com a cabeça.

— Escreverei o bilhete concordando com os termos revisados do rei e o trarei para a sua aprovação.

Nimue se afastou da mesa e se dirigiu aos seus aposentos sem mais uma palavra.

Uma hora depois, estava diante da janela, olhando para os reluzentes acampamentos gêmeos das forças do rei Uther Pendragon e dos Paladinos Vermelhos. Um grasnado distante chamou a atenção dela para o portão norte, onde um pássaro negro pairou baixo sobre as cabeças dos arqueiros na muralha. Momentos depois, ouviu uma batida na porta.

— Sim?

Merlin entrou.

— O corvo com sua resposta foi enviado para Uther.

— Eu vi. — Nimue deu um breve sorriso.

O mago se remexeu junto à porta, sem jeito.

— Vou deixá-la sozinha — disse.

— Não, por favor. Junte-se a mim.

Merlin fechou a porta e se aproximou da janela onde Nimue estava sentada.

— Você deve me achar uma tola.

— Você não é tola, não mesmo. — O feiticeiro balançou a cabeça, espantado. — Você é Lenore todinha.

Nimue conseguiu dar um sorriso.

Então ele acrescentou:

— Com um toque do Merlin também. Uma combinação muito explosiva, se me permite a ousadia.

Ela riu.

— Isso explica muita coisa, sim.

O mago sorriu. Até cobriu a boca com a mão, espantado, de tão raro que era um sorriso aparecer nos seus lábios.

— Tenho certeza de que Lenore estaria bastante orgulhosa das escolhas que você fez. — Merlin hesitou, então acrescentou: — Assim como eu estou.

Aquilo foi mais importante para ela do que imaginava, e Nimue foi pega de surpresa pelas lágrimas escorrendo das suas bochechas. Secou logo o rosto. Nunca tivera um pai, não de verdade. E, embora parte dela ansiasse por se aproximar de Merlin, outra parte temia a rejeição.

— Mas nem sei o que estou fazendo.

— É assim que se encontra a coragem. Quando o caminho não é tão claro. — Ele ia falar mais, porém desviou o olhar.

— O que foi? — perguntou Nimue, notando a hesitação do mago.

— Desculpe... Desculpe por não ter podido salvar você.

Nimue assentiu aceitando as desculpas.

— Eu estava errado sobre a espada — disse ele.

— Como assim?

Merlin de repente se virou, uma revelação se formando.

— Não foi o sangue de Uther que choveu no castelo. E tampouco era meu. E me atrevo a dizer que não foi a morte ominosa, mas, sim, uma grande transformação. Foi Sangue de Lobo que choveu naquele castelo.

— Não estou entendendo.

— Passei esse tempo todo perseguindo a espada, acreditando que ela, de alguma forma, era responsável pelo que estava acontecendo... Mas nunca foi a espada. Foi você. A Bruxa do Sangue de Lobo. — Ele ficou triste. — Eu poderia ter ajudado. Eu...

— Você está aqui agora.

— Vou pleitear uma audiência com o rei Uther. Para suavizar seu caminho o melhor que puder. Por favor, não tenha ilusões, o rei já pediu a minha cabeça uma vez nos últimos dias, e as minhas ações desde então apenas serviram para aumentar a animosidade dele. Posso muito bem estar morto antes de você chegar.

Nimue encarou Merlin. Os olhos cansados do mago encontraram os dela. Nimue não viu nenhuma maquinação, nenhum jogo, nenhuma manipulação ali. Aquele era um Merlin muito humano. Era o seu pai.

— Não precisa.

— Preciso, sim.

CINQUENTA E TRÊS

Arthur abriu a porta rangente de um celeiro nos limites da cidade, perto da muralha sul. Ele se voltou para Nimue.

— Tem certeza?

Ela passou por Arthur. O ar estava denso com cheiro de almíscar, e o ambiente, muito escuro. Cavalos nervosos relinchavam nas baias. Nimue estendeu a tocha quando um Presa saltou das sombras, latindo e arreganhando as presas cinzeladas. Arthur desembainhou a espada, mas Nimue se manteve firme.

— Onde está Wroth?

O Presa que vinha avançando se contentou em fazer cara feia quando veio um latido baixo dos fundos do celeiro. O jovem Presa apontou os chifres da mandíbula na direção de Arthur, mas permitiu que os dois passassem. Quando a luz da tocha iluminou os Presas agachados e amontoados na palha, Nimue se lembrou da visão noturna excepcional daquelas criaturas e da sua preferência pela escuridão total. Ela e Arthur encontraram Wroth largado em um fardo de feno, mascando uma raiz de gipsita. Um pálido e silencioso B'uluf estava por perto, os tocos ensanguentados escondidos embaixo dos braços. Mogwan ficou de pé e se aproximou.

— Você não é bem-vinda aqui.

— O que teria feito se estivesse no meu lugar? — Nimue se dirigiu a Wroth. — Se empunhasse a espada e alguém do Povo do Céu o desafiasse?

Wroth vociferou algumas palavras na direção de Nimue e gesticulou com irritação, expulsando-a. Mogwan se manteve impassível.

— Ele disse que nunca vamos saber.

— Não preciso do seu amor ou da sua adoração. Nem do seu respeito. O que preciso é da sua força para proteger o povo feérico na minha ausência — disse Nimue.

— Ela vai entregar a espada e a própria liberdade para o rei Uther — disse Arthur, devagar, para que todos compreendessem as implicações daquilo. — Está se sacrificando para que nós possamos viver. Para que os Presas possam sobreviver até a próxima geração.

Mogwan pareceu surpreso, então começou a traduzir, mas foi cortado pela própria resposta de Wroth.

— Meu pai diz que não é do seu feitio desistir — falou Mogwan.

— Não estou desistindo. O povo feérico já passou por muita coisa. Não vou sujeitá-los a um massacre. Se a minha vida pode comprar a liberdade de vocês, é um preço pequeno a se pagar.

Houve um farfalhar nos fundos, e Wroth surgiu à luz da tocha, de peito largo e feroz. Os olhos negros profundos avaliaram Nimue de perto. Então ele rosnou:

— *Gof uch noch we'roch?*

Mogwan conteve um sorriso. Nimue franziu a testa, curiosa.

— O que ele disse?

— Ele quer saber se você tem certeza de que não tem sangue Presa.

Wroth se permitiu um sorriso, revelando um dente dourado.

— *Brach nor la jech.*

— Você é mais durona que a primeira esposa dele — traduziu Mogwan. — Minha mãe.

Wroth rosnou algo para Arthur e deu um tapa no peito dele, que ficou sem fôlego.

— Meu pai diz que, quando você estiver cansada desse Sangue de Homem frangote, pode ser a sua terceira esposa — falou Mogwan.

— Não vamos apressar as coisas — disse Nimue com um sorriso, e, em seguida, pegou a mão de Wroth. — Mas realmente preciso de campeões. Preciso que você e Arthur conduzam o povo feérico para os navios do rei Pendragon. Você faria isso por mim?

Wroth colocou a pequena mão de Nimue entre as suas manzorras gigantes. Ela sentiu o calor e a pele áspera do Presa. As unhas roçaram o seu braço.

— *Gr'luff. Bruk no'dam.* — Então a boca de Wroth se esforçou para formar palavras que ela pudesse entender. — Nascemos no amanhecer.

— Para morrer no crepúsculo — respondeu ela, tocando no coração em agradecimento.

Carroções, ovelhas, burros, palafréns, gritos de crianças feéricas, carretas, uma dezena de bois, Faunos gritando, Asas de Lua zumbindo, bebês chorando e centenas de refugiados, tanto feéricos quanto Sangues de Homem, encheram a praça principal de Cinder, junto ao portão oeste. Meia dúzia de rumores a respeito de tramas traiçoeiras quase provocaram tumultos o dia inteiro, e foi necessária toda a determinação e disciplina de Arthur e Wroth para evitar um desastre. A turba não era idiota. Sabiam que teriam que marchar indefesos para o interior do território dos Paladinos Vermelhos. Os nervos estavam à flor da pele.

As emoções também estavam exaltadas na entrada de serviço também, onde Nimue e Morgana foram se despedir de Merlin, de saída para a sua missão. Ela nunca tinha visto o mago tão rígido e inseguro.

— Espere pelo corvo — disse ele, pela vigésima vez. — Certifique-se de que seja a letra de Arthur.

— Vou fazer isso — assegurou Nimue.

— Peça para ele deixar uma carta igual, para que possa compará-las. Uther tem os recursos para fazer falsificações perfeitas.

— Já fiz isso — respondeu Nimue.

— Muito bom. — Merlin puxou a barba. — Se eu sentir que há um plano, farei tudo o que puder para avisá-la. Mas ...

— Eu sei. — Ela sorriu.

Merlin começou a balbuciar, mas não conseguiu encontrar as palavras. Em vez disso, assentiu, passou pelo portão e subiu no cavalo recém-selado. Com um olhar significativo para Nimue, o mago puxou as rédeas, deu a volta para entrar na trilha e foi galopando em direção ao acampamento do rei.

Nimue se virou para Morgana, que parecia estar se preparando para a despedida.

— Não, ainda não — disse Nimue.

Pegou Morgana pelo braço, a fim de conduzi-la para longe da multidão, e desceu por uma série de vielas estreitas, que ficavam próximas aos baluartes.

— O que está acontecendo? — perguntou Morgana, enquanto era conduzida por ruas íngremes em zigue-zague, uma atrás da outra.

Nimue não respondeu até as duas encontrarem um Fauno de cavanhaque que descansava em um carroção em um canto escuro entre dois prédios decrépitos, limpando os dentes com um pedaço de palha.

— Onde estamos, pelos Nove Infernos? — perguntou Morgana, enfim soltando o braço.

Nimue gesticulou para o Fauno.

— Morgana, este é Prosper.

Ela acenou para Prosper, que pulou do carroção e o empurrou para o lado. Embaixo do carroção havia um saco vazio. Nimue puxou o saco e revelou um túnel no chão. Morgana se inclinou, fascinada, quando um Plog de pele escura surgiu da abertura, chiando na sua língua estranha.

— Deuses! — Morgana saltou para trás.

Prosper riu.

— E esse — falou Nimue, apontando para o Plog —, até onde chega a minha capacidade de pronunciar, é Effie.

Morgana se virou, radiante.

— Você vai fugir!

Nimue sacudiu a cabeça.

— Não, minha querida. — E tirou a Espada do Poder do ombro. — Mas *você* vai.

CINQUENTA E QUATRO

A TAVERNA MAIS POPULAR DE CINDER ERA conhecida como Cavalo Solitário do Olho Vermelho, mas Nimue decidiu assumir o controle do lugar como seu próprio Grande Salão, a fim de ficar mais próxima dos preparativos para o êxodo do povo feérico. Arthur estava imundo e suado quando entrou e ficou surpreso ao encontrar Nimue quase sozinha, tirando a garçonete irritada, Ingrid, a tataraneta do Olho Vermelho original, uma mulher de cara fechada que deu um aceno seco pedindo paciência quando ele puxou uma cadeira e se sentou ao lado de Nimue.

— Está calmo aqui dentro — falou ele.

— Não tão calmo quanto aquela fortaleza medonha — respondeu Nimue, bebendo uma taça de vinho antes de acrescentar: — Os anciões foram todos para os seus clãs.

Ela tomou outro gole. A enormidade do sacrifício de Nimue não parava de atordoá-lo, atingindo-o em novas ondas.

— Você não...

— Pare — falou Nimue. — Eu sim.

Ela riu, tentando conter as lágrimas.

— Acredite, eu queria mesmo ir com você.

Arthur segurou a cabeça de Nimue contra o peito. Pressionou os lábios na orelha dela.

— Não me obrigue a fazer isso.

Nimue segurou a bochecha dele na dela. Suas bocas se tocaram.

— Está arrependido de ter voltado?

— Chega de arrependimentos. Você não é a minha rainha. Não manda em mim. Você é minha amiga. — O polegar de Arthur limpou as lágrimas dela.

— Eu tenho um segredo — confidenciou Nimue. — Nunca estive em um navio. Sempre foi o meu sonho. Estar no oceano. Em um lugar que nunca acaba. Navegar até aquele ponto onde o mar encontra o céu. Ser apenas um pontinho em toda aquela quietude.

— Isso não é muito característico do Povo do Céu — disse Arthur.

— Eu sou uma traidora da minha espécie — admitiu ela, estalando os dedos. — Perdi um navio por questão de alguns dias. Foi no dia em que nos conhecemos, na verdade.

— Era para acontecer, então. Pense em toda a diversão que teria perdido.

Nimue escondeu o rosto nas mãos e riu, melancólica. Esticou os braços para Arthur, e ele a embalou, em silêncio, por longos minutos. Nimue deu um último beijo demorado nele, depois se levantou devagar. Ofereceu a mão. Arthur a pegou, e Nimue os conduziu para fora da taverna.

A turba cacofônica de feéricos ficou em silêncio e abriu caminho quando Nimue e Arthur atravessaram a multidão de mãos dadas. Aqueles que entendiam o sacrifício de Nimue estenderam a mão para ela, tocaram nos seus braços e ombros, enquanto as crianças tentaram andar ao seu lado e segurar a sua mão. Outros se curvaram ou murmuraram orações nas suas línguas nativas. Nimue sorriu para todos. Não podia deixar que vissem o seu medo.

Quando chegaram à frente, Nimue virou Arthur para si e o beijou profundamente. Tocou no rosto dele, nos olhos, na testa molhada, no pescoço e no cabelo suado emaranhado sobre as orelhas, tentando se lembrar de cada detalhe. Quando se afastou, Arthur passou a base da palma da mão nos olhos e montou em Egito. O longo pescoço da égua se virou para Nimue, que deu um beijo e fez carinho no focinho do animal.

Houve um guincho estrondoso, e Wroth irrompeu de uma rua lateral em cima do javali gigante, liderando os guerreiros Presas. A multidão sabiamente abriu espaço para a fera temível, que se contorcia nas rédeas. Parando ao lado de Arthur, Wroth assentiu para Nimue.

— *Budach ner lom sut! Vech dura m'shet!*

Do seu cavalo, Mogwan traduziu:

— Se a escória dos paladinos nos causar algum problema, com certeza faremos com que paguem.

— Não tenho dúvidas — disse Nimue, tocando no coração, e Wroth respondeu com o punho fechado sobre o próprio peito.

Deu um último aperto na mão de Arthur e recuou, assentindo para os Faunos no portão. Ouviram um gemido de aço quando a grade se ergueu, e a procissão iniciou a marcha. Nimue observou os feéricos, acenou para alguns, se curvou para outros, gravou cada rosto que podia enquanto eles passavam sob os portões de Cinder e entravam na estrada do Rei. O coração dela estava na garganta. Seu próprio destino parecia muito distante. Nimue só conseguia pensar nos olhos confiantes dos feéricos e em como poderia estar conduzindo todos a uma cruz em chamas.

Só quando a última das carroças desapareceu pelos portões e quando a grade levadiça foi baixada de novo com um rangido de correntes que Nimue sentiu a pressão esmagadora da grandiosidade da sua decisão. *O que foi que eu fiz? Sentenciei-os à morte.* Como a situação chegara àquele ponto? Ao ponto de se sentir como uma mãe para toda a sua raça? Nimue nunca tinha sido aceita pela própria espécie, sempre fora excluída, julgada pelas cicatrizes e pela conexão incontrolável com os Ocultos. *Não somos perfeitos*, refletiu. Como B'uluf e os anciões da aldeia de Nimue, os feéricos eram capazes de ódios tribais e nutriam rancores antigos. Como os Sangues de Homem, os feéricos temiam o que não compreendiam. Mas os que agiam dessa forma eram exceção. Nimue pensou na luz da tocha que se espalhara por todos aqueles rostos maravilhosos e singulares na caverna, naquela primeira noite com Morgana e Arthur. A beleza e a criatividade dos Ocultos estiveram completamente à mostra naquela noite. Aquelas eram raças sintonizadas ao coração pulsante do mundo, às suas terras, aos animais que compartilhavam aquelas florestas, e suas expressões curiosas eram tanto um espelho quanto uma janela para esses mundos. Onde o padre Carden enxergava monstros, Nimue via famílias em conexão profunda, permanente e ancestral com os Ocultos e os Deuses Antigos, todos com as próprias danças e magias, idiomas, ofícios e histórias. Os Paladinos Vermelhos queriam queimar todos os Faunos, e Asas de Lua, e Presas, e o Povo do Céu, queimar todas as cores e texturas, até que tudo ficasse como as cinzas de Dewdenn. Nimue não permitiria tal tragédia.

Se eu morrer, ainda vai valer a pena, pensou. *Vale a pena proteger a minha gente.*

De pária a rainha.

Nimue olhou para a terra pisoteada da praça e viu apenas rostos humanos a encarando com fascínio e medo, curiosidade e asco. Lorde Ector fez uma careta e virou o cavalo para o castelo, um castelo que ele estava prestes a recuperar.

O primeiro quilômetro percorrido pela caravana foi sinistro por causa do silêncio. Arthur não conseguiu perceber um único canto de pássaro, não conseguiu ouvir uma mosca no mato. Fazia frio, mas o ar estava parado. Até os ventos cortantes das montanhas Minotauro pareciam ter feito uma pausa para a travessia. Havia apenas o ruído lento das rodas, cascos e botas atrás dele, o pocotó constante do javali de Wroth. Adiante havia apenas árvores mortas e as colinas que se erguiam.

O primeiro sinal de problema foi um posto de controle dos Paladinos Vermelhos. Cinco irmãos tonsurados estavam parados ao lado de um estandarte do Vaticano, com manguais e maças pesadas penduradas nos ombros, observando os feéricos se aproximarem com olhares assassinos.

— Tenha calma, Wroth — sussurrou Arthur.

Sabia que os Presas seguiriam o exemplo do seu líder orgulhoso e sabia como era difícil para Wroth se afastar de uma briga. O Presa continuou em silêncio. Isso deixou Arthur mais preocupado.

Quando a caravana chegou a quinze metros dos paladinos, os xingamentos começaram. Os paladinos tinham nomes diferentes para clãs diferentes: guinchadores, baratas, tufões, bicudos, porcos-espinhos. Os monges usaram todos, tentando incitar os guerreiros a um conflito que desse a desculpa para um ataque completo.

Wroth manteve os olhos fixos na estrada, mas, quando a procissão passou pelo posto de controle, meteu os calcanhares na montaria, e o javali soltou um guincho que sacudiu os penhascos das montanhas Minotauro e mandou os Paladinos Vermelhos correndo para a floresta. Arthur temeu represálias, mas não viu sinal dos monges. Deu um sorrisinho para Wroth, que bufou de satisfação. Mas a sensação boa durou pouco, pois o próximo quilômetro levou os feéricos ao coração do acampamento dos Paladinos Vermelhos.

A quatrocentos metros atrás de Arthur, a irmã Iris foi aos poucos se deixando levar para a parte de trás da caravana. Não pertencia a nenhum clã. Ninguém a reivindicara. Ninguém queria a sua presença. A irmã Iris tinha passado dias bancando a desgarrada entre os clãs. Então ninguém se importou quando ela se afastou sozinha. Quando os olhos estavam voltados à frente, Iris se abaixou na grama alta e escorregou em um aterro molhado. Puxou um arco longo roubado de baixo da capa de pano de saco, enfiou uma flecha entre os dedos e disparou para a floresta, dando a volta na direção da cidade de Cinder.

Na frente da caravana, Arthur viu que lanças tinham sido acesas e cravadas no chão em fileiras simétricas ao longo da estrada, e centenas de paladinos montados preenchiam os espaços entre as árvores da floresta, que os cercavam por todos os lados. Aquele era um sinal terrível. Arthur perdeu a confiança. Nunca sobreviveriam a um ataque direto. Prometeu matar tantos quanto pudesse, mas era impossível não deixar de sentir um pouco de desesperança. Seu coração se apertou, sabendo que nunca mais veria Nimue. Um rugido se formou na garganta do javali. O animal podia sentir a ameaça ao redor. A mão de Arthur se moveu até o pomo da espada.

— Continuem em movimento — disse ele para a caravana, sentindo o pânico crescer.

Wroth pegou o martelo de guerra.

— Não, Wroth — sussurrou Arthur.

Os cavalos dos paladinos se agitaram na floresta. Arthur viu os rabos e as cabeças sacudindo. Bastaria uma faísca. Alguém havia ordenado que os paladinos evitassem o confronto, mas Arthur notou que era um controle tênue. Os monges queriam qualquer desculpa para avançar e o fariam à menor provocação.

Um ruído de cavalos atraiu a sua atenção para a estrada à frente. Outra coluna de cavaleiros se aproximou do norte, prestes a encontrá-los de frente.

Acabou, pensou Arthur.

— Não eles — disse Wroth, se atrapalhando com o idioma.

Era verdade. Os cavaleiros que se aproximavam carregavam o estandarte da Casa Pendragon.

Não acredito.

A caravana avançou, e a coluna de soldados se dividiu ao redor deles, formando uma barreira de ambos os lados entre os Paladinos Vermelhos na floresta e a procissão do povo feérico.

Arthur achou que ia se acabar em lágrimas quando um dos soldados do rei o cumprimentou com a cabeça e ele devolveu o gesto. Engoliu o nó na garganta. Os murmúrios de medo se transformaram em um alívio animado quando as famílias feéricas perceberam que estavam sendo protegidas dos Paladinos Vermelhos pelos homens do rei. Alguns aplaudiram, outros choraram, alguns aproveitaram a oportunidade para lançar impropérios aos algozes. Enquanto a caravana avançava, os cavaleiros se viraram e cavalgaram ao lado deles.

O rei Uther mantivera a palavra.

Eu nunca deveria ter abandonado Nimue. Forcei essa situação. Eu a forcei a entregar a espada para Pendragon. Arthur olhou para o mar de famílias agradecidas, eles tiveram tão pouco o que comemorar nos últimos meses. Aquilo era uma vitória. Arthur tinha razão. Os feéricos viveriam, e um rei humano tinha feito aquilo. *Ainda era um preço muito alto.* Barganhar pela espada era uma coisa. Mas não Nimue. *Não ela. Eu deveria voltar.* Os feéricos não estavam seguros, ainda não, não até que estivessem nos navios. Prometera a Nimue. Mas não conseguia evitar visualizar as coisas na mente. *Ela chega ao acampamento de Uther. Eles a agarram. Pegam a espada. Entregam Nimue ao padre Carden e aos Paladinos Vermelhos. E depois?* O pensamento lhe provocou um mal-estar. Tinham dado o lobo para os leões comerem.

O restante da viagem foi um estranho sonho agridoce. Os feéricos estavam felizes, até festivos, deixando de lado as incógnitas a respeito do futuro para saborear a paz e a misericórdia do presente enquanto a caravana passava pelas terras baixas, onde o ar era tomado pela bruma do oceano. Os penhascos de arenito assumiram formas irregulares e violentas, moldadas através dos tempos pelo ataque dos ventos costeiros, e as florestas foram se achatando e se transformaram em campos ondulantes de grama silvestre.

Arthur e Wroth cavalgaram até a beira do penhasco, desceram das montarias e contemplaram os agitados mares verdes da costa do Mendigo. Um forte nevoeiro havia se instalado no mar, apagando tudo menos a praia rochosa e as ondas mais próximas. Os olhos deles procuraram no horizonte por sinais de vida, mas tudo que ouviram foram gaivotas. Um silêncio pesado caiu sobre o povo feérico conforme a expectativa se transformava em medo.

Um mastro cortou o nevoeiro, seguido por uma vela estampada com as três coroas da Casa Pendragon. Um grito de alegria irrompeu do povo feérico, e até Arthur foi contagiado pela euforia do momento. Wroth o abraçou, quase esmagando-o de alegria, e, por todo o penhasco, os clãs feéricos também se abraçaram, as crianças apontaram e gritaram, e mães e pais choraram de alívio e gratidão.

Enquanto enxugava as próprias lágrimas, Arthur só conseguia pensar em Nimue.

CINQUENTA E CINCO

DOIS SOLDADOS PENDRAGON ESCOLTARAM Merlin até o pavilhão do rei Uther e o empurraram diante do trono. Sir Beric sacudiu a cabeça, incrédulo, enquanto se levantava de uma mesa cheia de pergaminhos para ficar ao lado do rei.

— Ele entrou a cavalo no acampamento e se rendeu, Vossa Alteza — explicou o soldado mais velho.

Enquanto o mago ajeitava as mangas, o rei o encarou com uma calma inamistosa.

— Olá, Uther — disse Merlin, cumprimentando-o com a cabeça.

O rei sorriu.

— Estamos abrindo mão das formalidades, não é?

— Quais são as suas intenções com a menina feérica? — perguntou Merlin, indo direto ao ponto.

— Você está aqui representando a bruxa? Pensei que servia ao Rei do Gelo. Honestamente, Merlin, você precisa tomar cuidado, ou ganhará a reputação de ser um bruxo desleal. — Uther fez um esforço para se controlar. — Sua audácia de vir aqui é a afronta mais vil de todas. Você presume que sou tão castrado a ponto de poder se apresentar diante de mim depois de cometer tantos crimes e sobreviver impune?

— Desisti de tentar sobreviver, Uther — respondeu Merlin.

— Ah, vamos testar essa teoria.

— Eu esperava encontrá-lo com um humor melhor, considerando que estamos à véspera da sua maior vitória como rei. Você deteve o massacre do povo feérico, subjugou a Igreja, negociou uma paz inabalável, ainda que justa, com a líder da rebelião feérica, e, apesar de todos os meus melhores esforços para destruí-la, a Espada do Poder está ao seu alcance.

Os olhos de Uther se contraiu.

— Juro, Merlin, se você estiver prestes a reivindicar crédito por isso, vou mandar esquartejá-lo aqui mesmo nos tapetes, diante dos meus olhos.

— De modo algum. A vitória é sua e apenas sua. Afinal, o Beric aqui não conseguiria nem negociar a própria saída de um saco de nabos, então é possível dizer que você conseguiu com um braço amarrado nas costas.

— Ora! — respondeu Beric, indignado.

Uther sorriu, mesmo sem querer. Sempre gostava quando Merlin implicava com Beric. No entanto, o sorriso do rei desapareceu em um grunhido.

— Mas, ao contrário de você, Beric é leal. Já você, enquanto professava amizade, cavalgou até um acampamento inimigo e entregou a adaga para matar essa mesma monarquia.

— Onde está a sua mãe? — perguntou Merlin, provocador, na esteira da fúria assassina de Uther.

— Morta.

O mago entendeu rápido.

— Meus pêsames.

— Não fique tão triste. Você vai se juntar a ela em breve, e, juntos, podem passar a eternidade tramando nos Nove Infernos.

— A parteira foi um crime da sua mãe, Uther, não seu. Lute o quanto quiser, mas a luz da verdade sempre vai se sobrepujar à sombra da mentira. Seja como for, você enfim é dono do próprio nariz. Se quiser ser reconhecido como o único e verdadeiro rei, agora é a sua chance de conquistar o título. Corte a minha cabeça amanhã, se quiser, mas vamos terminar esse negócio com a espada hoje. Então, vou perguntar de novo: quais são as suas intenções com a garota feérica?

— São exatamente as que declarei — respondeu Uther.

— E você confia no padre Carden?

— Tanto quanto confio em você.

— Então, fez os preparativos para o caso de ele lhe trair? A Bruxa do Sangue de Lobo está ao alcance. Garanto que ele não chegou tão longe só para se acovardar diante de você agora, a menos que esteja tramando alguma coisa — advertiu Merlin.

— Como se atreve a me interrogar depois das suas numerosas traições? Sua audácia é ímpar. Guardas, colocam Merlin sob vigilância até que a Bruxa do Sangue de Lobo chegue. Quando tivermos a espada, matem-no.

Os soldados pegaram Merlin por baixo de cada braço e levaram o mago para fora do pavilhão real.

Nimue estava sentada nos seus aposentos, olhando para a torta de enguia no prato diante de si, escutando o estômago roncar. Não tinha apetite. Ficara arrasada de preocupação conforme as horas esperando por notícias da caravana se passavam. A esposa de Ector, Lady Marion, decidiu ficar responsável por garantir que Nimue fosse alimentada.

Ela parou diante da menina e retirou a torta de enguia.

— Temos um adorável frango com uma cobertura de amêndoa a caminho.

— Não, obrigado — reclamou Nimue.

Porém, Lady Marion se sentou ao lado dela e levantou as mãos, sugerindo que aquilo estava além do seu controle.

— Você não vai morrer sob a minha supervisão. Está muito pálida, minha querida.

— Sou muito grata pela sua hospitalidade, Lady Marion. Considerando... — Nimue parou de falar.

— Que você roubou o trono do lorde Ector? — disse Marion.

Nimue sorriu.

— Bem, sim.

Lady Marion pensou um pouco.

— Por que uma mulher não deveria se sentar no trono?

A mão de Nimue tremeu quando pegou a taça de vinho. Marion a encarou com a expressão cheia de solidariedade.

— O que você fez pelo seu povo foi muito corajoso.

Nimue estava prestes a falar quando um grasnado distante ecoou pelo corredor. Ela se levantou de repente.

— Isso foi um corvo? — Nimue começou a correr, com Lady Marion logo atrás, e procurou sem parar. — Oi!

Ela virou uma curva e encontrou Steuben subindo as escadas, com um bilhete na mão.

— O pássaro chegou, milady — anunciou, entregando a mensagem.

Nimue desenrolou o pequeno pergaminho e leu em voz alta:

— "Navios aqui. Embarcando agora. O rei manteve palavra. O povo feérico vai navegar até o ponto onde o mar encontra o céu. Graças a você, meu amor. Giuseppe Fuzzini Fuzzini." — Ela deixou cair o bilhete e levou a mão à boca, lutando contra as lágrimas. — Eles estão seguros.

— Isso me deixa feliz, senhora — falou Steuben, colocando a mão no ombro de Nimue.

CINQUENTA E SEIS

A GRADE LEVADIÇA SE ERGUEU ATÉ SE FI-
xar na doca no alto do portão. Nimue conduziu o palafrém
adiante, passou por baixo da muralha norte de Cinder e entrou
sozinha na estrada do Rei. Uma brisa fresca sussurrava entre
a grama alta, fazendo as copas das árvores balançarem e sacudirem as suas
últimas folhas laranjas. As florestas zumbiam com vida. Ouviu os piados
curtos dos tordos e os apitos contínuos dos melros. O medo sufocante e a
preocupação persistente dos últimos dias e semanas passaram, e ela foi tomada
por uma serenidade. Nimue sentiu os Ocultos muito perto. *Não tenha medo.*
Ela se lembrou do cervo no bosque do Pau-ferro. *A morte não é o fim.* Essa
não era a vida que Nimue imaginara para si. Tão rápida. Tão brutal. E, ainda
assim, tão rica. Claro que havia mais coisas que desejava. Rever Arthur, por
exemplo. Desvendar os mistérios dele. Dormir nos seus braços. Viajar pelos
mares e explorar o mundo com ele. Criar uma família. Nimue respirou estre-
mecendo, mas lutou contra as lágrimas. Era grata pelo que conhecera. O resto
cabia apenas aos Ocultos. *Nascida no amanhecer para morrer no crepúsculo.*

A tranquilidade foi quebrada pelos sons de cavaleiros se aproximando.
Nimue foi empurrada de volta ao presente, e um calafrio percorreu pela sua
espinha. Uma dúzia de homens em armadura de placas surgiu da estrada

arborizada, apresentando um estandarte de três coroas. Eles diminuíram o avanço para um galope quando Nimue se aproximou e formaram uma barreira de aço na estrada diante dela. Um dos soldados blindados ergueu a viseira. Os olhos eram frios, a pele, bexiguenta, e o bigode preto estava aparado.

— Você é a Bruxa do Sangue de Lobo? — perguntou.

— Sou.

— Eu sou Sir Royce, da guarda pessoal do rei. Está com a espada?

Nimue se forçou a encará-lo nos olhos.

— Não.

Os soldados se entreolharam ao ouvir aquilo. Sir Royce franziu a testa.

— Isso é brincadeira, milady? O rei manteve a palavra. Você mentiu para Sua Majestade?

— A espada está perto. Mas tenho as minhas próprias condições. — Nimue odiou o modo como a sua voz tremia.

O rosto de Sir Royce se contorceu de raiva.

— Você é uma mocinha ousada, não é? Onde está a espada?

— Conceda-me uma audiência com o rei Uther. Darei a localização da espada apenas para ele.

Sir Royce torceu as rédeas no punho enluvado. Nimue presumiu que o cavaleiro estava imaginando fazer aquilo com o seu pescoço.

— Isso vai acabar mal para você, menina — avisou ele. — Mantenha o nosso ritmo.

Dito isso, sir Royce deu meia-volta com o cavalo. Os soldados ficaram ao redor de Nimue, e todos cavalgaram para o acampamento Pendragon.

Nimue viu o oceano de tendas pretas e douradas se espalhando por uma vasta planície e salpicando a encosta baixa. Nunca tinha se sentido tão pequena ou inexpressiva ao passar por soldados de expressões furiosas nos rostos sujos de lama, alguns a encarando com desconfiança, outros fazendo caras ou gestos obscenos. Nimue sentiu um nó frio no estômago quando o extenso pavilhão real apareceu e viu seis Paladinos Vermelhos e seis guardas da Trindade de guarda do lado de fora. Seu coração já estava disparado quando Sir Royce desmontou, pegou as rédeas do cavalo e permitiu que ela descesse. As pernas estavam fracas, mas Nimue se endireitou e encarou os olhos assassinos dos paladinos quando a aba foi aberta e ela entrou.

Nimue se perguntou se lhe dariam um pouco de água. Tapetes exuberantes cobriam o chão. Havia mesas com abundância e luxo por toda volta: tigelas lotadas de frutas, bolos e pães, jarras de vinho e candelabros de ouro. O rei Uther estava sentado em um trono, usando uma fina coroa de ouro na testa estreita. Era mais jovem do que ela esperava. De pé à esquerda do monarca estava o homem que ela conhecia como Sir Beric. Junto a ele havia um homem pequeno e de olhos escuros, em requintadas vestes negras da Igreja, e, em frente ao rei, estava o padre Carden, um homem alto com um rosto amável e redondo que não correspondia ao mal que vivia lá dentro. Ele olhou para Nimue com pouca compaixão.

Sir Royce passou à frente de Nimue e se ajoelhou diante do rei.

— Vossa Majestade, a bruxa pediu uma audiência. Ela não tem a espada. Alegou que só revelará a localização da arma para o senhor.

— Ela zomba da sua bondade, Vossa Majestade — disse o padre Carden. — Por que desperdiçar o seu fôlego com a bruxa? Somos mais do que capazes de extrair dela a localização da espada. Na verdade, seria um privilégio.

Ele se virou para Nimue e sorriu.

— Eu concordo, rei Uther — falou o homenzinho de vestes ricas. — Dê-nos a bruxa, e a Espada do Poder será sua ao pôr do sol.

— Menina, infelizmente você presume muita misericórdia da minha parte — disse o rei. — Está ciente do que lhe espera se a entregarmos à Irmandade Vermelha?

— Sim, estou ciente, Vossa Majestade — respondeu Nimue, olhando para o padre Carden. — Ele mandou matar a minha mãe. Minha família. Aqueles que me criaram. Minha melhor amiga. Ele queimou todos. Queimou a nossa aldeia. Eu o conheço bem.

Nimue viu o maxilar de Carden se contrair enquanto sentia um calor subir dentro de si.

— Vamos humilhá-la diante do Deus Todo-Poderoso, criança, juro — respondeu Carden.

— Foi isso que os seus rapazes na clareira pensaram — falou Nimue.

O padre deu um passo agressivo em direção a ela e, por instinto, Sir Royce entrou no caminho. Nimue se voltou para o rei, a fúria aumentando. O rei Uther a analisou e falou:

— Você nos prometeu a espada. Onde ela está?

— Eu lhe entregarei a espada, Vossa Majestade, quando o Cavaleiro Verde for solto e devolvido para mim. — Nimue se virou para o padre Carden e completou: — Vivo.

Ele soltou um muxoxo de desdém, dizendo:

— O Cavaleiro Verde é nosso, e vamos purificá-lo até que a alma dele esteja limpa.

— Então, o senhor nunca terá a espada — prometeu Nimue para Uther. — E nunca será o único e verdadeiro rei.

Os olhos de Sir Beric se arregalaram.

— Como se atreve a falar com o rei dessa maneira?

— Por favor, Vossa Majestade — implorou o homem de vestes negras —, me dói ver a bruxa aviltá-lo dessa forma.

— Acredito que o senhor seja justo — falou Nimue para Uther — e misericordioso. Não teria enviado os seus navios para a minha espécie se não fosse. O senhor tem a mim. Eu pagarei por qualquer crime que for definido. Mas, em troca da minha vida e da espada, eu lhe imploro que liberte o Cavaleiro Verde.

— Mais mentiras — disse Carden.

— Eu estou pronta para morrer. E você?

— Está me ameaçando, garota? — perguntou Carden.

— Torture-me o quanto quiser, me esfole até os ossos, mas eu nunca revelarei a localização da espada. Ela nunca será encontrada. Nunca — disse Nimue, direto para o rei.

Uther suspirou.

— Deuses, será uma grande alegria me livrar de todos vocês. — Ele apertou a ponte do nariz e pensou. — Royce, leve a bruxa para uma barraca enquanto deliberamos.

Mãos de aço pegaram os braços de Nimue e a levaram para longe enquanto vozes acaloradas explodiram atrás dela.

* * *

Arthur estava parado na praia, suportando a espera interminável enquanto os barcos a remo que transportavam o povo feérico para os navios de dois mastros no mar lutavam contra a maré invernal. Repetidas vezes, as ondas fizeram com que os barcos voltassem à praia, e os passageiros feéricos tiveram que desembarcar e formar grupos menores. Para complicar ainda mais, havia a falta de familiaridade e o desconforto do povo feérico com o mar aberto. Muitos entraram em pânico quando os barcos a remo deixaram a areia, e foi apenas o medo de Wroth e do seu martelo de guerra que fez com que voltassem correndo para os barcos. Em doze horas, tinham embarcado apenas metade dos refugiados, e o restante estava tremendo na praia, aninhados perto das grandes rochas junto ao paredão do penhasco.

Arthur correu para cercar duas crianças Fauno que choravam, evitando os esforços para colocá-las em um barco a remo. Pegou uma por trás, suportando uma série de estocadas dos pequenos chifres do jovem Fauno, e a jogou nos braços de um ancião da mesma raça. Enquanto sofria para manter o barco estável por uma série de ondas fortes, ouviu gritos acima do som da arrebentação. Arthur olhou para os navios, onde as pessoas corriam em direção à proa, apontado para o mar, e escutou os berros.

— Invasores!

Arthur sentiu um vazio no estômago quando as silhuetas de barcos vikings apareceram como fantasmas no nevoeiro. Eles se descolaram das brumas como tubarões, exibindo a bandeira com os machados brancos de Eydis, cercaram os navios e dispararam uma saraivada de ganchos e flechas. Ocorreu uma onda de pânico em massa a bordo dos navios já sobrecarregados. Corpos cravejados de flechas começaram a saltar dos conveses para as águas frias, onde era mais fácil para os arqueiros vikings matá-los de vez.

Arthur e dezenas de feéricos chafurdaram no oceano para receber os sobreviventes, muitos dos quais foram trazidos pelas ondas afogados e crivados de flechas. Houve caos absoluto a bordo dos navios Pendragon quando os marinheiros em pânico montaram uma defesa fraca contra os temíveis vikings, tão à vontade em uma batalha naval quanto aninhados ao lado de uma lareira quente.

Arthur engoliu água do mar ao arrastar corpos pesados para a terra firme, e uma flecha atingiu a areia ao seu lado. O rapaz ergueu os olhos para os penhascos e viu outra tropa de invasores atirando flechas na praia. *Somos alvos fáceis*, deu-se conta quando duas flechas acertaram a areia bem perto dele. Os feéricos se espalharam às cegas, fugindo em todas as direções, e Arthur observou vários sendo abatidos, com flechas vikings nas costas. Seus olhos procuraram por abrigo. Avistou um afloramento de rochas, estavam mais próxima do penhasco onde estavam os invasores, mas, nesse caso, a proximidade os tornaria alvos mais difíceis.

— Para as rochas! As rochas! — gritou Arthur, apontando para o arenito saliente a cem metros.

Viu Wroth apressando feéricos na direção do abrigo, com uma flecha no ombro, enquanto Faunos tentava devolver os disparos, e alguns invasores despencaram pelo penhasco íngreme, com flechas atravessadas nos pescoços.

Arthur pegou uma criança Cobra nos braços e tentou arrastar um casal de Criadores de Tormentas idosos enquanto flechas passavam zunindo pelas orelhas. Ele se virou para trás com medo de ver o litoral se enchendo de corpos. Quando olhou para o mar, viu que os invasores já haviam tomado um dos navios, com o convés soltando fumaça, e marinheiros mortos das forças de Uther Pendragon sendo atirados ao mar. Cabeças de feéricos e homens balançavam nos quatrocentos metros entre os navios e as areias. Ainda havia quase duzentos deles na praia, apenas quarenta ou cinquenta capazes de se defender, e Arthur ficou tonto só de pensar no massacre iminente. Correu para baixo do pilar de arenito, onde dezenas de feéricos já haviam encontrado abrigo, graças a Wroth. Felizmente, o ponto era mais profundo do que Arthur tinha imaginado, chegava a ser uma pequena caverna de quinze metros, e permitiria proteção para a maioria dos feéricos, pelo menos até que os vikings desembarcassem.

CINQUENTA E SETE

As horas brutais de espera de Nimue terminaram de repente quando dois Paladinos Vermelhos invadiram a tenda arrastando Gawain, com os braços dele sobre os ombros, e o jogaram no chão, nu a não ser por uma tanga. Feridas horrendas emitiram um brilho úmido à luz da tocha.

— Aqui está o saco de merda que você pediu — falou um dos paladinos, quando os dois saíram da tenda.

Um suspiro de horror escapou da boca de Nimue quando ela caiu de joelhos ao lado do Cavaleiro Verde e apoiou a cabeça dele no colo.

— Gawain?

Nimue tocou no pescoço e no peito dele à procura de batimentos cardíacos, colocou o ouvido nos seus lábios. Pequenos suspiros sacudiram o seu peito.

— Não, não, não, não, não — repetiu sem parar enquanto as mãos traçavam as queimaduras terríveis, os furos e os cortes que infestavam o corpo de Gawain. — Você não, Gawain, você não — sussurrou Nimue, em lágrimas.

Os dedos dele se contraíram. O olho bom tentou se abrir, e os lábios se esforçaram para formar palavras. Mais uma vez, ela colocou a orelha nos lábios de Gawain.

— Esquilo — disse, em menos que um sussurro. Gawain inspirou de novo, sem forças. — Eles estão com Esquilo.

Nimue soluçou ao ouvir aquilo enquanto o amigo perdia as forças. O olho de Gawain se revirou, e ela segurou as bochechas dele.

— Aguente firme. Aguente firme.

Vinhas de prata subiram pelas bochechas de Nimue e encheram a tenda com luz conforme a fúria atravessava o seu corpo inteiro e irrompia pela boca. Foi um rugido ensurdecedor que apagou as tochas do início da noite no acampamento Pendragon e ecoou entre as árvores das florestas circundantes.

Morgana deu meia-volta no esconderijo, em um arvoredo denso acima do acampamento real. O grito de Nimue pairou no ar como um eco fantasmagórico. Seus olhos se encheram de lágrimas. Sabia o que isso significava e conhecia as ordens: se Nimue fosse morta ou as condições piorassem, devia levar a Espada do Poder de volta ao povo feérico. O cavalo de Morgana se agitou, perturbado pelo grito sobrenatural, e os olhos da mulher pousaram no pomo dentro do alforje. Se houvesse uma chance de que ela estivesse viva, Nimue precisaria da espada. Morgana tinha visto a amiga fazer coisas incríveis com aquela arma. Não tinha chegado tão longe para abandoná-la agora, não é? Não, não tinha.

Morgana meteu os calcanhares no cavalo, que disparou para a frente, e galopou entre as árvores, correndo pela trilha sinuosa dos cervos em direção ao acampamento Pendragon.

Esquilo estremeceu na escuridão. Estava na tenda por horas, talvez até mesmo um dia. O grito que ouvira, por mais sobrenatural que fosse, parecia ter vindo de Nimue. De alguma forma, o berro havia apagado as tochas na tenda de tortura, e os Paladinos Vermelhos tentavam reacendê-las. As mãos do menino estavam amarradas aos braços de uma cadeira fria, molhada com o sangue de Gawain. E não conseguia mover os pés, pois os tornozelos também estavam amarrados. O coração palpitou como o de um pássaro quando o irmão Salt entrou na tenda arrastando os pés.

— Estamos reacendendo as tochas — disse um dos Paladinos Vermelhos.

— Não preciso delas — disse o monge, rindo, enquanto se aproximava de Esquilo.

Ele colocou uma velha bolsa de couro sobre a mesa diante do garoto e desenrolou, revelando uma variedade de ferramentas de tortura.

— O senhor não precisa do fogo para... — perguntou um dos Paladinos Vermelhos, escolhendo bem as palavras — fazer o seu trabalho?

— Não — respondeu o irmão Salt, baixinho, selecionando um parafuso de ferro maciço e um conjunto de pinças grossas e segurando as ferramentas diante dos olhos costurados. — Posso fazer outras coisas.

Esquilo não conseguia respirar. Teve um sobressalto quando o irmão Salt tocou a sua perna.

— Vamos brincar? — perguntou o monge.

O menino fechou os olhos. Como ouviu um suspiro molhado e dois baques que o confundiram, abriu os olhos de novo. O monge Salt inclinou a cabeça, escutando.

— Irmãos? — perguntou.

Esquilo mal conseguia ver naquela escuridão, embora pudesse distinguir outra pessoa na tenda. Um momento depois, um capuz cinzento se agigantou diante do irmão Salt, que sorriu incomodado.

— Você veio para assistir, Monge Choroso?

— Não — respondeu o monge, enquanto uma lâmina de aço fino e molhado atravessava o peito do irmão Salt, parando a centímetros do nariz de Esquilo.

A lâmina foi recolhida, e o torturador desmoronou para trás, as sandálias caindo no ar. O monge empurrou o corpo para o lado com a bota, examinou as amarras de Esquilo e soltou as mãos dele com dois cortes rápidos nos braços da cadeira. Outros dois cortes e as pernas do menino estavam livres. O Monge Choroso pegou Esquilo pelo colarinho, quase o levantando no ar, e perguntou:

— Consegue andar?

— Eu... acho que sim.

— Fique por perto — aconselhou o monge, avançando para a entrada, e a bainha cinza passou pelo rosto chocado de um paladino morto.

Quando os dois saíram da tenda do irmão Salt, estava muito escuro. Graças à meia-lua, Esquilo conseguiu distinguir as formas das tendas, mas só isso. O Monge Choroso o puxou pelo braço através de um labirinto sinuoso de tendas, depois parou. Ambos ouviram os sons de correntes. O garoto olhou para trás e viu o luar iluminar a face morta de um guarda da Trindade. E outro. E mais outro. Virou a cabeça para a frente e viu outra parede de guardas da Trindade, os horríveis manguais balançando ao lado das pernas. Esquilo contou dez homens.

O abade Wicklow separou dois guardas da Trindade para se dirigir ao monge.

— Há algum tempo suspeitávamos de que a sua verdadeira afinidade não estava com a Igreja. Mas gostaria de saber por quê.

— Ele é apenas um menino — respondeu o Monge Choroso.

— Sim, um órfão feérico. Talvez ele faça você se lembrar de alguém. Entregue-o para nós, Lancelot.

— Atrás daquele barril — ordenou o Monge Choroso para Esquilo, com a voz calma.

O menino correu e se abaixou ao lado de um barril d'água enquanto o monge sacava a espada.

— Não quero brigar com você — disse o monge para Wicklow.

O abade cruzou as mãos atrás das costas.

— A Igreja recuperou a supremacia em relação a esse episódio embaraçoso. A bruxa feérica vai ser queimada, como deve ser. Enquanto falamos, a espécie dela está sendo exterminada na costa do Mendigo. E por fim, a fraqueza corruptora do padre Carden será expurgada. Renda-se, irmão, e prometo uma morte limpa. Você conhece a habilidade dos guardas da Trindade. Não torne essa situação mais sangrenta do que precisa ser.

A resposta do monge foi ficar totalmente imóvel, os punhos em torno do cabo da espada, cuja lâmina ele segurava diante dos olhos fechados.

O abade Wicklow entendeu.

— Que assim seja.

Assentiu para a Trindade, que cercou o monge. Vários manguais foram girados. No primeiro avanço dos oponentes, o Monge Choroso pulou no ar e deu chutes que mandaram dois guardas esparramados sobre tendas opostas. Quando pousou, cortou o braço de outro adversário e a cabeça de um quarto. Porém, um mangual capturou sua espada e arrancou a arma das suas mãos.

Esquilo assistiu com admiração aterrorizada enquanto o monge levava um chute de bota embaixo do queixo que estalou a sua cabeça e um golpe de mangual que rasgou a sua nuca. Ele foi empurrado para a frente e usou o ímpeto para derrubar um guarda da Trindade, rolar por cima dele e prender o braço em volta do seu pescoço. Quando se levantou, o monge quebrou a coluna do homem e o deixou cair como um saco de tijolos. Ele pulou e saltou sobre uma onda cortante de manguais para recuperar a espada, que havia caído na lama. O Monge Choroso deu uma cambalhota entre dois guardas da Trindade, com a lâmina esticada para o lado, e cortou as pernas deles, então vacilou, a força parecendo deixá-lo.

Quando o Monge Choroso se ajoelhou no chão, Esquilo notou o sangue escuro encharcando o capuz no ponto onde o mangual havia aberto uma ferida.

Ao tentar se levantar, o monge sofreu um espancamento. Choveram bolas com espinhos nos seus braços, costas e cabeça enquanto os três guerreiros restantes, treinados para combate corpo a corpo, quebravam as suas costelas com chutes violentos. Dois deles agarraram e seguraram o adversário, enquanto o terceiro o golpeava na bochecha e no peito. Sangue espirrou por toda parte, e o Monge Choroso se dobrou nos braços dos inimigos. Eles o levantaram de novo, e o guarda da Trindade recuou para atacar, mas o monge conseguiu envolver as pernas ao redor da garganta do homem. Com um controle magistral do corpo, o pé esquerdo se prendeu atrás do pescoço do oponente, o pé direito se enfiou sob o queixo e empurrou para cima, estalando o osso. O homem desabou como uma pilha de roupa suja. Porém, choveram mais manguais dos últimos dois guardas, e o Monge Choroso caiu no chão com um baque.

Esquilo cobriu os olhos para não ver o que veio a seguir.

Do outro lado do vale do Minotauro, no acampamento Pendragon, berros e chamadas aumentavam por toda parte. Gritos de "Onde está o rei?" e "Preparem-se para a batalha!" ecoaram o ar.

Merlin era um leão em uma gaiola, andando de um lado para o outro na tenda onde estava aprisionado, enquanto os dois soldados que o guardavam ficavam cada vez mais alarmados com o que ouviam lá fora. Finalmente, eles fizeram sinal para um arqueiro sem fôlego parar.

— O que diabos está acontecendo? — perguntou um dos soldados, com a pança caída sobre o cinto.

— Os navios de Sua Majestade estão sendo atacados! — ofegou o arqueiro. — A Igreja se aliou aos vikings!

Dito isso, o homem saiu correndo para fora da tenda.

— Pelo sangue dos deuses — disse o outro soldado, passando as mãos pelos cabelos oleosos; não deveria ter mais que 15 anos. — Eles vão nos atacar.

— Fique aqui. De olho nele — rosnou o guarda corpulento, abrindo a aba da tenda e entrando no caos crescente.

O soldado de cabelo oleoso se virou para definir as regras e Merlin avançou contra ele, passou os braços em volta da boca e do pescoço do guarda. Enquanto o garoto lutava nos seus braços, o mago tentou lembrar quem tinha lhe ensinado aquele golpe. Achava que poderia ter sido o chefe beduíno Mohammed Saleh abu-Rabia Al Heuwaitat ou o mestre espadachim de Carlos Magno, cujo nome Merlin havia esquecido. Ambos tinham sido excelentes instrutores. Quando decidiu que tinha mesmo sido o mestre espadachim que lhe ensinara o golpe, o jovem soldado estava dormindo nos seus braços. Merlin deitou o rapaz, roubou a sua espada larga e saiu correndo para fora da tenda.

CINQUENTA E OITO

NIMUE CHOROU SOBRE O CORPO MORTO DE
Gawain. A pele dele brilhava com a geada, e as vinhas do Povo do
Céu reluziam no pescoço e nas bochechas do Cavaleiro Verde.
Gawain tinha morrido. Nimue derramara tudo que tinha sobre
ele, mas sem sucesso. As feridas estavam em carne viva e abertas, o corpo ainda castigado pelas queimaduras. Em algum lugar no fundo da mente, ouviu o caos crescente do lado de fora, os gritos de pânico dos soldados Pendragon. Nimue se sentou de joelhos, quase bêbada de tristeza. Porém, as lágrimas deram lugar a um sangue quente que subiu pela garganta e entrou no crânio, fervendo como uma panela. Ela se abriu para os Ocultos, de coração, mente e alma. A boca se escancarou e saiu um nevoeiro que passou por Gawain, preencheu a tenda e irrompeu pela porta.

O nevoeiro também saiu das florestas circundantes em ondas gigantescas, desceu pelas colinas das montanhas Minotauro e engoliu as tendas em uma escuridão espessa e opressiva, aumentando o tumulto.

Antes mesmo que soubessem o que estava acontecendo, Nimue passou pelos guardas postados do lado de fora da tenda, envoltos pelas névoas dos Ocultos. Soldados assustados passaram por ela sem sequer olhar. Ouviu os outros choramingando: "Onde está o rei?" e "O rei nos abandonou!"

No entanto, de volta à tenda que abrigara Nimue, o local de repouso de Gawain, algo estava acontecendo, algo que ela não tinha notado. Minúsculas folhinhas de grama estavam se formando como uma teia estranha entre o corpo de Gawain e o próprio chão. Em questão de minutos, a grama cresceu, alcançou o ombro de Gawain e cruzou o peito até formar o que só poderia ser descrito como uma mortalha de corpo inteiro, mumificando o cavaleiro sob um lençol ondulante de gramas.

Do lado de fora, porém, o acampamento explodiu com os gritos de homens sendo assassinados quando centenas de cavaleiros dos Paladinos Vermelhos invadiram o acampamento Pendragon, as tochas queimando a névoa, abatendo os soldados do rei com a mesma brutalidade treinada que tinham usado contra o povo feérico. O padre Carden comandava tudo, com os olhos fixos na vingança.

— Traga-me a bruxa! Encontrem-na! Cacem-na!

Nimue se jogou contra uma tenda quando dois Paladinos Vermelhos montados a cavalo passaram por ela. A garota correu de volta pelo caminho, mas teve que se abaixar quando um grupo de soldados Pendragon surgiu da névoa, lutando contra qualquer Paladino Vermelho que encontrassem pela frente. Estava tentando se orientar quando mãos a pegaram por trás. Nimue girou o punho cerrado, mas Merlin impediu o golpe.

— O acampamento foi invadido. Siga-me. Passos firmes e confiantes. — Merlin se virou para ir, mas Nimue soltou o braço.

— Não vamos embora.

— Nimue, não seja tola!

Não daria ouvidos a ele. Entrou de novo na névoa e no calor do combate. Merlin praguejou e não teve escolha senão segui-la.

— Padre Carden! Padre Carden! — Três Paladinos Vermelhos gesticularam para afastar a névoa enquanto arrastavam uma Morgana derrotada até a luz da tocha. — Pegamos a bruxa! Nós a pegamos!

O padre Carden avançou por uma multidão de Paladinos Vermelhos aos empurrões para ver o que os homens lhe trouxeram. Quando viu Morgana, fez uma careta.

— Tolos, não é ela.

— Ela está com a espada! — afirmou um dos Paladinos Vermelhos.

Outro trouxe a arma que Morgana escondera na sela.

— Não, não! Desgraçados! — gritou ela, se debatendo nos braços dos seus captores.

Curioso, o padre Carden pegou a espada e tirou a arma das amarras. A lâmina reluziu ao luar.

— Deuses — sussurrou.

Carden virou a espada e examinou a filigrana na lâmina e a runa no pomo.

— É a espada — disse, sorrindo, com os olhos brilhando. — É o Dente do Diabo! — proclamou, e os Paladinos Vermelhos soltaram um rugido quando o padre Carden ergueu a espada, vitorioso. — Ela é nossa!

— Carden! — berrou Nimue.

O padre e os Paladinos Vermelhos se viraram atordoados para Nimue, que saiu do nevoeiro com Merlin na sua cola, ainda puxando-a pelo braço, apenas por instinto, inutilmente, tentando impedi-la de entrar na boca do leão.

O padre Carden girou a espada na mão em um gesto zombeteiro.

— Que as bênçãos estejam sobre nós, irmãos. O bom Deus faz chover dádivas sobre nós. — Ele se virou para Nimue. — O que vai fazer sem a sua preciosa espada? Agarrem-na — disse aos seus paladinos.

Enquanto os Paladinos Vermelhos agarravam ela e Merlin, Nimue rosnou:

— Não preciso de uma espada para lidar com você!

De repente, um rato passou por cima da bota de Carden. Ele chutou o bicho, assustado. Vários outros ratos saíram disparando das tendas e da neblina, correndo entre as pernas dos Paladinos Vermelhos. No ar, as tochas se tornaram faróis para nuvens de morcegos, que batiam as asas, irados. Os ratos ficaram mais agressivos, subiram pelas vestes do paladino que segurava Nimue e morderam o tecido.

— Ah! Ah! — gritou o Paladino Vermelho, e ela se soltou do homem.

— Nimue! — gritou Merlin.

Mas Nimue cruzou a lama enquanto os ratos abriam caminho em volta das suas botas e subiam, famintos, pelas pernas dos Paladinos Vermelhos.

O padre Carden não conseguiu ver a aproximação de Nimue porque uma onda de moscas entrou nos seus olhos. Tentou espantá-las, mas as moscas invadiam os ouvidos, a boca e as narinas. Ele tossiu e engasgou.

— Matem-na! Matem-na! Derrubem-na!

Então, Nimue fechou as mãos sobre as de Carden, lutando pela espada.

— Não! Não! — Carden engasgou ao abrir a boca para falar, permitindo que outro punhado de moscas enchesse a sua garganta.

O homem tossiu, quase vomitando, no momento em que Nimue lhe arrancava a Espada do Poder. Ela gritou com uma fúria primitiva, girou a arma e decepou a cabeça do padre.

Merlin se virou e sacou a espada do seu captor. O Paladino Vermelho protegeu o rosto e perdeu o braço para o golpe do mago. O feiticeiro se afastou diante do avanço de outro paladino e jogou o inimigo de cabeça no tapete de ratos aos pés deles. Lutou contra os outros monges que se debatiam e abriu caminho a espadadas até os captores de Morgana. Eles enfrentaram o mago, apesar das dezenas de ratos pendurados nas vestes e os morcegos batendo asas nos rostos, mas, no fim, não foram páreo para Merlin, que cravou o aço nos seus corações e libertou Morgana.

— Agora! Nimue, agora! — gritou.

Nimue cambaleou para longe da imagem da cabeça de Carden no chão, que aos poucos era transformada em refeição para os ratos e as moscas.

Mas outro grupo de Paladinos Vermelhos irrompeu, dando a volta em uma curva de tendas ao longe. Percebendo a enormidade do momento e atraídos pelos gritos de pânico dos irmãos, os monges chegaram, e Merlin, Morgana e Nimue foram forçados a fugir.

Arthur saiu de baixo do abrigo de arenito e agarrou o arco de um arqueiro Fauno caído. Usando o cadáver como cobertura, pegou uma flecha na aljava e disparou contra os invasores, que tinham saído dos penhascos e avançavam a cavalo pelas areias, querendo acabar com eles. Marinheiros Pendragon e feéricos ainda estavam sendo trazidos pelas ondas até a praia, ensanguentados e quase afogados, presas fáceis para os vikings. Arthur esvaziou a aljava, mas estava quase sozinho na batalha. Metade dos seus melhores guerreiros estava morta ou ferida na praia. Centenas de feéricos se amontoavam embaixo do arenito, aterrorizados. Arthur sabia que os agressores não fariam prisioneiros. Estavam lá para aniquilar. Sem flechas, desembainhou a espada e tropeçou no caminho dos cavaleiros. Jurou levar alguns vikings antes de ser abatido. Os cascos batendo rugiram nos ouvidos. Os invasores estavam perto o suficiente para Arthur conseguir ver os seus sorrisos sanguinários. Segurou a espada com mais força quando um assobio estranho veio do leste. Algo brilhou no canto do olho, e uma bola de fogo enorme de piche ardente explodiu na primeira dezena de agressores da investida que se aproximava. Corpos voaram por toda parte. O impacto jogou Arthur para trás. O ar estava cheio de fumaça negra e faíscas rodopiantes. Cavalos em chamas tropeçavam em patas quebradas ou empinavam e guinchavam nas areias. Os vikings, confusos, deram a volta em torno da cratera aberta na terra, quando outro assobio cortou o ar e uma segunda bola de fogo rasgou a parte de trás da investida dos invasores. Outros dez cavaleiros gemeram em uma massa de membros quebrados e carbonizados.

Arthur se voltou para o mar e para os navios dos invasores, quando um deles subitamente se dividiu em dois, rasgado ao meio por um barco viking fortalecido por uma lança em chamas fundida à proa. Ele se sentiu preso dentro de um sonho.

— Lança Vermelha — sussurrou.

Arthur se lembrou dos invasores nas masmorras de Cinder, da magia de cura de Nimue e de uma promessa feita com um aperto de mão. Uma saraivada de bolas de fogo explodiu nos navios dos invasores, graças à balista e ao trabuco personalizado a bordo da frota de Lança.

Os invasores na praia estavam mudando de ideia quanto à investida no momento em que os navios de Lança avançaram em direção à costa. Guerreiros enormes em capas de pele de urso saltaram na arrebentação rasa, armados com machados, e, com um clangor furioso, se chocaram contra os inimigos nas areias molhadas.

Arthur não conseguiu compreender a violência entre os vikings, mas ficou entusiasmado por ser o beneficiário daquilo tudo. E, quando a primeira onda de navios fugiu de volta para mares distantes ou se queimou e afundou, o barco de Lança Vermelha rompeu a arrebentação em direção à costa e virou a embarcação habilmente nas ondas agitadas. Os vikings a bordo acenaram para os sobreviventes em terra, e Arthur entrou em ação, gritando para os feéricos. Os Presas reuniram os refugiados em colunas e os conduziram para a arrebentação enquanto a força invasora de Lança Vermelha eliminava os agressores na praia.

Mais navios de Lança Vermelha romperam a arrebentação perto da costa para receber o povo feérico. Arthur mergulhou nas ondas, lutando contra o frio brutal para ajudar os fracos, os pequenos ou os idosos. Ficou nas ondas geladas por mais de uma hora, chafurdando ao subir e descer a costa para ajudar os feéricos a subir nos barcos até que os seus braços virassem pesos mortos congelados e os lábios ficassem azuis. Antes que afundasse sob as águas, uma mão bruta o pegou pela nuca, e Wroth levantou Arthur e o colocou em uma das embarcações. Ele desmoronou no convés, vomitando água do mar e tremendo. Arthur olhou para um par de botas de bico de aço forradas com pele de foca. Um conjunto de machados pendia de um cinto sobre calções de couro. Uma mão enluvada de couro e aço se estendeu para ele. O rapaz viu entalhes circulares de dragões na manopla. Pegou a mão, notando o tamanho dela. Ficou totalmente de pé e baixou os olhos para um elmo de dragão feroz.

— Disseram-me que tenho uma dívida com você — falou a voz dentro do elmo.

— Fico feliz em ouvir isso. E pelos deuses, considere que estamos quites — respondeu Arthur.

Lança Vermelha retirou o elmo, e cachos vermelhos se espalharam pelos seus ombros. Os olhos verdes piscaram com uma expressão travessa.

— Você é um sujeito fácil, não é? Sou Guinevere, da corte do Rei do Gelo, uma corte agora sitiada por traidores.

— Eu sou Arthur — respondeu. — E faremos tudo ao nosso alcance para ajudá-la.

CINQUENTA E NOVE

O MONGE CHOROSO OFEGOU COM DIFIculdade. Havia algo quebrado dentro dele. O braço esquerdo estava inutilizado ao lado do corpo, e a espada se arrastava na mão direita. O chão estava cheio de corpos da Trindade se contorcendo. Sobrara apenas um guarda. A máscara mortuária tinha sido derrubada, revelando olhos arregalados e temerosos. Ele girou o mangual. O monge avançou, sem medo. O guarda da Trindade gritou e desferiu um golpe. O monge levou as bolas com espinhos nas costelas, fez uma careta de agonia e desceu o cotovelo sobre as correntes para prender a arma. O inimigo puxou, sem sucesso, e o monge puxou o homem para si e enfiou a espada direto na garganta dele. O guarda tossiu sangue e caiu para a frente quando o Monge Choroso soltou a espada e deu meia-volta no momento em que as pernas cederam.

Esquilo correu até o monge.

— Vamos. De pé.

O menino puxou o homem, que se levantou por instinto, permitindo que Esquilo o guiasse até um cavalo próximo. O acampamento dos Paladinos Vermelhos estava praticamente vazio. Os sons da batalha no acampamento Pendragon ecoavam pelo vale do Minotauro. Esquilo sabia que os guardas da Trindade ainda estavam por ali e logo descobririam os irmãos mortos.

O Monge Choroso tentou montar, mas estava fraco demais. Esquilo encaixou a bota do sujeito no estribo, enfiou os ombros embaixo do traseiro dele e fez força para cima com as pernas. O monge ficou deitado sobre a sela, sem jeito, e Esquilo pulou atrás dele. Esticou os braços por cima do homem, pegou as rédeas e incitou o cavalo, virando o animal na direção da floresta. Várias vezes, teve que se jogar contra o monge para impedi-lo de escorregar e cair. A noite cor de sangue tinha terminado, e uma aurora rosa ardente nascia.

Os dois cavalgaram em silêncio por uma hora, subindo uma encosta de pinheiros altos.

— O quê... — O monge tentou falar. Ele respirou várias vezes, convocando a força. — Qual é o seu nome?

— Esquilo — respondeu o menino.

— Isso... — Mais uma vez o monge perdeu as forças. Ele tentou de novo. — Isso não é um nome. Um esquilo é um animal.

— É assim que me chamam — disse Esquilo, dando de ombros.

— Que nome você recebeu dos seus pais?

— Eu não gosto daquele nome — reclamou.

O Monge Choroso ficou em silêncio por vários segundos. Esquilo não tinha certeza se ele estava prestes a morrer ou não. Considerou que a pergunta não era assim tão boba.

— Está bem. Eles me deram o nome de Percy — respondeu, irritado.

O Monge Choroso grunhiu.

— Percy?

— Diminutivo de Percival, acho. — E isso trouxe outra questão. — Você tem um nome de verdade?

— Lancelot. Há muito tempo, meu nome era Lancelot.

Do outro lado do vale, os Paladinos Vermelhos invadiram a floresta para caçar a Bruxa do Sangue de Lobo, obcecados com a vingança pela morte do padre Carden.

A apenas oitocentos metros à frente dos perseguidores, Merlin e Morgana lutaram com Nimue, que brigou com os dois para cruzar os campos até o acampamento do Vaticano.

— Não posso abandoná-lo! Eles estão com o Esquilo! Vocês não entendem!

Morgana pegou o rosto da amiga nas mãos.

— Eu entendo. De verdade. Mas ele se foi, Nimue. Ele se foi. Não vão deixá-lo vivo. Você está viva e o seu povo precisa de você!

— Atacaram os navios — falou Nimue, entre lágrimas. — Eles não conseguiram fugir, eles não conseguiram fugir, e a culpa é minha. Eu não posso perdê-lo também.

Ela se afastou de Morgana e tropeçou de volta para a trilha.

— Nimue! — gritou Merlin.

A jovem oscilou na borda da elevação, olhou para baixo e viu uma onda vermelha se espalhando pela floresta. Mais de cem paladinos se aproximavam. Por causa disso, Nimue permitiu que Morgana a puxasse de volta para onde Merlin estudava o terreno.

— Se chegarmos chegar à ponte do Coelho, podemos escapar no Estreito. Por aqui. Depressa. É mais ou menos um quilômetro.

Merlin apressou as duas a descer a colina. Muitos minutos depois, ouviram o som da água corrente e chegaram a um rio de correnteza rápida e a uma ponte inclinada de madeira, coberta de musgo. Cem metros adiante, o rio mergulhava em uma imensa cachoeira que marcava o início dos desfiladeiros escuros das montanhas Minotauro. Os três correram para a beira da ponte, e os sons da cachoeira abafaram o estrondo dos cavalos dos paladinos atrás deles.

— Depressa agora! Agora! — Merlin puxou Morgana para a ponte, deu vários passos antes de perceber que Nimue não estava entre eles, então voltou.

Nimue permaneceu no início da ponte.

— Eu sinto muito. Preciso voltar.

Merlin ouviu as palavras dela, mas os seus olhos notaram um movimento perto das árvores, no extremo oposto de onde os Paladinos Vermelhos estavam vindo. Nimue voltava naquela direção quando uma pequena figura surgiu, vestindo trapos de camponês e segurando um arco alto demais para a sua pequena estrutura. Uma flecha foi encaixada.

— Não — sussurrou Merlin.

Nimue pensou ter reconhecido a criança, embora ela não estivesse usando a máscara perturbadora.

— Fantasma? — perguntou, quando foi atingida pela primeira flecha no ombro direito, o que a fez cair sobre um joelho.

Com muita calma, a irmã Iris armou uma segunda flecha, ainda andando a passos largos em direção à ponte, e disparou de novo.

Tud. Nimue caiu de costas e olhou para a segunda flecha, saindo das costelas do lado esquerdo. Patinhou no chão de terra, lutando para ficar de pé, enquanto a irmã Iris preparava outra flecha e atirava. *Tud.* A terceira flecha pegou Nimue no meio das costas quando ela se virou na direção da ponte, impulsionando-a para a frente. Nimue se segurou e ficou ali por um momento, oscilando, enquanto Merlin e Morgana corriam de volta pela ponte.

Os Paladinos Vermelhos surgiram no topo da elevação, viram Nimue, Merlin e Morgana e desceram a colina a toda velocidade.

Os olhos de Nimue tremeram quando ela sacou a Espada do Poder, mas a arma caiu da mão fraca e bateu na ponte. Ela vacilou, tentou se segurar e deslizou no musgo escorregadio e úmido que cobria a mureta baixa e deformada. O corpo foi impelido adiante, e ela despencou quinze metros no rio, sendo engolida pela correnteza como uma gota de chuva.

Morgana se jogou contra a mureta da ponte.

— Nimue!

A irmã Iris pendurou o arco no ombro e observou os Paladinos Vermelhos invadirem a ponte.

Naquele momento, Merlin olhou para a Espada do Poder aos seus pés. Ele se ajoelhou e pegou o cabo. Parecia tão fácil e quente quanto uma batida de coração, e a espada abriu um canal que inundou Merlin de energia. Era sua magia, retornando ao sangue com o poder e o calor de lava derretida. Os olhos azuis crepitantes do mago encararam os Paladinos Vermelhos, e, com a espada, ele desenhou um símbolo brilhante no ar. O efeito foi imediato: as nuvens no céu se tornaram negras e ventos tempestuosos subiram pela montanhas Minotauro; ao colidir com tanta fúria, lançaram os cavaleiros no ar, quebraram os homens contra as árvores, arremessaram os monges algumas dezenas de metros para cima ou soltaram os paladinos sobre as rochas afiadas da cachoeira.

A irmã Iris sabiamente recuou para o abrigo das árvores no momento em que outra onda de Paladinos Vermelhos surgia no topo da colina, apenas para ser atingida pelos ventos fortes. Merlin rugiu e segurou a espada no ar enquanto mais raios atingiam a arma e a ponte em uma sucessão de explosões ensurdecedoras, culminando em uma explosão de fogo que levantou uma enorme coluna de fumaça negra. Aos poucos, os ventos diminuíram, e os paladinos sobreviventes desceram a encosta. Quando a fumaça enfim se dissipou, a ponte do Coelho não passava de pedaços enegrecidos, carbonizados e faiscantes.

E não havia sinal de Merlin ou Morgana.

Nimue ficou à deriva em um vazio azul-cobalto. As correntes gentis faziam os seus braços dançarem ao lado do corpo enquanto fitas de sangue a envolviam. Um pequeno fluxo de bolhas escapou dos lábios entreabertos enquanto ela girava em uma espiral descendente e larga em direção a uma escuridão que a atraía.

A espada ainda está perto.

Nimue não conseguia tocá-la. Não podia enxergá-la. Mas a sentia, e a ideia aqueceu o seu corpo frio.

Os olhos tremeram por um momento, e o corpo convulsionou quando ela engoliu água. Nimue se lembrou do cervo no bosque do Pau-ferro. *A morte não é o fim.*

Será que a luz do Povo do Céu a alcançaria naquelas profundezas? Será que Lenore estaria esperando por ela? Nimue torcia para que sim. Ansiava por sentir o abraço da mãe. E Pym. A louca e maravilhosa Pym.

E Arthur. Meu jovem lobo. Meu amor. Será que vou vê-lo de novo?

O corpo convulsionou mais uma vez, com menos força. Nimue estava cedendo ao escuro e ao frio. Devagar, os Dedos de Airimid subiram pelo seu pescoço e pelas suas bochechas.

Essa foi a minha visão.

Vou manter a espada a salvo. Nem a Igreja, nem Uther, nem Cumber poderão empunhá-la. A Guerra da Espada morre comigo.

Até que o único e verdadeiro rei surja para reivindicá-la.

"Nimue ficou à deriva em um vazio azul-cobalto."

EPÍLOGO

O PAPA ABEL USAVA A TIARA CERIMONIAL, uma coroa de três camadas, a mozeta ondeante e as saias-falda para enfatizar a importância da ocasião. Na mão direita, segurava a férula papal, um cajado de pastor com um crucifixo no topo. A luz das tochas da pequena catedral de São Pedro em Vincoli reluzia no Anel do Pescador, feito de ouro, que o papa usava no anular esquerdo. Ele olhou para colunas mudas de soldados da Trindade. O abade Wicklow estava ao seu lado, também em vestes cerimoniais, as mãos entrelaçadas em oração.

O papa Abel sorriu para a congregação.

— Após a escuridão, sempre vem a luz. Cegante pela clareza. Intensa pela força. Inocente como uma criança. Pura como o Senhor é puro. Pois não se engane, para derrotar a abominação da Bruxa do Sangue de Lobo, Deus nos enviou o seu próprio anjo vingador, cujas origens humildes são um modelo de santidade e dever, com uma convicção indomável. Hoje, adicionamos às fileiras da Trindade um novo guerreiro de Deus. Levante-se, irmã Iris.

A irmã Iris encarou o papa Abel com o olho derretido. Ficou de pé quando ele colocou a máscara mortuária sobre a sua cabeça. Iris se voltou para a Trindade, e os guardas inclinaram a cabeça para ela.

— Vamos realizar grandes milagres juntos, minha filha — sussurrou o papa Abel no seu ouvido, com um hálito que cheirava a ossos de mortos.

O corpo de Nimue foi levado pelas águas até um banco de areia à sombra dos imensos paredões da garganta das montanhas Minotauro. A flecha nas suas costas tinha se quebrado e virado um toco. As outras estavam dobradas sob o seu peso. A respiração vinha em intervalos ofegantes.

Algo se moveu próximo a ela. Passos na areia cheia de pedras. Vestes negras passaram ali perto. Mais passos, seguidos por vozes sibilantes e sussurrantes. Dezenas de corpos se debruçaram sobre ela. Mãos empoladas, algumas com dedos faltando, empurraram e sondaram Nimue. Depois de algum debate em uma língua secreta e antiga, as mãos macabras pegaram o seu corpo por baixo e a ergueram no ar. A multidão de leprosos cercou o corpo mole de Nimue e o levou a um túnel escuro e sinistro.

Eu gostaria de agradecer a Arthur Rakham, AB Frost, Al Foster, Wallace Wood, John R. Neil, Thomas Wheeler, Silenn Thomas, Madeleine Desmichelle, Tony DiTerlizzi, Angela DiTerlizzi, Jeannie Ng, Chava Wolin, Tom Daly, Justin Chanda e Lucy Ruth Cummins.
— F.M.

EU ME LEMBRO DE ESTAR DIRIGINDO PELA MOORpark Street, em Studio City, Califórnia, quando os primeiros esboços de Frank para *Cursed — A lenda do lago* chegaram pelo telefone. Não vou mentir; por um segundo, perdi o controle do volante. Tive a presença de espírito de encostar, e foi então que me dei conta — enquanto via as resplandecentes fadas sombrias e uma imagem onírica de Nimue, com as costas voltadas para nós e o rosto virado para revelar as cicatrizes do Urso Demônio — que, ai, meu Deus, aquilo estava mesmo acontecendo.

Sempre fui fã de Frank Miller, e essa colaboração tem sido o item mais improvável na lista de coisas que eu queria fazer antes de morrer. Ele é um dos poucos criadores cujo trabalho ajudou a dar forma à minha voz criativa ao longo dos anos, e foi uma grande honra contar essa história com ele. Sou muito grato pela sua confiança, sabedoria e pela ideia de aliar a irmã Iris a um exército de crianças assassinas (algo *imprescindível* para o próximo livro).

Este projeto também não existiria sem a tenacidade e a paixão criativa da parceira de crimes de Frank, Silenn Thomas. Ela estava lá desde o começo, quando regamos as sementes de ideias que cresceriam e virariam os labirintos de espinhos de *Cursed — A lenda do lago*.

Phillip Raskind, da WME, acreditou no livro desde cedo, e, quando ele cisma com algo, o mais sensato a fazer é pular fora do caminho e deixá-lo agir.

E, assim, através de Phillip, fui apresentado a Dorian Karchmar e Jamie Carr na WME New York, e o entusiasmo inicial, o encorajamento e as sugestões excelentes ajudaram a deixar o *Cursed — A lenda do lago* mais parecido com o que o livro é hoje.

Dorian e Jamie foram fundamentais em trazer o incrível Justin Chanda e a Simon & Schuster para a festa. Eu me sinto muito abençoado por ter me beneficiado da experiência e da orientação sincera de Justin através do processo editorial. Para mim, ele foi a combinação ideal e necessária de animadora de torcida e general de campo de treinamento para me ajudar a cruzar a linha de chegada. Com o olhar afiado da designer Lucy Ruth Cummins, eles formam uma equipe extraordinária. Agradeço também a Alyza Liu, a Chava Wolin, a Jeannie Ng e a todos da S&S que tornaram isso possível.

A partir daí, Cori Wellins, da WME, aceitou a ideia e sonhou que a história se tornaria o evento romance-TV-Netflix que é hoje. E o meu advogado, Harris Hartman, conseguiu alinhavar um contrato que fizesse sentido nesse contexto todo.

E, na mesma linha, expresso a minha eterna gratidão a Brian Wright, Matt Thunell, Ro Donnelly e Coral Wright, da Netflix, por terem se agarrado à história de Nimue desde o início e se recusado a soltar. Suas ambições em relação ao livro foram além dos meus sonhos mais loucos. Frank e eu não poderíamos pedir parceiros melhores ou defensores mais sinceros.

Enquanto a obra estava sendo preparada, fui jogado em uma sala com um número enorme de roteiristas muito talentosos e inteligentes, e juntos testamos a qualidade da história de *Cursed — A lenda do lago* durante vários meses, rendendo alguns roteiros excelentes e ideais boas demais para deixar passar. Assim, eu estaria mentindo se dissesse que algumas dessas ideias não voltaram para o romance em certas áreas. À minha excelente equipe composta por Leila Gerstein, Bill Wheeler, Robbie Thompson, Rachel Shukert, Janet Lin, a coordenadora de roteiro Michael Chang e a assistente de roteiro Anna Chazelle (cuja mãe, a historiadora medieval Celia Chazelle, ofereceu ótimas observações sobre os costumes, a cultura e a diversidade da Idade Média) — agradeço do fundo do meu coração. Seu pó de pirlimpimpim coletivo está espalhado por todas essas páginas.

E, embora este romance e a série homônima da Netflix sejam obras relacionadas, ainda que separadas, a ponte espiritual entre as duas foi construída por três pessoas, começando com a extraordinariamente talentosa Katherine Langford, que dá vida heroica a Nimue todos os dias. Zetna Fuentes, nossa primeira diretora, inspira todos os que a rodeiam com a sua imaginação, visão e alegria. E por fim, nosso produtor, Alex Boden, que coordena uma produção colossal com estilo e com um compromisso inabalável com a qualidade.

Minha assistente, Micaela Jones, tem sido um farol nas tempestades, e sua coordenação eficaz de rascunhos de roteiro, sugestões da produtora, múltiplas preparações de originais, deslocamentos intercontinentais, sugestões de editor, numerosos manuscritos e atenção às minhas lamentações ocasionais me ajudaram a manter as partes mais importantes da minha sanidade.

E, por fim, minha esposa, Christina Wheeler, por ter um sorriso tão bonito e conseguir mantê-lo mesmo quando o trem de *Cursed — A lenda do lago* passou ruidosamente e cheio de emoções pelas nossas vidas, nos separando por milhares de quilômetros de distância durante longos períodos, e ainda continuar sendo a minha musa, o meu amor e a minha amiga mais íntima e querida. Eu confiarei nos seus instintos criativos para todo sempre.

— T.W.

Este livro foi impresso pela Lisgráfica, em 2019, para a HarperCollins Brasil. O papel do miolo é pólen soft 80g/m², e o da capa é cartão 250g/m².